| 修订版 | 第六辑 |

蒋勋说红楼梦

蒋勋 著

中信出版集团 · 北京

目录

第五十一回　薛小妹新编怀古诗　胡庸医乱用虎狼药

第五十二回　俏平儿情掩虾须镯　勇晴雯病补雀金裘

第五十三回　宁国府除夕祭宗祠　荣国府元宵开夜宴

第五十四回　史太君破陈腐旧套　王熙凤效戏彩斑衣

第五十五回　辱亲女愚妾争闲气　欺幼主刁奴蓄险心

第五十六回　敏探春兴利除宿弊　识宝钗小惠全大体

第五十七回　慧紫鹃情辞试莽玉　慈姨妈爱语慰痴颦

第五十一回

薛小妹新编怀古诗
胡庸医乱用虎狼药

诗能透露心事

前面说到这些十五岁上下的男孩、女孩子在一起写诗。我一直认为，作为文学最精简的形式，诗的最主要的功能是可以透露心事。所以现在很多的红学的考证者，最关心的就是这部小说中的诗句，因为诗句很多时候可能是某种隐喻。在座的朋友可能到现在还有一个习惯，到庙里去拜拜的时候会顺便抽一支签，每个签都是一首诗。我们可能会问，既然神明要预言我们的未来，为什么不干脆讲清楚些。岂不知我们的未来常常处在可知与不可知之间，第五十回里贾宝玉、林黛玉、薛宝钗三个人各写了一首谜语诗，而这些诗就暗喻着他们生命的某种状态。

很多人觉得《红楼梦》这部小说和达·芬奇的一生一样，也充满了各种密码，惹了许多人很费心思地去猜。其实如果我们一旦去真正认知自己的生命，就会发现它真的不是三言两语能讲清楚。有的朋友可能会说，我一生按部就班，一切都是计划好了以后才做的，可是我相信大家的生命里一定还有很多潜能，不是你的计划所能规范的。人的一生始终处于一种摸索的状态，而这种摸索就是主观的向往与客观境遇之间的互动。

达·芬奇在绘画的时候，永远不会去想最后的结局是什么，他只是在开始时有个动机。当时有一个女人叫丽莎·乔宫多，她的先生很爱她，请了达·芬奇帮她画张像，这就是后来大家都知道的《蒙娜丽莎》。达·芬奇画着画着，就开始思考什么是青春，什么是衰老。他眼前的这个女性可能二十多岁，可是她曾经是儿童、少女，现在变成了少妇，将来还会进入中年、老年。这个时候他已经不是在画一张画，而是在思考一张画了。他又想：我是达·芬奇，正在画一个女人，画的过程中有我对生命的看法，我要把我认为美的东西尽可能地画到这张脸上，我画的不只是这个女人的肖像，也是我自己的肖像。她脸上的微笑也不只属于她本人，其中也有我对生命里最美的东西的赞赏。最后，达·芬奇就把自画像跟这张像合在一起了，如今我们见到的这张画充满了谜，大家不知道他究竟画的是谁。

如果我们今天照着一张照片来画一张画，绝对不可能是好作品，因为它是呆板的。如果我们肯观察的话，包括对着镜子长时间地观察自己，你会发现你的状态几乎每分每秒都在变。所以，我不希望大家去根据一些红学的考证，来断定某个诗句一定是在隐喻什么。其实所谓隐喻就是不清楚、不确定，在可知与不可知之间。隐喻一旦变成确定的一加一等于二，将失去原有的魅力。

宝钗在五十回的结尾处写了一首诗："镂檀锲梓一层层。""镂"和"锲"都是指雕刻，有一种很高级的雕工，能雕出一层一层的感觉。"岂系良工堆砌成？"第二句很清楚，这个东西非人工所为，乃浑然天成。"虽是半天风雨过"，这个东西可能是挂在树上的，风雨来的时候它会摇动。"何曾闻得梵铃声"，"梵铃"是庙宇的角落里挂的一种铃铛，梵铃响起，让人有种清醒和觉悟。

这个谜语的谜底是松果。宝钗为什么要做这样一个谜语？宝钗的生命跟松果的关系是什么？她是十二金钗里最聪明的女子，可是她对于生命的执着，是真的开悟了，还是最终只是一个发不出声音来的铃铛而已？作者没有明讲。这个松果可能在暗喻宝钗此生所有的堆砌雕琢、用尽心机的经营，到最后其实是没有真正结果的，因为根本发不出声音。可我不认为这是最好的解释。也许《红楼梦》的精彩只是停留在那四句诗的模糊状态。

现在红学可能有两派，有一派是努力地解释这一句是讲什么，这一句是指宝钗什么命运；还有一派则认为还是停留在文本。我们已经讲了五十回了，我一直提醒自己，作为一个讲述者，一定不能离开《红楼梦》的文本。对它太多牵强的介绍和诠释可能都是在伤害这部小说。因为好的文学一定有它自己的文本，就像李义山的诗句："庄生晓梦迷蝴蝶，望帝春心托杜鹃。"你完全可以用自己的意思去解读它，但永远不要伤害这十四个字自己所产生的力量。

天上人间两渺茫

我相信对人的生命也是如此，宝钗本身是一个生命，就像在座的每一位朋友也有自己的生命状态一样。我们在解读他人的生命的时候，常常会把自己的意见带进去。可是生命最大的开悟在于，有一天你会发现每个生命都有属于自己的祸福吉凶，我们能做的，大概只有祝福，任何先入为主的介入都有可能是偏见。

我想，《红楼梦》的作者用这样的方法写这些刚刚进入生命状态的孩子，让我们产生很多悲悯、牵挂和担心，可是最终能做的只有理解跟祝福。所以这个松果对宝钗来讲，到底是褒扬还是嘲讽其实并不清楚。我自己最不喜欢看到的红学考证，是说这一段是讽刺宝钗如何如何。在我看来，《红楼梦》本质上不是一本讽刺的书，它的所有隐喻都带有悲悯的成分，它悲悯每一个人面对着生命遭际时的无奈。宝钗的生命有她形成的客观条件，最后她的谜底可能是松果，可这个松果要怎么去解读，我相信作者并不希望读者下太多的结论。

再看，宝玉也写了一首诗，第一句是“天上人间两渺茫”，如果只看到这一句，你并不知道他在讲什么。因为这是一个谜语，所以你会急着想知道谜底。可是我却希望你能多停留在“天上人间两渺茫”上。《红楼梦》从第一回开始，就已经在讲关于宝玉的神话了。他跟黛玉的爱情，是上一世造就的因果，这一世是要来还的。所以“天上人间两渺茫”是说本来就没有结局。这个女孩子就是要把所有你曾给过她的甘露，用眼泪来还掉。如果我们认为他们应该变成夫妻，就违反了“天上人间两渺茫”的境界，本来他们的因果就不在于结成夫妻。所以第一句就讲出了宝玉心灵里的东西。他第一次看到黛玉，就说：“这个妹妹，我是见过的。”我想在座的各位的生命里也一定有一个人，是前世见过的，也许是父亲，也许是母亲，也许是妻子，也许是丈夫，也许是陌路人。

我相信“天上人间两渺茫”是在讲一种非常奇特的生命经验，而这样的生命经验不是今天的科学逻辑能够论证的。而《红楼梦》的精彩也恰好在此，任何希望一个萝卜一个坑地去找《红楼梦》这一句讲什么，那一句讲什么，最后都会误入歧途，只能把一部伟大的文学作品带入庸俗的价值标准里。“天上人间两渺茫”，它本来就是宝玉的文本。这个句子宝钗写不出，这跟诗的好坏无关，宝钗有很多现世里的执着，宝玉没有，他跟所有人见面都是“天上人间两渺茫”，有一天他要走掉的时候，是什么东西都不会带走的。这个“渺茫”，意思很动人，大家读下去，最后会发现“白茫茫一片大地真干净”。宝玉最后真的走到渺茫的世界去了，他只为了因果而来。

第二句：“琅玕节过谨提防。”“琅玕”是讲竹子，这个竹子让我联想到林黛玉住的潇湘馆和她那种孤芳自赏的生命状态，宝玉对这样的生命有很多的牵挂。同时，我们也知道这是跟竹子有关的谜语，它的谜底是风筝，因为风筝是用竹子做的，风筝放到天上去最后是一定要切断线的。中国古代有一个迷信，春天的时候放风筝，只有让风筝飞走，才能把灾难跟邪祟以及病痛带走，所以风筝的线到最后是一定要断掉的，这里真正讲的是宝玉。他觉得生命里遇到的所有人，这一世再多的牵挂，其实也不过是“天上人间两渺茫”。

“鸾音鹤信须凝睇”，过去的风筝跟现在的不太一样，在空中能发出声音。风筝的“筝”字本来就是指乐器，风筝也是空中的乐器，放风筝的时候人不仅在看，也在听。“鸾音鹤信”，是说它能发出非常美的声音；“凝睇”是忍着眼泪、含着眼泪听着这样的声音在空中飞的时候，表示风筝要走了，当它飞到最高处，借风发出很美的声音的时候，就意味着它要像鹤一样地飞走了。这其中有宝玉的悲哀，因为知道生命的本质，就像我写过的一首诗里的句子：“人与人之间，除了生离与死别，并无第三种结局。”

这个时候宝玉的“凝睇”只是对生命本质的悲悯，他是跟宝钗在一起，跟湘云在一起，还是跟黛玉在一起都不重要，重要的是他知道结局是什么。“好把唏嘘答上苍”，生命到最后其实就是“唏嘘”二字，也许每个人对这两个字有不同的解释：叹息、落泪，无奈的、无声的哀伤。我有了这一世，而这一世最后还是要还到天地之间的，有点儿像沈葆桢的“缺憾还诸天地”。这个谜语的谜底是风筝，真正的谜底其实是宝玉，风筝只是一个物象而已。

当然，我不希望大家只往悲哀方面去想，因为我刚才提到过，当你写到生命本质的时候，很多人会说你最近为什么写的那篇散文这么悲哀？其实细想想，好像并不是悲哀，只是平静而已，平静到能很冷静地看生命的本质。其实能直面人生本质的人更积极，他能更本质地看到短暂的欢乐跟繁华背后的结局。从哲学的意义上来讲，这首诗里有宝玉的生命态度。

错综复杂的精彩

林黛玉的谜语是：“騄駬何劳缚紫绳？”“騄駬”是古代神话里周穆王骑着去见西王母的那匹马。一开口就知道是黛玉，她是天上来的，根本不守人间的规则。意思是如果你真是神马，天马行空，哪里还需要什么缰绳来把你拴住？如果说宝钗是堆砌雕镂，那黛玉就是浑然天成。她像天马一样不需要任何的捆绑，这个“缚”就是“束缚”。这个谜底是走马灯。这种灯有点儿像皮影戏，将画着比如关云长过五关斩六将之类的各种英雄形象和故事情节的图像剪纸，罩在灯上转，它一转动，故事就发生了。对黛玉来讲，人世间所有的故事不过都是幻影而已。

“驰城逐堑见狰狞。”人世间所有的哀伤、痛苦、肮脏、污秽，其实都因为背后有个“主人指示风雷动”，可是“鳌背三山独立名”，灯柱是不跟着这些幻象转的。当年在元宵节的时候，常能看到这种走马灯，灯在转的时候的情节的狰狞、美丽是不断变化着的，可是黛玉的生命就像中间那根不动的柱子，外面怎么转对她来说都没有影响。

三个谜语让我们看到了三种完全不同的生命形态：那个被风雨摇动，可是发不出自己声音的宝钗；那个“天上人间两渺茫”，知道人生的巨大本质的宝玉；以及保有自己生命的笃定，根本早就看透了世间幻化的黛玉。

我一直希望在座的朋友如果对《红楼梦》真有兴趣，一定坚持回到文本。不要害怕看不懂，你一定会看得懂，因为最后你读《红楼梦》不是靠注解，而是靠你自己的生命看懂的。为什么我说《红楼梦》需要二十岁看、三十岁还看、四十岁再看，因为你是用自己的生命在看。等到有一天你恍然大悟，你忽然懂得了自己跟风筝的关系，另一天你又懂得了生命跟那些幻象的关系，这个时候你对《红楼梦》的领悟才是真正的生命的领悟，而不是注解层面的领悟。

在五十一回，刚刚来到贾府的年轻、漂亮、聪明的薛宝琴，因为从小跟爸爸做生意到处跑，说自己也写过十首怀古诗。什么叫怀古？就是我们到了某个古代历史事件的发生地，心有所感而写出的诗。中国古代有很多的怀古诗，像陈子昂的《登幽州台歌》就是典型的怀古诗。

我们今天到了柴山，会有一些感怀；到了台南，可能又会想到某些人。我们的人生旅途，很多路是前人走过的，所以你才会怀古。可是最后你会发现，所有的怀古都是因为你心有所感，否则的话，前人走过的路跟你毫无关系。

这个十五岁不到的薛宝琴，跟着她的父亲到处漂泊，经过了十个名胜古迹，写了十首诗，这十首诗也暗示着十个俗物。所谓的“俗物”就是日常生活里常看到的一些小东西。这十首诗是十个地方、十种心情、十类生命状态，还是十个谜底。这十首诗不知有多少红学考证者一直在找它的谜底，因为作者并没有讲，它们有的可知，有的不可知，非常错综复杂。注意，最好的艺术一定是错综复杂的，因为生命远没有那么单纯，它是很多光和色彩交织起来的状态。每个人的生命都是如此，而很多时候这种错综复杂可以由诗来表达。

繁华即将过去

读这十首诗，我希望大家也能用刚才说的回到文本的方法，找到那种若即若离的感觉。不见得每一首诗都在讲一个人，有时候是在讲一种生命状态。第五回里宝玉进入太虚幻境，看到的那些判词，也不见得每一首都在讲一个人，像林黛玉跟薛宝钗一直是在同一首判词里出现的，所以一个萝卜一个坑的方法会导致对文本的误读。

第一首《赤壁怀古》，赤壁是个地名，这个地方在公元 208 年打过一次大仗，死掉了几十万人，所以引发了文学史上的巨大主题。几百年后，苏东坡的《赤壁赋》进一步地丰富了这个主题，每一个文人到了赤壁都会丰富它，以致赤壁现在有了好几个不同的地方，因为大家已经搞不清楚最初的赤壁之战到底发生在哪里了。

我们知道赤壁之战是血淋淋的厮杀，是历史上的争霸留下来的一个记录，所以薛宝琴走到这里，就写了“赤壁沉埋水不流，徒留名姓载空舟”。感觉长江之水承载着这么多尘封的历史记忆，流到赤壁时好像都流不动了。这很像苏东坡的“大江东去浪淘尽，千古风流人物”，当年他走到这个岸边的时候，忽然想起这个地方曾有过的曹操、周瑜、诸葛亮……但这些精英也不过在历史上留下一个空名而已。可是还有成千上万的人是没有名字的，其间充满了历史的苍凉跟悲哀。

元曲中有出戏叫《单刀会》，写的是年迈的关云长重回赤壁，胡子是白的，提一柄大刀在舞台上亮相，然后唱“大江东去”，旁边的人就跟他说：“将军，你看这水——”关羽说：“这不是水，这是二十年流不完的英雄血。”可见每个历史人物到了这种现场，都会产生悲剧感。

《赤壁赋》的伟大在于它跳脱了政治，变成了对所有生命苍凉的一种感动和悲悯。从政治上讲，当时有人挺曹操，有人挺孙权，有人挺刘备。可是苏东坡到这个现场的时候，一曲“大江东去”的意思是：当年争霸的意义何在？几十万人都死在这个水里。薛宝琴的这首诗也在讲人该如何跳出对于名利的追逐。

“喧阗一炬悲风冷，无限英魂在内游。”当年赤壁之战那么喧闹的火，如今留下来的只有荒凉的风，赤壁之水中那些死者的魂魄，连名字都没有留下来，这才是最巨大的悲剧。这首诗带出了对生命的本质同情，任何生命都不会因为他成为一代精英而变得多有意义，所谓的留名也是徒留虚名姓而已。谜底又是一个走马灯，走马灯本身是在灯柱点了油灯，外面转剪纸，人看到剪纸在走马灯里转的时候，会有一种亡魂的感觉。这首诗不是在讲任何个人，而是预示《红楼梦》的繁华将要过去了。“喧阗一炬”的热闹有一天会变成“悲风冷”，后人阅读这个家族的历史时，他们曾经的繁华也不过是徒留名姓的“载空舟”。

人世间的牵连

接下来她到了交趾，交趾在今天的越南北部，中国在汉武帝时设交趾郡。在当时相当于汉帝国的一个省，打到这个地方的是汉代的大将马援。马援曾发誓说自己一定要马革裹尸，希望自己一生能够为大汉帝国开疆拓土。他西破羌人，南征交趾，所以马援是那些立下汗马功劳的忠臣的代表。这里用到“铜铸金镛振纪纲”，就是用铜铸的柱子和金铸的大钟来“振纪纲”。“声传海外播戎羌”，是说那个声音会传到很远，震慑到了戎、羌这些外族，这里代表着汉朝对外族的征服和镇压。

“马援自是功劳大，铁笛无烦说子房。”“铁笛”是指马援门生爰寄生善吹笛，“子房”是张良，马援是靠南征北战来建功立业的，传说张良在垓下之围时，命军士用笛吹奏楚歌，瓦解项羽军心。这句诗的意思就是说，以吹笛事论功劳，这个谜底一般人认为是喇叭，可同时也是在说十二金钗中的贾元春，是元春使得这个家族的繁华达到鼎盛，让这个家族真正在皇室受到了重视。可是我刚才也讲过，所有红学的考证结论都要谨慎，因为很容易被限制住。

接下来，到了南京的钟山，薛宝琴想到一个古人叫作周颙，他是有名的隐士，后来因抵不过当政者的要求，最终出来做了“海盐令”。所以这里薛宝琴有点慨叹周颙的晚节不保，怎么会坚持不住又出来做了“行政院长”？既然打定主意追求一种纯粹的自由，干吗要去惹这一趟牵绊？“名利何曾伴汝身，无端被诏出凡尘。”皇帝的诏令一下来，他就出来做官了。

"牵连大抵难休绝"，是说其实生命当中有各种无可奈何的牵连。注意一下，"牵连"不见得是逼迫，有人拿着枪逼着你是一种牵连；而一个人太好了，你根本无法拒绝他，也是一种牵连。

这种牵连是你只要活着就无法摆脱的，我们通常很难意识到这一点，比如你对母亲的爱就是心甘情愿，我这一世最大的牵连就是母亲，因为你跟她有那么亲密的关系，已经变成了剪不断、理还乱的关系。"牵连大抵难休绝"，无论如何都断绝不了，才叫作牵连。"莫怨他人嘲笑频。"所以最后当然要被人嘲笑。这个谜底一般的学者都认为是"提线傀儡"，有点像布袋戏。很多线是人眼看不到的，大家只能看见傀儡在动。意思是说人很多时候是会处于不自由的境况，各种的线在后面牵制着你的生命做出各种的表情、动作，可是其实我们是傀儡。超现实主义的导演布努埃尔的那部《自由的幻影》，中心思想就是说人自由是根本不可能的。

也有学者认为这个不只是在讲傀儡，也不是在讲周颙，其实是在讲李纨，她的丈夫去世以后，她所受到的牵连。"名利何曾伴汝身"，她不要名也不要利，年轻守寡，可是"无端被诏出凡尘"。学者的考证说，因为贾兰后来做官，她变成了一品夫人。这些解读我已经不是很喜欢了，因为已经远离文本了。

寄言世俗休轻鄙

我们再看《淮阴怀古》，淮阴这个地方汉代时曾封过一个侯，淮阴侯就是韩信。韩信在历史上一直是个被慨叹的人物，是个非常会打仗的将军，为刘邦立下了汗马功劳，可最后刘邦立国之后，就把他给整掉了。

历史上在开国的时候常常会出现这种人，傻乎乎的，很会打仗，帮人家把天下打下来，可是他永远不具备看到“狡兔死，走狗烹”的智慧。薛宝琴到了淮阴，联想到淮阴侯在历史上声势曾经如日中天。“壮士须防恶犬欺”，说你虽是壮士，可是你要小心，有一天那个最卑劣、最卑微的人可能会来整你，最后整淮阴侯的都是那些他平常根本不看在眼里的人。

“三齐位定盖棺时”，当年刘邦在争天下的时候，有段时间势力非常弱，楚霸王项羽当时已经掌握了三分之二的天下。刘邦很会装，假装自己一点都没有称霸天下的野心。然后韩信一路打到了山东一带，他觉得山东打下来，需要有人来治理，就派人去跟刘邦报告说：请允许我暂代齐王。大家知道，“王”一定要皇帝来封，哪有自己称的？这当然也表明韩信确实是一个政治上的笨蛋。使者来传消息的时候，刘邦正在吃饭，听了以后马上说：“抓起来杀掉！”张良在桌子底下踩了刘邦一下，刘邦马上就懂了，说：“何必暂代齐王，就让他做齐王好了。”淮阴侯就这样做了齐王。张良的意思是你不能这个时候整他，因为军权还在他手里，可见这里面全是政治的权谋。可是《红楼梦》却从这种政治争斗中生出了一种巨大的悲凉。

“寄言世俗休轻鄙”，这是作者真正的悲悯，意思是大家不要嘲笑韩信，觉得他是个傻蛋。“一饭之恩死也知”，《史记》里有一个最动人的故事。韩信在少年时非常不得志，没有饭吃，当时有一个漂母，漂母不是人名，就是在河里洗衣服的女人，看韩信饿得实在没有办法，就拿饭给他吃。韩信磕头谢她说：我是个有志向的人，请告诉我你的名字。意思是你住在高雄的哪个区，等我有一天功成名就，一定报答你。结果漂母大骂了他一顿，说你一个男子汉大丈夫，连自己都养不活，我给你饭吃不是因为同情你，只是我多一碗饭给你吃就是了，我为什么要你报恩。

我一直觉得《史记》里写得最精彩的人物不是韩信，而是漂母。我在高雄常常能看到这样的人，就是那种在夜市里谋生活的人，他们身上自有一种豁达，会觉得你做你的高官，跟我有什么关系？韩信在遭到巨大陷害时，想到一生对他最好的就是那个漂母，可是他已经不可能知道漂母在哪里了。《史记》中的那个漂母是民间处处可见的一类人。他们没有知识和文化，但却有对生命真正的爱。这是《史记》的传统，也是《红楼梦》的传统，它们告诉你民间的人的可爱，他们偶尔也会被政治利用，可是他们待人始终有人间的同情，不会有那些暗算和权谋。

所以“一饭之恩死也知”，一般人说这是在讲王熙凤，王熙凤不是对刘姥姥好过吗？尤其说“须防恶犬欺”，这个恶犬指的是贾琏，因为贾琏后来休了王熙凤。贾琏本来怕老婆怕得要死，可是等到凤姐没有势力的时候，就要来整她了。我觉得都太牵强。

樗栎应惭万古羞

再看《广陵怀古》，讲的是杨广，就是开凿大运河的隋炀帝。“蝉噪鸦栖转眼过，隋堤风景近如何？”隋炀帝所修建的堤防，当年两岸都是树，夏天的时候蝉鸣鸟栖。其实作者是在感叹，你当年的权力、繁华、声势如此了得，今天如何呢？“只缘占得风流号，惹得纷纷口舌多。”据说杨广当年修运河是为了到江南去看琼花，所以引起历史上许多的非议。

作者对这些口舌之争没多大的兴趣，当然我们知道，隋炀帝的开凿运河跟秦始皇的修长城一样，都是很复杂的历史事件。我们知道，没有秦的长城，就没有大汉的强盛；同样，没有隋的运河，就没有大唐的强盛。因为运河让整个南北方经济贯通。在魏晋南北朝的时候，北方完全被破坏，它的经济能力根本不足以支持一个强大的王朝。运河修通以后，有了江南经济的支撑，才构成了大唐繁华的基础。可是民间对此不是那么了解，修长城会出来一个“孟姜女哭倒长城”的故事，凿运河当然要动用很多民夫，所以老百姓很讨厌这件事情，就认为这个皇帝暴虐无道，只是为了去江南看琼花就修这条河。有学者认为这首诗的谜底是杨木做的牙签。

再看下一个《桃叶渡怀古》，桃叶大家不熟悉，她是王羲之的儿子也是一个大书法家王献之的爱妾，是当时的歌妓，后来被王献之收为妾。“衰草闲花映浅池，桃枝桃叶总分离。”桃叶的出身虽不高贵，可是她跟王献之非常相爱，王献之是世家子弟，爱妾却是一个风尘女子，在那个等级森严的时代，肯定要引起家族的反对和大家的议论。“六朝梁栋多如许”，六朝时代有那么多精英，可是“小照空悬壁上题”。王献之特地用非常美的书法为桃叶的像题诗，并把它挂在墙上。这里讲的是一个很有趣的东西，有人念念不忘的是“国家兴亡，匹夫有责”；有的人却认为一生能好好地爱一个我爱的人就够了。一般人觉得这首诗的谜底是扇子。

下一个《青冢怀古》，“青冢”是指在呼和浩特的昭君墓。它是沙漠中永远长有绿草的一个坟冢，当然这也是传说。因为以蒙古族的习俗，并没有“冢”，像成吉思汗的墓到现在一直找不到，因为按蒙古族的习惯是墓葬以后要让马在上面跑，把整个地踏平，根本无法知道墓冢到底在哪里。每一个民族都有自己墓葬的习俗，“青冢”是汉族人为表达对王昭君的怀念，而假造出来的古迹。其实假造古迹的问题一直存在，很多人认为苏东坡悼念了半天的那个赤壁也是假的，可是这并不影响《赤壁赋》

是文学名篇。因为“怀古”本来就是怀念每个人的心中之古，跟那个地方是真是假并没有多大关系。

“黑水茫茫咽不流”，在北方的雪地里水看上去是黑的，所以黑水一般用来形容北方的水流。南方的水在绿色的草地里，看上去是白色的。“黑水茫茫咽不流，冰弦拨尽曲中愁。”这里让人联想到昭君出塞时不断弹奏着的凄冷的琵琶声。“汉家制度诚堪叹，樗栎应惭万古羞。”大汉用把女人嫁给匈奴的和亲政策来避免战争，是非常可笑的，“樗栎”是那种可以做栋梁的大树，意思是那些国家的文武栋梁，一遇事情就当缩头乌龟，应该觉得很羞愧才是。在后来的《昭君出塞》这出戏里，昭君最后一次见汉元帝，面对两边的文武大臣，昭君就抱怨说：“满朝文武皆无用，却要我红粉去和藩。”可见戏剧中有时候也隐藏着很尖锐的政治批判。

这首诗的谜底是墨斗，现在很多年轻朋友大概都没有见过。古代盖房子的时候，要在墨斗里装上墨汁，从里面拉出一条线，在要锯开的木头上打直线用。也有人说是隐喻《红楼梦》里面十二金钗副册里的“香菱”。

不在梅边在柳边

接下来就到了《马嵬怀古》，马嵬在陕西，是安史之乱后杨玉环被赐死的地方。我到这个地方是在1988年，也是因为《长恨歌》跑去的。如今已经什么都看不见了。有时候是因为文学才产生了古迹。读了《长恨歌》，大家都觉得如果没有一个东西去凭吊一下，心里会很不安，最后它就变成一个文学的结局了。所以每个到现场的人都能看到杨贵妃的墓上有特别多的文人题壁，大家在用各种的题诗来慨叹这件事情。

“寂寞脂痕渍汗光”，只有回到文本，你才能发现薛宝琴这个句子有多漂亮，我们在《长恨歌》里曾读到洗过温泉的杨玉环“侍儿扶起娇无力”，也说到“温泉水滑洗凝脂”。这里的“寂寞脂痕渍汗光”，就是指泡过温泉以后稍有点流汗，以致皮肤上有微微的光泽。“温柔一旦付东洋”，说的是当年皇帝对她的宠爱，我们知道李隆基认识杨玉环的时候已经五十几岁，杨玉环只有十六岁，本来是他的儿媳妇。所以他们的爱情非常特别，更像是疼爱的感觉。我一直认为李隆基有中年危机，年轻时靠政变登基，然后是“开元之治”，一直致力于国事，到了五十七岁忽然意识到自己一辈子都没有好好爱过一个人，便谈了一场发疯般的恋爱。中年人的爱情都很有毁灭性，他爱了一个完全不该爱的女子，从世俗的角度来讲，他就是疼她，完全娇宠她；可是一旦仗打起来以后，却连保护她的能力都没有。“只因遗得风流迹，此日衣衾尚有香。”

在《长生殿》这个戏里，杨玉环的尸体最后化成仙走了，留下了一个香囊，这个香囊是当年唐明皇送给她的。唐明皇路过这个地方的时候，打开棺木还能拿到一个香囊做留念。这首诗的谜底就是锦香囊。有人认为这一段是在讲秦可卿，秦可卿是十二金钗里最先死掉的，可是她的魂魄好像一直留在这个故事里。

下面的这两首可能是最重要的，因为宝钗跟黛玉对这两首诗意见不同。因为这两首诗中所怀之古不是史书所载的，“蒲东寺”是《西厢记》里的寺名，所以《蒲东寺怀古》其实是小说里的地方，历史上并没有红娘，也没有崔莺莺，更没有张君瑞，可是显然这些戏剧对小孩子的影响非常大。她说：“小红骨贱最身轻”，红娘是一个小丫头，身份卑贱，是在社会最底层的人。这个“轻”就是让人觉得她没有身份，没有重量；可是这个“轻”也指自由，指不受礼教的束缚。红娘后来之所以变成元朝以后中国文化中很重要的一个角色，是因为她带动了全社会的婚姻和恋爱的自由。

多年以来大家最喜欢的角色就是红娘，相反，那个崔莺莺呆呆的，典型的那种北一女中最好的学生模样。红娘总跟她说：“你既然爱，你为什么不大胆地说出来。”可崔莺莺永远不敢，因为母亲礼教太严。最后红娘就帮助张君瑞翻墙到女生宿舍去找崔莺莺。我们很难理解这个故事为什么在当时会有这么大的影响力，因为今天男生到女生宿舍大家都司空见惯了，可是古代时红娘这个角色真的是有很大的革命性。

“私掖偷携强撮成。”红娘扮演了一个把一对相爱的人拉在一起的角色。这里有点批判中产阶级的这些贵公子、小姐，每天在那边弄首诗传来传去的，干吗不大胆一点？“虽被夫人时吊起”，老夫人知道后，就把红娘吊起来打，但是“已经勾引彼同行”，红娘用自己的牺牲成全了一段美满的姻缘。这个谜底是红颜色的放天灯，台湾现在也还有，就是利用热气的物理现象把灯放飞起来。

也有人认为这里讲的是跳井自杀的丫头金钏儿。金钏儿是宝玉一直非常怀念的一个女孩，其实他只是对金钏儿流露了一点点爱意，结果王夫人就把金钏儿给逼死了。所以宝玉一直对金钏儿这个丫头有很大的抱歉，这里用红娘来暗示。

下面是《梅花观怀古》，此观取材于近几年很红的戏剧《牡丹亭》，“不在梅边在柳边”，就是《牡丹亭》里的句子。《牡丹亭》对《红楼梦》影响非常大，在《牡丹亭》当中，汤显祖写了十六岁的杜丽娘长期受到礼教的约束，最后因为一次游园，在梦中遇到了一个叫柳梦梅的男子来跟她做爱，她的身体得到了极大的喜悦跟温暖，她因此决定以死亡来成全这场爱情。其实这是明朝的一个巨大的悲剧，当时所有的女性、所有的爱情都处在完全被荒废的状态，只能等待父母来安排婚姻。《牡丹亭》的后续是神话故事，杜丽娘从棺木里重新复活，又跟柳梦梅在一起了。所以这里讲道："不在梅边在柳边，个中谁拾画婵娟。"全本的《牡丹亭》有一折叫《拾画》，杜丽娘在死前画了一张像，卷起来放在了梅树底下，她知道那个男孩子一定会在某一世来这里看到这张画。最后柳梦梅来了就一直对着画呼唤，杜丽娘由此复活了。

在那个爱情受到极大压抑的时代里，人会用这样的方法去呼唤自己心爱的女子。所以《拾画》、《叫画》是《牡丹亭》里非常重要的两折，"团圆莫忆春香到"，"团圆"，就是他们最后终于见面了，重新在一起了。"春香"是《牡丹亭》里一个丫头，性格有点儿像红娘。有趣的是，在礼教严格的社会里，能够大胆突破封建礼教的常常是丫头，红娘和春香在舞台上都活泼得不得了，扑蝶、采花的都是丫头，小姐却经常是坐在那里完全不动。宋元以后戏剧的主角多是丫头而不是小姐。最后一句是："一别西风又一年。"

一般学者认为最后一段是在讲林黛玉。可是我还是想重复刚才提到的，十首诗现在看完了，大家看到它错综复杂地在讲许多生命的关系，其实我觉得它是作者对自己生命的十种感叹，只是借着薛宝琴的口说出来而已，所以大家要特别注意其中若即若离的关系。

情爱的自主

比较重要的部分是在下面。读完后，大家都说真是妙极了，可宝钗的意见不同。宝钗说："前八首都是史鉴上有据的；后二首却无考，我们也不大懂得，不如另作两首为是。"意思是前面八个人都是历史上有的人，后面两个没有，她认为没有历史依据的东西是不可靠的，就说不如另外再作两首。黛玉马上拦住说："这宝姐姐也忒'胶柱鼓瑟'，矫揉造作了。""胶柱鼓瑟"是现在已不大用的一个成语，就是明明瑟上调音的短柱用胶粘固起来了，还要再继续弹。这八个字骂得蛮厉害的，意思是你也太较真儿了，这里能看出黛玉跟宝钗的生命态度明显不同。

黛玉觉得生命就是一种率性的自在，宝钗则有很多的束缚跟限制；如果说宝钗是已经用缰绳勒好的马，那黛玉就是没有任何羁绊的马。所以她批评宝钗说："这两首虽于史鉴上无考，咱们虽不曾看这些外传，不知底里。""外传"是指不该看的禁书，其实黛玉已经看过了。"难道咱们连两本戏也没有见过不成？"就是这两首都是跟戏剧有关的，当时看戏就看《西厢记》和《牡丹亭》。"那三岁孩子也知道，何况咱们？"探春道："这话正是了。"探春跟黛玉站在一边，认为没必要计较到底有据无据。

李纨又道："况且他原是到过这个地方的。这两件事虽无考，古往今来，以讹传讹，好事者竟故意的弄出这古迹来以愚人。"因为你喜欢文学，最后那个东西就会越传越多，变成真的。我们知道，《达·芬奇密码》一出，现在已经有好多旅行团去找其中那些地方了。有时候真的很奇怪，文学会引发人创造出新的东西，我们知道《红楼梦》里创造了一个大观园，对于作者来说，那肯定是一个虚幻的世界，可现在在上海、北京都有大观园了。

"比如那年上京的时节，单是关夫子的坟，倒见了三四处。"关羽只死了一次，怎么会有三四个坟？李纨认为是很多人穿凿附会弄出来的，所以她说："况且又并不是看了'西厢'、'牡丹'的词曲，怕看了邪书。这竟无妨，只管留着。"这一句话也很有趣，在李纨的心目当中，十几岁的孩子是不该读《西厢记》和《牡丹亭》的。今天在古典文学当中最伟大的作品，在三百年前竟是禁书。所以，我相信眼下有些被禁的电影，大概过不了多久就会变成经典。有时候人真的很奇怪，当某个文化中的先锋者要去触摸人性中最好的东西时，大家起初是害怕的。从《西厢记》到《牡丹亭》，一直在讲人对于情爱的自主能不能找回来，可是我们用了差不多一千年才真正找到，这真是蛮悲惨的一件事。

如果《会真记》是在唐朝时就有的，真的超过一千年了，我们对青春和爱的追求，竟然争取了一千年才得到。所以今天我们还要争取的一些东西，也不知道要多久才能够得到。所以我说真要弄清这十首诗的意义，恐怕结尾的这些讨论才更重要。

对比荒谬的写实手法

第五十一回的后半部，是我自己非常喜欢的片断。这个喜欢是因为在一部长篇小说里，当作者使大家陷入一种谜语的迷惑当中时，忽然又峰回路转，回到了非常现实的生活。我想，这种写法本身非常有趣，就像我们读一本推理小说，特别希望早点儿知道结局，破解密码的过程中会有一种快乐，可是同时我们会发现作者可能希望我们多一点时间停留在密码本身，因为那个密码可能就是一个生命现象。也许我们的生命最后都有一个结局，人的生命是每一分、每一秒积累起来的，可是我们常常会想知道生命的结局到底是什么。但当你一直想看生命结局的时候，反而把眼前的每一分、每一秒都虚度了，没有机会真正享受生命的本质。

所以作者在谜语的茫然跟迷惑里，忽然跳回了现实。大家在吃饭，袭人的哥哥花自芳来说妈妈病重，要请袭人回去。这个事件既可以说是偶发的，也可以说是作者有意安排的。在这部长篇小说里，我们总在猜测所有人的结局，但任何猜测都不如回过头来打量生命本身。

我常说《红楼梦》是可以衍发出很多短篇小说的，这一段如果拉出来，就是一篇非常精彩的小说。袭人的家里很穷，穷到最后只好把女儿卖了做丫头，拿到一笔钱。之前我们知道袭人回过家，家里说现在日子还好，要不要把你赎回来嫁人？袭人不肯，她觉得你们当年狠心把我卖掉，幸好运气还不错，能跟宝玉在一起。袭人对母亲大概是又爱又恨，因为人生本来就很错综复杂。现在母亲病重，袭人心里一定是百感交集，但作者没有多写这个事件，只讲王夫人说人家母女一场，应该让她回去送终，接下来就把事情交给王熙凤办理。

如果在今天我们接到这样的电话，说最亲的人在ICU（重症加护病房），肯定会以最快的速度赶过去。可贾家的一个丫头出门还要检查穿的衣服、坐的车够不够排场。这个场景很奇怪，你会发现当所有的事情都变成礼教的时候，人性里面最单纯的东西其实已经被转移了。读这一段时，大家可能会觉得很荒谬：一方面是作者真的写得好极了，从来没有人能把一件衣服描写得这么细，王熙凤仔仔细细地检查袭人穿了什么衣服，带了什么样的包袱，有没有丢贾家的脸；另一方面大家知道袭人回去是给母亲送终的，情况非常紧急，都不知还能不能见上最后一面，竟然还要顾及排场。作者把两个荒谬陡然地写在一起，这大概就是最好的写实文学。

袭人回家的行头

“因有人回王夫人说：‘袭人的哥哥花自芳进来说，他母亲病重了，想他女儿。他来求恩典，接袭人家去走走。’”“恩典”是说照例是没有这种假的，看是不是能够特别恩准袭人回家走一趟。王夫人听了，便说：“人家母女一场，岂有不许他去的。”就叫凤姐儿来，命她看看怎么处理。

“凤姐儿答应了，回至房中，便命周瑞家的去告诉袭人原故。又吩咐周瑞家的：‘再将跟着出门的媳妇传一个，你两个人，再带两个小丫头子，跟了袭人去。外头派四个有年纪跟车的。要一辆大车，你们带着坐；要一辆小车，给丫头们坐。’”

有没有发现，有两个老妈子、两个丫头，还有四个跟车的人，一共八个人了。而且很明显，车子是有等级的，为了摆排场，袭人要坐一辆大车——加长型“凯迪拉克”，另外还要有一辆小车给丫头们坐。很明显地能看出阶级跟身份，袭人也是丫头，可她是个大丫头，所以车子是比较考究的大车。后面跟着的小丫头，车子是小的。

周瑞家的答应了，才要去，凤姐又说：“那袭人是个省事的。”“省事”的意思是说袭人不喜欢招摇，很内敛，不像有的人一听说让她坐大车了，就恨不得满头都插了钻石出来。所以凤姐又特别交代：“你告诉他说我的话：叫他穿几件颜色好衣服，大大的包一包袱衣裳拿着，包袱也要好好的……”意思是连那个行李箱都要 LV 的。这完全都是讲排场，你袭人平常喜欢穿得朴素那是你的事，你现在出去是代表贾家，一定要穿得体面，连手炉也要拿好的。王熙凤还是不放心，又嘱咐：“临走时，叫他先来我瞧瞧。”周瑞家的答应了。

去了“半日”，你看母亲已经要临终了，竟然还要装扮半天。“果见袭人穿戴了来了，两个丫头与周瑞家的拿着手炉与衣包。凤姐看袭人头上戴着几枝金钗珠钏，倒华丽。”平常袭人是不打扮的，就因为凤姐特别交代，才特地戴了些金银珠宝钗环在头上。“又看身上穿着桃红百子刻丝银鼠袄子”，桃红色的，上面有百子的刻丝，这个“刻”有时候写成“缂”，是古代一种很特殊的纺织方法，后来这种东西越来越少，只有皇宫里才有，是当时非常讲究的一种料子。袭人下穿“葱绿盘金彩绣锦裙”，注意这种搭配——桃红配葱绿，“外面穿着青缎灰鼠褂”。凤姐有点儿满意：“这三件衣裳都是太太的，赏了你倒是好的；但只这褂子太素了些，如今穿着也冷，你该穿一件大毛的。”袭人笑着说：“太太就给了这灰鼠的，还有一件银鼠的。说赶年下再给大毛的，还没有得呢。”

凤姐说：“我倒有一件大毛的，我嫌风毛出的不好了，正要改去。”“风毛”这两个字大家不太容易懂，当时贵妇人穿的皮草，表面是丝绸，毛是在里面的，不像我们现在看到的西方的那种皮草，古代多高级的皮草毛都是衬在里面的，但还是想要别人知道我的这件衣服的毛有多好，是不是？那就需要在衣袖的边上用小梳子梳出一点毛来，这种工艺叫“风毛”。王熙凤觉得自己那件大毛的衣服，毛风得不够漂亮，所以就说：“也罢，先给你穿去。等年下太太给你作的时节再作罢，只当你还我的一样。”大家都笑着说：“奶奶惯会说这话。”王熙凤作为管家有一点大气，她的出身决定了她的见识，特别知道什么时候该大方。前面我们知道王熙凤随便伪造了一份文书，帮人打了一个官司就拿了三千两的银子，所以她根本不会在意这种小钱。

旁边人就赞美她说：“成年家大手大脚的，替太太不知背地里赔垫了多少东西。真真赔的是说不出来的，那里又和太太算去？偏这会子又说这小器话取笑儿来了。”其实她在开玩笑了，她就是等于把这件衣服给了袭人了，让大家觉得王熙凤作为管家，私下里贴进了自己的很多钱。可是我们知道她也挪用公款放高利贷的，对不对？所以《红楼梦》很有趣，每个角色都是复杂的，能让你同时看到一个人身上的很多面。

凤姐笑着说：“太太那里想的到这些？究竟这又不是正经事，再不照管，也是大家的体面。说不得我自己吃些亏，把众人打扮体统了，宁可我得个好名儿也罢了。”王熙凤的意思是，如果我是一个企业的经理，我的员工出去穿得破破烂烂的，我有什么好看的？她说，如果你们“一个一个像‘烧糊了卷子’似的，人先笑话我，说我当家倒把人弄出个花子来了”。大家听了，都叹道：“谁似奶奶这样圣明！在上体贴太太，在下又疼顾下人。”这是拍马屁的话，大家当着面在奉承王熙凤。

“一面说，一面只见凤姐命平儿将昨日那件石青刻丝八团天马皮褂子拿出来，与了袭人。”石青色有点像我们今天说的深蓝色，蓝到有点接近黑了。“天马”是带翅膀的马，“团花”是用同色的丝织出的暗纹，要在特别的光线下才能看清楚。然后“又看包袱”，就是检查了一下行李箱，行李箱是不是名牌一眼就能看得出来。见袭人“只得一个弹墨花绫水红绸里的夹包袱，里面只包着两件半旧棉袄与皮褂子。凤姐又命平儿把一个玉色绸里的哆啰呢包袱拿出来”，相当于换了一个行李箱，“又命包上一件雪褂子”。雪褂子是很特别的那种料子，外面可能是羽纱的，雪落到上面很容易滑掉，有点儿像我们现在的羽绒服。

袭人回家探母病的排场

平儿去拿了出来，一件是半旧大红猩猩毡的，一件是大红半旧羽纱的。袭人说："一件就当不起了。"平儿笑道："你拿这猩猩毡的。把这件顺手带出来，叫人给邢大姑娘送去。昨儿那么大雪，人人都穿着，不是猩猩毡就是羽缎羽纱的，十来件大红衣裳，映着大雪好不齐整。就只他穿着那件旧毡斗篷，越发显的拱肩缩背，好不可怜见的。如今把这件给他罢。"这一段非常重要。王熙凤的私人秘书平儿自己做主拿了一件衣服给邢岫烟。因为邢岫烟家里很穷，邢夫人又不太会照顾人，在雪地里只穿了一件旧褂子，平儿看了觉得不忍，就此送了一件衣服给她。王熙凤的表现很有趣，她说："我的东西，他私自就要给人。我一个花还不够，再添上你提着，更好了！"其实她是在赞美平儿帮她把事情做得周到体面。

这一段虽然是写袭人回家，但实际上写出了贾家管理中的某些非常复杂的人际关系。我敢说在今天，如果不是特别能干和得到真正信任的助理恐怕都不敢做这样的事。

大家就笑着说："这都是奶奶素日孝敬太太，疼爱下人。若是奶奶素日是小器的，只以东西为事，不顾下人的，姑娘那里敢这样。"大家同时赞美了两个人，是因为你做经理很大方，你的特别助理知道你的个性，才敢做这件事情。凤姐说："所以知道我的心的，也就是他还知三分罢了。"我想一个当经理的人，手底下的员工大多总是在那边指指点点说他小器、吝啬，大概很少有员工对自己的年终奖金会满意。王熙凤感慨只有平儿对她有所了解。

然后她又嘱咐袭人："你妈要好了，就罢；要不中用了，只管住下，打发人来回我。”注意，这是一个交代，意思是不要急着回来，因为这个假要怎么批我也不知道，可能两天、可能三天，根本没有准儿。袭人是宝玉的丫头，她不在的话，王熙凤必须要安排其他的人，所以她说你可以继续请假，可是务必要回报一声。贾家真的完全像一个企业，丫头回家这件事情也不是随便讲讲就行的。如果母亲过世了该怎么办？意思是说你今天回去探病并没打算住下，可是如果人真不中用了，你要住下来，就得告诉我，我立刻派人给你送铺盖去。她下面还特别交代，不可以用家里的铺盖和梳头的东西，因为不干净。挺吓人的吧？今天如果你家的菲佣要到医院去看她母亲，我们肯定不会送铺盖卷去。

凤姐又吩咐周瑞家的说：“你们自然是知道这里的规矩的，也不用我嘱咐了。”这是最厉害的话，意思是说平常都训练有素，不用再一一交代。周瑞家的答应说：“都知道。我们这去到那里，总叫他们的人回避。”袭人是不能随便让人看到的，虽然只是贾家的丫头。她回自己的娘家，所有的男人都要回避。她要见母亲，另外的客人也要回避。“若住下，必是另要一两间房子。”也不能跟其他的人住在一起。“说着，跟了袭人出去了，吩咐小厮预备灯笼，遂坐车往花自芳家来，不在话下。”

我们刚才提到，袭人是宝玉房里的大丫头，宝玉大大小小的事全是袭人在安排。袭人一走，宝玉的房里就有点乱套了，剩下的得力的丫头是麝月和晴雯，接下来的戏就转到了麝月、晴雯的身上。

袭人不在的混乱状态

这里凤姐又将怡红院的嬷嬷叫来两个，特别交代说：“袭人只怕不能来家了，你们素日知道那些大丫头们，那两个知好歹，派出来在宝玉屋里上夜。”“上夜”就是值夜班，晚上要照顾宝玉。“你们也好生照管着，别由着宝玉胡闹。”宝玉还是十几岁的小孩子，怕袭人不在，没有人管他，两个妈妈就答应着去了，一时来回说：“派了晴雯和麝月在屋里，我们四个人原是轮流着带管上夜的。”凤姐听了点头，又说道：“晚上催他早睡，早上催他早起。”老嬷嬷们答应了，回园去了。“一时果有周瑞家的带了信回凤姐说：‘袭人之母业已停床’。”“停床”就是说人已经死了。凤姐回明了王夫人，一面派人到大观园去拿袭人的铺盖妆奁。

“宝玉看着晴雯、麝月二人打点妥当，送去之后，晴雯、麝月皆卸罢残妆。”因为丫头们白天要涂水粉、胭脂，晚上睡觉前就要卸妆，完全像演员一样。“晴雯只在熏笼上围坐”，熏笼是一种香炉，上面有个雕空的盖子，晴雯怕冷，就抱着熏笼取暖，熏笼平常是要把衣服搭在上面熏香用的。

麝月就笑着说：“你今儿别装小姐了，我劝你也动一动儿。”可见袭人不在，宝玉房里的事情就没有人做了。这个晴雯从来都是多一事不如少一事，有点儿懒懒的，袭人一不在，就只有麝月一个人在忙，所以她就骂晴雯，让她也动一动。后面我们会看到晴雯的个性很特别，她真正体现能力的时候是帮宝玉补雀金裘。在晴雯看来，我平常疏远一点没有关系，真正到了该两肋插刀的时候，我才是那个见义勇为的人。所以她就在那边开玩笑：“等你们都去尽了，我再动不迟。有你们一日，我且受用一日。”意思说反正你们可以服侍，我就装装小姐吧！麝月笑道：“好姐姐，我铺床，你把那穿衣镜的套子放下来，上头的划子划上，你的身量比我高些。”宝玉的房里有一个大穿衣镜，就像今天高级饭店里的那种跟人大小一样的穿衣镜，中国当时还没有能力做这么大的玻璃，这种穿衣镜是从西洋进口的。古代有一种迷信，觉得镜子会把人的魂魄摄掉，所以晚上镜子要用一个布套盖起来。我记得我们小时候也有这个习惯，家里面的镜子是有镜套的，讲究的人家还会在镜套上面绣花。

麝月拜托她，晴雯“嗐”了一声，笑道：“人家才坐暖和了，你就来闹。”

宝玉对丫头的体贴

“此时宝玉正坐着纳闷，想袭人之母不知是死是活。”宝玉很牵挂袭人，不是因为自己没有人照顾了，而是在想袭人的母亲到底是死是活，袭人心情会不会很不好。宝玉完全像个菩萨，他对所有的生命都有所牵挂，如果用一种世俗的标准来评判宝玉爱谁不爱谁，大概是永远无法读懂《红楼梦》的。宝玉“忽听见晴雯如此说，便自己起身出去，放下镜套，划上消息”。宝玉很有趣，绝大多数的主人在这个时候就会骂晴雯说，我一个月拿多少钱给你，你还不帮我做事。可是宝玉没有，他干脆自己把这件事做了。

我想这都是《红楼梦》里非常奇特的地方，因为在那个时代的这种家族，一个丫头回家就有这么大的排场，这个少爷被服侍的程度就可想而知了，可是宝玉并没有被这种服侍“奴役”。我说的奴役是指人在被许多规矩服侍的时候，反而会被服侍控制。他自己的能力会因此丧失。就像我今天有洗衣机、洗碗机，随时可以用这些机器来帮助我。可是我跟朋友讲，最好的瓷器，我是绝对不会用洗碗机去洗，对我来说洗那个瓷器是最大的快乐，或者我最喜欢的在威尼斯买的纯麻的衬衫，我是绝对不会丢到洗衣机里去洗的，对我来说，我觉得洗它是很快乐的事。很多时候能做自己的主人是件非常快乐的事。

宝玉走进来笑道："你们暖和罢，都完了。"晴雯大概有点不好意思了，怎么能让主人自己去做事呢，所以晴雯笑道："终究暖和不成的，我又想起来汤婆子还没拿来呢。"古代有一种金属的罐子里面装了热水，外面包了布，晚上睡觉时放在被子里暖脚用的，有点像今天的热水袋，叫汤婆子。麝月说："这难为你想着！他素日又不要汤婆子，咱们那熏笼上又暖和，比不得那屋里炕冷，今儿可不用。"大家有没有注意麝月她们的对话，这些事情平常都是袭人做的，现在袭人不在，大家有点乱了手脚，晴雯根本不知道宝玉用不用汤婆子。这里是暗示袭人回家后这个房里的状况，宝玉说："你们两个都在那上头睡了，我这外边没个人，怪怕的，一夜也睡不着。"晴雯说："我是在这里睡的，麝月你往他那外边睡去。"说话之间，"天已二更……二人方睡"。你看，凤姐一直交代说要早点睡，根本没有用。

如果是袭人在的话，这些事情早就打点好了。因为袭人不在，大家就不知道应该怎么办了。"晴雯自在熏笼上，麝月便在暖阁外边。"

"至三更以后，宝玉睡梦之中，便叫袭人。"这个小孩子因为跟袭人很亲，有什么事情就习惯叫袭人。"叫了两声，无人答应，自己醒了，方想起袭人不在家，自己也好笑起来。"人就是这样，最亲的人如果不缺席你很难知道他的重要。如果他一直在那里，你根本不觉得，一旦缺席，你才知道这个人对你有多重要。"晴雯已醒，因叫唤麝月道：'连我都醒了，他守在旁边还不知道，真是个挺死尸的。'"晴雯说话很直，常常伤人。

“麝月翻身打个哈欠”，她根本没有睡着，笑道：“他叫袭人，与我什么相干！”这个小丫头有点吃醋了，心说反正照顾他的是袭人，他叫来叫去也是袭人，我干吗理他。这其中虽说有点小小的嫉妒，可是也没有多严重，还有一点在嘲笑宝玉，因问：“作什么！”宝玉道：“要吃茶”，麝月忙起来，只穿了一件红绸小棉袄儿。宝玉道：“披了我的袄儿再去，仔细冷着。”注意这个对话，因为从暖被窝里冷不丁起来很容易受凉，所以细心地关照。“麝月听说，回手便把宝玉披着起夜的一件貂颏满襟暖袄披上”，大概有点像我们今天的浴袍。“貂”是貂皮，“颏”是下巴，貂的下巴上的毛是最软的；满襟不是中间开襟，是包过来的大襟。因为是晚上起夜披的衣服，应该是最轻最暖的。

大家看她倒茶前的描写，你不能在那边挖了鼻孔又挖耳朵，然后就给主人倒茶。麝月先“下去向盆内洗洗手，先倒了一钟温水，拿了大漱盂，宝玉漱了口”。因为睡了半夜，嘴巴里面有味道，不能直接喝茶。“然后才向茶格上取了茶碗，先用温水荡了一荡，向暖壶中倒了半碗茶，递与宝玉吃了；自己也漱了一漱，吃了半碗。”

这些细节是文学里最有趣的，现在小孩子的作文就是因为缺乏细节。我有时候也很同情现在的孩子们，因为我们的生活中已经没有这样的细节了。讲究喝茶的人，杯子是一定要先烫一烫的。因为杯子的温度本身与茶的味道是有关系的，只有到了一定的温度，茶的气味才会出来。在这么冷的雪天，如果杯子是冷的，热茶一倒进去，气一下子就被凝住了。这些小细节都是作者平常观察到的，一定是生活里真有，才能够被描写出来。

晴雯不是躺在床上吗，她就求麝月：“好妹妹，也赏我一口儿呢。”麝月就骂她了："越发上脸儿了！"意思是说你真把自己当小姐了吗？晴雯笑道："好妹妹，明儿晚上你别动，我伏侍你一夜，如何？"这里面有一种很有趣的东西，我们平常觉得这里有主人跟丫头的分别，可晴雯的意思是说，现在我需要你服侍我，明天晚上我服侍你，主人、丫头也轮流着做。其实十几岁的孩子没有那种等级的观念，会觉得谁需要我，我就服侍谁。

生命美丽的时刻

平常晴雯总是懒懒的，不想做事，不喜欢献殷勤。这种人其实常常会很吃亏，大家也会觉得她爱偷懒，可接下来大家会看到她补裘的时候，可以补到整个人都晕倒。其实我们身边有时候也有这类的朋友，平常可能不会说好听的，甚至不饶人，常常让你觉得这个人好讨厌；可是在危难的时候，给你最大支持跟帮助的可能就是这样的人，正所谓"心直口快，面冷心热"。

"麝月听说，只得也伏侍他漱了口，倒了半碗茶与他吃了。"这是《红楼梦》里让人越读越喜欢的片断，它让人回忆起自己青春里最快乐的时刻，天真烂漫，任何名利等级的概念都没有，就是人对人，包括你要喝茶，我就帮你倒一碗茶的那种关系，这种记忆很美好。而这种青春里的天真烂漫，进入成人世界的职场就不见了，你再也不敢相信人跟人之间还可以这么天真。这一段完全是在写三个小孩子之间的一种来往。

麝月笑道："你们两个别睡，说着话儿，我出去走走回来。"这么晚了，她还要出去走走。晴雯笑道："外头有个鬼等着你呢。"这特别像我们初中时说的话，每次露营的时候，有人不睡觉要出去，就有人会说外面有一个鬼等你。宝玉道："外头自然有大月亮的，我们说着话，你只管去。"宝玉对于人去欣赏美丽的东西是非常鼓励的，他觉得麝月是要看夜晚的月色。其实雪夜的月光是最美的。我们总说宝玉像菩萨，其实菩萨是无论在什么时候都能体贴人心的。他觉得麝月已经起来了，又披了这么暖的衣服，出去看看月光是件好事。

"麝月便开了后房门，揭起毡帘一看，果然好月色。"生命中这样的时刻其实是非常美的，跟你是主人还是丫头无关，关键是他能看到生命里最美的这个部分。有时候我们发现知识再多，学位再高都不见得会欣赏好月色，可是这个丫头在这个晚上看到了，而且宝玉也鼓励她去看。

晴雯等她出去就要来吓唬她。这也是我们在初中时常做的事，一个人去上厕所，我们就去吓他。那个时候好奇怪，现在想起来蛮病态的。很多人常常在半夜知道人家要去上厕所，就拿一个白被单，先站到厕所里去，好多同学都被吓哭了。现在想起来初中宿舍里每天都特别喜欢玩这种游戏。

本来晴雯喝茶自己都懒得起来，现在要出去吓唬人就变得好高兴。噼里啪啦就起来了，"仗着素日比别人气壮，不畏寒冷，也不披衣，只穿着小袄，便蹑手蹑脚的下了熏笼，随后出来"。

宝玉就赶快劝她："罢呀！冻着不是玩的！"因为宝玉知道外面有多冷，一个女孩子穿着那样的睡衣的小袄出去，是会冻病的。"晴雯只摆手"，叫他不要讲话，随后去了。"将出房门，忽然一阵微风，只觉侵肌透骨，不禁毛骨森然。心下自思道：'怪道人说热身子不可被风吹，这一冷果然利害。'一面正要唬麝月，只听宝玉在内高声说道：'晴雯出去了！'"注意，宝玉在警告麝月，其实不是担心麝月被吓到，而是因为害怕晴雯被冻着。晴雯忙回身进来，笑道："那里就唬死了他了？偏你就蝎蝎螫螫老婆汉像的！"就是婆婆妈妈的意思。

宝玉笑道："倒不为唬坏了他，头一件你冻着也不好；二则他不防，不免一唬，倘或惊醒了别人，不说咱们是玩意儿，反倒说袭人才去了一夜，你们就见神见鬼的……"意思是说你看袭人才一天不在家，你们就闹成这个样子，都三更半夜了还不睡觉，这里面有宝玉的很多体贴跟担待。他叫晴雯"你来把我这边的被掖一掖"，注意这句话，大家肯定认为是宝玉觉得脖子那个地方冷，其实他是想看看晴雯是不是被冻到了。我常说对人真正的关心是"体贴"，是身体的彼此贴近，可是这种贴近常常被误解成猥亵，其实体贴跟关心是同一个东西，甚至可以说体贴是关心的基础，宝玉对人的体贴从来都是身体的。

"晴雯听说，便上来掖了一掖，伸手进去就渥一渥。宝玉笑道：'好冷手！我说看冻着。'"注意，宝玉已经握到了晴雯的手。"一面又见晴雯两腮如胭脂一般，用手摸了一摸，也觉冰冷。"宝玉道："快进被来渥渥罢。"其实就是立刻把自己的被子拉开让晴雯赶快钻进被子里来。

这是《红楼梦》里最不容易理解的地方，很多人觉得一个女用人忽然钻到男主人的被窝里简直不可思议，在今天一定会有不得了的新闻报道出来。作者的写法非常奇特，此时的宝玉完全没有男女之防，只是觉得有人在这个时候很冷，他的被窝是暖和的，就叫她赶快进来渥一下，他始终有前面提到的那种对人的体贴。

我相信这世间大概有两种人，一种人是看得懂这一段的，从中看到的是非常高贵的情操；另一种是看不懂的，看到的只能是猥亵。就像看蔡明亮的《天边一朵云》也有两种人一样。可是对这种情操的领悟恐怕需要个人的缘分。之所以强调这一段，是因为早些年一直不明白宝玉为什么会有这样的动作，而最近几年读《红楼梦》，这是最能打动我的一段。

晴雯生病看医生

作者还对此有所强调。“一语未了，只听‘咯噔’一声门响，麝月慌慌张张的笑进来，说道：‘唬了我一跳好的，黑影子里，山子石后头，只见一个人蹲着。我才要叫喊，原来是那个大锦鸡。见了人一飞，飞到亮处来，我才看真了。若冒冒失失一嚷，倒闹起人来了。’”人在晚上的时候，容易疑神疑鬼，看那个石头越看越像一个人。一面说，一面洗手，又笑说道：“晴雯出去了，我怎么不见？一定是要唬我去了。”宝玉笑道：“这不是他，在这里渥呢！”作者其实是第二次提醒我们，晴雯真的睡在宝玉的被子里。“我若不嚷的快，可是倒唬你一跳。”

这一段，作者竟然轻描淡写到这种程度，我相信这跟作者自身的情操有关。有的小说写到这里，大概不知道该怎么去渲染了，大概会去写宝玉的情欲什么的，可作者在这里表现的，没有一丝的欲望的成分，只有人对人的关心。我相信这是《红楼梦》作为一部伟大的文学著作最动人的部分。如今不少的读者已经被当下的媒体教坏了，他们在看人的关系的时候，根本无法理解其中的情操，甚至已经不相信人还会有这种纯粹了。这恰恰是《红楼梦》最该细看的地方。

麝月“一面说，一面仍旧回自己被中去。麝月道：‘你就这么“跑解马”的打扮儿，伶伶俐俐的出去了不成？’”“跑解马”是指舞台上那种又短又小的衣服。宝玉说：“可不就这么出去了。”麝月道：“你要死，不拣好日子！你出去白站站，把皮不冻破了你的！”麝月是披了一件宝玉的暖袄出去的，她知道外边有多冷。

说着，麝月又将大火盆上的铜罩揭开，拿灰铲把熟炭埋了一埋，“拈了两块素香来，放在火盆内，仍旧罩上，至屏后重剔亮了灯，方才睡下。晴雯因方才一冷，如今又一暖，不觉打了两个喷嚏。宝玉叹道：‘如何？到底伤了风了。’”

接下来就讲到了晴雯看病，我觉得这也是《红楼梦》里的绝笔。本来嘛，一个丫头看病，直接去门诊部，把医保卡一刷就好了，可是宝玉却请了一个医生来。本来贾家有固定的太医——王太医，是个很稳重的老医生。可是这天王太医有事不在，来的是个刚从医学院毕业的年轻医生，他还没看到人，只是看到晴雯留着的两个染红的长指甲的手就脸红心跳，全身冒汗。

这时候我们才知道晴雯留了两个这么长的红指甲，这么长的指甲是不太可能做家事的，所以晴雯大概每天就像小姐一样懒懒地靠在那里。在这里看到作者对指甲的描写，给人的感觉有点颓废，你会奇怪怎么会写到一个丫头的指甲？后面我们才知道作者有非常精彩的部分和这里呼应。在晴雯被冤枉并赶出贾家病死之前，宝玉赶去看她，她就咬断这两个指甲，放在了宝玉的手里，表示我跟你今生无缘，就留着这个指甲做纪念吧！

宝玉体贴晴雯的生病

第二天，“晴雯果觉有些鼻塞声重，懒于转动”，真的感冒了。宝玉道："快不要声张！太太知道了，又叫你搬了家去养息。"如果是现在家里有菲佣感冒了，你肯定也担心她传染给你、丈夫和孩子吧，这是人之常情。可是宝玉却想瞒着大人，因为按贾家的规矩，丫头生了病是要赶出去的。宝玉说：你回到家里，没有暖房，也没有医生，病会更重。不如我假装生病，偷偷地找个医生进来帮你看看。现在大概很少有这样的主人，这个十几岁的男孩子的那副菩萨心肠，大概是所有文学里描写的主人中最独特的。他嘱咐晴雯："你就在里间屋里躺着，我叫人请了大夫来，悄悄从后门进来瞧瞧就是了。"

晴雯有点不放心，她说："虽如此说，你到底要告诉大奶奶一声儿。"大奶奶就是李纨，是管家的。"不然一时大夫来了，人问起来，怎么说呢？"因为贾家门禁森严，外面的男人是不可以随便进的，所以晴雯有点儿害怕。宝玉听了有理，便唤一个老嬷嬷来吩咐道："你回大奶奶去，就说晴雯白冷着了些，不是什么大病。袭人又不在家，他若家去养病，这里更没有人了。传一个大夫，悄悄的从后门进来瞧瞧，别回太太了罢。"老嬷嬷去了半日，回来说："大奶奶知道了，说吃两剂药好了便罢，若不好时，还是出去的为是。如今时气不好，沾染了别人事小，二爷身子要紧。"这也很合理，主要怕传染了宝玉。

一般生病的人心会很敏感，带病到人家里去吃饭，总感觉人家在嫌弃你。所以晴雯就很难过，听了这话，气得喊道："我那里就害瘟病了，生怕过了人！我离了这里，看你们这一辈子都别头疼脑热的。"这就是晴雯的个性，她是个热心肠，肯为别人两肋插刀，如今她觉得我一点点小病，你们就觉得像瘟疫一样，要把我丢开。说着，就真的要起来回家。宝玉就赶快按着她说："别生气，这原是他的责任，生恐太太知道了说他，不过白说了一句。你素习爱生气，如今肝火自然又盛了。”

正说着，有人回大夫来了。下面这一段，我觉得是《红楼梦》最精彩的看病细节，医学院学生都应该读读这一段，看看年轻医生是怎么给人看病的。

“只见三两个后门的老婆子带了一个太医进来”，因为有男人来了，这里的丫头都回避了，“有三四个老嬷嬷放下暖阁上的大红绣幔，晴雯从幔帐中单伸出手去。那太医见这只手上有两根指甲，足有二三寸长，尚有金凤花染的通红的痕迹……”这是很吓人的描写，其实只见手不见人，比什么都有诱惑力。大家通常会认为裸体很容易诱惑人，其实真正的诱惑是隐藏。如果说晴雯真的站在那里，大概也没有那么大诱惑力，但现在只伸出一只手，还有二三寸长的红指甲，这个医生已经脸红心跳不敢再看了，因为再看下去他就不会诊脉了。有一个老嬷嬷明白了，赶快拿了条手帕把手盖住，太医才诊了脉。

过去的中医诊脉还有比这个更严格的，连手都不伸出来，只是牵一根红线，医生在好几米外靠这根红线来号脉。我觉得很荒谬，一个民族的道德最后竟变成这个样子，让人感觉不可思议，其实那条线的诱惑更大。正是因为这种礼教的层层设防，导致人心产生了更多的偷窥欲，这种欲望到今天仍无法遏制，因为社会从不给大家提供真正面对事物真相的机会。

医生诊了脉，起身到外间，向嬷嬷说道：“小姐的病症是外感内滞，是近日时气不好，竟算是个小伤寒。幸亏是小姐素日饮食有限，风寒也不大，不过是气血原弱，偶然沾染了些，吃两剂药，疏散疏散就好了。”说着，便随婆子们出去了。

“彼时，李纨已遣人知会过后门上的人及各处丫环回避，那太医只见了园中景致，并不曾见一个女孩。一时出了园门，就在守园门的小厮们的班房内坐了，开了方子。老嬷嬷说：‘老爷且别去，我们小爷啰唆，恐怕还有话问。’”那个太医忙道：“方才不是小姐，是位爷不成？”你看，他连性别都搞不清楚，他判断是小姐，因为觉得男孩子大概不会养两个那么长的指甲，还染红的。他说：“那屋子竟是绣房，又是放下幔子来瞧的，如何是位爷呢？”老嬷嬷笑着说：“我的老爷，怪道小子才说今儿请了一位新太医来了，真不知我们家的事。那屋子是我们小哥儿的，那病人是他屋里的丫头，倒是个大姐，那里的小姐？若是小姐的绣房，小姐病了，你那么容易就进去了？”意思说这是丫头，如果是林黛玉生了病，你进得去吗？最多也就是拉一根红线而已。

胡庸医乱用虎狼药

这个太医开的药方，宝玉看了很不以为然。因为药方上有紫苏、桔梗、防风、荆芥，还加了枳实跟麻黄，这都是疏散的药。宝玉说：“该死，该死，他拿着女孩儿们也像我们一样的治，如何使得！凭他有什么内滞，这枳实、麻黄如何禁得。”这完全在讲一个没有临床经验的医生，本来医学就是理论是一回事，临床是另外一回事。宝玉的意思是说，女孩子用药不能跟男孩子一样，就像大人的药跟小孩的药不同一样，女孩子的体质这么娇嫩，怎么可以用这么猛的药？可见宝玉非常懂药理。现在也有红学的考证说明，这些药在中药里确是重药，虚弱体质根本承受不了。因此宝玉就说：“快打发他去罢！再请一个熟的来。”可老嬷嬷说：“用药好不好，我们不知道。如今再叫小厮去请王太医去倒容易，只是这个大夫，又不是告诉总管房请的，这马钱是要给他的。”“马钱”指的就是车马费。

可就是因为这个车马费折腾了半天。袭人不在家，到底应该给多少钱谁也不知道。好不容易找到一包银子，又没人知道是几两。

所以宝玉问：“给他多少？”婆子笑道：“王太医和张太医每常来了，也并没曾给银钱，不过每年四节一趸送礼，那是一定的例。”因为王太医他们有点像家庭医生，所以不必每次都给钱。“这个人新了来一次，须得给他一两银子，少了不好看。”宝玉听了，就叫麝月去拿银子，麝月说：“花大姐姐还不知搁在那里呢？”宝玉就说：“我常见他在那小螺甸柜子里拿钱，我和你找去。”“螺甸”就是用贝壳镶的柜子，有点像现在的保险箱。两个人就来到“袭人堆东西的房间，开了柜子，上一格都是些笔墨、扇子、香饼、各色荷包、汗巾等类的东西；下一格却有几串钱。于是开了抽屉，才看见一个小簸箩内放着几块银子，倒也有一把戥子”。“戥子”是称银子的小秤，相当于现在的天平。

“麝月便拿了一块银子，提起戥子来问宝玉：‘那是一两的星儿？’”要称一两银子就得知道一两的星儿在哪儿。宝玉笑道：“你问我？”两个人都不知道，这就是大户人家的少爷跟丫头，其实要是有人现在叫我开一张支票，我真的不会开，因为从来没有这个经验。之前这些事都是袭人在管，所以宝玉笑道：“有趣，你倒成了是才来的了。”麝月也笑了，又要去问人。宝玉道：“拣那大的给他一块就是了，又不作买卖，弄这些做什么！”这完全是少爷的话，拣最大的拿，宁可多给一点，也不要让他说我们少给了。“麝月听了，便放下戥子，拣了一块，掂了一掂，笑道：‘这一块只怕是一两了。宁可多些好，别叫那穷小子笑话，不说咱们不认得戥子，倒说咱们小器似的。'"

那婆子站在门口，笑道："那是五两的锭子夹了半个，这一块至少还有二两呢！这会子又没剪夹，姑娘收了这个，再拣一块小些的罢。"麝月就关了柜子出来，笑道："谁又找去！多些你拿了去罢。"宝玉说："你只快请了王大夫来就是了。"婆子接了银子，自去料理。

"一时，茗烟果请了王太医来，先诊了脉，说的病症与前相仿，只是方子上果无枳实、麻黄等药，倒有当归、陈皮、白芍等药，分量比先也减了些。"病虽然一样，在不同的体质的人身上用药是不一样的。宝玉看到这个方子说："这才是女孩儿们的药，虽然疏散，也不可太过。旧年我病了，却是伤寒内里饮食停滞，他瞧了，还说我禁不起麻黄、石膏、枳实等狼虎药。""狼虎药"，就是不到万不得已不该用的重药。我们现在的西药多半是狼虎药，副作用大得不得了，像抗生素之类的大概都属于这类药。这里其实讲的是东方的药理。"我和你们一比，我就如那野坟圈子里长的几十年的老杨树，你们就如秋天芸儿进我的那才开的白海棠，连我禁不起的药，你们如何禁得起。"在宝玉心目中，女孩子是娇嫩得不得了的。

麝月等人就笑他说，干吗把自己比成野坟地里的杨树？"野坟里只有杨树不成？难道就没有松柏？"古代的男人多半会把自己比作松柏，《论语》里云："岁寒，然后知松柏之后凋也。"宝玉说：我可不敢比松柏，松柏还是让那些要员去比吧！

这其实是一种嘲讽，作者讨厌中国主流文化中人的那种自负，动不动就说自己又是松或是柏，他觉得野坟圈里的杨树已经很不错了，而对像海棠一样娇嫩的女孩子，应该多给她们一点安慰和关心。

这都是因为袭人不在而发生的一些琐事，但也点出了几个小孩子之间的某种非常有趣的关系。我自己非常喜欢五十一回，觉得其中晴雯钻到宝玉被里、医生给晴雯看病、宝玉讲他自己不敢自比为松柏这些片段，都很有深意。它们对主流文化有非常大的颠覆意义，虽然很多时候并不自觉，但主流文化在我们每个人身上都有根深蒂固的力量，甚至我们会不由自主地去维护主流文化。每一个时代里想让主流文化有所松动的人，恐怕都要受到攻击跟非议。《红楼梦》是如此，《天边一朵云》也是如此，它们在为时代的主流文化做一点点化解，让人性有更多的空间跟可能，而不是仅有道德的教条。因为道德一旦变成教条，晴雯钻到男主人的被窝里，绝对是要被鞭尸的罪恶，因为太不合封建礼教了，可是一旦回归到人性上来，这是非常动人地展示孩子们天真无邪的一幕，我想这些部分都是容易引起社会争议的。

第五十二回

俏平儿情掩虾须镯
勇晴雯病补雀金裘

生命存在的意义与价值

第五十一回里讲到晴雯因为在下雪天没有穿厚衣服跑出去就受凉生了病，其中特别讲到医生怎么帮她诊脉，怎么下药。还有宝玉对她的体贴和关心，连药方都一味一味地检查，甚至另请医生来看，希望用的药对晴雯没有太大的伤害。然后就在房间里开始煎药，晴雯觉得不太好，因为整个房子里全都是药味，就建议由茶房来煎。宝玉跟她解释说，其实在所有的气味当中，药香是最上等的。他说："药气比一切的花香、草香都雅。神仙采药烧药，再者高人逸士采药治药，最妙的一件东西。这屋里我正想各色都齐了，就只少药香，如今却好，全了。"就命人在房间里给她煎药。我们不知道宝玉是真的这样想，还是出于对人的一种体贴。

之前，宝玉身旁的袭人、晴雯、麝月、秋纹这几个丫头中，跟宝玉最亲的是袭人，晴雯的戏份比较少。大家就觉得这个女孩子泼泼辣辣的，常常出口伤人，也不太爱做家事。但《红楼梦》就是这么有趣，不看到第五十二回，你就不知道晴雯的重要性。是人就会有偏见，我们习惯评判身边的人谁好谁不好，喜欢比较。作者提醒我们，一个生命的存在自然有他存在的价值。小说都写到第五十回了，晴雯一直没有什么特殊表现，大家会觉得她大概也就是个配角，可是在第五十二回里晴雯因为病补雀金裘变成了主角。

第五十二回的前半段讲的是另外一个故事，大家在雪地里烤鹿肉吃，平儿来了，把自己的虾须镯褪下来放在一边，后来这个镯子不见了，王熙凤就说你们不用找，我已经知道在哪里了。

王熙凤就命令大家偷偷地去查访，后来发现这个金镯子是宝玉房里的小丫头坠儿偷的。这种大户人家，在管理上是特别麻烦的。因为这些贵妇人从头到脚都是珠宝和贵重的东西，底下的人一旦手脚不干净，很多东西就会不见了，所以他们在这方面的管理是非常严格的。

平儿知道以后，就把这件事掩藏了。因为她觉得宝玉特别在意别人对自己房里丫头的看法，他能让晴雯钻到自己的被窝里，可见这个主人对丫头的管理真是有问题。可是宝玉始终相信有一个比法律更高级的管理手段，那就是“情”。他一直相信人跟人之间有一种真诚的情意。我想在读到这一段的时候，大家一定会有一种感受，如果你作为一个老师或者一个学校的管理者，就会有很多的处罚条例，比如作弊如何如何，偷窃如何如何，你只要签个字，就能给这个学生记过。可是如果你作为一个教育者，给那个学生警告的时候，你可能会觉得不如趁这个机会让他自己对人性有一种本能的觉醒，否则简单地去处罚他，并不见得有用。

平儿情掩虾须镯

不知道我讲得是不是清楚，其实这是一种两难。在《红楼梦》里，宝玉从来不动法，他总觉得那个东西只是一种外在的对人性的限制。当然，在我们的现实社会里，大家越来越觉得“法”是最方便的。

我们前面提过《论语》里的那个很重要的故事，就是一个人的老爸偷了别人的东西，然后儿子就去衙门告发，说我老爸偷了别人家的羊，老爸因此被抓。有人对孔子说：这个儿子很正直。孔子就不以为然，他说：“父为子隐，子为父隐，直在其中矣。”我在年轻的时候读到这一段就很矛盾，心想万一哪天我老爸也偷了人家的羊，我要不要去告发。因为你首先会认为这样做是对的，是法律的公正。可孔子为什么不赞成？难道他是在鼓励营私舞弊吗？现在我明白了，作为一个哲学的信仰者，他信仰的哲学不全是法律，他觉得一个社会如果到了父亲告儿子、儿子告父亲的地步，这个社会大概已经出了很大的问题，很多人身上对于良知良能的自觉就没有了。他鼓励儿子担待一下自己的父亲，让父亲能自我觉醒到偷人家的东西是错的，而不是立刻就去告发。

我今天特别能体会孔子当年讲这个话的意义，因为今天我们按令申告的事件实在太多了，多到让人感觉到这个社会有没有在“法”之外给“情”和道德留下余地。这件事让平儿很为难，本来人赃俱获，完全可以马上处罚坠儿，也好杀鸡儆猴。可是平儿觉得这么做的话会伤害宝玉，所以这一回中的“俏平儿情掩虾须镯”，“情掩”就不是依法，而是用人情遮掩“虾须镯事件”。有时候读《红楼梦》真的比任何教育都管用，因为它处处能让你看到人性的多样和两难。我们一再强调，人性如果能简单到一加一等于二就好了，可是人性不可能这么简单，它除了“法”的正直以外，还要有很多的隐。这个“隐”，年轻的时候我觉得是“隐瞒”，现在我觉得这个字大有深意，其实是在讲隐恶扬善。

人性中的很多部分，是不宜于直接去揭发的。就像在同事之间，看到某一个人犯了什么错，就像一下子抓到人家的小辫子一样，开心得不得了，马上当着所有同事侮辱他。可是我们知道，“理直气壮”这个成语在古代传统中就不是个好词，因为理直气壮肯定会伤人，没有给人留任何的余地，我相信“情掩虾须镯”的意义就在这里。

“情掩虾须镯”突出了一个“情”字，我相信如果一个社群当中有没有这个情字，差别会非常大。所以文学一直在讲“情”这个字，可是这个“情”不是滥情，而是人与人相处时最真诚的情谊，它绝对比法律更温润、高级，甚至更有能量。如果有点事情就闹到对簿公堂，即使赢了肯定也没有什么意思，因为那丧失的是人跟人之间更高贵的情谊和信任。

人对人最单纯的爱

这一回讲到两个主角，一个是平儿，一个是晴雯。她们是《红楼梦》里两个地位低卑的丫头，可她们为人处事的气度，比今天社会上的许多高层人物还要精彩，她们身上有一种惊人的美。我相信作者就是想用这样的一本书，给曾经在他身边生活过的历史上无名无姓的生命留下一座丰碑，他觉得传统文化里动辄就把自己比作松柏的那些人其实很糟糕；相反，生活在民间的那些身份低卑的人，像我们前面讲到的《淮阴侯列传》中的漂母，身上才最具备人最朴实的情怀。

我一直觉得平儿是《红楼梦》里非常了不起的一个丫头。按说，她的处境是最艰难的，贾琏的窝囊好色，王熙凤的威严跋扈，让她夹在中间，受了很多的委屈。但她没有任何抱怨，做人依然那么正直。王熙凤最厉害的时候，她总是劝她尽量宽厚一点。平儿不识字，几乎没有任何社会地位，可是却有自己的情操跟品格。

话说众人各自散后，宝钗姊妹等同贾母吃毕饭，“宝玉因记挂着晴雯，便先回园子里来。到了房中，药香满室，一人不见。只见晴雯独卧于炕上，脸面烧得飞红。又摸了一摸，只觉烫手。”注意，从五十一回开始，作者会着意描写到宝玉和晴雯之间的一些小动作，我想今天的男主人跟用人之间这样做大概也是不宜的。

可是作者在写这些的时候完全没有主仆界限的顾忌，宝玉很自然地上去摸她的头。就算今天我们感冒发烧的时候，你的朋友来看你，也没有几个人会把手放在你的额头看看是不是发烧。但我相信人间一定有一种情叫作体贴，它很多时候比安慰的话还要管用。

大家细看这些动作，宝玉刚从外面回来，手是凉的。摸了一下晴雯的头觉得发烫。他立刻感觉不对，“忙又向炉上将手烘暖，伸进被去摸了一摸身上，也是火烧”。一个十四岁的男孩子对人能有这样缜密的心思，能对人体贴到这种程度，真是难能可贵。

宝玉就有点着急，于是说道：“别人去了也罢，麝月、秋纹也却无情，各自去了？”他心说这两个人怎么搞的，平常大家那么好，同伴生病竟然能撂下不管。

宝玉有一点责备的意思，但晴雯却为她们解释，可见人与人的相处中第三者是非常重要的角色。如果宝玉怪罪秋纹跟麝月的时候，晴雯在那边添盐加酱地说：就是啊，这两个人真是无情。就加重了宝玉对这两人的恶意。可晴雯说：“秋纹是我撵了他去吃饭的。”注意，“撵了去”是赶了半天才赶走的，因为秋纹一直守在她旁边不肯去吃饭。“麝月是方才平儿来找他出去了。”可见人世间的很多误会和疑虑，第三者都很关键。如果一个社会鼓励第三者的拨弄是非，这个社会就会越来越糟。我想《红楼梦》其实是在提醒我们，今天的很多大人还不如这几个十几岁的孩子明理。

但晴雯也说出了自己的心病，她说：平儿和麝月“两个人鬼鬼祟祟的，不知说什么。必是说我病了不出去”。生病的人都会变得敏感，总觉得自己会惹人嫌弃。有没有发现生活中我们的很多委屈与受伤，大多是因为自己的多心。

宝玉就很严肃地跟她说：“平儿不是那样人。”我觉得在我们的社会里如果常常听到这句话：这个人不是你想的那个样子，也许很多事情就化解掉了。“况且他并不知你病特来瞧你”，因为晴雯的生病只有李纨知道。按规矩，晴雯生病是要回自己家的，宝玉特地隐瞒了这个事。“想来一定是找麝月来说话，偶然见你病了，随口说特瞧你的病，这也是人情乖巧取和的常事。便不出去，有不是，与他何干？你们素日又好，断不肯为这些无干的事伤和气。”宝玉的这番话，是我们应该要学的东西。这个“素日又好”是指对彼此的关系应该有信心。晴雯也很了不起，马上就觉悟道：“这话也是。”确实是我自己多心了，这也是一个了不起的人性反省。作者一直在展现人性里崇高的部分，如果这个时候晴雯不认账，非要问问她们说的是什么，就又吵起来了。所以这其中每一步都是人性的觉悟，都是带着大家往崇高的方向走。

宝玉对人性实验的失败

晴雯道：“这话也是。只是疑他为什么又忽然瞒起我来。”因为平儿也是很直爽的人，有什么事情就当着我的面讲，干吗要鬼鬼祟祟跑出去讲？这个时候他们还不知道平儿是来谈虾须镯的事的。因为平儿最知道晴雯的脾气。晴雯是宝玉房里的四个大丫头之一，坠儿是底下的四个小丫头之一，依照规矩，大丫头是要管小丫头的，如果知道坠儿偷了东西，晴雯肯定会马上爆发，平儿希望能私下处理这件事。之所以要避开晴雯，一是知道晴雯的脾气，二是看她正在病重，不想让她因此生气，其实这里面有很多的体谅。细读《红楼梦》，就能看到许多类似的动人的东西。

宝玉笑道："等我从后门出去，到那窗根下听听他们说些什么，回来告诉你。"说着，果然从后门出去，至窗下潜听。

只听见麝月悄问道："你怎么就得了的？"宝玉刚开始听到的时候一定不知道是说什么，其实就是说那个金镯子。平儿说："那日洗手时不见了，二奶奶不许吵嚷。"这种大户人家的管理者非常有见识，他们知道如果当即追查，偷东西的人会立刻转移的。所以王熙凤说：我知道在哪里。"出了园门，即刻就传给园子里各处的妈妈们小心查访。"大观园有自己的大家风范，特别知道该怎么查案子，不能事先大呼小叫的，否则真正的罪犯就不见了。最后就查出来是宝玉房里的坠儿偷的，因为以前丫头偷了东西也没有地方放。那些老妈妈、大丫头会监管她们的东西，所以很快就查出来了。

平儿说，"我们只疑心跟邢姑娘的人"，邢岫烟是新来的，她们家很穷，可见人在很多时候的假设都是偏见，他们觉得比较穷的人才会偷金镯子，说她们："本来又穷，只怕小孩子家没见过，拿了起来，也是有的；再不料是你们这里的，幸而二奶奶没有在屋里，你们这里的宋妈妈去了，拿了这只镯子，说是小丫头坠儿偷起来的，被他看见，来回二奶奶。"我们知道，宋妈妈她们抓到这样的把柄，一定是有赏金的，她一定很高兴可以整这个小丫头了，这就是“法”了。这件事情其实很不好办，原因是因为宋妈妈本身就是一个人证，她人赃俱获，回报给王熙凤。平儿要想把这个事情掩盖掉，宋妈妈也未必答应。

所以我们就看平儿是怎么去处理这么为难的一件事的。她说：“我赶忙接了镯子，想了一想：宝玉是偏在你们身上留心用意、争胜要强的。”这几个字大家细细去体会一下：“留心用意”，是说他没有用管理丫头的方法管理她们，他相信人性有一种更高的自觉；“争强要胜”是说他希望自己房里的丫头，没有严格的法的约束也能有人性的自觉。

坠儿出了这种事，等于是宝玉对人性实验的一次失败，可是最大的为难在于，十次有九次失败，我们还要不要为那一次留下余地。如果这个余地不留的话，“不拿不该拿的东西”的这个人性的自觉以后就没有了。如果我们认定人性是一定会拿不属于自己的东西的，这就是法。春秋战国时期的“荀子性恶”和“孟子性善”的辩论，重点就在还要不要相信人性的自觉上。这里的“争强好胜”很容易被误解，宝玉不是要拿自己的丫头跟别人去比的那种人，他要比的是人性的崇高。

“那一年有个良儿偷玉，刚冷了，这二年间，还有人提起来趁愿。”“趁愿”就是大家提起这件事情感觉很解气，心说你看宝玉这个人就是乱七八糟，连个丫头都管不好的。其实我们今天要对人性有信任的话，要对抗的是整个社会普遍对人性不信任的力量，这是非常难为的。一旦失败，大家就会说，你看，他总是那么相信人，结果失败了吧。可是就算知道有失败的可能，比如现在去试我的学生，我知道百分之九十可能会失败，可是我还要不要留那个百分之十的余地？其实我在学校里碰到过好几次这样的事情。所以这么多人“高兴”地看这件事情，表示大家认为宝玉对人性的信任根本是失败的。

平儿处世的周到与体贴

“这会子又跑出一个偷金镯子的来了。而且更偷到街坊家去了。”因为平儿不是大观园里的人。“偏是他这样，偏是他的人打嘴。所以，我倒忙叮咛宋妈，千万别告诉宝玉，只当没有这事，别和一个人说。”平儿还说：“第二件，老太太、太太听见也生气，三则袭人和你们也不好看。”就是你们底下的小丫头偷了别人的金镯子，上面负责管理的四个大丫头也脸上无光。“所以我回二奶奶，只说：‘我往大奶奶那里去的，谁知镯子褪了口，丢在草根底下，雪深了没看见。今天雪化尽了，黄澄澄映着日头，还在那里，我就拣了起来。’”

平儿编了一个故事说金镯子找到了。我觉得这个故事讲的既是金镯子，也是人性。你会忽然觉得这个画面好漂亮，有一个东西被掩盖了，可是另一个东西忽然亮起来了。文学的迷人之处就在这里。其实平儿更希望在雪地里看到雪化了以后，那个黄金的镯子露出来，而不是有人偷了这个镯子。平儿的了不起在于，她心里一直有着对人性最高的信任，所以她就编了这样的故事描述给别人听，王熙凤这么聪明的人，竟然也相信了。在平儿的情掩虾须镯中有着对所有人的担待。不止是她对宝玉的疼惜，还有对袭人、麝月她们的，包括对坠儿的。因为这些丫头有着共同的命运，这个丫头可能只是一时的糊涂，这个时候打断腿赶她出去，她的一生并不能因此变得更好，甚至只有死路一条。

然后，她还对麝月说："我来告诉你们，以后防着他些。"虽然留了这么大的余地，可是这个事情你们不能不知道。平儿只是对人性崇高跟生命情操有向往，可并不是滥好人；虽然她从不利用是非，可是并不是没有是非。

大家有没有感觉到情、理、法，三个东西平儿都兼顾了。今天我们很少能看到在一个司法的系统可以兼顾到这些东西，因为它并不是那么单纯的，这里面还有人的介入。

还有一点非常重要："别使唤他到别处去。等袭人回来，你们商议着，变个法子打发出去就完了。"就是说这个坠儿还是不用了，可是不要大张旗鼓地开除，让她能有一个机会转换一下，这是平儿处理事情的方法，跟王熙凤有很大的不同。

麝月当然很生气，就骂道："这小蹄子也见过些东西，怎么这么眼皮子浅。"看到好东西就想要叫"眼皮子浅"，就是没见过什么世面，否则一定不会那么贪。平儿道："究竟这镯子能多重，原是二奶奶的，说这叫'虾须镯'，倒是这颗珠子还罢了。"意思是那个珠子还贵重一点，黄金根本不值什么钱。"晴雯那蹄子是块爆炭"，"爆炭"两个字用得极好，就是动辄暴跳如雷，晴雯是非常容易走极端的，这种人常常是有勇无谋，很像《三国演义》里的张飞。"要告诉了他，他是忍不住的。一时气了，或打或骂，依旧嚷出来，所以单告诉你，留心就是了。"说着就告辞而去。平儿处理事情的周到真是惊人，我常常觉得这个人是个治国的好材料。

这些话是宝玉偷听到的，大家可以想象宝玉听到这席话后的心情有多复杂，肯定是又喜又气，喜的是人世间竟有这么周到的体贴，为了怕他伤心，竟然不让他知道。"气的是坠儿小窃"，偷一个那么小的东西真是丢脸。“再叹坠儿那样个伶俐人，作出这样丑事来。”我们知道宝玉对丫头是很挑剔的，大概只有漂漂亮亮、聪明伶俐才会挑到他的房里，结果没有想到坠儿如此下作，毁了自己生命里最好的可能。

爆炭晴雯

宝玉回到房中，“把平儿之语一长一短告诉了晴雯”。可见这些人之间其实也没有什么秘密，即使偷听到一些话，也都是用最善良的方法去对待。又说：“他说你是个要强的。”注意，他没有直接用“爆炭”，而只是说你很要强，“如今病着，听了这话越发要添病的，等好了再告诉你。”宝玉把刚才偷听到的话换了一个方法来讲，就变成了非常动人的力量，很巧妙地转换了她们两个的关系。

“晴雯听了，果然气的蛾眉倒竖，凤眼圆睁。”这绝对是晴雯，情绪一上来根本没有办法压抑或者控制自己，“即时就叫坠儿”。不要忘了，这时候她还在加护病房呢！她觉得真是丢脸，怎么会出了这样的事情。宝玉就劝她说：“你这一喊出来，岂不辜负了平儿待你我之心了。”注意，宝玉没有说待我之心，而是待你我之心，因为平儿这样处理问题是有好多担待的，你如果叫出来，刚好跟平儿的意图相反。“不如领他这个情，过后打发他出去就完了。”晴雯道：“虽如此说，只是这口气如何忍得！”晴雯不能忍，平儿就能忍，这是典型的性格差异。当然，没有绝对的好和坏，可是，《红楼梦》里真正把整个家族里面的事物和人际关系处理得妥妥帖帖的主要靠平儿，靠晴雯肯定不行。事实上，平儿身上绝对有那种理性跟感性的平衡，她可以理性地分析事情，同时又用很温柔的情怀去感知很多的事情。在一个女人身上，这种平衡是非常难得的。宝玉道："这有什么气的？你只养病就是了。"

"晴雯服了药，至晚间又服了二和药，夜间虽有些汗，还未见效。仍是发烧，头疼鼻塞声重。"感冒的所有症状都出现了。"次日王太医又来诊视，另加减汤剂，虽然稍减了些烧，仍是头疼。"

下面一段很好玩。宝玉看中药怎么治都不管用，实在没办法了，就想干脆用西药来试试看。宝玉便命麝月："取平安散，给他嗅些。"当时西洋进口的药也不知道名字，有点像清朝时的鼻烟。清朝时所有的贵族身上都带着个鼻烟壶，把鼻烟挑一点在鼻子里面，吸进去，就会直冲脑门儿，有点像被芥末呛住的感觉，有通窍、醒脑的功能。"麝月果真去取了一个金镶双扣金星玻璃的一个扁盒来，递与宝玉。宝玉便揭开盒盖，里面有西洋珐琅的黄发赤身女子，两肋有肉翅。"西洋的裸体画出来了，肉翅就是翅膀，其实就是一个裸体的天使。"里面盛着些秘制的平安散。""秘制"是指不知是用什么方法做的。

"晴雯只顾看画儿"，因为她从来没见过这样的画，晴雯这么贴身的丫头，都从没有见过宝玉的这个东西，肯定是宝玉私下里用的东西，说不定是他从外面什么人手里搞来的。这种家庭连《西厢记》都不准看，可这种裸体的女子的画，宝玉是放在身上的，可见这个小男孩也有很多自己在网络上下载的私自享受的东西。《红楼梦》的细节非常有趣，宝玉有一个自己的私密小世界。更有趣的是，晴雯一直在那里端详，因为这个丫头从来没见过黄头发的裸体女子，还长着翅膀。所以"晴雯只顾看画儿，宝玉道：'嗅些，走了气就不好了。'"因为气味一旦跑掉，效果就不好了。晴雯根本不会用，因为鼻烟从来都是男人用的东西。

“晴雯听说，忙用指甲挑了些嗅入鼻中，不见怎样。”这个时候我们已经知道她留了两根两三寸长的指甲，大概可以想象一下她的动作，可是没有什么感觉。这里写得恰到好处，如果他接着就写晴雯打喷嚏什么的，就显得粗糙了。可是作者先说晴雯好像没什么感觉，“便又多多挑了些嗅入，忽觉鼻中一股酸辣透入脑门，接连打了五六个喷嚏，眼泪鼻涕登时齐流”。我记得第一次跟朋友去吃生鱼片，他就说你吃点芥末，刚开始也觉得没有什么，可等到又多吃了一点，就完蛋了。“晴雯忙收盒子，笑道：‘了不得，好辣！快拿纸来！’早有一个小丫头子递过一搭子细纸。”当时已经有类似今天面巾纸之类的东西了，就是专门擤鼻涕、擦眼泪用的纸。“晴雯便一张一张的拿来擤鼻子。宝玉笑问：‘如何？’”宝玉感觉有点开心，本来他只是想试试看，现在看上去好像有点用。“晴雯笑道：‘果觉通快些，只是太阳还疼。’”其实这个东西不一定是治病的，可是它有一个功能是让你在打喷嚏的时候，至少一瞬间鼻腔畅快了。

光生日就闹不清

宝玉笑道：“率性尽用西洋药治一治，只怕就好了。”你看贾家很多时候竟然也用西药治病。说着，就命麝月：“和二姐姐要去，就说我说了：姐姐那里常有那西洋贴头疼的膏子药，叫作‘依弗哪’，找寻一点儿。”我们现在已经考证不出来这个“依弗哪”是什么文了，我觉得像是拉丁文，也有点像法语或意大利语的发音。“麝月答应了，去了半日，果拿了半截来。便去找了一块红缎子角儿，铰了两块指头顶大的圆式，将那药烤和了，用簪挺摊上。晴雯自拿着靶儿镜，贴在两太阳上。”现在很多年轻朋友大概都对这种药没什么印象，我童年时常见我们邻居的老太太在太阳穴上贴一个红红的、圆圆的东西。我们是看《红楼梦》才知道王熙凤也常常贴这个东西，大家都觉得很好看，其实是为了治头疼。

晴雯是第一次贴，麝月笑道："病的蓬头鬼一样。如今贴了这个，倒俏皮了。二奶奶贴惯了，倒不大显。"

说毕，又向宝玉说："二奶奶说了，明日是舅老爷的生日，太太说叫你去呢。"此时作者开始把重点从晴雯的病转到另外一件事上。"明儿要穿什么衣裳？今儿晚上好打点齐备了，省得明儿早起费事。"因为袭人不在，所以麝月她们就要格外精心。平常宝玉出门从内到外都是袭人一手打理，现在麝月就不太知道该穿什么衣服。宝玉对自己身上穿什么衣服，根本没有想法，也没有什么概念，他本身不是那么讲究，也不太愿意麻烦别人，但是袭人把他照顾得太好了。是去参加葬礼、生日派对，对方是长辈还是平辈，什么场合该穿什么衣服，袭人心里都有谱儿。所以麝月问他的时候，他也有点儿懵。这充分说明在袭人缺席的时候，宝玉的房里出现了问题。

所以宝玉只好说："什么顺手就是什么罢，一年闹生日也闹不清。"读到这里，大家一定很同情这个十四岁的男孩子。今天的要员也是如此，因为在上流社会里，应酬是一种必需的人际交往。换成是我们，有些场合你不参加，朋友不见得会怪罪。可是在官场里，尤其是古代的大贵族，他是要用这些应酬来证明身份的。比如说一个人的葬礼，要看都有谁的匾，那些匾代表的是这个人的社会地位。才十四岁就要常常代表父亲出去应酬，宝玉当然有点烦。"说着，便起身出房，往惜春房中去看画。"

刚到了院门，忽然看到宝琴的小丫头叫小螺的从那边过来。宝玉忙赶上问道："那去？"小螺笑道："我们二位姑娘都在林姑娘房里呢，我如今也往那里去。"宝玉听了，"转步也便往潇湘馆来"。注意一下，其实宝玉每天都无所事事，自己也不知道要干吗，一旦出了门就既可以往五福路走，也可以往六合路走。他觉得自己好像是专为这些姐姐妹妹活着的，对他来讲，那些闹不清的生日是最烦的事，可是跟这些姐姐妹妹在一起，他从来都是意犹未尽，所以马上转步就过来了。在这里有个对比，有些场合是他最不愿意去可又必须去的人生职场，那里必须每天穿得漂漂亮亮地坐在那里应酬。在大观园里他是自己，他可以跟他喜欢的姐姐妹妹一起回归本性。其实每个人身上都有一部分不是自己的"我"，是给这个社会的，另一部分的"我"才是给自己的，最惨的莫过于弄到最后自己的我完全不见了。常常碰到一些人会觉得他们好可怜，他们每天都活在为他人而扮演的角色当中，已经完全没有自我了。所以对宝玉来说，生日派对和潇湘馆，刚好是两个世界，一个是非我的世界，一个是自我的世界。

品味生活的美好

来到潇湘馆，看到"不但宝钗姊妹在此，且连邢岫烟也在那里，四人团坐在熏笼上叙家常呢。紫鹃倒坐在暖阁里，临窗作针黹"。因为冬天的时候房间里比较暗，所以要靠着窗，借着天光做针线。"一见他来，都笑说：'又来了一个！可没了你的坐处了。'"这很像禅宗里的话，就是今天怎么这么巧，来了这么多人，可惜你已经没地方坐了。宝玉笑道："好一幅'冬闺集艳图'！"宝玉永远欣赏这些女孩子，觉得她们每一个个体都很美，聚在一起就更是美极了，所以他要感叹冬天闺房里的是“冬闺集艳图”。“可惜我来迟了一步”，这个时候你就了解他为什么要说“一年生日闹也闹不清”了，因为他觉得那简直是在浪费生命。他说：“横竖这屋子比各屋子暖，这椅子上坐着并不冷。”说着，就坐在黛玉常坐的，搭着灰鼠椅搭的一张椅子上。“因见暖阁之中有一玉石条盆，里面攒三聚五栽着一盆单瓣水仙，点着宣石，便极口赞：‘好花！这屋子越暖，这花香的越浓。’”现在也能看到石头雕的一个长的花盆，里面放了一些水仙。

大家注意，中国的单瓣水仙跟西方水仙花非常不一样。在闽南一带有很多工匠是专门雕水仙的。雕水仙是把这个球茎用不同的方法雕刻，它的每个出花的部分都是经过设计的，到花长出来的时候完全处在人的控制之下。那个雕工必须是个植物学家，他得知道水仙出花的位置，才能雕得漂亮。

其实，这就是一种生活品位，可对宝玉来讲，生活之所以美好，就是因为拥有这些。过年的时候我会跑到台北的花市，一买就买一百枝单瓣的水仙，用一个大花缸养起来，然后请很多朋友来看，觉得很开心，这个年对我来说就有个特别的记忆。其实那花很便宜，一个球茎还不到十块台币，可是你会觉得自己很奢侈，过年时能有这么一大盆水仙。《红楼梦》常常会启发你去思考怎样才能让自己的生活里也有这个部分，不是那些闹不完的生日，而是能够有一盆水仙，可以跟自己最亲近的朋友一起去感觉生命的美好。

黛玉就说：“这是你家大总管赖大婶子送薛二姑娘的，两盆腊梅、两盆水仙。他送了我一盆水仙，送了蕉丫头一盆腊梅。”

这些年轻的孩子一直在分享自己生命里感觉最美的东西，别人送给薛宝琴两盆腊梅、两盆水仙。宝琴就把一盆水仙分给黛玉，一盆腊梅分给探春。《红楼梦》一再描述的这些孩子们的生活起居，无论是作诗，还是送花，其实都是一种美的分享，这种美不是金钱可以换来的。黛玉说："我原不要的，又恐辜负了他的心。你若要，我转送你如何？"宝玉说："我屋里却有两盆，只是不及这个。琴妹妹送你的，如何又转送人，这个断使不得。"黛玉就解释说："我一日药杯子不离手，我竟是药养着呢。那里还搁的住花香来熏？"黛玉的体质太弱，受不了花的香味。所以"越发弱了。况且这屋里一股药香，反把这花香搅坏了。不如你抬了去，这花也倒清净了，没杂味来搅他"。

黛玉不知道晴雯生病，也在煎药，那个屋里也有药味。宝玉就笑着说："我屋里今儿也有病人吃药呢，你怎么知道了？"宝玉有点傻乎乎的，本来一直不想让大家知道晴雯在吃药，现在自己反倒露馅了。黛玉就说："这话奇了，我原是无心的话，谁知道你屋里的事？"两个人一搭一笑地聊着天。《红楼梦》在五十回以后宝玉跟黛玉的对话越来越不容易懂，完全像禅宗的机锋，两个人总是有一搭没一搭地讲，有时候几乎无话可讲，这是非常奇怪的一种感觉。

宝玉心甘情愿做最后一名

这一段说的是黛玉跟宝玉之间那种若即若离的关系，你忽然觉得他们好像是最亲的人，又好像是最陌生的人。不知道大家跟最亲的人之间有没有过那种感觉，有时候特意跑去看他，却又忽然觉得不知道该说什么好。这一段完全在讲宝玉跟黛玉之间的默契，最高段位的默契是无言。

因为对别人的牵挂一般还能用语言表达，可宝玉对黛玉的牵挂就是无言的感觉。

宝玉就说："咱们明儿下一社又有题目了，就咏水仙、腊梅。"黛玉听了，笑道："罢，罢！我再不敢作诗了，作一回，罚一回，没的怪羞的。"这当然是在奚落宝玉，因为宝玉每一次作诗都是最后一名。可我觉得宝玉是心甘情愿当最后一名的，因为这样一来，可以衬托出所有人的好。这个境界正是大乘佛学里的地藏菩萨所谓："地狱不空，誓不成佛。"这是宝玉身上非常奇特的部分。我们的社会常常鼓励大家争第一名，从来没有人鼓励你去当最后一名。可宝玉却觉得去当那个最后一名是他的快乐，所以黛玉要笑话他。"说着，便把两手捂起脸来。"这个动作也很美，就是高一女生那种害羞的样子。宝玉就笑着说："何苦来！又奚落我作什么？我还不怕臊呢，你倒捂起脸来了。"两个人不论动作和语言都能看出彼此间的那种亲密。

宝钗也在旁边，一定感觉到了这种超乎寻常的亲密。宝钗就说："下次我邀一社，四个诗题，四个词题，每人四首诗，四阙词。头一个诗题《咏〈太极图〉》，限一先的韵，五言律，要把一先的韵都用尽了，一个不许剩。"不知道为什么，宝玉跟黛玉在那边谈、笑、捂脸的时候，宝钗却突然要讲这么一段话，真是好无聊啊！让人忽然觉得国文老师来了，要给大家布置作业了；本来人家是水仙、腊梅，这边忽然变成咏《太极图》，真是有点煞风景。可是我相信你一定完全懂了，宝钗这个时候心里其实非常吃味，她明显感到这两个人之间的关系是她介入不了的。于是，她忽然把话题一转，说明天要怎样怎样，其实那个内容根本不重要。薛宝琴就笑了："这一说，可知姐姐不是真心起社了，分明是难人，若论起来，也强扭的出来，不过颠来倒去弄些《易经》上的话生填，究竟有何趣味。”

这其实是在批评宝钗，细读《红楼梦》就会明白，宝钗是绝无代替黛玉的可能的，在宝玉跟黛玉之间有种任何生命都取代不了的东西。黛玉跟宝玉讲话时奚落他、嘲笑他，捂着脸羞他的动作全都是亲切，可是宝钗就显得过于正经八百,三个人的关系在这一段里写得特别清楚。宝琴还有点不了解内情，所以才批评她姐姐。其实宝钗的真正目的是要阻断宝玉跟黛玉之间的默契，因为她平常也不是那么没有性情的人，这个时候她忽然提出要咏《太极图》，其实是有点失态了，因为她也不知道该怎么办好。我想读了这一段，大家会对宝钗这个女孩子生出很多的担待和同情。这种情节在文学中非常难写，稍微一过就会显得粗糙。

曹家与西洋的关系

薛宝琴年纪还小，自然无法了解三个人之间关系的微妙，后来宝琴就把话题引到了另外的主题上。说她在过去常常跟爸爸到外洋去旅行，认识了很多外国人，其中有一个是西洋女孩子，会作汉诗。

通过这一段我们大概可以看到，如果我们循着曹雪芹的家族慢慢去寻找的话，就能发现他们跟西洋的联系很多，包括我们前面看到的鼻烟壶、西药，还有钟表，都能看到当时西洋跟这个家族的关系。更直接的原因是：曹家当时是江宁织造跟巡盐御史，等于是当时中国扬州、苏州一带最大的企业。在清朝的初期，甚至更早些时候跟外洋的关系已经很密切了，经常有船舶的往来，进行瓷器、丝绸的贸易。这个家族掌控着当时中国纺织业的中心，跟外洋的关系肯定会很密切。薛宝琴说她曾认识了一个真真国的女孩，真真国到底在哪里，我们也搞不清楚，大概是虚构的，可事实上曹雪芹的家族里一定有跟外洋联系的经验。

薛宝琴说：“我八岁的时节，跟我父亲到西海沿子上买洋货，谁知有个真真国的女孩子，才十五岁，那脸面就和那西洋画上的美人一样。”这个西洋指的是哪里不确定，有可能是欧洲，也有可能是西亚，也就是今天伊朗、波斯一带。“西洋”当时是一个很笼统的名称。有趣的是，她说到西洋画，表示这种画清朝时有很多。

这种西洋画在台北的“故宫”也有，我们知道有一幅一直被认为是香妃的画像，可事实上一直没有人能证明她就是香妃，或者说乾隆皇帝与香妃的故事本来就是个谜。但这个所谓的香妃像大家都看到过，是一个西洋美女，穿着像中世纪的盔甲那样的衣服，这张油画是谁画的，画的究竟是谁都不确定，只是被大家讹传为香妃像。但有一点可以肯定，当时在康熙、雍正、乾隆朝跟西洋美术之间的关系已经非常密切，皇宫里已经有西洋画家，他们带了很多西洋绘画过来，像曹家这种跟康熙的关系这么密切的家族，一定看过西洋绘画，所以她说那个女孩子长得跟西洋画里的美人一样。

她形容这个女孩子说：“黄头发，打着联垂。”“联垂”是一种垂下来的辫子，有可能是西亚、地中海西岸一带，有很多那种留着一排排小辫子的女孩，现在都常常能看到这种打扮的形式。“满头带着都是珊瑚、琥珀、猫儿眼、祖母绿这些宝石；身上穿着金丝织的锁子甲洋锦袄袖”，“锁子甲”有点儿像中世纪武士的盔甲里面穿的一种像铁背心一样的东西。“带着倭刀，也是镶金嵌宝的”，倭刀是一种弯刀，“倭”当然指的也是外洋。所以大家也许可以在脑子里组合出一个画面，有点儿像伊斯坦布尔皇宫里的人的那种装扮，阿拉伯、土耳其地区的贵族很多女性都这样打扮。

真真国的女孩子写的五言律诗

宝琴还特别强调："实在画儿上的也没他好看。有人说他通中国的诗书，会讲五经。"这太让人惊讶了，可我相信大家知道像利玛窦这些人，他们的汉文好得不得了的，因为他和徐光启合作翻译《几何原理》的时候，徐光启并不通外文，是利玛窦懂汉文，还有郎世宁的汉文也极好。后来到过敦煌，把敦煌的东西带到法国去的伯希和，他是翻译《真腊风土记》的，我们现在去读中文的原文，都不见得能读懂，但伯希和却把它翻译成了法文。可见当时的传教士当中有一批汉语非常精到的知识分子。

那是不是有一个这么年轻的女孩子汉文也这么好我们不太确定。这个女孩"能作诗填词，因此我父亲央烦了一个通事官"，"通事官"就是翻译，"烦他写了一张字，就写的是他作的诗"。大家都称奇道异，宝玉说："好妹妹，你拿出来我瞧瞧。"

宝玉的好奇心最强，一听说有外国女孩写的诗，就急着要看。到这里，青春这个主题，已不再仅仅是大观园的主题，也不再仅仅是中华民族的主题，已经变成了世界性的主题了。这些十几岁的孩子，每个人都有自己的梦想跟追求，这种梦想和追求已经扩大到外洋，那个女孩子也是十五岁，也在作诗，身上也有一种美。所以我一直觉得《红楼梦》里面所有的诗，都是青春梦想的一个象征。

宝琴道："在南京收着呢，此时那里取来？"宝玉听了，大失所望，便说："没福得见这世面。"黛玉非常聪明，马上笑着拉着宝琴说："你别哄我们，我知道你这一来，你的这些东西都未必放在家里，自然都是要带了来的，这会子又扯谎说没带来。他们虽信，我是不信的。”你看黛玉有多敏捷，大家都没有想到宝琴是为了嫁给梅翰林的儿子才来的。要出阁的女孩子，所有私人的东西是一定要一起带来的，因为再回娘家恐怕是很久以后的事了。

“宝琴便红了脸，低了头微笑不语”，意思是说你说对了。宝钗笑道：“偏这个颦儿惯说这些白话，把你就伶俐的。”黛玉笑道：“若带了来，就给我们见识见识也罢了。”宝钗就有点替宝琴挡驾，说：“箱子、笼子一大堆，还没理清，知道在那个里头呢！等过日收拾清了，找出来大家再看就是了。”又跟宝琴说：“你若记得，何不念给我们听听。”因为诗很容易记，宝琴就答应说：“记得是一首五言律，外国的女子也难为他了。”宝钗道：“你且别念，等把云儿叫了来，也叫他听听。”我不知道大家有没有感觉，其实我们年轻的时候常常这样，一旦要做什么事，就会说：等一下，把那谁谁叫来。其实就是大家都是一国的感觉，因为大家一直玩在一起，无论少掉谁都会很遗憾。

说着，便叫小螺来，吩咐道：“你到我那里去，就说我们这里有一个外国的美人来了，作的好诗，请你这个‘诗疯子’瞧去，再把我们那‘诗呆子’也带来。”“诗疯子”是史湘云，“诗呆子”是香菱。小螺笑着去了。“半日，只听见史湘云笑问：‘那一个外国的美人来了？’一头说，一头果和香菱来了。众人笑道：‘未见形，先已闻声。’”

宝琴她们赶快让座，因为宝琴年龄比较小，史湘云进来，她一定要让座。“遂把方才的话重叙了一遍。”湘云笑道：“快念来听听。”宝琴就念出来：

昨夜朱楼梦，今宵水国吟。

岛云蒸大海，岚气接丛林。

月本无今古，情缘有浅深。

汉南春历历，焉得不关心。

真不太相信会有外国人可以写汉诗写得这么好，《红楼梦》里面的这些小东西非常有趣，很多是在真真假假之间，我们未必要相信薛宝琴真的碰到了一个真真国的女孩子，可以写出这么美的五言律诗。

宝玉与黛玉的缘分

可是这里面像“月本无今古，情缘有浅深”之类的句子，真是有种流浪、漂泊的感觉，表现出人对时间和空间的无奈。当你猛然意识到我们今天看到的月亮是所有古人看过的，“月本无今古”这种句子就冒出来了，个人的生命一下子和历史的生命，和时间、空间的生命连接在一起了。

众人听了，都道：“难为他！竟比我们中国人还强。”一语未了，只见麝月走来说：“太太打发人告诉说，二爷明日一早往舅舅那里去，就说太太身上不好，不能亲自来。”宝玉赶快就站起来答应：“是。”注意，来传话的人是宝玉的丫头麝月，可是宝玉为什么要马上站起来？因为她传的话是妈妈的话。王夫人一年里可能光是应酬也应酬不完，所以也累得要死，只好把其中一部分拨给儿子来分担。

我们根本无法了解王夫人和宝玉的辛苦，宝玉从十四岁起就要代表爸爸、妈妈出去应酬了。宝玉问宝钗、宝琴可去？宝钗道：“我们不去，昨儿单送了礼去了。”大家说了一会方散。

注意一下，每当大家要散的时候，宝玉跟黛玉的情感就出现了。“宝玉因让诸姊妹先行，自已落后。”记住，如果一伙人在一起玩玩闹闹，散的时候有一个人故意落后，一定是有事。黛玉便又叫住他，问道：“袭人到底多早晚回来？”她知道袭人因为妈妈生病回家了，这句话本来也可有可无，对不对？宝玉道：“自然要等送了殡才来呢。”黛玉还有话说，又不曾出口，出了一回神，便说道：“你去罢。”下次如果有机会听到小男孩、小女孩之间的这种对话，你就知道是什么意思了。恋爱就是这么奇怪，明明很舍不得离开，可在一起又不知该说些什么。这种情境是文学里最难表现的。《红楼梦》的这一段写得非常惊人。大家可以回想一下你的初恋大概是不是这个样子。

“宝玉也觉心里有许多话，只是口里不知要说什么，想了一想，也笑道：‘明日再说罢。’”这种情况在宝玉跟宝钗之间从来没有发生过。宝钗的悲哀其实也就在这里，她不是不漂亮、不聪明，也不是不善良、不体贴，可她就是没有那个缘分，无论如何都只能做个旁观者。而宝玉和黛玉两个人就是有种黏在一起的缘分，哪怕连话都没得讲，也要在一起。

所以宝玉“一面下了阶矶，低头正要迈步，复又忙回身问道：‘如今的夜越发长了，你一夜咳嗽几遍？醒几遍？’”非常惊人，对不对？这才是最深牵挂，两个人之间的默契完全像是禅宗，就是心跟心的领悟。如果某一天，有个人回头问你说：你现在一晚上咳嗽几次，醒几次？你至少知道这是很亲的人，因为很少有人问病会这样问。

宝玉知道黛玉晚上常常咳嗽，常常会醒。黛玉道：“昨儿夜里好，只咳嗽了两遍，却只睡了四更一个更次，就再不能睡了。”黛玉是睡眠很差的人，她太敏感，又有太多的心事，所以总是睡不稳。宝玉又笑道：“正是有句要紧的话，这会子才想起来。”这个时候才想起自己是因为有要紧的事，才留下的。可是偏偏在这个时候却又被打断了，作者的文学技巧真是精妙，两个孩子在一起最美妙的初恋时光常常会被打断，因为没人不知道他们两个在干吗。所以我常常提醒自己说，年纪大了千万别不识相，你觉得两个人好像没说话，可是对他们来说，那是非常重要的时刻。

宝玉“一面说，一面就挨进身来，悄悄的道：‘我想宝姐姐送你的燕窝……’”

晴雯的生病与牵挂

我们知道，宝钗非常体贴黛玉，黛玉每天吃的一两燕窝是从宝钗家里拿的，宝玉觉得不能这么一直麻烦宝钗，想说他也有办法去弄燕窝，可是话没有讲完，来了一个最不该来的人——赵姨娘。他们之间的默契跟亲情被打断了，只好收住话头。

“只见赵姨娘走了进来瞧黛玉，问：‘姑娘这两天好？’黛玉便知他是从探春处来，从门前过，顺路的人情。黛玉忙赔笑让座，说：‘难为姨娘想着，怪冷的，亲自走来。’又忙命倒茶，一面又使眼色与宝玉，宝玉会意，便走了出来。”这两个人之间是根本不需要什么语言的。一个眼神彼此就懂了。

《红楼梦》越往后读，越觉得这两个人根本不需要什么结局，因为他们每一天都在彼此缘分的结局里，最终是不是结了婚的结局，对他们来说不是最重要的东西，他们之间的“情”已经超越了世俗的意义。

宝玉回来，看晴雯吃了药，“此夜宝玉便不命晴雯挪出暖阁来”。晴雯是丫头，本来是不能住在宝玉的暖房里的。宝玉却“自己便在晴雯外边。又命将熏笼抬至暖阁前”，晴雯变成了主人，因为宝玉要伺候晴雯。这在两三百年前的等级分明的世界里是不可想象的。而在《红楼梦》的作者眼里，只有人最本质的体贴。

“麝月便在熏笼上，一宿无话。至次日，天未明时，晴雯便叫醒麝月道：‘你该醒醒了，只是睡不够！你出去叫人给他预备茶水，我叫醒他就是了。’”她还是有很多牵挂，生病以后的晴雯越来越显得重要，因为袭人不在，她觉得麝月有点懈怠，便开始操心了。麝月忙披起衣服来道：“咱们叫起他来，穿好衣服，抬过熏笼去，再叫他们进来。老嬷嬷们已经说过，不叫你在这屋里，怕过了病气。”那些老嬷嬷要是知道他们这样睡在一堆还得了！

这一段里有很深的对人的痛惜，它打破了所有世俗里的伦理、阶级、辈分，让人生出温暖的感觉。“晴雯道：‘我也是这么说呢。’二人才叫时，宝玉已醒了，忙起来披衣，麝月先叫进小丫头子来，收拾妥了”，就是把屋子重新伪装一次，才命秋纹、檀云等进来，一同服侍宝玉梳洗完毕。麝月道：“天又阴阴的，只怕有雪，穿那一套毡子的罢。”到底要穿什么，麝月还是有点拿不定主意，宝玉点头，其实他自己也不知道下雪该穿什么。“即时换了衣裳，小丫头便用小茶盘捧了一碗建莲红枣汤来，宝玉喝了两口。麝月又捧过一小碟法制紫姜来。”按传统方法制作的东西叫“法制”，紫姜就是一种姜片，因为冬天冷，含在嘴里可以驱寒。“宝玉噙了一块”，“噙”就是含在嘴里，不咀嚼也不下咽，“又嘱咐晴雯一回，便往贾母处来”。

俄罗斯皇宫的雀金裘

因为宝玉要到舅舅家去做客了，贾母得检查他穿的衣服是否得体。平常袭人打点完以后，贾母都很满意。可是这一天可能觉得有点不对劲，贾母就把多年舍不得拿出来的一件衣服给了宝玉，这是俄罗斯国皇宫里的雀金裘，用孔雀的羽毛拈线织成的风雪衣。可见贾家的衣服中也有舶来品。

贾母开了房门让宝玉进来，宝玉看到贾母身后的宝琴“面尚向里”，还没有起来呢！“贾母见宝玉身上穿着荔色哆啰呢的天马箭袖，大红猩猩毡盘金彩绣石青妆缎沿边的排穗褂子”，贾母问：“下雪么？”宝玉道：“天阴着呢，还没有下雪。”

贾母便命鸳鸯来，她是贾母房里的首席大丫头，说：“把昨儿那一件乌云豹的氅衣给他罢。”鸳鸯答应了，“走去果然取了一件来，宝玉看时，金翠辉煌，碧彩闪烁，又不似宝琴所披凫靥裘”。宝玉不太知道这是件什么衣服。《红楼梦》里对于纺织品的描写是特别值得注意的，因为作者对纺织品太了解了。恐怕很多的制作工艺是今天已经失传的，因为他的家族不仅是清朝皇宫的织造者，还跟当时的欧洲、西亚、俄罗斯的纺织业有所交流。因为当时中国的丝绸非常有名，所以各国都会拿出它们最好的织品来与中国进行贸易。这些经验一般作家不可能有，换个人想破脑袋也想象不出“雀金裘”来。只听贾母笑道：“这叫作‘雀金呢’，这是俄罗斯国拿孔雀毛拈了线织的。”

我们认为俄罗斯很现代，可在三百年前贾母就知道俄罗斯国，贾母说："前儿把那一件野鸭子头的给了你小妹妹了（就是薛宝琴），这件给你罢。"语言非常有趣。本来人家叫"凫靥裘"，是美得不得了的名字，可到了老祖宗嘴里就变成了野鸭子头，可见真正的大贵族的语言有时候反而很自在，不那么咬文嚼字。

我一直觉得，这两件衣服在《红楼梦》的中段出现非常有趣。贾母是这个家族当年的管家，很多东西一直舍不得用，如今忽然感觉年纪这么大了，不知还能活几年，就决定把藏在仓库里的那些最美的、当年舍不得用的东西都拿出来，给她最疼爱的孙子、孙女们来穿用。这其中有一种贾母对青春的鼓励。

"宝玉磕了一个头，便披在身上。"这是做孙子的规矩，祖母送他一件名牌，他要马上跪下来磕一个头。贾母笑道："你先给你娘瞧瞧再去。"这件衣服当然很珍贵，不要说在两三百年前，就算今天谁有一件俄罗斯用孔雀毛织的衣服，也不得了。

宝玉答应了，便出来，"只见鸳鸯站在地下揉眼睁目"。自那日鸳鸯发誓决绝之后，她就不再跟宝玉说话了，这是鸳鸯自己的一个决断，意思是我从此不想跟你们贾家的男人有任何的关系。本来鸳鸯跟宝玉蛮好的，像姐弟一样亲，可如今宝玉要去拉她的手的时候，她一甩手就走了。我觉得这其中有作者的伤痛，在人世间的某种淫秽事件发生以后，会连累到高贵的情操。本来宝玉跟身边的这些女孩子一清如水，钻到他的被窝里都是一派天真，可是现在连拉下手都不行了，大家可以感觉一下宝玉心里有多难过。更难为的是，世俗生活中并不人人都是宝玉，许多人并不了解人身上的这种高贵，把它与低级趣味的情欲混为一谈。

宝玉出门的气派

因为鸳鸯不理自己，“宝玉正自日夜未安，此时见他又要回避，宝玉便上来笑道：‘好姐姐，你瞧瞧，我穿这个好不好？’”这真是一个小男孩在真心希望得到姐姐的赞美，是没有任何欲望、没有任何非分之想的一份单纯。“鸳鸯一摔手，便进贾母房中去了。”其实鸳鸯也为难，觉得他们之间的情感已经被隔绝了，因为这份情感常常被那些低级趣味的人拿来误用。前面贾赦要娶她做妾的时候话说得那么难听，让她觉得那种一清如水的感情根本没有办法表达，人跟人之间只能用这种冷酷的方式相处。所以，《红楼梦》中作者最伤心的就是这些部分，宝玉其实一直生活在类似的伤害里，可是他却至死不悟，一直相信情感是可以超越世俗关系的。

宝玉怅然若失，“只得来到王夫人房中，与王夫人看了，然后又回至园中，与晴雯、麝月看过，便回至贾母房中回说：‘太太看了，只说可惜了的，叫我仔细穿，别糟蹋了。’”贾母道：“也就剩了这一件，你糟蹋了也再没了。”这种衣服都是手工做的，肯定没有第二件。贾母还说：“这会子特给你作这个也是没有的事。”特别奇怪，小时候我就常常有这种经验，每次妈妈给你做了什么新衣服，然后嘱咐你一定要小心的时候，就因为你特别小心、特别害怕弄脏了或弄坏了时，偏偏更容易出事。比如，这个雀金裘很快就烧了一个洞。

贾母说着又嘱咐他：“不许多吃酒，早些回来。”宝玉答应了几个“是”。

下面看宝玉出门时的气派。宝玉出门时，有李贵、王荣、张若锦、赵品华、钱启、周瑞六个人，带着茗烟、伴鹤、锄药、扫红四个小子。他身边的护从是十个人，他们“背着衣包，抱着坐褥，拢着一匹雕鞍彩辔的白马，早已伺候多时了”。马是宝玉的私人轿车，老嬷嬷又吩咐他六个人一些话，无非是你们陪着出去要小心，开车不要太快之类的。这六个人忙答应了几个“是”，便“捧鞭坠镫”，就是把马鞭递给宝玉，再把那个马镫扶好。

宝玉慢慢地上了马，“李贵、王荣拢着嚼环，钱启、周瑞二人在前引导，张若锦、赵品华在两边紧贴宝玉身后”。宝玉的马一出动是个很大的阵仗。宝玉在马上笑道：“周哥、钱哥”，他们是他的司机和用人，可他还是要叫哥哥，“咱们打角门走罢，省得到了老爷的书房门口又下来。”周瑞他们就笑了，他们知道宝玉最怕老爷，便说：“老爷不在家，书房天天锁着的。爷可以不用下来罢了。”宝玉笑道：“虽锁着，也要下来的。”可见十四岁的小孩子要守的规矩真是不得了，虽然爸爸不在家，也要下来，因为门代表着父亲的位置。

不读这些细节，就不知道宝玉出一趟门有多么麻烦。先给祖母看，再给妈妈看，经过爸爸的书房还要下马。这是爸爸不在家，在家就更麻烦了，还要给爸爸看，然后说明今天要出去干吗。所以他就说干脆从角门出去算了。钱启、李贵笑道：“爷说的是。要托懒不下来，倘若遇见赖大爷、林二爷，虽不好说，也要劝他两句。”这些大管家很有威严，如果看见做儿子的经过爸爸书房不下马，是要教训的。到时候不好骂宝玉，就会骂旁边的车夫。“有的不是，都派在我们身上，又说我们不教爷礼了。”所以周瑞、钱启就一直引出角门来。

“正说话时，顶头果见赖大进来。宝玉忙拢住马，意欲下马，赖大忙上来抱住腿，宝玉便在镫上站起来，笑携他的手，说了几句话。”因为赖大是大总管，属于有特别身份的用人，少爷见面必须要行礼。这表明贵族之家有着非常严格的家教和规矩，小孩子从小受这样的教育，长期积淀下来就能形成教养。

“接着又见一个小厮带着二三十个拿扫帚、簸箕的人进来，见了宝玉，都顺墙垂手立住。”这些都是等级社会里的规矩，少爷来了，清扫的人要马上沿着墙站好，等少爷过去以后再开始工作。“只有那个为首的小厮打千儿，请了个安。宝玉不识名姓，只微笑点了点头。”

注意，这个十四岁的少爷，必须要有符合自己身份的做派。在大观园里他跟那些丫头玩得很尽兴，甚至不讲规矩，一旦出来，他就是大人，必须扮演符合他身份的角色，真是蛮累的，很多人他连名字都不知道。“马已过去，那人方带了人去。于是出了角门外，又有李贵等六个人的小厮并几个马夫早预备下十来匹马专候。一出了角门，李贵等都各上了马，前引旁围的一阵烟去了，不在话下。”

晴雯的个性

回来又讲晴雯。“这里晴雯吃了药，仍不见病退，急的乱骂大夫，说：‘只会骗人的钱，一剂好药也不给人吃。’”晴雯这种急性子的人，生个病都很麻烦，麝月笑劝她道：“你太性急了，俗语说：‘病来如墙倒，病去如抽丝。’又不是老君的仙丹，那有这样灵药！你只静养几天，自然就好了，你越急越着手。”这里是在为后面晴雯带病补裘做准备。

晴雯虽然人在生病，仍没有忘记坠儿偷金镯子的事。对此她恨得牙根痒痒。换成别人会觉得这关我什么事，我好好养病就是了，可是她就急得不得了。骂完医生以后，又骂小丫头说：“那里钻沙去了！瞅我病了，都大胆子走了，明儿我好了，一个一个的才揭你们的皮呢！”晴雯这种性格的人是最容易倒霉的，因为性子急到常常口没遮拦，总是把话讲得难听，到最后她还没有揭别人的皮呢，别人已经把她的皮给揭了。她最后的下场正是如此。

她这边一骂，“唬的小丫头篆儿忙进来问：‘姑娘作什么？’晴雯道：‘别人都死绝了，就剩了你不成？’说着，只见坠儿也蹭了进来”。注意这个“蹭”字，就是在那边磨磨蹭蹭的，坠儿大概也知道偷窃事件爆发了，有点儿害怕。晴雯道：“你瞧瞧这小蹄子，不问他还不来呢。这里又放月钱了，又散果子了，你该跑在头里了。”意思是讽刺坠儿，有好处的时候你跑在前面，该做事的时候你就不见了。“‘你往前些，我不是老虎吃了你！’坠儿只好前凑。晴雯便冷不防欠身一把将他的手抓住”，她生病的时候动作竟然还这么敏捷，“向枕边取出一丈青”，一丈青有点像现在的毛衣针，“向他手上乱戳”。晴雯的性子就是这么暴烈，坠儿让整个宝玉房里的人都脸上无光。嘴里骂道：“要这爪子作什么？拈不得针，拿不得线，只会偷嘴吃。眼皮子又浅，手爪子又轻，打嘴现世的，不如戳烂了！”坠儿疼得就乱哭乱喊。麝月赶快拉开坠儿，按晴雯睡下。

大家看，麝月的个性就跟晴雯特别不一样。麝月的本意是现在你不要打坠儿，不要让这个事情暴露出来，可是她用的方法却是，我关心的是你，你现在动气，病更不容易好。所以我们在安慰一个人的时候，最好让他知道我关心的是你，因为如果麝月这个时候说，我关心的是坠儿，晴雯可能更生气。所以麝月就比较委婉，她说：“你才出了汗，又作死。等你好了，要打多少打不的？这会子闹什么！”晴雯就命令人叫宋嬷嬷进来，说道：“宝二爷才吩咐了我，叫我告诉你们，坠儿很懒，宝二爷当面使他，他拨嘴儿不动，连袭人使他，他背后骂他。今儿务必打发他出去，明儿宝二爷亲自回太太就是了。”注意，她并没有讲虾须镯的事情，因为平儿的担待她已知情，也知道这个事情明说了不好，可是她必须找别的理由打发坠儿出去。

坠儿做错事抱恨而去

宋嬷嬷听了，心下便知镯子事发，因笑道：“虽如此说，也等花姑娘回来知道了，再打发他。”宋嬷嬷也觉得这个事情这样处理有点太粗暴了。晴雯就很生气，她说：“宝二爷今儿千叮咛万嘱咐的，什么‘花姑娘’、‘草姑娘’，我们自然有道理。你只依我的话。叫他家的人来领了他出去。”麝月道：“这也罢了，早也是去，晚也是去，带了去早清静一日。”麝月也觉得已经闹成这个样子了，干脆就早点带走吧。

宋嬷嬷听了，只得去叫了她母亲来，打点她的东西。又来看晴雯等人。坠儿妈妈当然要给女儿求情，说道：“姑娘们怎么了，你侄女儿不好，你们教导他，怎么撵出去？也到底给我们留个脸儿。”晴雯道：“你这话，只等宝玉来问他，与我们无干。”那媳妇冷笑道：“我有胆子问他去！他那一件事不是听姑娘们的调停？”意思是说宝玉才不会随便不要坠儿，都是你们在后面挑拨的。

有没有发现晴雯的倒霉之处在于别人不怪宝玉，只怪她，所以她在这里又背了一个黑锅。你看坠儿的妈妈说：“他纵依了，姑娘们不依，也未必中用。比如刚才说话，虽是背地里，姑娘就直叫他的名字。”坠儿的妈妈也有点生气了，说你们跟宝玉的关系就是这么乱七八糟的，竟然直接喊少爷的名字。晴雯听了以后脸就急红了。的确，一个未嫁的姑娘直接叫少爷的名字，是很不礼貌的事。她说：“我叫了他的名字了，你在老太太跟前告我去，说我撒野，也撵我出去。”她一开口就是对立的情绪，麝月赶快说：“嫂子，你只管带了人出去吧，有话再说。这个地方岂有你叫喊讲理的？你见谁和我们讲过理？别说嫂子你，就是赖奶奶、林大娘也得担待我们三分。”宝玉房里的这些大丫头，在贾府是有一定身份的，一般人是不敢跟她们随便吵的。她说：“便是叫名字，从小直叫到如今，都是老太太吩咐过的，你们也知道的，恐怕难养活，巴不的写了他的小名儿，各处贴着叫万人叫去，为的是好养活。连挑水的挑粪的都叫得，何况我们！连昨日林大娘叫了一声‘爷’，老太太还说他呢。”因为总叫少爷显得太娇贵了，所以有的大户人家还刻意把小孩子的名字让大家叫，觉得这样才会好养活一些。

有没有发现麝月的反应跟晴雯非常不同。晴雯是根本懒得解释的，特别容易形成对立，制造矛盾；可麝月却耐心地解释为什么我们会叫他的名字。方法不一样，两个人的结局也不一样。麝月还解释说：“二则，我们这些人，常回老太太、太太的话去，可不叫着名字回话去，难道也称‘爷’？”就是我们常常要把宝玉的事情报告给贾母跟王夫人知道，在他的母亲跟祖母面前也叫宝二爷，这是很不礼貌的。“那一日不把宝玉念二百遍，偏嫂子又来挑这个来了！过一日嫂子闲了，在老太太、太太跟前，听听我们当着面儿叫他，就知道了。”意思是说这个本来就是规矩，“嫂子原也不在老太太、太太跟前当些体面差事，成年家只在三门外头混，怪不得不知我们里头的规矩。”这就开始在讲等级了，有的用人是一辈子都见不到贾母的。

“这里不是嫂子久站的，再一会子，不用我们说话，就有人来问你了。有什么分证的话，且带了他去，你回了林大娘，叫他来找二爷说。家里上千的人，你也跑来，我也跑来，我们认人问姓，还认不清呢！”说着就叫小丫头子，拿了擦地的布来擦地！意思是说你赶快走吧，这个地方根本就不是你该来的。

坠儿的妈妈当然无言以对，也不敢久站，赌气带了坠儿就走。宋嬷嬷忙道：“怪道你这嫂子不知规矩，你女儿在这屋里一场，临去时，也给姑娘磕个头。没有别的谢礼罢了——便有谢礼，他们也不稀罕——不过磕个头，尽个心。怎么说走就走？”这是宋嬷嬷在教训她了，这些大姐姐们带了她这么长时间，走的时候至少也要磕个头。这点我们今天很难理解，你炒我的鱿鱼，我不骂你就不错了，干吗还给你磕头？可这就是过去的规矩，是你自己犯了错，如果有教养的话，还是得说一声谢谢。坠儿很懂事，听了就翻身进来给麝月、晴雯磕了两个头。然后又找秋纹等，她们也不睬她。那个媳妇“唉声叹气，口不敢言，抱恨而去”。

勇晴雯病补雀金裘

“晴雯方才又闪了风，着了气，反觉更不好了，翻腾至掌灯，刚安静了些。只见宝玉回来，进门就哎声跺脚。”麝月就问：怎么搞的？宝玉道：“今儿老太太喜喜欢欢的给了一件褂子，谁知不防，后襟上烧了一块，幸而天晚了，老太太、太太都不理论。”他回来是一定要先见祖母、妈妈的，还好，没有被发现。明天是一定会看到的，该怎么办呢？一面说，就一面脱下来，“麝月瞧时，果见有指顶大的烧眼”。说：“这必定是香炉的火进上了。这不值什么，赶着叫人悄悄的拿出去，叫个能干织补匠人织上就是了。”说着把衣服用包袱包起来，交给一个老嬷嬷送出去，嘱咐说：“赶天亮就有才好，千万别给老太太、太太知道。”因为贾家的势力很大，可以半夜叫那些裁缝起来赶工。

婆子答应去了半日，仍旧又拿了回来，说：“不但织补匠人，就连能干裁缝绣匠并作女工的问了，都不认得这是什么，都不敢揽。”这件衣服太大牌了，工匠们根本没见过，所以谁也不敢接这个活儿。麝月说：“这怎么样呢！明儿不穿也罢了。”宝玉说：今天是暖寿，明天才是舅爷大寿的正日子。你看过个生日有多麻烦。“老太太、太太说了，还叫穿这个去呢。偏头一日就烧了，岂不扫兴。”

晴雯本来是在养病的，听了半日，忍不住翻身说道：“拿来我瞧瞧罢。没那福气穿就罢了，这会子又着急。”这就是晴雯命不好的原因，自己都带病爬起来要帮别人做事了，还先要说句难听话。宝玉道：“这话倒说得是。”宝玉也是个贱脾气，每次有人骂他，他都很高兴。

晴雯就把衣服移到灯底下仔细地看，看了很久才说：“这是孔雀金线织的，如今咱们也拿孔雀金线，就像界线似的界密了，只怕还可混得过去。”小时候我见过有人用这个方法补玻璃丝袜。麝月笑道：“孔雀线现成的，但这屋里除了你，还有谁会界线？”“界线”是一种很特殊的工艺，晴雯是个聪明人，针线活很好。晴雯道：“说不得，我挣命罢了。”

这是晴雯非常动人的一面，她从不会说一句好听的，但在关键时候古道热肠，就是拼上命也要帮。我们周围肯定也有这样的朋友，嘴巴很直，却非常讲义气。

“宝玉忙道：‘这如何使得！才好了些，如何做得活。’晴雯道：‘不用你蝎蝎螫螫的。我自知道。’一面说，一面坐起来，挽了一挽头发，披上了衣裳，只觉头重身轻，满眼金星乱迸，实实撑不住。待要不做，又恐宝玉着急，少不得狠命咬牙捱着，便命麝月只帮着纫线。晴雯先拿了一根比一比，笑道：‘这虽不很像，若补上，也不很显。’宝玉道：‘这就很好，那里又找俄罗斯国的裁缝去。’晴雯先将里子打开，用茶钟口大小的一个竹弓钉牢在背面，再用破口四边用金刀刮的散松松的。”

小时候经常见人这样补东西，补之前先用一个弓绷起来，然后把烧焦的地方刮得毛毛的，不然，焦了的地方就会很明显。晴雯“用针纫了两条线，分出经纬，亦如界线之法，先界出地子来，然后依本衣之纹来回织补。织补两针，又看看，织补两针，又端详端详。无奈头晕眼黑，气喘神虚，补不上三五针，便伏在枕上歇一会。宝玉在旁，一时又问：‘吃些滚水不吃？’一时又命：‘歇一歇再补。’一时又拿一件灰鼠斗篷替他披在背上，一时又命拿个拐枕与他靠着。急得晴雯央告说：‘小祖宗！只管睡罢。再熬上半夜，明儿把眼睛抠搂了，怎么处！’”

大家有没有觉得这一段非常动人。宝玉觉得这是我惹的祸，怎么可以让你在病成这个样子的时候还帮我担待，因此就在旁边忙来忙去，不知道怎么办？晴雯说拜托你赶快去睡觉吧，你在这里明天两个黑眼圈就更不能见人了。不知道大家在青春时刻，是不是有过这样的朋友。

“一时只听自鸣钟已敲了四下”，就是都到早上四点钟了，刚刚补完，晴雯又用小牙刷慢慢地剔出绒毛来。麝月说：“这就很好，若不留心，再看不出来。”宝玉忙要瞧瞧，笑说：“真真一样了。”“晴雯已嗽了几阵，好容易补完了，说了一声：‘补虽补了，到底不像，我也再不能了！’‘哎哟’了一声，便身不由主倒下了。”

这一段是《红楼梦》里后来常常被抽出来单讲的“晴雯补裘”。晴雯竟然可以为朋友两肋插刀到这种程度，这一次也造成了她的元气大伤，整个身体再也无法恢复，最后晴雯带病而被赶出贾家，病死在家里。

《红楼梦》的作者大概一直都对曾在自己身边的女性有很多歉疚，这些女人是他一生感恩戴德的对象，我建议大家有空可以再细读一下“晴雯补裘”，真的非常动人。《红楼梦》多读几次，我们的内心就能产生对人的宽容。年轻的时候我们总是习惯主观地去看待人，比如大家一定会觉得是袭人一直在尽心尽力地照顾宝玉，晴雯根本就是多余的，可是在抱病补裘的这个晚上，你会发现晴雯并不多余。她待人的那种把自己的生命心血耗尽的热情，是袭人所不具备的。袭人能把平常琐琐碎碎的事情处理得很好，遇上最急难的事情，可能反而没有办法。大家一定记得《红楼梦》第五回关于晴雯的判词是：心比天高，身为下贱。身为丫头，她根本没有机会表现自己的高傲心性，最后酿成了她命运中的悲剧。

第五十三回

宁国府除夕祭宗祠
荣国府元宵开夜宴

贾府过年的盛况

第五十二回里的晴雯补裘，是一个戏剧性的大事件，接下来的五十三回、五十四回里没有大事件发生。我一直提醒大家，我们是一回一回地在讲《红楼梦》，大家可以把它断开来当成短篇小说，可是如果连起来，《红楼梦》就是一部长篇大小说，这样的小说一定要有它的节奏，就像一部电影在高潮之后，一定要有一个缓冲地带一样。

我觉得作者的聪明在于，他在五十三回、五十四回里就没有写事件，而是写生活细节，写贾府怎么过年，怎么过元宵节，怎么祭祖先，怎么宴宾客……关于春节的习俗，今天的年轻人已经很陌生了，我们这一代略略接触到一个结尾。小时候过年，一进入腊月，家里就开始灌香肠、做腌肉……开始准备年货了，一直到农历腊月的二十三或者二十四的祭灶。北方跟南方不太一样。"灶王爷"是管灶台的神，在这一天里，他要上天去报告你的全家一年里所做的好事、坏事，所以要用麦芽糖黏在炉台上来贿赂灶王爷，让他上天言好事，这叫作"祭灶"。

一路下来，直到除夕和正月初一，通常在正月十五元宵节以前家里是不开火的。不开火的意思就是所有吃的东西都在腊月里准备好了，就是卤蛋、腊肉……当然，农业社会一定会囤积很多的粮食，北方的冬天很冷，食物就那么一大缸一大缸地堆在院子里，一下雪就是一个天然冰箱，吃的时候拿出来切一切、蒸一蒸就可以了。当然还有一个意思，有很多剩余的食物表明这个家庭是富足的。在农业社会，囤积的粮食越多，说明这个家庭越富有。

这些习惯现在都没有了，所以我们读《红楼梦》时，可能会不理解怎么就是过一个年，就要弄得这么隆重。这一回里主要是讲他们怎么准备过年。首先，贾家是世袭的官，在年前皇家有赏赐，所以他们要去领官饷；然后，是怎么准备压岁钱。今天我们还有这个习惯，把钱放在一个红纸袋里，过年的时候分给孩子们。过去是用银子或金子来压岁的，这个“压”字今天不太容易理解，它的意思其实很民间，就是岁月跑得太快了，尤其对于父母来说，觉得这些孩子怎么像风吹一样就长大了，“压岁”就是希望用钱去把岁月留住。可见这个“压”字其实有很多的愿望在里面，首先是让岁月尽量跑得慢一些；其次是希望孩子比较平安健康。

所以贾府就把一百多两黄金拿到银楼去做成压岁的锞子。我们知道，银楼有一种方法就是翻模，比如想要一个莲花的样子，把金子倒进莲花模子里，有一两一个的，也有五钱或者更少一点一个的，过年时分给小孩子。大家可以算一下今年过年你分了几个红包，贾家光是贾珍一个人，就做了两百多个压岁的锞子，他的晚辈子侄，包括用人，都要给压岁钱。这还只是贾珍这一族，贾赦、贾政可能要更多，因为贾珍还是玉字辈的，所以我们通过这些部分，都能看到贾府亲族之间复杂的伦理关系。

另外，还有一段是在红学中非常受重视的。因为贾家是官僚，所以在乡下有很多的土地，全靠佃农帮他们耕种，过年的时候就是这些人交租的时候，到现在很多人还有一个习惯，就是在除夕前是要讨债的。绝对不能在正月里去讨债，那很不礼貌，所以一定要在年三十晚上把该要的钱全要回来。我记得小时候常常听到谁谁又来讨债，你平常可以赊欠，可是这个钱在年三十的时候一定要还上。所以贾家的佃农千里迢迢地走了一个多月，带来了要交的田租。从来没有哪本书把田租的账单写得像《红楼梦》这么详细，真的能吓人一大跳，猪、鸡、鸭、鹅、鹿、虾、鱼、熊掌、海参、羊，羊里面还分家汤羊、风干羊……应有尽有。

大陆有段时间在批斗地主，常常拿《红楼梦》中的这个单子做文章，说你看过去的地主多么狠，要佃农交多少东西。的确，我们可以由此得到非常翔实的社会史资料，看到当时佃农和雇主之间的关系。这些东西是今天在座的朋友感到陌生的，因为我们已经逐渐脱离了农业社会。在我童年时还能隐约感觉到佃农跟雇主之间的关系，台湾在“三七五减租”以后这种关系也改变了。

学中国历史的人都知道，历史上很多次农民起义的原因都是因为土地过于集中，大家都活不下去了，就会爆发一次革命，而革命的目标都是分土地。所以当年大陆的土地改革、斗地主，如果以《红楼梦》来讲，斗的就是贾家这种地主。当然，对于这段历史，有各种不同的看法，有人认为是剥夺地主对土地的所有权进行的社会改革，但现代西方用遗产税和各种累进税制使社会的贫富差距逐渐拉近。

《红楼梦》让我们直接面对那个时代，贾珍跟他的佃农乌进孝之间的对话，是《红楼梦》里写得非常精彩的部分。第五十三回虽然没有大事发生，可是有非常多的生活细节，让我们看到了两三百年前的一个富贵人家生活的境况，这是非常难得的。

晴雯耗尽元气

“话说宝玉见晴雯将雀金裘补完，已使得力尽神危，忙命小丫头子来替他捶着，彼此歇下。没有一顿饭时，天已大亮了。”“一顿饭工夫”也不过就是一刻钟，大不了半小时。“雀金裘”是俄罗斯的纺织精品，没有一个裁缝知道该怎么织补，晴雯却是这方面的高手，不光心灵手巧，而且非常细致，手指顶大的洞她带着重病补了整整一个晚上，人整个累瘫了。宝玉很着急，等天一亮，就说“快传大夫”，因为那个年代不可能半夜叫急诊。

王太医就来诊了脉，王太医是个老医生，晴雯的病一直是他看的。所以他很疑惑，就说：“昨儿已好了些，今日如何反虚浮微缩起来。”现在的西医不太懂什么叫“虚浮微缩”，我想很多朋友可能都经验过，有些老中医的医术非常惊人。我们现在治病都要经过西医很复杂的检查，西医必须要用很多科学的方法去显影，譬如脊椎不好的时候，要去做很复杂的核磁共振，或者断层扫描，有时候还要照什么胃镜、肠镜，令人痛苦不堪。可是，老中医一把脉就能把你的病症讲得清清楚楚，我一直觉得非常神奇，怎么可能只是三个手指按在你的脉象上，就能知道你的病了呢？当然，因为中医没有很科学的检查方法，所以很好的中医和很差的江湖术士你分不出来。事实上，中医的体系很了不起。王太医不知道晴雯一个晚上没有睡觉，可是他一把脉就说怎么“虚浮微缩”起来了，就是原来已经明显见好的病，现在脉象反而不好了。“虚浮微缩”四个字很抽象，中医很多时候靠的是经验，如果我们把三个手指搭在脉上，能感觉到的大概只是跳动。但是王太医一把脉，晴雯内脏发生的变化就被他发现了。因为中医有一个很重要的理论，是认为用心、思虑都会影响到内脏，因为它考虑的是人身体的整体协调。西医常说的是病毒、细菌的感染，中医却认为你身体的免疫系统发生问题，是因为你的某个器官的机能不够强了，因而产生整体失调。比如因为内弱才会有外感。

所以王太医就问："敢是吃多了饮食？不然就是劳了神思。"他的意思是，晴雯的病忽然发生了这样的变化，有两个可能：一是吃多了，因为通常在感冒的时候，饮食一定要清淡，不能吃太油腻的东西；第二个就是你没有好好休息。他说："外感却倒清了。这汗后失于调养，非同小可。"注意，这就是中医理论了，你体内的病毒发出来之后，如果没有调养，就会伤到元气。

这跟西医的讲法是不一样的，西医只要不流鼻涕，不咳嗽了，就算好了。可是中医却要考虑你耗尽的元气该怎么去补，底下就可以看到他开的药方不再是除风邪的，而是补元气的了。医生"一面说，一面出去开了药方进来"。宝玉也是懂药理的，"看时，已将疏散驱邪诸药减去，倒添了茯苓、地黄、当归等益神养血之剂"。前面已经提到过茯苓，我们现在还常常用到地黄、当归等药，它们都是补气益神的。所以这些药也许用我们今天的话来讲应该叫有机的健康食品，它们对身体是有好处的。

我们现在看病，常常是医生开了药方，自己连看也不看，其实看也看不懂，因为药名常常是拉丁文。我们也常说，作为一个患者，我们根本没有办法参与自己的治疗，因为你不知道药方是什么，可是你看宝玉对丫头的药方是要检查的。前面有个药方就曾经被宝玉要求改过，他说女孩子这么娇弱，怎么可以用这种虎狼之药。作为患者，完全看不懂自己的药方病例，其实是个大问题，因为你对自己的病处于完全无知的状态。可是在《红楼梦》里，才十四岁的宝玉，一看药方就知道是怎么回事了。

宝玉对生命本质的不忍

宝玉一面忙命人煎去，一面叹说："这怎么处！倘若有个好歹，都是我的罪孽。"我们一直说宝玉像个菩萨，就表现在这些方面，他永远觉得自己对人世充满亏欠，觉得自己委屈了身边的人，《红楼梦》最动人的就是这些地方。《红楼梦》里的"情"常常被误解为友情、爱情，其实我觉得那是对生命本质的一种不忍。本来在那个时代，作为一个少爷，对丫头是可以打、可以骂，甚至可以糟蹋的。大家可以想想《金瓶梅》里的丫头是什么下场，根本就是主人的玩物。可是在宝玉眼里，丫头是被当成人看待的，这才是情之根本，其实情的本质就是要把人当人，是超越了爱情、友情的。

很多人认为晴雯跟宝玉也有所谓的"情"，最后发展到王夫人把晴雯赶了出去，觉得她是个不守本分的丫头，勾引小少爷。其实有一种情是只有他们两个人知道的，就是真正的一清如水。宝玉跟袭人还发生过关系，跟晴雯却从来没有过。这种人跟人之间的单纯，是世俗不可能了解的情。《红楼梦》的真正动人之处在于，它让我们思考人是不是能找回超越阶级、超越年龄、超越性别、超越一切的人对人的那种单纯的情。你看宝玉在讲这句话的时候，没有担心任何的误解或者偏见。如果今天我们听到一个主人对他的用人说："要是有个好歹，都是我的罪孽。"你一定会觉得主人爱上这个用人了，可是宝玉说这个话的时候，内心真的是一清如水。他只是觉得有这么多人为他担待了这么多的事，对身边所有人有种深深的抱歉，我想这才是情的本质。

可你看晴雯的反应特好玩："晴雯睡在枕上哎道：'好大爷！你干你的去罢，那里就得痨病了！'"晴雯个性很豪爽，觉得就是死了我也心甘情愿，你干吗婆婆妈妈的。如果换个人一听这话肯定会感动到流泪，可晴雯不是这样的人。就像你生病，一个朋友五分钟来看你一次，问你好点了没有，退烧了吗？你大概也会说：拜托你赶紧去上班，好不好？这其中真正动人的部分是因为他们之间的"亲"，不亲也不会讲这么重的话。如果你生病，有朋友来看，其实你很想休息，但不得不客客气气应酬的大概都不是最亲的人。最亲的人你就会说，拜托你赶紧走吧，我要睡觉了。晴雯这一句话就很清楚地讲出了她心里真正的感觉，把宝玉赶走了。"宝玉无奈，只得去了，至下半天，说身上不好就回来了。"你看到宝玉绕来绕去心思还是在晴雯身上，可是他如果说我的用人病了我要回家，别人听到要笑死了，他只好假装自己身体不舒服就回来了。

"晴雯此症虽重，幸亏他素习是个使力不使心的。"这又是中医的理论了，这个人是没有什么心思，大大咧咧的，比较不容易得病。林黛玉整天生病，就是因为她的心思太细密。按中医的理论来看，耗神思会伤元气，可你如果跟西医说这个，一定会被骂一顿。我常问大夫我是不是上火了，因此被给我看病的西医骂，他会说：火是什么东西？同样，"使力不使心"西医也不太了解，因为他觉得病毒才不管你什么"使力不使心"。可中医的意思是说，"使心"的人很敏感，而敏感本身是伤元气的；"使力"是不太耗神思，睡得稳又吃得饱，所以她的免疫系统不太容易被破坏。其实病毒无所不在，你必须把自己免疫系统这个“本”固住，才能有抵抗力。

“再者素习饮食清淡、饥饱无伤。”讲到“饮食清淡”，大家也许忘了，有一次晴雯想吃东西，厨房为了讨好她，就问她是不是要用肉炒，她说就配一点豆腐皮好了。其实晴雯的嘴很刁，一向喜欢吃清淡的东西，不要以为吃素就可以很马虎，豆腐皮并不见得比猪肉更容易弄。这里又牵扯到一个中医的理论，因为她平常吃得不那么油腻，所以体质比较好。

“这贾宅中的秘法，无论上下，只略有些伤风咳嗽，总以净卧为主，次则服药。”其实现在很多的西医也接受这样的观点，就是认为感冒最好不要吃药，静卧休息，饮食清淡。你看，贾府的秘方竟然是现在的新法。所以，晴雯“净卧了两三日，又谨慎服药调治，如今劳碌了些，又加倍养了几日，便渐渐的好了”。

长篇小说的转场技巧

下面才进入第五十三回的正题，“近日园中姊妹皆各在房中吃饭”。因为天冷了，王熙凤就说不要让她们再每顿饭都千里迢迢地跑到贾母的房里去吃了，因为路上很容易受寒，挑了两个女厨子，单给她们姊妹们开小灶。贾母还称赞王熙凤说你真是很疼爱这些妹妹们，能想到她们的为难。想想看，吃一顿饭要跑到那么远，实在是很费心思。因为大观园里开了小灶，“炊爨饮食亦便，宝玉自能变法要汤要羹调停”。这里有些话作者没有明讲：晴雯是个丫头，生了病没有搬出去，已经违法了，要是还吃大锅饭的话，饭菜的分例都是一样的，要想专门为晴雯要汤、羹，肯定不方便，如今他只要说他想吃就是了，等于说有一个很好的机会可以让晴雯调养。

这时袭人回来了，大家就要把她不在时发生的事禀告她。宝玉房里的丫头以袭人为尊，大事小事也必须由她拿捏，所以“麝月便将平儿所说宋妈、坠儿一事，并晴雯撵逐坠儿出去，也曾回过宝玉等话，一一的告诉了一遍”。这些丫头是非常守规矩的，“袭人也没别说，只说太性急了些”。袭人做事非常稳重，在贾府是受贾母器重的丫头，因为事情已经处理了，所以她只是淡淡地说性急了些，绝不会再去大闹。

下面作者用了很有趣的带大小说的方法：“只因李纨亦因时气感冒；邢夫人又正害火眼，迎春、岫烟皆过去朝夕侍药，李婶之弟又接了李纹、李绮家去住几日；宝玉又见袭人常常思母含悲，晴雯犹未大愈，因此诗社之日，皆未有人作兴，便空了几社。”长篇小说一定要有这样的一个过场，不然就会感觉有点儿突兀。这有点像电影里常用的一个方法，在高潮过后，它会用春天的花、夏天的荷花、秋天的树叶、冬天的雪，来说明一年或几年过去了，要不然就是一个镜头把月历翻翻翻，然后说：七年后如何如何……其实就是怎么把时间带过去，这是一种非常聪明的写法，所以《红楼梦》是最好的作文范本，年轻人如果要学写小说的话，通过《红楼梦》就能知道怎么铺排结构。

贾珍开宗祠打扫

“当下已是腊月，离年日近，王夫人与凤姐治办年事。王子腾升了九省都检点，贾雨村补授了大司马，协理军机，参赞朝政。”注意，这些官名都是曹雪芹杜撰的，清朝并没有大司马，它是汉代的官名。但协理军机在清朝相当于宰相，因为作者的意图是将“真事隐去”，这让很多的红学考证者非常辛苦，这也是我谈《红楼梦》时尽量避开考证的原因，因为每一个人都想知道《红楼梦》里的真事到底是在讲什么，可是只要一读考证，你就像是掉进了大海里，再也无法回归文本。其实《红楼梦》用的是传统戏剧的写法，在传统戏剧里，演宋朝的事可以穿清朝的衣服，用的是一套独有的组合方式，宋元明清的服装可以同时在舞台上出现，家具、布景也不讲究，因为它并不写实，只是象征。

所以这里讲到的“大司马”和“协理军机”，如果用考证的方法去做肯定乱套了，因为司马是汉代的官名，而协理军机又是和清朝的官名相关的，他把不同时代的东西扯在了一起。其实简单说就是贾雨村升官了，越来越得意的意思。

下面就是真正到了文本，“且说贾珍开了宗祠，看人打扫”，因为宗祠平常不开，里面可能有蜘蛛网和很多灰尘。过年要祭祖，需要光鲜亮丽，而且祭祖的时候所有的供器、容器、烛台全部要擦、要整理，因此“收拾供器，请神主”。这里之所以要用“请”字，是指神主并不只是一个木头做牌位，其中还附着了祖宗的灵魂。现在有人家里办丧事，孝子捧着牌位时也格外慎重，因为他感觉死者的精神已经附着在其中了。

然后“又打扫上房，以备悬供遗真影像”。“遗真影像”就是所谓的画像，可是这里很容易引起误解，现在如果祖父母过世了，家里会有照片，我们可以叫遗真，也可以叫影像，因为它是一张真照片。可在过去没有照片，那有没有真正写实的画像呢？在南京这一带发现了很多明代的写真画像，画得蛮写实的。可能大家在古董店见过一个男人的头像或女人的头像，穿的是一品官的朝服，不管生前是贩夫走卒，还是达官贵人，只要人一死，遗真影像就都是一品官服。因为对于葬礼来说，是不计较他生前做了什么的，人在死后地位是可以改变的，甚至还可以封神。

所以遗真影像有很强的象征性，我看到的大部分遗真影像是画得不像的，多半方头大脸、两耳垂肩。其实它只是一个象征，不管这个人长得什么样，祭祖的时候挂的像其实就是列祖列宗的象征。因为年代久远，列祖列宗究竟长得什么样子你根本不知道，有时候连曾祖的相貌都没有什么记忆，凭着模糊的记忆去画的像只能是一个象征。所以这里的“遗真影像”，跟现在的照片是不同的。

也许大家看过历代帝王画像，因为皇宫里也要祭祖的。譬如清朝到后来祭努尔哈赤，祭清高宗乾隆，也要有像。乾隆的像现在留下来的多半都是真实的，因为他有一个画家郎世宁，是西方来的，帮他留下了非常写实的画像。可是有些皇帝也就是个大概的样子，像清太祖努尔哈赤，大家觉得他威武，就画成威武的样子，那个写实性是要大打折扣的。当然，因为贾府第一代荣国公、宁国公都是公爵，他们的服装应该是写实的，不像我刚才提到说贩夫走卒，什么人都穿一品官的朝服。

此时，贾家荣、宁二府内外上下，都在忙着过年的事情。

贾府的压岁钱与春祭恩赏

“这日宁府中尤氏，正起来同贾蓉之妻，打点送贾母这边的针线礼物。”因为过年的时候贾母需要很多礼物来送人，做媳妇的必须先替她准备好。尤氏是贾母的孙媳妇辈，就跟曾孙媳妇贾蓉的太太一起准备了很多针线礼物要送给贾母。“正值丫头捧了一茶盘押岁的锞子进来，回说：‘兴儿回奶奶，前儿那一包碎金子共是一百五十三两六钱七分。’”注意一下，古代的金子有时候是用剪刀去剪的，所以大小不一，他们就打发兴儿到银楼去称称看到底有多少，这一百多两的黄金就是用来做压岁钱的。兴儿报告得这么仔细，可见用人不敢有一点点误差，如果主人管理不严，很可能是一百六十三两就变成一百五十二两了，很容易作弊。可是主人如果先称过了再来考验你，你就不敢作弊了，比如像王熙凤就一定会先称一称，然后再让你报告。

“里头成色不等”，这个也很重要，因为金子的纯度不一样，有的是999，有的就不一定有这么高的纯度。“总共倾了二百二十个锞子”，这个“倾”字我们现在不太容易懂，因为要做锞子的话，要先有一个模子，把黄金熔化以后倒进去叫作“倾”，其实就是铸造。“说着递了上去。尤氏等看了一看，只见也有梅花式的，也有海棠式的，也有笔锭如意的，也有八宝联春的。尤氏命人：‘收起这个来，叫他把银子锞快快交进来。’丫环答应去了。”

一时贾珍进来吃饭，贾蓉之妻回避了。公公来了，儿媳妇要避开。记不记得贾蓉第一个太太秦可卿，一般人都认为她是被贾珍逼奸而死的。古代的礼教很有趣，如今我们看来公公来了，儿媳妇干吗要躲？可是过去男女之防就到这么严的地步，最可悲的是到最后也没防住，“淫丧天香楼”事件，大概就是因为回避太多了，反而会产生更多的诱惑。

贾珍因问尤氏：“咱们春祭恩赏可领了不曾？”过去世袭的官有春祭恩赏，就是过年时皇帝赏赐的钱。尤氏道：“今儿我打发蓉儿关去了。”“关”这个词今天还在用，叫关饷，因为过去一定要到国家的某机构去领这份钱，甚至要盖章来领这份钱，现在有些公务员领取薪金还叫关饷。

贾珍道：“咱们家虽不等这几两银子使，多少是皇恩。”意思是说咱家虽不靠这点钱过日子，但皇帝的恩赏里有很大的荣耀。就像今天很多的丧礼、婚礼总要挂一幅总统的题字，不见得多值钱，但很有面子，能抬高身价。“早关了来，给那边老太太看过，办了祖宗的供，上领皇恩，下则是托祖宗的福。咱们那怕用一万银子供祖宗，到底不如这个体面，又是沾恩赐福的。除咱们这样一两家之外，那些世袭穷官儿，若不仗着这个银子，拿什么上供过年？真正皇恩浩荡，想的周到。”意思是我们有钱，不太靠这个，那些没有什么祖业的穷官儿还指着这个过年呢！尤氏道：“正是这话。”

二人正说着，只见人回：“哥儿来了。”贾珍就叫他进来，只见贾蓉捧着一个小黄布口袋，稍微有点经验的人，一看到黄布口袋就知道是皇宫里的东西，因为古代杏黄色只有皇宫可以用，普通人用这个颜色是要被杀头的。贾珍道：“怎么去了这一日？”有没有发现很好玩？爸爸跟儿子讲话永远都是这种口气。现在想起来小时候不管我出去时间多短，爸爸都问怎么去了这么久。贾蓉赔笑回说：“今儿不在礼部关了。”原来这个钱是在礼部发，如今“分在光禄寺的官上”。“因又到了光禄寺才领了下来。光禄寺的官儿们都说，问父亲好，多日不见，都着实想念。”贾珍笑道：“他们那里是想我？这又到了年下了，不是想我的东西，就是想我的戏酒！”这是典型的官场语言，官吏们传话来了，其实光禄寺里有很多，这些官员没有多少薪水，只能想办法捞些油水。而大官想要皇帝对自己好一点，就要跟他们搞好关系。

贾珍一面说，一面瞧那个黄布口袋。上面有印，就是“皇恩永锡”四字，“锡”就是“赐”，是赐福的意思。“那边又有礼部祠祭司的印记，又写着一行小字，道是：‘宁国公贾演荣国公贾源恩赐永远春祭赏。’”“春祭赏”看起来像日文，但日文也是从汉字来的，贾演跟贾源大家很久没有听到这两个名字了，贾演的儿子是贾代化，贾代化的儿子是贾敬，贾敬的儿子就是贾珍，贾珍的儿子是贾蓉，这是宁国府。荣国府第一代是贾源，贾源的儿子是贾代善，就是贾母的丈夫，然后他们生了两个儿子贾赦、贾政，然后再下来就是贾宝玉，再下来是贾兰，所以我们看到荣国府、宁国府第一代就是贾演跟贾源，他们永远受皇帝恩赐，“共赏二分。净折银若干两，某年月日龙禁尉候补侍卫贾蓉当堂领讫”。

“龙禁尉候补侍卫”是贾蓉的官名，这是秦可卿死的时候他父亲为他捐的一个官。过去讲候补的意思是说因为你是捐官，并不是真的去当差，所以叫候补。因为真的叫他去做龙禁尉侍卫，贾蓉大概根本不行，因为他不会武功，所以叫“候补侍卫”。“值年寺丞某人”，就是哪一年谁发的这笔钱，下面都有朱笔花押，就是双方都要签字的，这里有种钱财来往收支的谨慎。

贾珍先回过贾母、王夫人，又到这边来回过贾赦和邢夫人，“方回家去，取出银子，命将布袋向宗祠火炉内焚了”。注意那个黄布口袋随便乱丢是要杀头的，属于大不敬。要拿来在宗祠的火炉里焚烧，其中也有祭告祖先皇帝对我们很好的意思。

佃户乌进孝交租

贾珍又命贾蓉道：“你顺便去问问你琏二婶子，正月里请客的日子拟了没有？若拟定了，叫书房里明白开了单子来，咱们再请时，就不能重犯了。”我们今天可能不太注意这一点，因为古代这种大家族之间的应酬比较麻烦，譬如说你要请内政部长，他也要请内政部长，可是内政部长每天只能吃一家，所以必须要错开，先列个单子，你十三号请，那我就十四号请。而且官一定要做得很大才需要这个单子，换作我们，打个电话也就搞定了，可是他们请的人太多。他说：“旧年不留神重了几家，人家不说咱们不留心，倒像两宅商议定了送虚情、怕费事的一样。”

很快，贾蓉就“拿了请人吃年酒的日期单子来了，贾珍看了，命交与来升去看了，请人别重了这上头的日子。因在厅上看着小厮们抬围屏，擦抹几案、金银供器”。

只见小厮手里拿着一个禀帖跟一篇账目，回说：“黑山村的乌庄头来了。”“庄头”就是所有佃农的总管。当时大户人家土地很多，得有上千的佃农，所以要有个人来做庄头，这个人叫乌进孝，大家都叫他乌庄头。贾珍道：“这个老砍头的今儿才来。”“老砍头的”就是该死的意思，贾家过年所有的野味，都要靠佃户缴来，贾珍觉得他来得太晚了。“贾蓉接过禀帖和帐目来，忙展开捧着。”这是典型的古代社会儿子跟父亲的关系，儿子把账目展开，父亲倒背着手在那里看。换作是今天，儿子可能根本不理你，把账本摔在地上吃麦当劳去了，但古代的伦理界限很严格。

只看那个红帖上写着：“门下庄头乌进孝叩请爷、奶奶万福金安，并公子小姐金安。新春大喜大福，荣贵平安，加官进禄，万事如意。”很精彩吧，这是典型的农民语言，好话多讲总没错，索性就噼里啪啦地写一大串。贾珍笑道：“庄稼人有些意思。”这里有点嘲讽的意思，大概觉得文字不那么文雅。贾蓉忙为他解释说：“别看文法，只取个吉利罢了。”

一面忙展开单子看，下面就是清朝社会史中最喜欢引用的佃户缴租的资料，只见上面写着："大鹿三十只，獐子五十只，狍子五十只，暹猪二十只，汤羊二十个，龙猪二十个，野猪二十个，家腊猪二十个，野羊二十个，青羊二十个，家汤羊二十个，风干羊二十个。"同样是羊，因为有不同的做法，有些是用来涮锅子的，有些可能做腊味的。"鲟鳇鱼二十尾，各色杂鱼二百尾，活鸡、鸭、鹅各二百只，风鸡、鸭、鹅各二百只，野鸡、兔子各二百对，熊掌二十对，鹿筋二十斤，海参五十斤，鹿舌五十条，牛舌五十条。"

这个单子这样一路念下去真的很惊人，原来过去的佃农年底缴租的时候是这个样子。这就是贾家过年要用的东西，当然他们也会分给另外一些贵族。这个乌进孝到底是从哪里来的我们不清楚，但我觉得这里面的很多东西属于北方的野味。狍子就是典型的北方猎物，法国的贵族冬天打猎就是打狍子，法国菜里有一道很重要的菜就是夹了一点鹅肝酱的狍子肉，这种动物只有森林中才有。我一直觉得因为曹家是正白旗，所以在东北可能还有土地，黑山村很可能是在东北地区，因为熊掌也不是南方的东西。

然后"蛏干二十斤，榛、杏、桃、松仁各二口袋，大对虾五十对，干虾二百斤，上等选用银霜炭一千斤、中等的二千斤，柴炭三万斤，玉田胭脂米两石，碧糯五十斛，白糯五十斛，粉粳五十斛，杂谷各五十斛，下用常米一千石，各色干果一车，外卖粮食、牲口各项之银共折银二千五百两。外门下庄头孝敬哥儿、姐儿玩意：活鹿四只，活黑兔四对，活锦鸡两对，洋鸭两对"。好玩的东西就不能是死的，为了让这些少爷、小姐在花园可以玩，如果是今天可能会加上熊猫一只。可见这其中也有乌庄主行事方面的周到，连小姐少爷玩的东西也想到了。

“一时，只见乌进孝在院内磕头请安，贾珍命人拉他起来：‘你还硬朗。’乌进孝回道：‘托爷的福，还走得动。’贾珍道：‘你儿子也大了，该叫他走走也罢了。’乌进孝道：‘不瞒爷说，小的们走惯了，不来也闷的慌。他们可不是都愿意来见见天子脚下的世面？他们到底年轻，怕路上有闪失，再过几年就可以放心了。’贾珍道：‘你走了几日？’乌进孝道：‘回爷的话，今年雪大，外头都是四五尺深的雪，前日忽然一暖一化，路上竟难走的很，耽搁了几日，走了一个月零两天。’”贾家的土地竟然在那么远的地方，要走一个月零两天才到。“是因日子有限了，怕爷心焦，可不赶着来了。”

贾珍道：“我说呢，怎么今儿才来。我才看那单子上，今年你这老货又来打擂台来了。”这才说到正题上，意思是你这个老家伙又来敷衍我了，单子上的东西太少。乌进孝忙前进两步，回道：“回爷说，今年年成实在不好。从三月下雨起，接接连连直到八月，竟没有一连晴过五日。九月里一场碗大的雹子，方近打了一千三百里地，连人带屋子并牲口粮食，打伤了上千上万的，所以才这样。小的并不敢说谎。”我们也不知道他是不是说谎，佃户跟主人之间一定有各自制衡的方法，佃户是尽量少缴一点，主人则尽量多要一点，就这么互相牵扯着。

贾珍皱着眉头说：“我算定了你至少也有五千两银子来，这够作什么的！如今你们一共只剩下八九个庄子，今年倒有两处报了旱涝，你们又打擂台，真真是叫别过年了。”乌进孝道：“爷的这地方还算好呢！我兄弟离我那里只八百里，谁知竟又大差了。他现管着那府里八处地，比爷这边多着几倍，今年也只这些东西来，不过多二三千银子，也是有饥荒打呢。”这些就是刚才提到的清朝的社会史家所认为的非常重要的资料，因为他保留了一份当时的大贵族、大地主跟他们的佃农之间的某种牵连关系。

黄柏木做磬槌子

接下来贾珍就提出了这种富贵的官家到了第四五代的时候，应酬之多、支出之大的为难，这是我们在别的地方很难看到的。贾珍说："我这边都可以，已没有什么别项大事，不过是一年的费用。多呢，我受用些；少呢，我受些委屈，就省些。再者年例送人、请人，我把脸皮厚些，可以省些也就完了。比不得那府里，这几年添了许多花钱的事，一定不可免，是要花的，却又不添些银子产业。这二年倒赔了许多，不和你们要，找谁去！"意思是靠着官家的那点薪饷，根本没有办法维持如此大的家族的体面和奢侈，尤其是过年时的送往迎来。官场上有一个非常复杂的关系网，他们送的礼恐怕是一般人难以想象的。

贾珍说这几年他们家还好，那边府里，恐怕花钱更多，光元春回家省亲盖大观园就花了非常多的钱。可乡下人的想法是：贵妃省亲盖房子你们是要花钱，可是万岁爷跟娘娘一定有赏，绝对不会吃亏。乌进孝笑道："那府里如今虽添了事，是有去有来，娘娘和万岁爷岂不赏的！"贾珍听了，就笑着跟贾蓉说："你们听听他这话，可笑不可笑？"可见平民百姓也不了解这些做官人的辛苦，贾珍觉得不值得跟他辩论，就叫贾蓉给他解释。贾蓉等忙笑道："你们山坳海沿子上的人，那里知道这道理，娘娘难道把万岁爷的库给了我们不成！他心里纵有这心，他也不能作主。岂有不赏之理，按时到节不过赏些彩缎、古董玩意儿。纵赏，不过一百两金子，才值一千两银子，够一年的什么？……头一年省亲连盖花园子，你算算那一注共花了多少，就知道了。再两年再省一回亲，只怕就净穷了。”

贾珍笑道：“所以他们庄家人老实，分明不知里头的事。黄柏木作磬槌子——外头体面里头苦。”黄柏是一种有苦味的树木，用这东西做庙里敲木鱼的磬槌子，外面看起来非常漂亮，意思是说我们外表体面，心里苦着呢！《红楼梦》的作者本身经历了最大的繁华和穷困，所以他看到的其实是人世间的另外一种平等，穷困的人总是羡慕富贵人家的豪宅、排场，却不知道支撑这一切必须承担的痛苦。这一切全在乌进孝跟贾珍的对话中呈现了。

普通人很少了解古代的官家的花费是多么大，皇帝虽然会赏，但皇帝肯定不会去贿赂大臣，顶多提起毛笔写四个大字给你，表面上很体面，其实没有任何实质性的帮助。管家必须拿着这四个字去想办法弄别的钱，因为有这四个字，银行贷款可能会比较容易。不知道大家了不了解，这其中其实有一个非常复杂的关系，就是你取得皇帝的青睐以后，很多实惠可能就会随之而来，前提是你一定要懂得经营，如果光是四个大字摆在那里肯定没什么用。所以贾珍他们也承认娘娘常常赏赐东西，但根本不顶用。

我们前面也看到了，有时候送笔砚纸墨给宝玉、黛玉、宝钗他们，有时候送一个中国结什么的，或者很好的绫罗绸缎。这些东西你还不能卖，因为它虽贵重，但是娘娘所赐，所以只能供在那里，而不能转成实际的金钱。这里已经透露出贾家外面非常堂皇，但每一年都要赔几千两银子，是一个收支严重不均衡的家族。王熙凤的厉害其实也是不得已，她等于是在一个企业即将没落的情况下，想尽办法要让这个企业再兴盛起来，所以王熙凤变成管家以后，才玩了很多类似放高利贷之类的手段。

贾蓉又笑着跟贾珍说："果真那府里穷了。前儿我听见凤姑娘和鸳鸯悄悄的商议，要偷出老太太的东西去当银子呢。"这就有点好玩了，这么有钱的贵族家庭，还要去偷贾母的东西来换钱。贾珍说："那是你凤姑娘的鬼，那里就穷到如此？他必定是见去路太多了，实在赔的很了，不知又要省那一项的钱，先设出这个法子来使人知道。就穷到如此了？我心里却有个算盘，还不至如此田地。"我要提醒大家的是，贾珍是《红楼梦》里最典型的纨袴子弟，每天只顾吃喝玩乐，完全不识生产，所以根本不知道实情。真知道这个家庭的财政状况的可能只有王熙凤。

说着，贾珍就让人带了乌进孝出去，好生待他。

贾家子弟分供租的争议

这里贾珍"自己留下了家中所用的，余者派出等第来，一分一分的堆在月台底下，命人将族中的子侄都唤来散与他们。接着，荣府也送了许多供祖之物及与贾珍之物。贾珍看着收拾完备供器，趿着鞋，披着猞猁狲大裘，命人在厅柱下石矶上太阳中铺了个大狼皮褥子坐下，看各子侄们来领取年物"。贾珍的样子有点邋遢，根本没有什么正形。

"因见贾芹亦来领物"，大家记不记得前面讲到他找到了一个差事，去管那十二个道士跟和尚。贾珍叫他过来，说道："你作什么也来了？谁叫你来的？"贾芹垂手回说："听见大爷这里叫我们领东西，我没等人去叫就来了。"他一听说这边分东西了，就自己跑来了。可见贾芹是贾家没落一族的孩子，对物质尤其贪婪。而且，这么大的一个家族，这么多的人口，在很多问题的处理上其实是非常麻烦的。我们今天的小家庭，一般是夫妇两个带个小孩，可是以前那种大家族到了三百多口人的时候，这里一个消息传出去，说乌庄头来了，要分东西了，如果没有一个公正的“法”，就会发生像贾芹这样的问题。

贾珍道：“我这东西，原是给那些闲着无事的无进益的小叔叔、小兄弟们的。那二年你闲着，我也给过你的。你如今在那府里管事，家庙里管和尚道士们，每月又有你的分例外，这些和尚、道士分例银子都从你手里过。”这里讲得很清楚，他管理的和尚、道士的薪饷都从他手里过，是一定会克扣的，在贾家，大概没有人是公公道道地拿了钱就完全发给底下人的，谁都一样。“你还来取这个来了，也太贪了！你自己瞧瞧，你穿的可像个手内使钱办事的？先前你说没进益，如今又怎么了？比先倒不像了。”贾芹道：“我家里原人口多，费用大。”

贾珍冷笑道：“你还支吾我，你在家庙里干的事，打量我不知道呢。你到了那里自然是爷了。”贾芹在贾府里是一个大家都看不起的小喽啰，可是到了家庙他就是主管，每个人都要拍他的马屁。“没人敢违拗你。你手里又有钱，离着我们又远，你就为王称霸起来，夜夜招集匪类赌钱，养老婆小子。这会子花的这个形象，你还敢领东西来？领不成东西，领一顿驮水棍去才罢。”就是我该好好揍你一顿。“等过了年，我和你琏二叔说，换你回来。”这里带出一点点这个家族为了分这些东西的小小争议，当然，这不是什么大事，“贾芹红了脸，不敢答言”。

忽见有人回：“北府水王爷送了字联、荷包来了。”过年前，官场的人彼此之间就是要拿礼物送来送去。我们小的时候是见识过这种盛况的，什么样的人家该送什么样的礼都很费心思。最后，有的礼物绕一大圈，一个礼拜后又回到你家来了。因为每一家都会把礼物重新包装后再送出去。这是那个年代的笑话，当时流行送礼，礼物讲究颇多，所以很烦，过去这些家族间就是靠这些东西来建立关系的。贾珍也很烦，忙命贾蓉出去款待："只说我不在家。"

薛宝琴看贾府祭宗祠

下面一段写得非常精彩，之前我们从没有看到过贾家过年，这个时候作者要写祭祖的盛况有点不合情理，因为《红楼梦》到现在贾家已经过了好几次年了。但作者很聪明，因为贾府的宗祠，薛宝琴是第一次看到，作者就通过她的眼睛来描述一切，这是一种了不起的文学手法，完全像个电影导演，能让观众感觉到镜头现在拍的景物是谁的眼睛看到的，因为镜头并不只是一个机器，它的后面是有人的，一部烂电影我们会不知道这个镜头后面的人到底是谁，好的电影一定会交代清楚。

另外，这个镜头里面还有心情，因为这是薛宝琴第一次祭祖，所以她非常小心地注意每一个字，每一个摆设，为我们描述了整个祭祖的空间。

"到了腊月二十九日，各色齐备，两府中都换了门神、对联、挂牌，新油了桃符板，焕然一新。"宋朝的时候人们认为桃花木挂在门口可以辟邪，后来就把刻在桃木上的对联叫作"桃符"。很多讲究的人家的春联是写完以后再刻的，比如皇帝可能会赐你春联，你就不敢只是拿那个纸贴出去，而是要翻刻以后挂起来，那张纸要好好地供着。"宁国府从大门、仪门、大厅、暖阁、内厅、内三门、内仪门、塞门，直到正堂。"如果大家去过北京的紫禁城，就知道中国的建筑有一个中轴线，这个中轴线从大门、仪门开始，仪门是下轿的地方，一直到内三门，然后是垂门，再到正厅。

我们常常讲三进、五进，“进”的意思是一个空间接着一个空间地往里延伸。中国的建筑大概有两个规则，往两边发展叫“间”，三开间、五开间、七开间。一个是往后面发展，就是一进、二进、三进……这里用中轴线带出贾家宗祠的进深之大。“这一路正门大开”，古代的建筑一般门面上都是三个门，平常只开两个侧门，右边进左边出，中间的门只有在过年祭祖或者身份非常高贵的人来的时候才开。这跟西方是一样的，大家到欧洲去看一下哥特式的教堂的门一定是三个，像巴黎圣母院，中间那个门叫国王门，平常是不开的。此时“一路正门大开”，意思是要过年了，开始祭祖了。

“两边阶下一色朱红大高照”，“大高照”是蜡烛，“点的两边金龙一样。次日，由贾母有封诰者，皆按品级穿朝服”。有封诰就是有皇封诰命的，这个朝服平常不穿，因为朝服要挂朝珠，要有顶戴，所以穿起来很累。“坐八人大轿，带领着众人先进宫朝贺”，先要进宫贺年，“行礼领宴毕。回来，便到宁国府暖阁前下轿”，因为大雪纷飞，天气非常寒冷，所以轿子直接抬到暖阁。“诸子弟有未随入朝者，皆在宁府门前排班伺候，然后引入宗祠。”

注意看下面这个镜头作者是怎么转的：“且说薛宝琴是初次进贾府宗祠，便细细留神打量。”这一句非常重要，镜头就此转到薛宝琴的身上。下面就是薛宝琴的眼睛在看，“原来宁府西边另一个院宇，黑油漆栅栏内五间大门”。注意我刚才讲“间”就是向两边的开间，中间是正厅，往两边发展先是三间，再发展就是五间，所以它一定是单数的，台湾最大的就是雾峰林家，是十一开间。他是清朝的一品大员，我们大概可以了解开间的讲究。

“上面悬着一匾，写着是‘贾氏宗祠’四个大字，旁书‘衍圣公孔继宗书’。”注意，延续孔圣人封的爵位叫作“衍圣公”，永远都姓孔，当时是孔继宗，现在是孔德成（2008 年去世），就是孔子的第某代传人。“衍圣公孔继宗书”，表明官家的贾氏宗祠的匾通常都是由衍圣公来写，因为你找任何官来写都没有意义。衍圣公代表着这些官家在拥有了金钱和权力以后，最希望拥有的东西是文化。传统文化就设了这样一个拥有文化品位和地位的人，这种人永远没有权力，孔德成现在在哪里都没有多少人知道，可是这种人有时候会很受重视，因为他们代表了某种文化传统，如果你家里有他的字，就代表着某种身份。

两边有一副长联，上联是：“肝脑涂地，兆姓赖保育之恩。”“肝脑涂地”这个成语我们现在也常用，是说贾家的第一代荣国公、宁国公是军人，为了保家卫国几乎死在战场上。“兆姓”就是所有的老百姓，“兆”就是多的意思，我们现在讲“兆”是数字上非常大的一个字。所有的老百姓都依赖你的保护养育之恩。下联是：“功名贯天，百代仰蒸尝之盛。”因为祖辈有这么大的功业，所以子子孙孙都会对你们有所纪念。冬天的祭祀叫“蒸”，秋天的祭祀叫“尝”。这是一副工整的对联，也是衍圣公所书。注意，这全部是薛宝琴的眼睛在看，因为宝琴读书识字，所以她会把细节念出来，如果是薛蟠，可能只看看画就算了。

曹雪芹对宗祠的记忆

“进到院中，白石甬路，两边皆是苍松翠柏。”松柏是宗祠常种的树，取其四季常青之征。“月台上设着青绿古铜鼎彝等器。抱厦前上悬一九龙金字匾，写道是：‘星辉辅弼’，乃先皇御笔。”我想这一段很可能写的就是曹雪芹他们家的宗祠，曹家发迹的祖先曹寅是从小跟康熙皇帝一起长大的。康熙皇帝登基后，曹寅成了他最得力的助手，所以康熙派曹寅做江宁织造，成了在江南监督百官的一个情报头子。当时曹家蒙康熙之恩，权力大得不得了。到雍正、乾隆朝就称康熙先皇了，这个宗祠里的匾应该是康熙写的。

皇帝身边的大臣，左边叫“辅”，右边叫“弼”。作为皇帝一定要有帮手，如果星是代表皇帝的话，左边是辅星，右边是弼星，前面是仪星，后面是征星。后来就简称“辅弼”，意思是说你们如同我的左右手。如果没有体验过这种家族背景，根本写不出这种东西，一定是曹家这样的家族才会有先皇御笔。两边一副对联写道：“勋业有光昭日月，功名无间及儿孙。”也是皇帝的御笔，意思是你们对国家的贡献可比日月，这个功名会不间断地惠及儿孙。

大家知道曹寅死后，曹寅的儿子曹颙继任了江宁织造，可是曹颙的命很不好，北上去见皇帝的时候死在北京了，等于是绝后了。康熙皇帝为了让这个家族“无间及儿孙”，就把曹寅的叔伯侄子曹頫过继到曹寅名下，继任江宁织造。曹雪芹如果是曹頫的儿子，他就不是曹寅的孙子了。可现在据考证说，曹颙死前，他的太太马氏已经怀孕，这个孩子就是曹雪芹，他是个遗腹子，生下来的时候就没有见到爸爸。他的继父是曹頫，所以也有很多人根据这个来解释为什么贾政打宝玉能往死里打，因为不是亲生儿子。

这里面当然牵涉到曹家非常复杂的历史，可是曹雪芹对宗祠的描述是有他的感慨的，因为家族完全败落应该是在他十三四岁的时候，这之前他是祭过祖的，对宗祠有印象，所以才能写得出来。

"五间正殿前悬着一闹龙填青匾，写道是：'慎终追远'四字。旁边一副对联，写道是：'已后儿孙承福德，至今黎庶念荣宁。'""黎庶"是指老百姓。"俱是御笔。里面香炉辉煌，锦嶂绣幕，虽列着些神主，却看不真切。"这里有个了不起的距离感，如果导演把镜头推到特写看到神位上写什么，结果就很牵强。薛宝琴不是这个家族的人，又是晚辈，祭祖时只能远远地看，可见作者很讲究视觉空间。

宁国府除夕祭宗祠

"只见贾府诸人分昭穆排班立定"，"昭穆"这两个字非常久远，从商代就有"左昭右穆"之说。祭祖的时候要按照大房、二房左昭右穆排成两班。"贾敬主祭"，为什么是贾敬？因为宁国府是大房，贾敬是长子，所以由贾敬主祭，"贾赦陪祭，贾珍献爵"，贾珍是大房的长孙，"贾琏、贾琮献帛"，"爵"是酒杯，"帛"是纺织品，有点像哈达。"宝玉捧香，贾菖、贾菱展拜毯，守焚池。"地下要有祭拜时下跪的毯子，另外，有的东西是祭拜完以后需要焚烧的。"青衣乐奏，三献爵，拜兴毕"，"兴"是站起来，"拜"是跪下去，现在葬礼上还有这两个字。"焚帛奠酒，礼毕，乐止，退出。众人尾随着贾母至正堂上，影前锦幔高挂，彩屏张护，香炉辉煌。

上面正居中悬着宁、荣二祖遗像，皆是披蟒腰玉。”“披蟒”是他们身上穿着蟒袍。腰带里面是皮革，表面贴上玉片，不同的职位贴的玉片多少不同，叫作“腰玉”。记得上一次的大唐展览里也有一条很漂亮的腰带，是白玉上面镶宝石的那种。

“两边还有几轴列祖遗像。贾荇、贾芷等从内仪门挨次站立，直到正堂廊下。槛外方是贾敬、贾赦，槛内是各女眷。”男眷在外面，女眷在里面，“众家人小厮皆在仪门之外。每一道菜至……”注意，过去讲究除夕夜吃的菜，必须要先祭祖。小时候家里虽没有这么大的排场，但是如果年三十晚上有十二道菜，每一道菜做完都要先祭祖，如果你提前偷吃是要挨打的。所以每一道菜“传至仪门，贾荇、贾芷等接了，按次序传至阶下贾敬手中”。不知道有多少人，但你看贾荇、贾芷都是草字头辈的，草字头辈的一定要先交给玉字辈的，玉字辈再交给文字辈的，最后才交到贾敬手中。“贾蓉系长房长孙，独他随女眷在槛内，每贾敬捧菜至，传与贾蓉，贾蓉便传与他妻子，妻子又传与凤姐、尤氏诸人，直传至供桌前，方传至王夫人，王夫人传与贾母，贾母方捧放桌上。”

祭祖的时候，去供菜的是家族里面最高辈分的女性，因此最后是贾母把菜放到桌上。“邢夫人在供桌之西，东向立，同贾母供放。”如果没有体验过家族里面的过年的祭祀，作者绝对写不出这样的细节。所以虽然有人认为后四十回也是曹雪芹写的，可大家都怀疑的理由是，这个人为什么没有体验过类似的家族事件？因为一看就知道他不在现场，只有在现场才能把“西面、东向”写出来，不在现场你绝对不知道当时的菜是怎么传的，因为祭祖是家庭内部的事。

最后“直至将菜饭、汤点、酒茶传完，贾蓉方退出下阶，归入阶位之首。当时，凡从文旁之名者，贾敬为首；下则从玉字者，贾珍为首；再下从草者，贾蓉为首”。你看，永远有大房、二房之分，宝玉不可能为首，因为贾宝玉的爸爸贾政是二房的老二，贾珍、贾蓉才是长房的长子、长孙，文字辈、玉字辈、草字辈每代都要有一个代表。“左昭右穆、男东女西。俟贾母拈香下拜，众人方一齐跪下。”此时贾母变成一个号令者，贾母一跪下，大家才一起跪下，“将五间正堂，三间抱厦，内外廊檐，阶上阶下，两丹墀内，花团锦簇的无隙空地。鸦雀无闻，只听铿锵叮当，金铃玉珮，微微摇曳之声，并起跪靴履飒沓之响”。大家在站起来跟跪下的时候，衣服和鞋子发出的摩擦声叫“飒沓”。“一时礼毕，贾敬、贾赦等便忙退出，至荣府专等与贾母行礼。”刚才是祭祖，现在要拜的是家族里的长辈，因为贾母是贾家的最长一辈，做子侄的要先给贾母行礼。

贾敬、贾赦向贾母行礼

“尤氏上房内早已袭地铺满红毡，当地放着象鼻三足鳅沿鎏金珐琅大火盆……”没有经历过的可能只写火盆就算了，可是经历过的人就会描述这个火盆是那种有三条象鼻子腿的；“鳅沿”，是指香炉的表面有点像泥鳅背一样圆圆的，“鎏金”前面提到过，用水银加金粉蒸馏以后，使黄金附着在铜器表面叫作“鎏金”，珐琅是由波斯传进来的一种工艺，如果大家去故宫，就能了解清朝很流行鎏金珐琅，因为它非常辉煌灿烂，如果单是鎏金就只有金色，加上珐琅的时候，会有宝石的色彩。

“正面炕上铺新红毡，设着大红彩绣云龙捧寿的靠背引枕”，只有这样才适合贾母的身份。“靠背”是靠在后面的，“引枕”是放手的地方。

现在很多人说古代的椅子坐起来真不舒服，其实人家不是那样直接坐的，一定要有靠背跟引枕，不然的话坐起来当然硬邦邦的，而且也靠不到椅背。只要一看乾隆的画像就很清楚，旁边有好大的两个引枕，后面有很大的靠背。椅子那么大，人坐的位置很小，大部分的位置要放靠背跟引枕。

“外另有黑狐皮的袱子搭在上面，大白狐皮坐褥，请贾母上去坐了。两边又铺皮褥，让贾母一辈的两三个妯娌坐了。”家族很大，还有几个跟贾母同辈的老太太。“这边横头插牌之后小炕上，也铺了皮褥”，“插牌”是一种板壁，古代房间的柱子做完以后，底下做半截的墙，上面可以用木板插出隔间。做隔间的木板叫板壁，随时可以撤掉。“让邢夫人等坐了。地下四面相对十二张雕漆椅上，都是一色灰鼠椅搭小褥，每一张椅下一个大铜脚炉，让宝琴等姊妹坐了。”

这些地方最能显出作者的叙事功力，他是个记忆力超群的人，竟然可以把童年、青少年经历过的繁华在脑海里用形象复制出来。现在让我想小时候过年，十二道菜里能想出三道就不错了，可是在作者的笔下竟然所有的细节都历历在目。他晚年很落魄，这些场景都不在了，他必须在记忆里调动场景，才能把这一切铺排出来。

“尤氏用茶盘亲自捧茶与贾母，蓉妻捧与众老祖母，然后尤氏又捧与邢夫人等，蓉妻又捧与众姊妹。”很多人读《红楼梦》时对这些细节很不耐烦，就跳过去，大概整个五十三回，很多人都是跳过去的，因为它没有什么事件发生。可是作者功力的最好体现就是五十三回。如果我今天要办一个文学班，看一个人将来可不可以当作家，你就叫他讲话好了。可以问他：你刚才去了哪里？可能回答是去了某购物中心。你就让他讲看到了什么？有的人可以讲两个小时，有的人两分钟就讲完了。这时候你就知道谁是作家了，因为他的细节多，观察多，记忆多，描绘多。大多数人经验的东西常常是一样的，可是经验之后能不能在脑海里重新组织则是另外一回事。我自己很看重五十三回、五十四回，真正的大家气派只有这些地方才能看出来。

“凤姐、李纨等只在地下伺候。吃毕茶，邢夫人等忙先起身来伏侍贾母。贾母吃了茶，与老妯娌闲话了两三句，便命看轿。”“看轿”就是备车的意思。“凤姐忙上去搀起来。尤氏笑回说：‘已经预备下老太太的晚饭。每年都不肯赏些体面，用了晚饭过去，果然我们就不及凤丫头不成？’”凤姐搀着贾母笑道：“老祖宗快走罢！咱们家去吃去，别理他。”两妯娌在开玩笑，假装吃醋。贾母笑道：“你这里供着祖宗，忙的什么似的，那里搁得住我闹。况且每年我不吃，你们也要送去的。不如还送了去，我吃不了，留着明儿再吃，岂不多吃些。”说的众人都笑了。过年时大家喜欢开玩笑，有种其乐融融的感觉。贾母又吩咐她：“好生派妥当人夜里看火，不是大意得的。”过去最注意的就是过年时的“火”，过年是火灾频发的时候。木造的房子最怕的就是火，皇宫里的鎏金大水缸都是为了防火。

“尤氏答应了，一直送出来，至暖阁前上了轿。尤氏等闪过屏风后面，小厮们才领轿夫上来。”注意，这还是细节，尤氏在服侍贾母上了轿以后，要退到屏风后回避，抬轿子的男人们才能出来，他们是不能看到这些贵族妇人的。“请了轿出大门，尤氏亦随邢夫人等回至荣府。”

“这里轿出大门，只见这一条街上，东边合面设立着宁国府仪仗、执事、乐器，西边设立着荣国府的仪仗、执事、乐器，来往行人皆屏退不从此过。”“仪仗、执事、乐器”就是现在给妈祖进香时前面的那个阵仗，不同的职位会有不同的仪仗跟执事。荣国府、宁国府过年，附近社区的老百姓都不能走这条街。“一时来至荣府，也是大门正门直开到底。如今便不在暖阁前下轿，过了大厅，便转弯向西，至贾母这边厅上下轿。”又是细节，没有经验过绝对写不出来，因为你不知道房子的空间是什么样子。贾母回家不在暖阁下轿，车子可以直接开到她的车库，一按电梯就上去了。

荣国府元宵开夜宴

“众人尾随来至贾母正室之中，亦是锦裀绣屏，焕然一新。”因为过年，所有的幕帐、窗纱都换了新的。“当地火盆内焚着松柏香、百合草。贾母归了坐，老嬷嬷们来回：‘老太太们来行礼。’贾母忙又起身，只见两个老妯娌已进来了。大家拉着手，笑了一会，让了一会。吃茶去后，贾母只送至内仪门便回来，归了正坐。贾敬、贾赦领诸子侄进来。贾母笑道：‘一年家难为你们，不行礼罢。’”说这一年难为你们把这个家管得好好的，不要给我行礼了。“一面说，一面男一起，女一起，一起一起俱行过了礼。”

我们小时候也是要给爸爸、妈妈拜年，然后拿压岁钱，爸爸、妈妈也说不要拜了，但你必须明白那是客气，你真的不拜他就翻脸了。“左右两旁设下交椅，然后又按长幼挨次归坐受礼。”按照不同的辈分一个一个行礼，“两府男妇、小厮、丫环亦按差役上中下行礼毕。”可见行礼的不止是族人，也包括了用人，用人又分不同的等级，小丫头要给大丫头行礼，可以看出个中阶层等级的森严。

“又散押岁的钱、荷包、金锞，摆上合欢宴来。男东女西归坐，献屠苏酒、合欢汤、吉祥果、如意糕毕，贾母起身进内间更衣，众人方各散出。那晚各处佛堂、灶王前焚香上供，王夫人正房院内设着天地纸马香供，大观园正门上也挑着大明角灯。”我们前面讲过角灯，是用动物的角磨后做成的灯，这种灯是专门挂在外面的，风吹不会灭，也叫风灯。“两溜高照，各处皆有路灯，上下人等，皆打扮的花团锦簇，一夜人声嘈杂，笑语喧阗，爆竹起火，络绎不绝。”

第二天是大年初一，“至次日五鼓，贾母等又按品大妆，摆全副执事进宫朝贺，兼祝元春千秋”。大年初一是元春的生日。“饮宴毕，回来又至宁府，祭过列祖，方回家受礼毕，便换衣裳歇息。所有贺节的亲友一概不会。”因为贾母已经熬到这个辈分了，大家来拜年，她是可以不见的。我小时候就知道有的老奶奶就是这样子，她不见客，因为太累了。当然一定要到一定的辈分，才能够亲友一概不会。“只和薛姨妈、李婶二人说话取便，或者同宝玉、宝琴、钗、黛等姊妹赶围棋、抹骨牌作戏。王夫人与凤姐天天忙着请人吃年酒，那边厅上院内皆是戏酒，亲友来的络绎不绝。一连忙了七八日才完了。早又元宵将近，宁、荣二府皆张灯结彩。”因为元宵节是一年中第一次月圆的节日，所以要挂很多灯笼来庆祝。“十一日是贾赦请贾母，次日贾珍又请，贾母皆去随便领了半日。王夫人和凤姐连日被人请去吃年酒，不能胜记。”贵妇人每当年节就是这么多应酬。

“至十五日之夕，贾母便在大花厅上命摆几席酒，定一班小戏，满挂各色佳灯，带领荣、宁二府各子侄孙男媳等家宴。贾敬素不茹酒，也不去请他。于后日十七日祀祖已完，他便出城修养去了。这几日在家内，亦是净室默处，一概无听无闻，不在话下。且说贾赦略领了贾母之赐，也便告辞而去。”到了家中，跟众门客赏灯吃酒，“自然是笙歌聒耳，锦绣盈眸，其取便快乐另与这边不同的”。

“这边贾母花厅之上共摆了十来席”，光是家宴就摆了十来桌，这个家族之大真的很惊人。“每一席旁边设一几，几上设炉瓶三事，焚着御赐百合宫香。又有八寸来长四寸宽二三寸高的点着山石布满青苔的小盆景，俱是新鲜花卉。”这些都是细节。这一段有不同版本的差异，有些版本里出现了慧娘这个角色，说这个慧娘的刺绣有多好。《红楼梦》最早是手抄本，流传的时候未免会有不同，手抄本很奇怪，抄着抄着就有人开始添油加醋了。前面的都是小不同，这一段出现了大的不同。我觉得这个慧娘很会做广告，为了告诉别人姑苏的刺绣有多么好，在这里讲了好几页的刺绣，现在很多版本就把这段删掉了。可是在很多石印本里这一段还保留着，看得出来这应该不是曹雪芹手笔，因为他不至于本末倒置地去写这么多慧娘的事儿，他只是要写排场。所以我们还是遵照曹雪芹原意，把慧娘的部分删掉。

“又有各色的旧窑瓶中，都点缀着‘岁寒三友’、‘玉堂富贵’等鲜花。”中国的插花其实是很有名堂的，“岁寒三友”会用到松、竹、梅这些东西，“玉堂富贵”里大概是有牡丹花之类的。

“上面两席是李婶、薛姨妈，贾母东边设一席，是透雕夔龙护屏矮足短榻，靠背引枕皮褥俱全。榻之上一头又设一个极轻巧洋漆描金小几，几上放着茶碗、漱盂、手巾之类。”我一直觉得这个“洋漆描金小几”很像路易十五时宫廷里的东西，描金又有一点带浅粉色花的小茶几，路易十五时凡尔赛宫的家具是非常有名的，就是很小巧，这里特别加了一个“洋”字，大概这个东西不是本土的。“又有一个眼镜盒子”，“眼镜盒子”一定是西洋的，因为当时西洋的光学已经发展到可以用水晶磨出花镜了。

“贾母歪在榻上，与众人说笑一会，又自取眼镜向戏台上照一会。”很像西方的贵族老太太看戏的样子，也许这副眼镜是有一个长柄可以拿在手上的，西方人在看歌剧的时候，常拿着那样一副眼镜。洋货在《红楼梦》里是非常有趣的东西，这里虽没用“洋”字，但是这副眼镜也很有可能是西方的东西。

看戏赏新出局的铜钱

贾母“因又命琥珀坐在榻上，拿着美人拳捶腿”，“美人拳”是玉做的像拳头一样的东西。“榻下并不摆席面，只有一张高几，却设着璎珞、花瓶、香炉等物。外另设一精致小高桌，设着酒杯、匙箸，将自己这一席设于榻旁，命宝琴、湘云、黛玉、宝玉四人坐着。每一馔一果来，先捧与贾母看了。”就是有菜来的时候先给贾母看，要的就留一两样。四个贾母最疼爱的孙子、孙女跟着她坐。

“下面方是邢夫人、王夫人之位，再下便是尤氏、李纨、凤姐、贾蓉之妻。西边一路是宝钗、李纨、李绮、迎春、探、惜等姊妹。两边大梁上，挂着一对联三聚五玻璃芙蓉彩穗灯。”“联三聚五”就是三个一串、五个一串的大吊灯，它是往下垂的。“每一席前竖一柄漆干倒垂荷叶，叶上有烛信插着彩烛。”在新艺术时代西方有一种金属灯，是可以插蜡烛的烛台，做成荷叶状，但那个荷叶是可以转的。当时贾家就用了类似的灯，大概也是从欧洲的新艺术时代发展来的。“烛信”就是插蜡烛的地方。“这荷叶是錾珐琅的活计，可以扭转，如今皆将荷叶扭转向外，把灯影逼住全向外照，看戏分外真切。”有点像今天的舞台效果。

“窗格门户一齐摘下，全挂彩穗各种宫灯。”古代的门扉是可以卸下来的，为了大家看戏方便，要把门扉卸下来。“廊檐内外及两边游廊罩棚，将各色羊角灯、玻璃、戳纱、料丝、或绣、或画、或堆、或抠、或绢、或纸诸灯挂满。廊上几席，便是贾珍、贾琏、贾环、贾琮、贾蓉、贾芹、贾芸、贾菱、贾菖等。”“戳纱”、“料丝”都是用作灯罩的材料，很透空，照明效果特别好。“戳纱”是一种有竖纹的纱，“料丝”是以玛瑙、紫石英等熔化后抽丝而成的一种透光材料。

“贾母也曾派人去请族中众人，奈他们或有年迈懒于热闹的；或有家内无人不便来的；或有疾病淹缠，欲来竟不能来的；或有一等妒富愧贫的。甚至于有一等憎畏凤姐之为人赌气不来的；或有羞口羞脚，不惯见人，不敢来的。”作者非常有趣，在这里讲到了人的心情，族内人虽多，可是能来的并不多，因为每一个人都有自己的心事。“因此族中人虽多，女客来者不过是贾菌之母娄氏带了贾菌来了，男子只有贾芸、贾芹、贾葛、贾菱四人现在凤姐手下办事的来了。当下人虽不全，在家庭间小宴中，数来也算是热闹的了。”

“当下又有林之孝家的带了六个媳妇，抬了三张炕桌，每张桌上搭着一条红毡，毡上放着选净一般大新出局的铜钱，用大红彩绳串好。”这是非常漂亮的场面，新出局的铜钱，相当于今天的新钞。我们现在要发压岁钱还会到银行去换新纸币，过去讲究的是新出局的铜钱，因为铜钱用久了也会锈，新铜钱特别漂亮，用大红彩绳串好准备做赏钱。贾母看戏时，看哪个演员演得很好，说“赏”，就要用簸箕往台上撒铜线。我听长辈讲，后来梅兰芳唱戏的时候还有这种场面。他唱《贵妃醉酒》时一个卧鱼儿下去，满堂喝彩，一簸箕的银元就倒在舞台上滚来滚去。

这天贾家唱的戏是《西楼记・楼会》，这是清朝的剧作家袁于令写的，也是传统的才子佳人的故事。说的是有个男孩子叫于叔夜，爱上了一个妓女叫穆素徽。才子佳人故事大般如此，男孩子从小家教甚严，十年寒窗苦读，唯一一次离开老爸就是去进京赶考的时候。因为第一次离家很寂寞，所以就常去酒楼，爱上了风尘女子穆素徽，老爸知道了很生气，派了老家人董文豹来抓他，要把于叔夜带回家去。场上演的就是文豹要带于叔夜走的这场戏，董文豹是丑角，可以随意插科打诨儿，便说："你赌气去了，恰好今日正月十五，荣国府老祖宗家宴，待我骑了这马，赶进去讨些果子吃是要紧的。"把现场的环境跟戏剧叠在一起，贾母听了以后就很高兴说："难为他说的巧，赏。"一簸箕新出局的铜钱就倒在舞台上了。

元宵节的这个盛况一直要延续到五十四回，五十四回里大家猜灯谜、行酒令、唱曲，让你真正感受到贾家在过节时的繁荣。但五十三回、五十四回是非常重要的转折，这之后我们也慢慢看到这个家族的没落和荒凉，繁华极盛中有种哀伤的感觉慢慢流露出来。

第五十四回

史太君破陈腐旧套
王熙凤效戏彩斑衣

史太君破陈腐旧套

《红楼梦》的五十三回和五十四回，围绕着贾府过年铺排开了一个非常大的场面。在一部长篇小说里，有些篇章是为了情节的发展，有些篇章则有点像电影里让大家看到整个背景的部分，作者的镜头穿梭在这个大家族的内部。如果我们从视觉艺术的角度来看，这部小说是有影像的。如果只用人物的打扮而缺乏家具、庭院这些东西来呈现富贵就显得有点单薄。所以当作者把镜头拉开，在一个大的场景里让我们看贾府的过年、祭祖、闹元宵的时候，读者才能感受到真正富贵的所有细节。

五十四回基本上还是在讲元宵节的夜宴，讲到这些子侄辈的人如何一个一个轮流向贾母敬酒。贾母已经做到曾祖母了，她自己熬过了很多繁复的封建规矩，知道其中的辛苦，特别希望在家宴上打破俗套。比如她主张撤掉一些桌子，把很多小茶几拼起来，让大家能自由闲散地来参加家宴。

贾母在《红楼梦》里一直是非常重要的主宰力量，这个家族的繁荣鼎盛跟这个老太太有很大关系。如果从世俗的角度来看，我们觉得《红楼梦》是在讲宝玉、黛玉、宝钗之间的故事，其实不然，《红楼梦》里写得非常棒的一个人物就是贾母，她是稳定这个家族的一个团结向心的力量。表面上她什么事情都不做，也不怎么管事，可是有她在那个地方，真的是家中一宝。贾母去世后，整个家族很快就败落下来。这个败落不只是物质的没落，还包括精神上的完全松散，失去了重心和凝聚力。贾母一直想让子侄辈们了解，你们是同一个祖宗，其实一个家族到了第三代，关系就感觉有点远了。说起某人是你爸爸的姐姐或妹妹的什么人的时候，你总觉得有一点远。可如果有一个老祖宗在，就像是一棵树的根，各房的人不管怎么争斗，也不管有多大的隔阂，大家还是会聚在一起，贾母就是这个家族的精神支柱。

五十四回之所以特别强调史太君，是因为她的身份非常重要。她下面的子侄辈不管多么不孝，比如贾珍其实是个特别糟糕的人，贾琏也有一点儿窝囊，可是在贾母面前他们都规规矩矩的，最早创业时的家规的森严在这里还能多少体现出来。看起来是在一起玩，贾母也希望大家轻松，可是里面还是有些严格的规矩。

灯火辉煌与幽暗寂寞

我觉得作者最了不起的是对这个大小说层次的把握，正写着贾母设家宴的繁华、热闹，竟然猛地将笔锋一转，写到了袭人。这么热闹的场合，干吗要写一个丫头？贾母忽然问怎么没有看到袭人？别人就告诉她说，袭人正在守孝。贾母不太高兴，因为按贾府的规矩，一个丫头跟着主人，没有什么孝不孝的，王熙凤就跟她解释了袭人不能来的理由。

我想作者其实是借袭人带出了另外一个层次，因为宝玉听说以后，特地回去看了看袭人，这时还有一个人在，她就是鸳鸯。鸳鸯妈妈也过世了，所以她也不能来。有没有看出作者的心思？在一堆人很繁华很热闹的时候，有两个人却格外寂寞。让你忽然看到在人世间很多灯火辉煌的喧嚣中，总有人处在幽暗的寂寞里，这就是所谓文学的层次。《红楼梦》常常在做这种人生的对比，这是作者内心深处的大慈悲。

等一下我们看到五十四回的文本，基本上没有什么大事件，但作者着重渲染了热闹与荒凉两个层次的对比。

贾府宴席的礼仪

五十四回延续五十三回的结尾部分。元宵节贾母设家宴，戏班演的是《西楼记》，文豹这个角色出来后，讲了一些俏皮话，贾母很高兴，便说了一个“赏”字。我觉得这种赏钱的方法有种民间的喜乐的感觉，小时候在庙口看歌仔戏时也常常有这种情况，因为那个时候有野台戏，社区的士绅阶级要通过这种方式来比谁家更有钱。比如我们那里当时有做生意的四十四家店铺，过年的时候他们会请几个戏班来演戏，三个野台演同一出戏，有一点比赛的意思。三台戏里的演员在演同一段故事，如果大家都觉得哪一个戏台演得好，戏班子就说要让我们有一点脸面，那个商家就会用他们的名头贴出钱来。那个时候好像还没有千元大钞，都是百元大钞，贴得满满的，就挂在舞台的后面，还要放鞭炮。这就有点像贾母的赏钱，是对唱得好的演员和戏班最直接的鼓励。

我们今天很少看电影看到一半说“赏”，然后就撒什么东西出去，你会觉得这是对艺术的一种干扰，因为我们目前已经慢慢把艺术表演跟娱乐分开了。可是过去我们谢神或者看戏，娱乐的成分绝对大过艺术的成分，那时主要是为了大家在一起开心，并不那么讲究艺术性，所以才可以随时往台上撒钱。现在如果一个演员跳芭蕾舞跳得特别好，这边就往台上倒钱，演员肯定会滑倒。而且，过去的这些戏班子真的很可怜，有的时候几乎完全靠赏钱。

“话说贾珍、贾琏暗暗预备下钱，听见贾母说‘赏’，他们也忙命小厮们快撒钱。只听满台钱响，贾母大悦。”实际上等于她自己也在玩。撒钱的时候，叫好的时候，都是观众参与的时候。过去的观众跟我们今天很不一样，你要他们安安静静地听一个弦乐四重奏，静悄悄地不说话，他们根本受不了，他们才是剧场里的主角，高兴聊天就聊天，高兴嗑瓜子就嗑瓜子。小时候的歌仔戏演出时，空中有飞机在飞，戏台旁边有烤香肠的……演员要想吸引观众的注意力真的很不容易。观众会专注地去看的，绝对是好演员，因为他要跟旁边所有的干扰竞争。我常常跟一些演员朋友讲，你们现在演戏太容易了，没有任何干扰，只有掌声。要是在以前，你演不好，根本没人理你，你怎么唱都没有人看，野台演出是一个大考验，你要在混乱嘈杂的环境中，培养吸引观众眼球的能力，无论唱腔还是身段，都要别出心裁才行。

接着，贾珍、贾琏“二人遂起身，小厮们忙将一把乌银新暖壶递过来”，如果大家到过古董店，就会知道银子的新旧差别非常大，旧了以后，会有一种沉暗的颜色。“新暖”，因为是冬天，酒要喝热的，所以要随时放在热水里，是刚刚烫过的酒。“贾琏捧在手内，随了贾珍，先至李婶席上，躬身取下杯来，回身，贾琏忙斟了一杯，然后便至薛姨妈席上，也斟了一杯。”有没有发现在宴席上他们不是先敬自己家的长辈，而是先敬客人。我们小时候如果家里请客，你先给爸爸妈妈敬酒，客人走了就会挨一顿打，因为你不懂规矩。“二人忙起身笑说：‘二位爷请坐着罢，何必多礼。’”意思是这么冷的天，你们就好好坐在那边看戏，何必这么多礼貌。

这时，“除了邢、王二夫人，满席都离了席，俱垂手旁立”。注意，这是我们今天不太容易懂的场面，十几桌里除了王夫人、邢夫人，都站起来了，为什么？因为王夫人、邢夫人是母亲辈，而其他人的辈分都比这两个少爷低，这就是规矩。吃饭的时候，如果比你辈分高的人站起来了，你还大咧咧地坐在那边，就是失礼。

家族敬酒的规矩

贾珍他们就到了贾母榻前，贾母是很自在地歪在卧榻上的。因为这个榻很矮，榻比桌子矮，两个人要敬酒就得屈膝跪了。“贾珍在前捧杯，贾琏在后捧壶。虽止二人奉酒，那贾环弟兄等，却也是排班按序，一溜随着他二人进来，见他二人跪下，也都一溜跪下。”贾珍是长房的长子，所以要带头，贾琏是二房的长子，接下来所有玉字辈的人都要跟着。“宝玉也忙跪了。”大家要特别注意这一句，贾母再疼宝玉，可他在辈分上是玉字辈，贾珍一拿杯子，宝玉也不敢不跪。史湘云有点顽皮，“悄悄的推他笑道：‘你这会子又帮着跪作什么呢？有这样的，你也去斟一巡酒岂不好？’”其实是有点在逗他。宝玉笑道：“再等一会子再斟去。”其实我们小时候很痛恨这个东西，就是大家族聚会的时候，因为规矩很多，一敬酒就要敬半天，最后有的菜还没吃呢，就被端走了。家族聚会的时候常常是大家表演礼数的时候，每一个人都礼貌周到得不得了。我相信当时的大家族也在用这些规矩来规范子孙，让他们至少在有些时候能有所敬畏，至于其他场合怎么为非作歹，那是另外一回事。我们都知道贾珍实际上很差劲，可是这一天他也必须表演得很好。宝玉是个性情中人，不想去凑这个热闹。

“说着，等他二人斟完起来，方起来。又与邢夫人、王夫人斟过了酒。”大家看是不是好几道菜都要冷掉，好不容易给贾母斟完酒，接下来是王夫人、邢夫人，要按辈分一个一个地来。贾珍笑道：“妹妹们怎么样呢？”估计这个时候贾珍也累了，本来敬完长辈，就该敬姊妹了，比如王熙凤，还有薛宝钗、林黛玉、探春、迎春、惜春等人，他问妹妹们还要不要敬，肯定是有点烦了，觉得这样一个一个地敬下去真是受不了。贾母就讲了真话了，说你们赶快走吧，别再来这些虚套了，你们走了，她们才能好好吃饭喝酒。这个话只能贾母讲，别人讲就失规矩。

八义记的密码

“当下天未二鼓，戏演的是《八义》中《观灯》八出。”《八义记》是明朝的徐元写的戏。大家对这个故事一定非常熟，它就是后来京剧、电视剧、电影都演绎过的《赵氏孤儿》，京剧叫《搜孤救孤》。讲的是春秋时晋国两个大臣之间的权力之争，一个是赵盾，他代表正义的一边；另外一个是屠岸贾，是个奸臣。因为赵盾的存在，屠岸贾不能为所欲为，所以他存心要陷害赵盾。赵盾是国家的一品大员，每天上朝按规定要穿红色的朝服。屠岸贾就在自己家里养了一只藏獒，不给它东西吃，然后做一个假人，给假人穿上赵盾的朝服，在其中藏了很多狗喜欢吃的东西。这只狗饿得红了眼，最后一看到穿红色朝服的假人，就扑上去把衣服撕破吃里面的东西。

有一天屠岸贾在上朝时就跟国君说，我有一只神犬可以辨忠奸，下次上朝的时候我把它带来，你一下就能知道谁对你忠心耿耿，谁对你居心险恶了。狗到了朝廷，本能地扑向红色朝服，赵盾当堂被撕得粉碎。国君勃然大怒，下令诛灭赵家上下三百多口人，灭族，就是要把这个家族整个灭绝。当时有八个人知道是奸臣在陷害赵盾，就竭尽全力来保护这个家族，所以叫作《八义记》，程婴是其中的重要角色。

当时赵家只剩下一个孤儿，可要救孤儿非常困难，因为国君下令搜孤，如果搜不到的话，三个月内出生的所有婴儿全部杀死。当时程婴刚好自己有个孩子，他就想了一条计策，把自己的孩子和赵氏孤儿掉了包，将自己的亲生儿子送到公孙杵臼家，然后他自己去找屠岸贾告密说，赵氏孤儿是公孙杵臼藏起来的。最后，公孙杵臼被杀，程婴的亲生儿子被屠岸贾当堂摔死，对此，程婴表现得不动声色，他等于把自己的儿子献出去，而把真正的赵氏孤儿带大。程婴因此遭全国上下痛骂，大家都认为他是奸臣的走狗，赵氏孤儿后来成了屠岸贾的义子，等到他十几岁，武功练得很好的时候，老程婴才跟他讲自己的身世，要他去杀了屠岸贾给自己的家族报仇。

这出戏写得非常好，里面有很多的悬疑、紧张、纠结。最后的结局也大快人心，因为这么多人的牺牲，就是为给赵氏留下一脉香火。贾府在元宵节的晚上为什么会演这出戏，我也觉得不解，《红楼梦》里有很多隐讳的东西，我们知道作者的家族遭遇过清朝初年最大的政治斗争，所以有时候会有些暗示在里面。我们今天很难明讲它是什么，因为乾隆曾经要求把民间流传的《红楼梦》手抄本拿来御览，其实不是他喜欢读小说，而是要检查。这本书里牵涉到清朝初年太多的政治斗争，所以有人认为后四十回可能就是因为这个原因被大量删改，变得不伦不类了。曹家后来被抄家，一方面是由于雍正继位，而雍正继位是清初的四大奇案之一。很多人认为雍正是偷改了父亲的密诏，把“传位十四皇子”改为“传位于四皇子”，把“十”改成“于”才登基的。

曹家在这个事件当中受到牵连，如今其中隐藏的政治斗争的部分不得而知，如果知晓内幕的话曹家也是要灭族的。当年文字狱那么厉害，不可能让这样的书刊行，而实际上在乾隆二十几年这本书就刊行了，所以应该是删改了很多，在进呈御览之前就有很多人删改过。最容易透露作者心思的往往是类似看戏这样的细节，比如《八义记》这出戏讲的就是一场大的政治斗争，我始终想不通，元宵节的夜宴怎么会看《八义记》呢？这绝对是一出可怕的戏。通常在这个时候一定要看《龙凤呈祥》的，小时候几乎所有政治人物的生日，我跟妈妈到台北中山堂看的戏都是《龙凤呈祥》。戏是不能乱演的，如果在重要政治人物的生日演《打渔杀家》，恐怕是要掉脑袋的。所以演戏是有演戏的规矩的，你一看就知道《八义记》不适合在这个时候演，作者在此时的暗示，让你觉得贾家的繁华后面已经危机四伏。

热闹处　处处凄凉

“正在热闹之间，宝玉因下席来往外走。”这一段最能看出宝玉的可怜，因为是最被贾母疼爱的孙子，贾母整个晚上眼睛都不离宝玉，他一往外走，贾母就说："你往那里去？外头爆竹利害，仔细天上掉下火来烧了衣服！"宝玉道："不往远去，只出去就来。"贾母命人好生跟着。于是宝玉出来，只有麝月、秋纹并几个小丫头随着。

这就是这个少爷的辛苦，男孩子哪有不爱玩的，我们小时候一拿到压岁钱就一直在外面放鞭炮，而且要放那种别人都不敢放的大龙炮。我小时候常常放冲天炮，就那么对着别人的房子冲，一直冲到人家出来骂人，因为过年大家都蛮和气的，不太愿意骂人，可是小孩子有时候真的是很顽皮。有时候有人穿了新的玻璃丝袜、高跟鞋，我们的冲天炮冲过去，很奇怪，冲天炮竟然会绕着玻璃丝袜烧，直到烧完。过年时爆竹满街都是，走在街上是挺担心的。

贾母因说："袭人怎么不见？他如今也有些拿大了，单支使小女孩子们出来。"贾母的话是带着批评意味的，意思是她是不是觉得自己很了不起了。"王夫人忙起身笑回道：'他妈前日没了，因有热孝，不便前头来。'"我想这里有一点大家可能不太好理解，大家肯定认为袭人只是一个用人，任何人都可以随便讲她的不好。其实不然，袭人原是贾母的贴身丫头，后来是贾母不放心宝玉才拨给他房里使唤的，在贾府这种贵族家庭里，用人背后的主人很重要。为什么鸳鸯的地位那么高？因为她是服侍贾母的。王夫人为什么要起身回答？首先作为儿媳妇，她要立刻回复贾母，同时在身份上，儿媳妇对母亲的丫头也要尊重，这是现代人最不理解的。

贾母听了点头，可她还是有点不满意，又笑道："跟主子却讲不起这孝与不孝。若是他还跟我，难道这会子也不在这里不成？皆因我们太宽了，有人使，不查这些，竟成了例了。"意思是说按我们家的规矩，跟了主人就不能再谈私自的孝了。这一段非常重要，透露出清朝时的用人真有点像他们口口声声自称的奴才，根本就没有个人的家庭伦理，只要你做了哪家的丫头，你的爸爸、妈妈过世、生病都不能照顾，因为你要照顾主人了。只是贾家比较宽厚，对下人比较好，特准回家看母亲的病，其实以规矩来讲是不可以这个样子的。

凤姐忙过来笑回道："今儿晚上他便没孝，那园子里也须得他看着，灯火花炮最是耽险的。这里唱戏，园子里的人谁不偷来瞧瞧。他还细心，各处照看照看。"这里特别提到袭人的心非常细。"况且这一散后，宝兄弟回去睡觉，都是齐全的。若他再来了，众人又不经心，散了回去，铺盖也是冷的，茶水也不齐备，各样都不便宜，所以我叫他不用来，只看屋子。散了又齐备，我们这里也不耽心，又可以全他的礼，岂不三处有益。老祖宗要叫他，我叫他来就是了。"就是王熙凤跟贾母讲，袭人没有来，第一是可以照顾大观园；第二是贾宝玉回去的时候，什么东西都齐备；第三是全她守孝的礼。她考虑的是三个方面的利益。这是王熙凤最了不起的地方，我一再说王熙凤绝对是今天所有企业要抢的最好的经理人才，因为企业就是讲双赢、三赢。

贾母听了这话，忙说："你这话很是，比我想的周到，快别叫他了。但只他妈几时死了，我怎么不知道？"这里就看出老太太有点记性不好了，凤姐笑道："前儿袭人亲自回老太太的，怎么就忘了。"这个场景我们现在看到都会笑起来，因为家里面的很多老长辈就是这样，你跟他刚刚吃完晚饭，坐在那边看电视，过一会儿他就问："怎么还不吃晚饭？"比较起来，贾母还算记性好的。"贾母想了一想笑说：'想起来了。我的记性平常了。'"大家就为她解围说："老太太那里还记得这些事？"意思是你一个富贵人家的老太太，何必要你去记挂一个丫头的妈妈的死呢！贾母又叹道：“我想着，他从小儿伏侍了我一场，又伏侍了云儿一场，末后给了一个宝玉魔王，亏他魔了这几年。”“魔王”这个词用得很好，只有祖母才会称她最爱的孙子魔王，魔王就是来折磨你的那个人，人一生中最爱的人既是冤家，也是魔王。“他又不是咱们家的根生土长的奴才”，注意，我们前面有好几次讲到家生子，“家生子”是卖身以后结了婚生的孩子、孙子全都是这个家的奴才，袭人不是“家生子”，所以贾母说袭人“没受过咱们大恩典。他妈没了，我想着要给他几两银子发送，也就忘了”。

凤姐儿道：“前儿太太赏了他四十两银子，也就是了。”给四十两已经是破例了，一般也就二十两。“贾母听说，点头道：‘这还罢了。正好鸳鸯的娘前儿也没了，我想他老子娘都在南边，我也没叫他家去守孝，如今叫他两个一处作伴儿去。’”因为鸳鸯是家生子，爸爸、妈妈都在南边，如果到南方奔丧，一走大概要半年时间，所以也没有回去守孝。可见当时丫头有多可怜，一旦卖身，亲生父母死了都不能奔丧的。袭人因为离家里近还回了家，鸳鸯根本就没有回去。作者的描述从元宵节的热闹忽然转到死亡，让人猛然感受到一种凄凉，意识到这个家族所有的繁华背后的空幻，再热闹也会有家败人亡的时刻。贾母想到叫她们两个做伴，这里面有一种慈悲。“又命人将些果子、菜馔、点心之类与他两个人吃去。琥珀笑说：‘还等这会子呢，他早就去了。’说着，大家又吃酒看戏。”

等一下戏就从特别热闹的场景转到了袭人和鸳鸯那里。大部分的戏剧、小说都不会照顾到这么多的层次，大家在一起热热闹闹地看戏，哪里还会想到另外两个人的寂寞？我觉得曹雪芹最了不起就是这一点。就像在王熙凤的生日那天，宝玉会逃出城去祭奠自杀了的金钏儿一样。繁华跟落寞、热闹跟凄凉的对比，一直是作者对人生的最大观照，他认为人一旦能超越这个局限，就会发现热闹处会有生命的凄凉，寂寞处也有生命的风光。作者的真正意图是想让我们别那么机械地只把人生分成好和坏的两个状态。

灯花灿烂，却无人声

此时宝玉还是最惦念最寂寞的人，他出来时贾母以为他要去看爆竹，其实他是要回大观园看一眼袭人，十三岁的宝玉有一副菩萨心肠，他永远在热闹时能想到那个最寂寞的人。“且说宝玉一径来至园中，众婆子见他回房，便不跟去，只坐在园门里茶房里烤火，和管茶房的女人偷空饮酒斗牌。”

“宝玉来至院中，虽是灯花灿烂，却无人声。”注意，“灯花灿烂，却无人声”其实是在写作者的心事，表面上的繁华热闹之中有一种荒凉之气，这个场景是一般人看不到的，只有曹雪芹这种经历过荣华富贵和家败人亡的人才能体会。麝月道：“他们都睡了不成？咱们悄悄的进去，唬他们一跳。”这个时候小孩子的那种顽皮又出来了，“于是大家蹑足潜踪的进了镜壁一看”，还记得宝玉的房里有一个镜子做的门，那里有个机关，碰到机关镜子转过来人才能进去，所以一般人是进不了宝玉的房间的。“只见袭人和一人对面都歪在地炕上，那一头有两三个老嬷嬷打盹。宝玉只当他两个都睡着了，才要进去，忽听鸳鸯叹了一声，说道：‘可知天下的事难定。论理你单身在这里，父母在外头，每年他们东去西来，没个定准，想来你是再不能送终的了，偏生今年就死在这里，你倒出去送了终。’”

我们在这里听到了两个都死了至亲的人之间很知心的话。鸳鸯觉得袭人很幸运，能给母亲送终。袭人当然也很感叹："正是。我也想不到能够看父母回首。太太又赏了四十两银子，这也算养我一场，我也不敢妄想了。"这是两个命运悲苦的丫头对自己遭际的感叹，这个感叹不完全是因为妈妈过世，更重要的是说明这些丫头的命运自己完全无法把握，根本不知道自己将是什么下场。前一阵子鸳鸯刚刚因为大老爷要讨她做小的事大闹了一场。她们根本不知道前面还会有什么事情在等着她们，这是最大的悲哀。这个家族的繁华背后，掩盖着这么多的凄凉。

"宝玉听了，忙转身悄悄向麝月道：'谁知他也来了。我这一进去，他又赌气走了，不如咱们回去罢，让他两个静静的说一会话儿。袭人正一个人闷的慌，他幸而来的好。'"宝玉出来得比较早，他不知道鸳鸯已经来跟袭人做伴了。现在知道鸳鸯在，马上就退了出来，因为他知道最近这段时间鸳鸯不跟他们贾家的任何男人讲话。作者心思细密到了不可思议的地步，宝玉希望自己能做天下所有寂寞人的伴儿。可是一旦他发现那个人已经有伴了，他也不去抢，宝玉的菩萨心肠就是表现在这些地方。本来元宵节是最冷的时候，宝玉从暖房里跑出来，冷得要命，至少也得向袭人表白一下，我来看你了，可是他却转身出来了，根本不想让袭人知道他来过。这是人世间最高级的情分，也是最难做到的情分，很多时候情都变成表演了，缺乏了发自内心的那种真诚。

我们一定要体会能让别人静静地说一会儿话的那个心思，我们的社会如今太缺少这个部分了，很多时候我们所有人静静地说一下心事的机会都被媒体给糟蹋了。比如丧礼，本来应该是人谈最深的心事的时候，媒体却把它变成了另外一种让人觉得很不舒服的东西，因为他们没有对人的最起码的尊重。

生活细节的讲究

下面这一段写得很有趣，宝玉本来走路走得好好的，忽然“便走过山石背后去站着撩衣，麝月、秋纹都站住，背过脸来，口内笑说：‘蹲下再解小衣，仔细风吹了肚子。’”宝玉要小便了，贾家当然有厕所，也有痰盂。可是大概因为天气冷，刚刚他又喝了一些酒水，而且这个少爷其实蛮任性的，这两个女孩子已经不方便照顾他了。“后面两个小丫头子知是小解，忙先出去茶房内预备去了。”你看贾家的用人训练有素到什么程度，换在今天我们可能得交代说，你去拿手纸，你去拿水，可是她们马上就知道自己该干什么。

“这里宝玉刚转过身来，只见两个媳妇儿迎面走来，问是谁，秋纹道：‘宝玉在这里呢，你们大呼小叫，仔细唬了他。’”那些人都觉得宝玉这时候应该在贾母那边过元宵节的，所以说话的声音就有点大，口气也不是很礼貌。“那媳妇们忙笑道：‘我们不知道，大节下来惹祸了。姑娘们可连日辛苦了。’”当着少爷的面，讲话这么粗声大气，肯定有失礼貌，所以她们赶紧道歉。“说着，便已到跟前。麝月等问：‘手里拿的是什么？’媳妇们道：‘是老太太赏金、花二位姑娘吃的。’”“金”是金鸳鸯，“花”是花袭人，因为她们说快了就把两个人的姓连在一起了。“秋纹笑道：“外头唱的是《八义》，没唱《混元盒》，那里又跑出‘金花娘娘’来了。”《混元盒》是明末清初的一个民间戏，里面有一个金花娘娘跟道教的张真人斗法。所以秋纹说又没有演《混元盒》，怎么跑出金花娘娘来了。

“宝玉笑命：‘揭开盒子，我瞧瞧。’秋纹、麝月忙上去将两个盒盖揭开。两个媳妇忙蹲下身子，宝玉看了两盒内都是席上所有的上等果品菜馔，点了点头，迈步就走。”能感觉到宝玉的细心吗？其实他这个人很鸡婆的，他知道送东西是给袭人跟鸳鸯的，可他还要检查一下，一看都是最好的东西，才放心地迈步就走。“麝月、秋纹二人胡乱掷了盒盖，跟上来。宝玉笑道：‘这两个女人倒和气，会说话，他们天天乏了，倒说你们连日辛苦，却不是那矜功自伐的么。’”“矜功自伐”大家如果读《论语》的话就能读到，就是做了一点点事就说自己多么了不起。如今在电视上很容易看到这样的人，宝玉就觉得这两个婆子不错，明明自己很累，还能体谅到别人。“麝月道：‘这好的也很好，那不知礼的也太不知礼。’宝玉笑道：‘你们是明白人，耽待他们是粗笨可怜的人就是了。’”

“一面说，一面来至园中。那几个婆子虽吃酒斗牌，却不住的出来打探，见宝玉来了，也都跟上了。”这些婆子是跟宝玉的，结果宝玉一回大观园，她们就跟人喝酒、赌钱去了，赌一会儿就跑出来看看宝玉回来了没有，因为她们是有差事的，怕被骂。

“来至花厅后廊上，只见那两个小丫头，一个捧着小沐盆，一个搭着手巾，又拿着沤子小壶在那里久等。”宝玉已经小便完这么久了，作者又绕回来写他的洗手，因为等一下要喝酒吃饭，不能不洗手。洗完手以后风吹了皮肤会皴裂，还要预备“沤子”，就是现在的护手霜。“秋纹忙先伸手向盆内试了试，说道：‘你越大越粗心了，那里弄的这冰水？’”看到这里面的讲究了吗？这个小丫头端了一盆水等在那里，秋纹要先试试看，因为天气很冷，不能用冷水洗手。这个小丫头觉得好委屈，“笑道：‘姑娘瞧瞧这个天啊！我怕水冷，巴巴的倒的是滚水，这还冷了呢。’”

这一段很重要，带出了季节，我们读小说时可能读着读着就忘了是元宵节，一二月份的北方，冷得不得了。“正说着，可巧见一个老婆子一手端着茶杯，又提着一壶滚水走来，小丫头便说：‘好奶奶，给我倒上些。’那婆子道：‘哥哥儿，这是老太太泡茶的，劝你走了取去罢，那里会走大了脚！’”意思是说你们这些人整天懒得不得了，你就走一走吧！她不知道是宝玉要用。“秋纹道：‘凭你是谁的，你不给？我管把老太太的茶杯子倒了洗手。’那婆子回头见是秋纹，忙提起壶来就倒。”一看见秋纹她就知道是宝玉要用水了，《红楼梦》里有很清楚的等级界限。

“秋纹道：‘够了。你这么大年纪也没有见识，谁不知是老太太的水！要不着的人就敢要了？’”意思是说老太太要喝茶用的水，普通人哪里敢要，明显有点在嘲笑这个老太太。“婆子笑道：‘我眼花了，没认出这姑娘来。’宝玉洗了手，那小丫头拿小壶倒了些沤子在他手内，宝玉沤了。”装乳液的是一个小壶，那个包装肯定讲究得不得了。“沤”是一个动词，就是在手上擦了一下。“秋纹、麝月也趁热水洗了一洗，也沤了，跟进宝玉来。”

宝玉与黛玉的亲密互动

现在宝玉要开始敬酒了，记不记得刚才史湘云在戳他说，你怎么不跟着一起敬。那个时候宝玉一心牵挂着袭人，他的心思总是先放在最角落、最边缘的人身上，现在做的一切只是出于礼貌而已。“也从李婶、薛姨妈斟起，二人也笑让坐。贾母便说：‘他小，让他斟去，大家倒要干过这杯。’说着，便自己干了。邢、王二夫人也忙干了，又让着薛、李二人，薛、李二人也只得干了。”

贾母又命宝玉道：“连你姐姐妹妹一齐都斟上，不许乱斟，都要叫他干了。”贾母很爱这个孙子，就叫他挨个儿地敬酒，多喝一点。“宝玉听说，答应着，按次斟了。至黛玉前，偏他不饮，拿起杯来，放在宝玉唇边，宝玉一气饮干。”他们两个人的默契是，我所有不能喝的东西你都要帮我喝。他们之间的那种亲全表现在这些小细节上，总有人认为宝钗要变成第三者，其实宝钗是不可能变成第三者的，黛玉跟宝玉之间的这种深情是任何人都无法抵达的。我真希望应酬的时候，能有一个这样的人在旁边，在被灌酒的时候，你二话不说，直接把酒放在他的嘴边。这种爱恐怕是一般人不能了解的，一方是心甘情愿，黛玉觉得理所应当，这绝对是前世缘分。

“黛玉笑说：‘多谢。’宝玉又替他斟上一杯。凤姐便笑道：‘宝玉，别喝冷酒，仔细手颤，明儿写不得字，拉不得弓。’宝玉忙道：‘没有喝冷酒。’凤姐笑道：‘我知道没有，不过白嘱咐你。’”过去有个说法，说是吃了冷酒，寒气积在心里面，写字的时候手会发抖，将来练文文不行，练武武不行。“于是宝玉将里面斟完，只除贾蓉之妻是丫头们斟了。然后出至廊上，又与贾珍等斟了一巡。坐了一回，方进来仍归旧坐。”除了贾蓉太太的酒是丫鬟们斟的，其他的人都是宝玉亲自斟的，因为都是他的姐姐。宝玉不喜欢客套，记不记得刚才贾珍、贾琏还有一点客套，到宝玉的时候，他觉得这些人也都是他最爱的人，所以他都一个一个地斟上，一点也不摆少爷的架子。

“一时上汤后，又献上元宵。贾母便命将戏暂歇：‘小孩子们可怜见的，也给他们些滚汤滚菜的吃了再唱。’又命将各色果子拿些与他们吃去。一时歇了戏，便有婆子带了两个门下常走的女先儿进来，放了两张杌子在那一边命他坐了，将弦子、琵琶递过去。”“女先儿”有点像现在的弹着三弦儿的说书人。大户人家吃饭的时候，她们在旁边讲一段《西厢记》，或者讲一段《琵琶记》。“贾母便问李、薛二人：‘听何书好？’”注意，永远是先问客人，你们想听什么书。“他二人都回说：‘不拘什么都好。’贾母便问：‘近来可有添的什么新书么？’那两个女先儿回说：‘倒有一段新书，是残唐五代的故事。’”

贾母是不识字的，可是却问最近有什么新书？表示她听了很多旧书。在过去知识的传播并不完全靠阅读，还有很大一部分是靠听的。我一直觉得说书这个行当很有生命力，它能给你的听觉带来很大的快乐，比你自己看小说要好很多。因为说书人不光是念，到关键时刻，他还会扮演其中的角色，所以非常精彩。所以我们今天总感叹汉文没落，其实我觉得远没有那么严重，就派两个“女先儿”来就可以了。大家听多了书，语言自然会生动活泼，小孩儿的语言表达能力、修辞的能力肯定会提高很快。

贾母对中国戏剧的评论

这两个说书的女先儿，说要讲一套新书，是残唐五代的故事。“贾母问是何名，女先儿道：‘叫作《凤求鸾》。’贾母道：‘这个名字倒好，不知因什么起的。你先大概说说原故，若好再说。’”贾母作为一个老族长觉得儿孙都在，要判断一下听什么样的故事才是恰当的，不能讲些诲淫诲盗的东西。“女先儿道：‘这书上乃是说残唐之时，有一位乡绅，本是金陵人氏，名唤王忠，曾做过两朝宰辅。如今告老回家，膝下只有一位公子，名唤王熙凤。'”大家就都笑了，因为这两个说书的人，不知道这个家里就有一个人叫王熙凤。“贾母笑道：‘这不重了我们凤丫头了。’媳妇们忙上去推他道：‘这是二奶奶的名字，混说。’贾母笑道：‘你说，你说！’”贾母一听这里面的主角跟王熙凤同名，就觉得蛮好玩的，反而有点好奇了。“女先儿忙笑着站起来，说：‘我们该死了，不知是奶奶的尊讳。’”“讳”是指对尊敬的人，不能直接叫或者写他的名字，古代叫作“避讳”。“凤姐儿笑道：‘怕什么，你只管说罢，重名重姓的多呢。’”

“女先儿又说道：‘这一年王老爷打发了王公子上京赶考’”，中国古代才子佳人的故事大概都发生在上京赶考的时候，因为平时家规太严，小孩子不敢轻举妄动，一进京赶考就不得了了，所有谈恋爱谈昏头的故事都发生在这个时刻。真庆幸古代有这样的一种科举制度，至少解放了这些男孩子，盼了十八九年就只等着这一天，能去认识苏三、金玉奴之类的人。“那日遇见了大雨，走到一个庄上避雨。谁知这庄上也有个乡绅，姓李，与王老爷是世交，所以便留下这公子住在书房里。这李乡绅膝下无儿，只有一位姑娘名唤作雏鸾。琴棋书画，无所不通。”

一说这个女孩子琴棋书画无所不通，贾母就不耐烦了，“忙道：‘怪道叫作《凤求鸾》。不用说，我已猜着了，自然是王熙凤要求这雏鸾小姐为妻了。’女先儿笑道：‘原来老祖宗听过这一回书。’众人都道：‘老太太什么没听过！便没听过，猜也猜着了。’”

接着贾母就发表了一段她对于中国戏剧很有趣的评论。过去因为礼教很严，像贾珍回到家里，他的儿媳妇都是要回避的，可就是在男女授受不亲的时代，《西厢记》里也好、《牡丹亭》里也罢，都是佳人爱上才子。贾母觉得戏里把这些女孩儿说得太坏，以当时的贵族对女孩子的训练，根本不敢这个样子。“贾母笑道：‘这些书都是一个套子，左不过是些佳人才子，最没趣儿。把人家女儿说的那样坏，还说是佳人，编的连影儿也没有。开口都是书香门第，父亲不是尚书就是宰相，生一个小姐必是爱如珍宝。这小姐必是通文知礼，无所不晓，竟是个绝代佳人。只一见了一个清俊的男人，不管是亲是友，便想起终身大事来了，父母也忘了，羞耻也没了，鬼不成鬼，贼不成贼。’”这八个字是很严重的批评。

贾母这种大户人家出身的贵族女性，认为这些书绝对是在乱讲，真正大户人家的女孩子是根本碰不到什么男人的。就像林黛玉长到十几岁，她见过的男人大概不会超过五个。在社会禁忌严重的时代，才子佳人的故事恰恰能给人一种心灵的补偿，日本的文学评论家厨川白村说过：“文学艺术是苦闷的象征。”以前的人那么爱听《牡丹亭》、爱看《西厢记》，就是因为在真实世界不可能，只好在幻想的世界里完成。

贾母对此很不以为然：“那一点儿是佳人？就是满腹的文章，做出这些事来，也算不得是佳人了。比如：男人满腹文章去作贼，难道那王法就看他是才子，不入贼情一案了不成？可知那编书的是自己塞了自己的嘴。”贾母的评论很有意思，让我们看到了艺术的极端表现手法，艺术作品表现的常常是现实里没有的事儿。但如果做另外一个文学评论，我完全可以说，正因为不是真实的，它才在某种程度上满足了人们的幻想，艺术很多时候表现的就是人们的心理诉求之实。古代的青年男女完全没有婚恋的自由，这些故事的流传，满足了大家心理上的需求。

我想有时候我们还可以从社会史的角度去分析。比如当年台湾流行的琼瑶小说，其中就有女性对爱情自由的一种渴望，《窗外》发表在台湾礼教非常严的时代，一个女学生爱上她的男老师，那绝对是当时社会的禁忌。等到了七十年代，台湾经济起飞以后，在大家都非常渴望流浪的时候，就会有三毛这样的作家出来。从社会史的角度可以对文学艺术发展的规则进行探讨，它的结论跟贾母是不一样的。

贾母接着批评说："再者，既说是世宦书香大家的小姐，都知礼读书，连夫人都知书识礼，便自告老还家，自然这样大家人口不少，奶母、丫环伏侍小姐的人也不少，怎么这些书上，凡有这样的事，就只小姐和紧跟的一个丫环？你们白想想，那些都是管什么的，可是前言不答后语？"有没有感觉贾母是在讲很流行的一个戏——《西厢记》，《西厢记》里崔莺莺身边就只有红娘一个丫头，她就觉得这根本不合理。以她自己的出身来讲，这一辈子从来就没有只带一个丫头出过门，什么时候都是一大堆丫头跟在身边，哪里能有跟那些男人写诗、传信的机会。

"众人听了，都笑说：'老太太这一说，是谎都批出来了。'贾母笑道：'这有个原故：编这样书的，有一等妒人家富贵，或有求不遂心，所以编了来污秽人家。再一等，他自己看了这些书看魔了，他也想一个佳人，所以编了出来取乐。何尝他知道那世宦读书家的道理！别说他那书上那些世宦书礼大家，就如今眼下真的，拿我们这中等人家比说，也没有那样的事，别说是那些大家子。可知是诌掉了下巴的话。所以我们从不许说这些书，连丫头也不懂这些话。这几年我老了，他们姊妹们住的远，我偶然闷了，说几句听听，他们一来，就忙叫歇了。'"

这其中有贾母的教育观，她觉得自己老了，才子佳人的故事听听无妨，可是林黛玉、薛宝钗等姊妹是不能听的。她不晓得宝玉跟黛玉早就看了《会真记》。其实现在也是一样，大人永远有不想让小孩子看的东西，可是小孩看得都比你多也说不定，有时候我们真是控制不住。

王熙凤效戏彩斑衣

“李、薛二人都笑说：‘这正是大家的规矩，连我们家也没这些杂话给孩子们听见。’凤姐走上来斟酒，笑道：‘罢了，酒冷了，老祖宗喝一口润润嗓子再掰谎罢。这一回就叫作《掰谎记》。’”意思说本来是请了两个人要来说书，结果你自己噼里啪啦讲了一大堆。“就出在本朝本地本年本月本日本时，老祖宗一张口难说两家话，花开两朵，各表一枝，是真是谎且不表，再整观灯看戏的人。老祖宗且让二位亲戚吃一杯酒，听两出戏之后，再从昨朝话言掰起如何？”王熙凤用的完全是说书人的语言，因为说书人一开始肯定要说某年某月某日在什么地方，发生什么样的事情。这是套话，王熙凤说书的口才，比那两个专业的还要好。结果全场的人笑翻。“两个女先儿也笑个不住，都说：‘奶奶好钢口。奶奶要一说书，真连我们吃饭的地方都没了。’”这个“钢口”是口齿伶俐的意思。

“薛姨妈笑道：‘你少兴头些罢，外头有人，比不得往常。’凤姐儿笑道：‘外头的只有一位珍大哥。我们还是论哥哥妹妹，从小儿一处淘气了这么大。这几年因做了亲，我如今立了多少的规矩了。便不是从小儿的兄妹，便以伯叔论，那《二十四孝》上“斑衣戏彩”，他们不能来“戏彩”，引的老祖宗笑一笑，我这里好容易引的老祖宗笑了一笑，多吃一点儿东西，大家喜欢，都该谢我才是，难道反笑话我不成？’”

“斑衣戏彩”是《二十四孝》里的故事，可能大家听说过，那个老莱子七十几岁了，可是还有九十几岁的老爸老妈，所以他回到家就要扎两个抓鬏，把脸蛋涂得红红的，扮成从幼稚园刚回来的样子，叮叮咚咚地玩着拨浪鼓在地上打滚，哄爸爸、妈妈开心。因为父母只有认为自己的孩子还小才会开心。我一直觉得这是一个非常悲惨的故事。我亲眼看到过身边朋友，在社会上做到什么大学的院长，回到家里就滚在妈妈的怀里撒娇。现在健康条件很好，父母亲通常都活到九十多岁，因为老了，记性也不好，子女回到家就要跟他们装疯卖傻扮小孩子。这种开心里面多少有点荒凉，因为你是在骗他们，帮他们把时光永远留在孩子只有十几岁的时候。

贾母之所以很疼王熙凤，就是因为王熙凤是她的开心果。所以“贾母笑道：‘可是这两日我竟没有痛痛的笑一场，倒是亏他才一路笑的我心里痛快了好些，我再吃一钟酒。’吃着，又命宝玉：‘也敬你姐姐一杯。’凤姐笑道：‘不用他敬，我讨老祖宗的寿罢。’说着，便将贾母的半杯剩酒拿起吃了”。王熙凤不仅口才好，而且反应快，因为贾母刚喝了一口酒，王熙凤就把贾母剩的酒喝掉了，意思你是高寿的人，喝你的酒就是讨你的寿了。即使是在今天，我相信老人也会觉得这个女孩子可爱，她太会讲话了。

“酒杯递与丫环，另将温水浸的杯换了一个上来。于是各席上的杯都撤去，另将温水浸着待换的杯斟了新酒上来，然后归坐。”看到细节了吗？他们喝酒的时候杯子一直在换，因为杯子很快就冷了，所以喝完酒以后，要马上放在热水里面泡着，酒倒进热水刚泡完的杯子才不会冷。如果没有经历过这种富贵，肯定写不出这样的细节。我们今天喝酒只是烫酒，但人家是要把杯子也放在热水里泡着的，随时拿出来替换。

团圆的困难

说书的两个女先儿回说："老祖宗不听这个书，弹一套曲子听听罢。"这种人其实蛮可怜的，她们就是大户人家过年过节请来表演的，过去没有什么薪水，拿的就是赏钱，刚才好不容易要说段书，结果贾母又不想听。所以她们就努力地讨好，说我们唱些歌来听吧。"贾母便说道：'好！你们两个对一套《将军令》罢。'"《将军令》大家应该很熟，电影《黄飞鸿》里用的就是《将军令》改编的《男儿当自强》，周星驰的电影最近也很爱用这个曲子。其实它是国乐里常能听到的曲子，可能是军乐后来慢慢演化出来的，所以叫作《将军令》。"二人听说，忙和弦按调拨弄起来。"

贾母因问："天有几更了。"众婆子忙回："三更了。"三更就是子时，半夜十一点到一点之间，以过去的时间来讲，已经很晚了，当时大概八九点就休息了。"贾母道：'怪道寒浸浸的起来。'早有丫环拿了添换的衣裳，送来穿了。王夫人起身赔笑说道：'老太太不如挪进暖阁里炕上倒也罢了。这二位亲戚也不是外人，我们陪着就是了。'贾母听说，笑道：'既这样说，不如大家都挪进去，岂不暖和？'"这样其实有点不合礼数，过去的贵族有很多的礼教，人跟人都离得远远地讲话。王夫人道："里面恐坐不下。"可是贾母笑道："我有道理。如今也不用这些桌子，只用两三张并起来，大家坐在一处挤着，又亲密，又暖和。"可见这个一生富贵的老太太，其实是希望人和人能靠得近一点。平常大家对她都是敬而远之，这让她感觉很不舒服。

"众人都道：'这才有趣。'说着，便起身。众媳妇们忙撤去残席，在里面顺炕并了三张大桌，另又添换了果馔摆好了。贾母便说：'这却不要拘礼，只听我分派你们就坐才好。’说着便让薛、李正面上坐，自己西向坐了，叫宝琴、黛玉、湘云三人皆紧依左右坐下，向宝玉说：‘你挨着你太太。’于是邢夫人、王夫人之中夹着宝玉，宝钗等姊妹在西边，挨次下去便是娄氏带着贾菌，尤氏、李纨夹着贾兰，下面横头便是贾蓉之妻。贾母便说：‘珍哥儿带着你兄弟们去罢，我也就睡了。’”

有没有发现贾母在下逐客令了，就是你们这些男人都走吧，我们这些女眷可以亲密地挤在炕上。留下来的只有宝玉，其他男人都被赶走了。“贾珍等忙答应了，又都进来。”进来的意思是要走也不能随随便便走，他们是要行礼告辞的。贾母道：“快去罢！不用进来，才坐好了，又都要起来。你快歇着去罢，明日还有大事呢。”贾珍忙答应了，又笑说：“留下蓉儿斟酒才是。”贾母笑道：“正是忘了他。”贾珍答应了一个“是”，转身带领贾琏等出来。

看下面这一句——“二人自是欢喜”，因为他们在老祖母面前，也拘谨得要命，“便命人将贾琮等各自送回家去，便邀了贾琏去追欢买笑”。最后这四个字大家可以自己去想它的内容，贾珍是个纨袴子弟，贾琏也差不多，反正整天就是吃喝玩乐，大家也没必要知道他们到底去了哪里。

他们出去以后赌博、去酒家，有的是去处，所以他们也很高兴。贾母放他们走了，只留下贾蓉。

这里贾母笑道：“我正想着虽然这些人取乐，竟没一对双全的，就忘了蓉儿了。这可全了，蓉儿就和你媳妇坐在一处，倒也团圆了。”贾母自己守寡守了很久，在座不是没有结婚的，就是丧偶的，要不然就是丈夫在外面做官不在家的。贾珍和贾琏一走，王熙凤和尤氏也落了单，唯一的一对儿就是贾蓉跟他的太太，所以贾蓉留下来是有特别含义的。我想作者是在暗示，人能够团圆是多么大的福气。尤其是这种富贵人家。男人常年在官场上混，夫妻很少可以常在一起，这种“双全”引发了贾母很大的感慨，因为丈夫早逝，她觉得双全特别值得珍惜，所以她就命令贾蓉跟太太坐在一起。

“因有媳妇回说开戏，贾母笑道：‘我们娘儿们正说的高兴，又要吵起来。况且那孩子们熬夜怪冷的，也罢，叫他们且歇歇，把咱们的女孩子们叫了来，就在这台上唱两出也给他们瞧瞧。’”这个很好玩，相当于我今天晚上请了个芭蕾舞团来家里跳舞，可是我却对他们说：“我家也有一个芭蕾舞团，也跳给你们看看。”

戏剧的品位与优雅

“媳妇们听说，答应了出来，忙的一面着人大观园去传人，一面二门传小厮伺候。小厮忙至戏房，将班中所有的大人一概带出去，只留小孩子们。一时，梨香院的教习带了文官等十二个人，从游廊角门出来。婆子们抱着几个软包，因不及抬箱，估料着贾母爱听的三五出戏的彩衣包了来。婆子们带了文官等进去见过贾母，皆垂手站着。”

贾母笑道：“大出《八义》闹得我头疼，咱们清雅些好。”就是幽静一点、安静一点的，不要再闹了。“你瞧瞧，薛姨太太、李亲家太太，都是有戏的人家，不知听过多少好戏。这些姑娘都比咱们家姑娘见过好戏，听过好曲子。如今这小戏子又是那有名玩戏的班子，虽是小孩子，却比大班还强。”

这个也许大家不太了解，过去有一种戏班是成人班，有一种是小孩班。我不知道大家有没有看过前几年到台湾来演出的天津少年京剧团，真的非常好，其中的花脸和青衣就是大人的班子也很少这么好的。戏剧这个行当很特别，一般是在九岁左右进班子，梅兰芳他们上台大概也就是十四五岁，顾正秋带着她的顾剧团到台湾来的时候，大概不到二十岁。科班入行都要很早，晚了以后骨头就硬了，嗓子也不对了，所以小孩子的戏班有时候非常强。贾母就告诉梨香院的十二个女孩子说，你们今天不可以露怯，“咱们好歹别落了褒贬，少不得弄个新样儿的。叫芳官唱一出《寻梦》，只用萧随着，笙笛一概不用”。

芳官是唱杜丽娘的，因为她们常听，知道芳官是好角儿。《寻梦》唱得特别好。最近这几年《牡丹亭》很流行，大家对这个故事都非常熟了。其实《寻梦》要的是一种幽魂的感觉，其中有极大的凄凉跟悲哀。贾母特别强调说笙笛一概不用，只用箫来配。

这里就能看出贾府的品位了，最近几年的昆曲改良，我感觉有点受不了，就是因为有太多乐器。昆曲最美的是唱腔，如果只用箫来伴奏的话，你才听到唱腔的美。现在最糟糕的是到剧院去，音响噼里啪啦，根本就听不到人的声音。最近我看了很有名的大陆的昆曲团的演出，一个晚上简直快要疯掉，麦克风声音开得太大，我坐在第七排，听起来那个声音就跟爆炸一样，唱到这个程度，台下的观众还在鼓掌，大概真是没什么可看了。这个时候我就很怀念贾母的品位，只有单用箫伴奏，你才能听得出唱腔的好坏，功力不够的演员才要用乱七八糟的东西去掩盖，好的演员就是素描。很多人说画素描比油画难好多，因为单色系里才能看出真正的功力。

贾母绝对是个懂戏的人，她想细细地品味芳官的《寻梦》的韵味，所以才说："只要用箫，笙笛一概不用。""文官笑道：'这也使得，我们的戏自然不能入姨太太和亲家太太姑娘们的眼，不过听我们一个发脱口齿，再听一个喉咙罢了。'"文官是十二个女孩子中的主导者，有点像个班长，她在这种富贵人家的贵族太太面前讲话这么有礼貌。她说，我们的戏真的不好，但我们不用复杂的乐器，让你们听听我们的本色。这里真正说到了戏的重点，全世界没有一种歌剧是带麦克风唱的，因为经过麦克风传达的声音，它其实是变了味的。"贾母笑道：'正是这话了。'李婶、薛姨妈喜的都笑道：'好个灵透孩子，你也跟着老太太打趣我们。'""灵透"就是伶俐，懂得怎么去应酬客人，话说得很得体。不要忘了，文官大概也就是十岁上下，可见这些孩子的训练有多惊人，她们从小挨打受骂，特别懂得察言观色，处世周到。细想想我见过的许多讲话、做人最得体的人，还真都是戏班子出来的。

琴挑传情

接下来贾母笑道："我们这原是随便的玩意儿，又不出去做买卖，所以竟不大合时。"外面的戏班是职业的，可能综艺节目要什么，他们就演什么，慢慢会变得越来越粗俗了；而这种家养的戏班只是自己听，不用去上什么综艺节目，所以没有外面戏班的职业习气。现在的艺人其实很惨，再好的训练，一上那些"综艺大哥大"就完了，因为他们要的东西是粗俗的，你不可能把艺术里最好的东西拿出来。本来这个人的钢琴弹得很好，可是综艺节目就让他表现他的手指之快，音乐并不是手指快才叫好，这个时候你就会觉得这个音乐家被糟蹋了。

说着又道："叫葵官唱一出《惠明下书》，也不用抹脸。"《惠明下书》是《西厢记》里的故事，一般人不太熟，因为我们看《西厢记》多数看到是红娘、崔莺莺和张君瑞。《惠明下书》说的是张君瑞要娶崔莺莺，老夫人不同意，后来白马寺被包围，老夫人急得不得了，约定说："你至少先救了我们，再谈娶崔莺莺的事。"张君瑞就修书派惠明去送信搬了救兵来，解了白马寺之围。惠明是花脸，葵官就是唱花脸的，贾母说你今天用清唱就好。唱戏最难的考试就是清唱，不穿戏服，不抹脸，没有伴奏，完全靠你的真功夫。

"贾母说：'只用这两出，叫他们听个野异罢了。若省一点力儿，我可不依。'文官等听了答应出来，忙去扮演上台，先是《寻梦》，次是《下书》。众人都鸦雀无闻。"刚才唱《八义》的时候大家都在说话，现在忽然安静下来了，因为这个戏是要静下来听的。"薛姨妈因笑道：'实在戏也看过几百班，从没见用箫管随他的。'贾母道：'也有，只是像方才《西楼·楚江情》一支，多有小生吹萧随的。这大套的实在少，这也在主人讲究不讲究罢了。这个就算出奇了？'"意思是说大部分的戏都用整套的锣鼓来伴奏，热闹得不得了，但刚才《西楼记》里面的一段《楚江情》，就是单用箫来配的，当然非常优雅，要特别讲究才能听出味儿来。其实真正的文化品位，是要去体会最细致的东西，可见贾府在戏剧方面的格调很高。

贾母指着湘云说："我像他这么大的时节，他爷爷有一班小戏，偏有一个弹琴的凑来，即如《西厢记》的《听琴》，《玉簪记》的《琴挑》，《续琵琶记》的《胡笳十八拍》，竟成了真的了，比这个更如何？"《玉簪记》也是出很有名的戏，是明朝的一个叫高濂的人写的。在座的各位看全出戏的比较少，现在常常看的是其中的一段叫作《秋江》，讲一个道姑叫陈妙常，因为观里来了一个青年才俊潘必正，他们就相爱了。古代因为没有 E-mail，就靠弹琴传情，让对方听到。这在司马迁的《史记》里就有，司马相如见到卓文君后，弹了一曲《凤求凰》，卓文君就决定跟他私奔了。这其实是古代的 E-mail 的方式，《琴挑》就是潘必正跟陈妙常以琴传情。第二天潘必正走了，陈妙常也逃出道观，跑到江边，叫船夫赶紧去追前面的船，可刚好那个老船夫是聋子，听不懂她讲什么，大家都跟着急得不得了。好不容易上了船，又发现绳子还没有解开，老船夫又爬回岸上，把绳子解开。舞台上没有船，老船夫跟道姑用身体的动作表现水上行舟的情景，船越走越快，直到风吹得老船夫的胡子飞起来，这是非常有名的《玉簪记》里的一折叫《秋江》。

贾母回忆起自己做少女的时候，家里也曾有一个戏班子，他们唱戏用真正的琴伴奏，当然一定是大户人家才会这样排场。所以“众人都道：‘这更难得了。’贾母便命个媳妇来，吩咐文官等叫他们吹弹一套《灯月圆》，媳妇领命而去”。《灯月圆》是比较喜气、圆满的曲子，因为今天是元宵节的夜晚，为了应景儿才吹弹的。

春喜上眉梢

“当下贾蓉夫妻二人捧酒斟了一巡，凤姐因见贾母十分高兴，便笑道：‘趁着女先儿在这里，不如叫他们击鼓，咱们传梅，行一个“春喜上眉梢”的令如何？’贾母笑道：‘这是个好令，正对时景。’”因为刚好是元宵节，是初春。“忙命人取了一面黑漆铜钉花腔令鼓来与女先儿”，这里也许大家不太容易懂，鼓面是皮的，旁边涂了黑漆，皮革要用铜钉钉住，所以是黑漆铜钉花腔令鼓。就是既可以行酒令的这种鼓，也可以用来唱花腔调子的。又从“席上取了一枝红梅来”。

“贾母笑道：‘若到谁手里住了，吃一杯酒，也要说一个什么才好。’”就是要有惩罚的，凤姐儿笑道：“依我说，谁像老祖宗要什么有什么呢？我们这不会的，岂不没意思。依我说也要雅俗共赏，不如谁输了谁说个笑话罢。”有没有发现凤姐的聪明，因为贾母是不识字的，前面我们看到宝钗、宝玉、湘云他们行酒令都喜欢吟诗作词。王熙凤很担心万一行酒令，来一个诗啊词的，贾母根本就无法应对，所以她抢先说，老祖宗你什么都会，你这么高雅，可是我们这些俗人不会，不如传到谁谁就讲个笑话，其实是在替贾母解围。“众人听了，都知道他素日善说笑话，最是他肚内有无限的新鲜趣谈。今见如此说，不但在席的诸人喜欢，连地下伏侍的老小人等无不喜欢。那小丫头子们都忙出去，找姐唤妹的告诉他们：‘快来听，二奶奶又说笑话儿了。’众丫头子们挤了一屋子。”

“于是戏完乐罢，贾母命将些汤点果菜与文官等吃去，便命响鼓。”开始行令，这种鼓跟我们在庙会上看到的“咚咚咚”响的鼓不太一样，它的声音是“嗒嗒嗒”的，在戏曲里面，演员跑圆场的时候就用这种鼓来打节奏，它可以快、可以慢。接下来作者用文字来形容鼓点，有点像白居易的《琵琶行》里的写法。“那女先儿们皆是惯的，或紧或慢，或如残漏之滴，或如迸豆之急，或如怒马之驰，或如掣电之疾。”这就是在形容声音了，传酒令的时候，必须时快时慢，让大家紧张起来。有时候像豆子在锅里爆炸一样，嗒嗒嗒这样跑。有时候就像古代用水做出来的计算时间的更漏，慢慢滴下来的感觉。有时候像怒马，有时候像闪电，都是在讲声音高低快慢的变化。

“按其鼓声慢转，梅亦慢；鼓声急传，梅亦急。”大家传梅花的动作，开始跟这些鼓声配合了，形成了一个酒令的场景。“恰恰至贾母手中，鼓声忽住。大家哈哈一笑”，我相信大家知道这都是事先安排好的，因为大家希望贾母开心。“贾蓉忙上来斟了一杯。众人都笑道：‘自然老太太先喜了，我们才托赖些喜。’”记不记得这个酒令叫作“春喜上眉梢”，贾母要第一个得这个酒令的喜气，过年所有的话都是开心的、喜气的。

贾母应景的笑话

“贾母笑道：‘这酒也罢了，只是这笑话有些难说。’”这是实话，现在每次吃饭的时候，一有人说我讲个笑话，我就会很紧张，因为人家说完你不笑也怪尴尬的，可是假笑也很难过，刻意的笑话其实很不好说。众人都说：“老太太的比凤丫头的还好还多，赏一个我们也笑一笑儿。”贾母笑道：“并无什么新鲜笑话，少不得老脸皮厚的说一个罢了。”

贾母真聪明，她的笑话是：“一家子养了十个儿子，娶了十个媳妇。惟有那第十个媳妇伶俐，心巧嘴乖，公婆最疼，成日家说那九个不孝顺。这九个媳妇委屈，便商议说：‘咱们九个心里孝顺，只是不像那小蹄子嘴巧，所以公婆老了，只说他好，这委屈向谁诉去？’”大家一定知道这是在讲谁了，因为贾母特别疼王熙凤，她一定知道别的媳妇都很嫉妒。贾母反应快得不得了，她在讲这个笑话的时候，把身边的事情编进去了，大家才会觉得好玩。我们看下面，她说：“大媳妇有主意，便道：‘咱们明儿到阎王庙去烧香，和阎王爷说去，问一问，叫我们脱生人，为什么单给那小蹄子一张巧嘴，我们都是笨的？’众人听了都欢喜，说这主意不错，第二日便都到阎王庙里来烧了香，九个人都在供桌底下睡着了。九个魂专等阎王的驾到，左等不来，右等不来。正等的着急，只见孙行者驾着筋斗云来了，看见九个魂便要拿金箍棒打，唬得九个魂忙跪下央求。孙行者因问原故，九个魂忙细细的告诉了他，孙行者把脚一跺，嗟叹了一声道：'这个原故，幸亏遇见我，就等着阎王来了，他也不得知道的。'九个魂听了，求说：'大圣发个慈悲，我们就好了。'孙行者笑道：'这却不难。那日你们妯娌十个脱生时，可巧我到阎王这里来，因为撒了泡尿在地下，你们那个小婶儿便吃了。你们如今要伶俐嘴乖，有的是尿，再撒泡你们吃了就是了。'"有没有发现听笑话的人都知道贾母在讲什么，贾母也在用这个笑话教育她们，不是你们不孝顺，是你们嘴巴不够甜。

这个笑话如果没有王熙凤其实不好笑，就是因为有王熙凤大家才觉得特别好笑。"说毕，大家都笑起来。凤姐儿笑道：'好的，幸而我们都笨嘴笨腮的，不然也就吃了猴儿尿了。'"她自己也知道贾母在损她，就抢先说我们都笨嘴笨腮，不是那第十个。"尤氏、娄氏都笑向李纨道：'咱们这里谁是吃过猴儿尿的，别装没事人儿。'"

薛姨妈笑道："笑话儿不在好歹，只要对景就发笑。"意思是你影射到在场的某一个人了，刚好击中大家心里的那种感觉就好笑了。"说着，又击鼓起来。小丫头子们只要听凤姐儿的笑话，便悄悄的和女先儿说明，以咳嗽为记。"这一次大家要暗算的就是王熙凤，因为都想听她讲笑话。小丫头悄悄地跟打鼓的女先儿说我们一咳嗽你就停。"须臾传了两遍，刚到了凤姐手里，小丫头子们故意咳嗽，女先儿便住了鼓。"众人齐笑道："这可拿住他了。快吃了酒说一个好的，别太逗人笑的肠子疼。"于是大家都围过来要听王熙凤讲笑话，说实话，读到这里你会有点紧张，因为很多时候你越想要让笑话好笑，往往越不好笑。凤姐很厉害，她板着脸讲了一个冷笑话，把大家的预期先破坏掉。

我想这两种讲笑话的方式大家以后都可以用，一种是一定要跟在场的人有牵连；一种是别人很期待你讲笑话的时候，你可以板着脸讲一个冷冷的完全不好笑的，结果大家反而会笑起来。我觉得这是作者了不起的文学功底，笑话是非常难写的，因为让大家真的开心，比让大家哭要困难得多，可是作者却把这部分写得如此精彩。

王熙凤的冷笑话

凤姐吃过酒，想了一想，因为不能讲得太快，要让大家有一点着急，然后笑道："一家子也是过正月半，合家子赏灯吃酒，真真的热闹非常，祖婆婆、太婆婆、婆婆、媳妇、孙子媳妇、重孙子媳妇、亲孙子、侄孙子、重孙子、灰孙子，滴滴答答的孙子、孙女儿、侄孙女儿、外孙女儿、姨表孙女儿、姑表孙女儿……哎哟，真热闹！"她在说这一串的时候，大家已经笑起来了，这些人没听过什么灰孙子、滴滴答答孙子，因为曾孙子以后就没词可用了，她就自己胡诌了几个词，这是王熙凤特有的语言天赋。众人听他说着，已经笑了，都说："听数贫嘴的，又不知编派那一个呢。"贾珍的太太尤氏就跟她说："你要招我，我可撕你的嘴。"她们是平时最亲的妯娌。"凤姐儿起身拍手笑道：'人家费力说，你们混，我就不说了。'"这也是说笑话的功夫，在关键时刻卖个关子，大家一下就急了。

贾母笑道："你说你说，底下怎么样？"凤姐儿想了一想，笑道："底下就团团的坐了一屋子，吃了一夜的酒就散了。"实际上这根本不是一个笑话，作者在这里用这样的笑话其实是一种双关。一方面是王熙凤用这个冷笑话，让大家的预期落空，有了更好笑的效果；另一方面“散了”则是某种暗示，就是你再热闹、再团圆、再富贵，也是要散的。这可以叫作一语成谶，有时候无意中讲的一句话，刚好是命运的符咒。

众人见她正言厉色的说了，便再无他话，都怔怔的还等她往下说，只觉冰冷无味。史湘云看了她半日。大家现在常常提到冷笑话，恐怕历史上第一个说冷笑话的人就是王熙凤，她的冷笑话完全让你摸不着头脑，忽然“就散了”。史湘云还在那边等她说，凤姐儿笑道：“再说个过正月半的，一个人扛着一个房子大的爆竹往城外头放去，引了上万的人瞧。有一个性急的人等不得，便偷着拿香火点着了。只听‘噗哧’一声，众人哄然一笑都散了。这扛爆竹的人道：‘怎么没等放，就散了？’湘云道：‘难道他本人没听见不成？’凤姐儿道：‘这本人是聋子。’众人听说，一回想，不觉一齐失声都大笑起来。”

大家笑的不是这个故事，而是王熙凤的冷，王熙凤把她的笑话变成一种悬疑，大家回想的时候，才觉得太滑稽了。其实这并不是作者的本意，作者重复两次正月半和两次散了，是在暗示说一切东西终究都要散。《红楼梦》的精彩在于“悲凉之雾，遍被华林”，作者讲的不是笑话，而是一个家族的悲剧。

作者的语言符咒——散了

大家“又想着先前那一个没说完的，问他：‘头里那一个怎么样？也该说完了。’”其实作者是在暗示说：我们所有跟最亲、最爱的人的结局，不是生离就是死别，这就有点像禅宗，所有人都会追问你结局到底是什么，可是生命的结局究竟是什么，难道我们真不知道吗？所以所有人的追问，都是因为他们本身还在迷障中，真悟了的，反而无话可说了。就像作者根本就没想把《红楼梦》写完。“凤姐儿将桌子一拍，说道：‘好罗唆，到了第二日是十六，年也过了，节也过了，我看着人忙着收东西还闹不清，那里还知道底下的事了。’众人听说，复又大笑起来。凤姐儿笑道：‘外头已经四更了，依我说，老祖宗也乏了，咱们也该“聋子放炮竹——散了”罢。’”作者是在用语言做符咒，王熙凤不知不觉中讲了三次“散了”，这个夜晚的热闹、团圆要散，眼前的富贵、荣华要散，最后是这个家族也要散。此时大家大概能体会到作者在写这部书时字字血泪的感觉，因为那时他的家族已经散了。

“尤氏等用手帕子捂着嘴，笑的前仰后合，指他说道：‘这个东西真会数贫嘴。’贾母笑道：‘真真这凤丫头越发贫嘴了。’一面说，一面吩咐道：‘他提起爆竹来，咱们也把烟火放了解解酒。’贾蓉听了，忙出去带着小厮们就在院内安下屏架，将烟火设吊齐备。这烟火皆系各处进贡之物，虽不甚大，却极精致，各色故事俱全，夹着各色花炮。”

“林黛玉禀气虚弱，不禁响炮之声，贾母便搂他在怀里。薛姨妈便搂着湘云。湘云笑道：‘我不怕。’宝钗等笑道：‘他专爱自己放大爆竹呢，还怕这个。’王夫人便将宝玉搂在怀中。”凤姐笑着说：“我们是没人疼的了。”尤氏说：“有我呢，我搂着你，别害怕。”这是王熙凤在那边撒娇了。

爆竹里面有满天星、九龙入云、平地一声雷、飞天十响……各色烟火是设计过的，所以都有一个名称。然后又命小戏子打了一会“莲花落”，“莲花落”是民间在乞讨时唱的民歌。又撒了满台的钱取乐。

在上汤时，贾母说，夜长，觉得有些饿了。凤姐儿赶紧说："有预备的鸭子肉粥。"贾母说："我吃些清淡的罢。"凤姐儿忙道："也有枣儿熬的粳米粥，预备太太们吃斋的。"贾母笑道："不是油腻腻的就是甜的。"凤姐儿又忙道："还有杏仁茶，只怕也甜。"贾母道："倒是这个还罢了。"你看当个管家有多难，老太太的嘴巴很刁，鸭肉粥嫌太油腻，粳米粥又嫌是甜的。最后，"命人撤去残席，另设上各种精致小菜，大家随便吃了些，用过漱茶，方散"。

"十七日早，又过宁府行礼，伺候掩了宗祠，收过影像，方回来。此日便是薛姨妈请吃年酒，十八日便是赖大家，十九日便是宁府来升家，二十日便是林之孝家，二十一日便是单大良家，二十二日便是吴新登家。"作者用一连串的方式告诉你，这个年过得没完没了，富贵人家的应酬一直在延续，这是大小说的写法。五十三回、五十四回基本上都是在讲排场，到五十五回的时候，作者才重新回到小说的主线。

第五十五回

辱亲女愚妾争闲气
欺幼主刁奴蓄险心

探春开朗的个性

《红楼梦》讲到第五十五回，大家会看到十二金钗里一个重要角色——探春的表现。前面提到过，林语堂在谈《红楼梦》的书里，曾说十二金钗中他最欣赏的人是探春。当然，《红楼梦》塑造了这么多精彩的女性，每个人都是不可取代的，读者完全可以仁者见仁，智者见智。但我想林语堂喜欢探春的原因在于：探春年纪很小，这一回的故事发生的时候，她十四岁还不到，大概也就是现在初三的年纪，但她聪明、能干，头脑非常冷静。最可贵的是，她的性格非常开朗，很少把自己置放在消极、沮丧、绝望的状态，这跟林黛玉有很大的不同。

探春最与众不同的一点是她是庶出，封建社会很讲究出身，就像宝玉和贾环是同父异母的兄弟，可贾环在家族里的地位就非常低。当然贾环自己也不争气，但庶出的身份严重影响了他的心理。探春最了不起的一点是，出身的卑微在她身上没有产生任何负面作用，她一直落落大方地实现着自己，前面讲到过，在大观园里最先发出结诗社倡议的是探春，她觉得生命就应该积极地追求美好的东西，不能虚度。林语堂本身受过很多西方现代文化的熏染，一直提倡把人作为一个独立的个体来尊重。中国的传统社会对个人没有什么尊重，个人常常附属于某个群体，所以评价一个人总是要考虑他的出身，或者他的背景，很少独立地去看他究竟是个什么人。

林语堂当年之所以在十二金钗里会特别挑出探春来鼓励，还因为当时正值五四运动时期，那是个鼓励每一个人活出自己的时代。在西方的社会，一个丈夫做了什么事，不见得会对太太有什么影响。就像克林顿的问题就没有影响到希拉里。如果在我们的社会里，克林顿那样的事件，很可能会影响到妻子的政治前途，甚至各个方面。在这一点上，探春是十二金钗里很有现代意义的一个人。

李纨、探春代理王熙凤管家

“刚将年事忙过，凤姐便小月了，在家一月不能理事，天天两三个太医用药。”以中医的理论来讲，女人在怀孕的时候，如果前三个月没有很好地保养就容易出问题，王熙凤每天在忙来忙去，总要动脑筋处理大大小小的家事，所以就流产了。“凤姐自忖强壮，虽不能出门，然筹划计算，想起什么事来，便命平儿去回王夫人，任人谏劝，他只不听。”凤姐是喜欢抓权的人，她知道自己只要一养病，权力就可能会旁落。王熙凤的个性一贯如此，就算生了病也要强撑，她是那种典型的对权力上瘾的人。

“王夫人便觉失了膀臂一样，一个人有多大精神？凡有了大事，自己主张；将家中琐碎之事，一应都暂令李纨协理。李纨是个尚德不尚才的，未免逞纵了下人。”这里透露出王熙凤的重要性，不管你是不是喜欢她，也不管多少人说她多厉害、精明、刻薄，这个家真的少不了王熙凤。她不在，一向只顾吃斋念佛的王夫人顿时如失左右手，只好请李纨协理家中琐事。李纨也是个从来没有管过事的人，从小她的爸爸就教导她说："女子无才便是德。"她性格温吞、不够干练，这种人管家是肯定要出事的。果然，李纨一掌管家事，偷鸡摸狗的都来了。用人们晚上该巡夜的不巡夜，赌博的赌博，喝酒的喝酒，一时间天下大乱。

其实管理真的是件难事，我们常听说某个企业的经理严厉得要命，对员工很凶，大家都恨他。可是如果真换一个李纨这样的经理，恐怕企业很快就垮了。王夫人很快发现了问题，"便命探春合同李纨裁处，只说过了一个月，凤姐将息好了，仍交与他"。王夫人就拜托探春来帮忙，觉得至少能多个人手，当时她还没有想到探春有多么能干。因为十四岁的女孩子，顶多说班长或者文艺股长做得还不错，大事她还没有经验过。

注意"裁"和"处"二字里其实有很多细节，在公司、机关待过的朋友都知道每个公文都要由专属机构来拟办。作为一个主管，在看一个公文的时候，公文上一定会说发生了什么事，拟办一二三。一般你会说："好，照第一点去办。"或者稍微批示一下，总经理不应该是拟办的人。

我们今天有时候也挺乱的。现在如果我到一个公司去谈事情，他们说你可不可以来我们这边做什么演讲的时候，这个公司的董事长或者总经理，见到我以后说：很荣幸能请到你，接下来我们有一个部门的主管会跟你谈，我就觉得这个公司的管理是到位的。如果这个董事长或总经理直接跟我继续谈细节，我就会觉得有问题，因为这不是他该管的。负责裁决的人把大事情抓到就好。记得以前我们在部队的时候就常笑话我们的总司令真有趣，每次来基层部队都检查厕所卫生，戴着双白手套去摸厕所里的灰有没有擦干净，有人认为这样才是好总司令，但有人就觉得他管得太琐碎了。在权责分得很清楚的企业里，裁跟处是不一样的，“裁”是裁夺，“处”是执行。

大家有没有看过故宫里那些清代皇帝手批的奏章，有一部分是说“知道了、好”，也就是一两个字而已。因为大部分的奏章都是密密麻麻的，如果底下办理的事情没有特别需要修改的地方，只是批个“知道了”就可以了。我们今天常常提起社会的进步、民主的改革、司法的改革之所以艰难，就是因为我们身上有一个文化包袱，儒家文化是以人情为主，根本没有权责、群己的界限。直到今天很多政治上出现的问题，也是因为群己权责分不清楚所致。

不干己事不张口　一问摇头三不知

一般人都认为一个月以后，凤姐的病应该会好。“谁知凤姐禀赋气血不足，兼年幼不知保养，平生争强斗智，心力使亏，故虽系小月，竟着实亏虚下来；一月之后，复添了下红之症。”这绝对是中医的理论，西医大概很少会认为一个人喜欢争强斗智会对身体不好，可是中医认为争强好胜是会影响到人的血气循环的。一个人耗太多的精力，思虑太过，都会影响身体。黛玉身体的羸弱，就是因为太敏感所致，常常是那种大剌剌的憨憨的人，身体会很好。“下红之症”是很严重的妇女病，以中医理论来讲，这是最失元气的症候。“他虽不肯说出来，众人见他面目黄瘦，便知失于调养。”因为她恋眷权力，不肯放手，所以不肯明说。因为下红之症要尽快保养，可能半年甚至一年都做不了事。“王夫人只令他好生服药调养，不令他操心，他自己也怕成了大症，贻笑于人，便想偷空调养，恨不得一时复旧如常。谁知一时难痊，调养到八、九月间，才渐渐的起复过来，下红也渐渐的止了。此是后话。”从一月大概调养到八九月，过了大半年。

可这是后话，作者的意思是说，现在要回到探春和李纨刚刚管理家事一个月左右的时候。“如今且说目今王夫人见他如此，探春与李纨骤难卸事，园中人多，又恐失照管，因又特请了宝钗来，托他各处小心。”王夫人见王熙凤身体这个样子，觉得李纨和探春一个太老实木讷，一个聪明但是小姐身份不便外露，所以就又找了宝钗来帮忙。宝钗是王夫人亲姐妹的女儿，在贾家是客人，不方便代理总经理职务。但宝钗的能力绝对在探春之上，前面提到过宝钗之所以能干，是因为她爸爸很早去世，宝钗从十五岁就开始管家了。她爸爸是比如今的“中央银行”总裁还要大的官，是替皇家料理所有商业的。

可宝钗的人生哲学是：“事不关己莫开口，一问摇头三不知。”她把所有事情都看得清清楚楚，但绝对不轻易插手，她处处为自己着想，觉得将来要做贾家的媳妇，一定要有好人缘，一个管理者绝对不可能是百分之百好人缘，宝钗能做到贾家上上下下三百口人都说她好，可见她只是在做人。她所谓的“事不关己不开口，一问摇头三不知”是过去某一类人的生命哲学，有一天我看到一个朋友的玻璃板下压着这句话，我大笑起来，我问这个话管用吗？朋友说：真管用。

有时候管理的人才的难得也在这里，就是他不但要能干，他还要愿意管。宝钗是有这个能力，可是她根本不愿管。那么现在就变成三个人管这个家了，王夫人就托宝钗说：“老婆子们不中用，得空儿就斗牌吃酒，白日里睡觉，夜里斗牌，我都知道的。”大户人家的老家人最难管理，因为这家族中管理的所有漏洞他们都了如指掌，什么时候可以去打牌、赌博，什么时候可以偷着喝酒，东西放在哪里，他们比主人都清楚。因为这个家族太大了，后面我们会看到那些茯苓霜、玫瑰露什么的，一进贡就是好几车，主人还没见到，就先少了好几瓶。“凤丫头在外头，他们还有个惧怕，如今他们又该取便了。”王夫人虽然不是一个很好的管理人才，可是她的角色有点像董事长，她要对贾母等这些股东们负责。现在问题出来了，她就找了三个人，看看这三个人加起来能不能有和王熙凤同样的威严。

她就跟宝钗说：“好孩子，你还是个妥当的人，你兄弟妹妹们又小，我又没工夫，你替我辛苦两天，照看照看。凡有想不到的事，你来告诉我，别等老太太问出来，我没话回，那些人不好了，你只管说。他们如若不听，你来告诉我。别弄出大事来才好。”宝钗听说只得答应了。

“时届孟春，黛玉又犯了嗽症。湘云亦因时气所感，亦卧病于蘅芜苑中，一天医药不断。”“孟春”是春天的第一个月，就是正月。黛玉每年到这个时候就会犯病，中医的理论一直认为虚寒之症冬季最容易发，史湘云也沾上了流感。“探春同李纨相住间隔，二人近日同事，不比往年，来往回话人等亦不便宜，故二人议定：每日早晨皆到园门口南边的三间小花厅上去会齐办事，吃过早饭于午错方回房。”探春跟李纨住的不是很近，一起理事有点不方便，来往回话要跑来跑去的。所以两个人就共同找了一间办公室。

探春精细不让凤姐儿

这三间小房是当时为了迎接贵妃省亲，专门给太监们准备的休息室。

事后这三间小房就一直空在那里，变成巡夜的一些老嬷嬷常聚的地方，这种房子有点像我们现在大厦的门厅，很适合管理人议事。“如今天已和暖，不用十分修饰，只不过略略的铺陈了，便可他二人起坐。”北方的冬天冷，这个房间需要有暖炕和火炉，需要很厚的门帘。如今天气慢慢转暖了，不需要太多的取暖设备，稍微修饰一下就可以用了。

“这厅上也有一匾，题着‘辅仁谕德’四字，家下俗呼皆只叫‘议事厅’儿，如今他二人每日卯正至此，午正方散。凡一应执事媳妇来往回话者，络绎不绝。”大家管这个地方叫“议事厅”，就是商量事情的地方。注意，《红楼梦》里所有办事的人手上都有钟表，李纨、探春每日早上六点来，十二点散。这个家族实在太大了，管理起来特别不容易，大到皇上赏赐的贡品、乡下的田租，小到哪个下人的发丧或丫头要买头油、肥皂全要汇报。

“众人先听见李纨独办，各个心中暗喜，以为李纨素日原是个厚道多恩无罚的，自然比凤姐好搪塞。后又便添了一个探春，也都想着不过是个未出阁的年轻小姐，且素日也最和平恬淡，因此都不在意，比前便懈怠了许多。”大家最初听说是李纨来代理王熙凤，都很高兴，因为大家都知道她的个性是个活菩萨，什么事都不管的。《红楼梦》里的这种心理，今天依然存在，任何一个机构里面，部属都会觉得主管越松越好，越宽越好。“搪塞”是说做错了事，可以敷衍过去。后来又添了一个探春，大家也觉得无所谓，一个初三女生谁怕？况且探春平时讲话从来都是客客气气的，所以大家都不怕她。其实真正厉害的人是探春这种平常不表现个性的人。

“只三四日后，几件事过手，渐觉探春精细处不让凤姐，只不过是言语安静，性情和顺而已。”渐渐地，大家才觉出这个小孩子比凤姐厉害。

凤姐不识字，账本都要别人念给她听，可探春是识字的，自己能看账本。可见主管有两类，一类像王熙凤，威严都露在外边；另一类是探春这种的，轻易不动声色，一旦有事情发生，她绝对抓得出来。凤姐是一味地严苛，她觉得因这个家族太大，必须要杀鸡儆猴；而探春却是对事不对人的，对任何人都没有偏见。

“可巧连日有王公侯伯、世袭官员十几处，皆系荣、宁非亲即世交之家，或有升迁，或有黜降，或有婚丧红白等事，王夫人吊贺迎送，应酬不暇，前边更无人。”作者可真会写，接下来就告诉我们贾家这段时间有多忙，公爵、伯爵、侯爵，这些世袭官员跟荣国府、宁国府不是亲戚就是世交。过去这种老的政治姻亲关系，互相之间的迎来送往真是不得了。我小时候去过当时做“陆军总司令”的一个亲戚家，他们家过年的时候，光是礼物就要十几个人专门准备，因为每个地方你都要打点，别人送来的礼也多，礼物该怎么送、怎么回，是个大学问。

贾家这样一个大家族，已经经历了三四代的富贵，他们跟官场的关系复杂得不得了，所有人的升迁黜降，你必须要学会洞察他的政治前途。有时候升迁、黜降只是假相，有时候是黜降了，反而要跑去送礼，去安慰他，因为他没几天是要升的；而升的人可能有时候反而要躲开，很可能这次升迁是他政治前途的终结。这些家族在一起常年玩这种游戏，王夫人每天跑殡仪馆，跑酒店。今天的贵妇人和那时候大概也差不多，今天范围更大，恐怕得要飞来飞去。这种家族的忙，不见得是生活中的柴米油盐酱醋茶，更大部分是整个官场里必须要有的排场。

李纨跟探春“二人便一日皆在厅上起坐。宝钗便一日在上房监察，至王夫人回方散”。本来是半天，现在改成一整天都在那边上班。宝钗也来了，注意，作者用词非常准确，之所以叫“监察”，是说她只会提醒什么地方不够周到，是不会插手处理的。

“每于夜间针线暇时，临寝之先，坐了小轿，带领园中上夜人等，各处巡察一次。”这有点像军队里的夜间巡逻。“他三人如此一理，更觉比凤姐当权时，倒更谨慎了些。因此里外下人都暗中抱怨说：‘刚刚的去了一个“巡海夜叉”，又添了三个“镇山太岁”，率性连夜里偷着吃酒玩的工夫都没了。’”凤姐管家再严还是会有漏洞，因为一个人的眼睛能看到的东西毕竟有限。新上任的这三个人都不是省油的灯，比王熙凤还厉害，连夜里偷着吃酒玩的工夫都没有了。

欺幼主刁奴蓄险心

“这日，王夫人正是往锦乡侯府去赴席，李纨与探春早已梳洗，伺候出门去后，才回至厅上坐下。”下面这一段精彩得不得了：“刚吃茶时，只见吴新登家媳妇进来回说：‘赵姨娘的兄弟赵国基昨儿死了。昨儿回过太太了，太太说知道了，叫回姑娘、奶奶来。’说毕，便垂手旁侍，再不言语。”注意一下，这个“家的”就是太太的意思。赖大、吴新登、周瑞，他们都是贾府里的老管家了，他们的太太也在这个家里待了很久，这种老用人是最难管理的，他们比年轻的主子还了解这个家族。

我常常跟很多朋友说，一个社会在转型的时候，最怕的是年轻的主管自大，因为他不知道那些老人儿会怎么整他。常常看到从美国拿了 MBA 学位回来的年轻人，进了一个老公司，完全不知道老公司有老公司的规矩，几天之后就找出一大堆的毛病，可他要想尝试他的新管理办法没那么容易，因为人事关系非常复杂。近几年台湾很多企业的第二代、第三代回来了，他们的成长很顺利，大概初中、高中就被送到美国去读书，然后拿一个企管的博士、硕士学位回来。二三十岁，一身阿玛尼，讲话特别稚嫩，他们不知道老企业有老企业的规矩，那些老员工表面上很谦卑规矩，其实心里面并不服他。你也不能怪他，因为他知道的比你多。

所以这个吴新登家的实际上就是来整探春的，等于是上任才一个月的新经理，要面对这个有二三十年经验的一个老处长。她不可能不知道赵国基死了应该给多少钱，可是这个处长的阴险在于，她要考考这几个新经理，因为刚刚做经理，很多规矩她们并不清楚。注意，她特别强调了赵姨娘，赵姨娘这个名字一出来，探春首先要警觉，因为这是她的亲生母亲。赵姨娘有一个兄弟叫赵国基，也是贾家的用人，因为赵姨娘是丫头，她的兄弟大概也就是个车夫、马夫，或者看门的。吴新登家的说完就垂手站在一旁，表面上很恭敬，实际上是在等着看新经理的热闹。如果你去一个企业，看到那个老的部属不讲话的时候，最好小心一点，因为他是要看看你接下来会怎么办。

“彼时来回话的不少，都打听他二人办事如何：若办得妥当，大家则安个畏惧之心；若少有嫌隙不妥之处，不但不畏服，一出二门，还要编出许多笑话来取笑。”注意一下，有一天你去做主管的时候，底下的人一定会这样子问的，这个人到底行不行啊？就像学生每学期开始都会问这个老师到底怎么样？分数会不会打得很严？然后决定是不是选他的课。人同此心，大家觉得如果探春她们事情办得很妥当，就规规矩矩地照章办事，如果稍微有点漏洞，大家便从此不把她们看在眼里。

这一段是最好的管理学上的警告，刚上任那几天是最重要的。探春她们上任才三四天就有人来整她们了。“吴新登家媳妇心中已有主意，若是凤姐前，他便献勤说出许多主意，又查出许多旧例来任凤姐儿拣择施行。如今他藐视李纨老实，探春是年轻的姑娘，所以只说出这一句话来，试他二人有何主见。”这是一个心里有鬼的老部属，我不觉得她有多坏，老部属本来就是这样子。你在伯克利拿了一个 MBA 学位，他就要考考你到底在那边读了些什么，因为管理很复杂，不是两三年能读通的。

“探春便问李纨，李纨想了一想，便道：‘前儿袭人的妈死了，听见说赏了银子是四十两。这也赏他四十两罢了。’”此时探春没有说话，因为李纨才是真正的代理总经理，她把分寸拿捏得很好。很明显李纨不是真正的管理人才，她不明白其实袭人跟赵国基身份不同，袭人是外面买来的丫头，赵姨娘他们世世代代是奴才，和袭人是有区别的。

“吴新登家的媳妇听了，忙答应了个‘是’，接了对牌就走。”有没有感觉她赶紧就说“是”，看来是准备出去说，这个总经理根本不行什么的。这个时候，探春出面了，她说：“你且回来。”

探春天生的管理才能

探春已经觉得不对了，当然她也会犹疑，因为死的是她的亲舅舅，等一下妈妈会来闹。而且李纨是真正的总经理，现在讲出来，李纨也有点儿难堪。可是这个犹疑大概也就几秒钟，她觉得非出面不可了。“吴新登家的只得回来，探春道：‘你且别支银子去。我且问你：那几年老太太屋里的几位老姨娘，也有家里的，也有外头的，这有个分别。家里的若死了人，是赏多少？外头的死了人，是赏多少？你且说两个我们听听。’”

就是贾母房里也有几个老姨娘，她们既有家里的，也有外头的，这个家族里分得很细，探春平常就在观察这一切了。

好的管理人才不是需要的时候现学的，她平常就已经注意到“家里的”和“外头的”是有区别的了。至于这个区别是多少，你可以问手下的处长，刚才是你要考我，现在我要考你了。“一问，吴新登家的本是忘了，忙赔笑回说：‘这也不是什么大事，赏多赏少，谁还敢争不成？’”这个老管家有点吃定这个新经理了。主管这个时候计较的不是钱的问题，而是你合不合法。显然吴新登家的是讲错了话，她说赏多赏少谁会去计较？如果是王熙凤，这个时候肯定要拍桌子骂人了，但探春却笑着说：“这话胡闹。依我说，赏一百倒好。若不按例，别说你们笑话，明儿也难见你二奶奶。”吴新登家的道：“既这么说，我查旧帐去，此时却记不得。”不知道大家有没有看出来，其实吴新登家的在骗她，她不会不知道的，因为她刚才已经在装糊涂了，现在必须装到底。

“探春笑道：‘你办事办老了的，还记不得，倒来难我们？’”这话已经说得很难听了，你不是做了三十年处长吗？这本来是你处长要记的事。你看探春脸上带着笑，把权责讲得清清楚楚，一步一步地露出她卓越的管理才能。“你素日回你二奶奶也现查帐去？若有这个道理，凤姐还不算利害，也就算是宽厚了！”大家都认为王熙凤是一流的管理人才，我觉得探春才是。她年纪这么小，没有经历过什么大阵仗，却天生具备一种冷静和公正。她表面上不动声色，说话却比王熙凤更有机锋，在这里等于连王熙凤也批评了，说：“还不快找来我瞧。再迟一日，不说你们粗心，反像我们没主意了。”吴新登家的“满面通红”，忙转身出来。满脸通红是因为她的手底下还有好多的部属，探春让她难堪了。

探春这一招是不得了的管理学上的一个经验，“众媳妇们都伸舌头”，心说：“天啊，这么厉害！”这些人本来也是等着看笑话的。不知道现在的初三学生中能不能找出个“探春”来。以前在这种家族中，如果你足够敏感的话，真的可以学到很多东西。探春不怎么说话，在王夫人身边走来走去，事事着眼，处处留心。宝钗也有这个本事，而黛玉则绝不会关心这些东西。

“一时，吴新登家的取了旧帐来。探春接过来看时，上面有两个家里的，赏过，皆二十四两，两个外头的，皆赏过四十两。”“家里的”身份跟赵国基一样，是世世代代做奴仆的。这里一方面在讲探春管理家事，一方面也点出探春出身的卑微——母亲是奴才，所以赵国基应该是二十四两。“外还有两个外头的，一个赏过一百两，一个赏过六十两。这两笔底下皆注有原故：一个是隔省迁父母之柩，外赏六十两；一个是现买葬地，外赏二十两。”你看探春有多厉害，立刻找到了先例。一个家族、一个企业有近百年的历史，规矩不能随意篡改，不可能无中生有地说我高兴给多少就给多少，否则一定出问题。

探春在公务中面对母亲

这场戏写得非常紧凑。“探春便递与李纨看了。探春便说：‘给他二十四两银。把这帐留下，我们细看看。’吴新登家的答应去了。”探春要求自己做足功课，不想让用人随便糊弄。其实一说不给四十两，该给二十四两了，大家知道接下来要吵的会是谁了，一定是赵姨娘。果然，吴新登家的刚走，赵姨娘就来了。

这是《红楼梦》里很动人的一段，探春刚上任一个月，妈妈就跑到办公室里来闹了。记得年轻的时候读这一段，很多朋友都觉得探春太过了，一直说自己的妈妈是王夫人，还口口声声地叫自己亲妈姨娘。其实这其中有公领域和私领域的界限，探春是把公私分得很清楚的，这是一个好的管理者最该持有的态度。大家觉得她做得过分，可不要忘记她是在总经理办公室里，她手底下的所有处长、部属都在。大家都在看她到底怎么处理亲妈的事，她也知道这个亲妈没有什么脑子，会三天两头地跑来的，甚至说出你都做了总经理还不给我一点好处这样的话，探春只要一徇私，整个管理就全乱套了。

所以单纯说探春怎么面对母亲是不公平的，应该说怎么样在办公室里面对母亲，因为这里有角色、时间跟空间的差别。“赵姨娘进来，李纨、探春忙让坐下。”非常有礼貌。

探春对赵姨娘的意图早已心知肚明。“赵姨娘开口便说道：‘这屋里的人都踩下我去还罢了。姑娘你也想一想，该替我出气才是。’一面说，一面便眼泪鼻涕哭起来。”想象一下，如果有一天你坐在总经理的位子上，你妈妈忽然冲进来说，大家都在欺负我，你要帮我出气，你会怎么想？这其中有个分寸的拿捏，私领域跟公领域不分的时候，会让人很为难。“探春忙道：‘姨娘这话说谁，我竟不解。谁踩姨娘？说出来我替姨娘出气。’”探春当然知道她在说谁，可是她必须冷静，她首先提醒她的母亲，我现在不是你的女儿，因为在公领域她就是姨娘。赵姨娘道：“姑娘现踩我，我告诉谁去！”已经有点不成体统了，母亲在女儿执政的经理大厅骂自己的女儿，很多时候，人很难把公领域跟私领域分清楚，妈妈觉得就算你做了经理，也还是我的女儿。

探春的独立个性

“探春听说，忙站起来，说道：‘我并不敢。’”注意探春的动作是有礼貌的，赶快站起来表示自己的尊敬跟礼貌。“李纨也忙站起来劝。赵姨娘道：‘你们请坐，听我说。我这屋里熬油似的熬了这么大年纪。’”意思是我从做丫头起就受人欺负，“熬油”这两个字用得很好，赵姨娘受欺负首先是因为出身非常低贱；另外这个人很糊涂，行事不知深浅，所以更遭人瞧不起。“又有你和你兄弟，这会子连袭人都不如了，我还有什么脸？连你也没脸面！”小时候常常听到有妇人边哭边说这种话，她们是把孩子当成私有财产的。这绝对是吴新登家的去打了小报告，因为袭人妈妈死的时候赏的是四十两，如今她的兄弟死了是二十四两，她才会觉得我连个袭人都不如。她最在意的是：我原来是个丫头，可是如今生了女儿、儿子，是夫人了，怎么还把我当丫头看。这种人心里有一贯的卑微情结，总觉得所有人都在欺负她。

赵姨娘用亲族的关系掩盖了公领域的关系，在公领域里探春是总经理，赵姨娘是她的下属。前面说过林语堂之所以喜欢探春，是因为她身上有很多现代因素。我就是我，我做的事情的好坏，跟父母、兄弟、姐妹无关，根本不该扯在一起。可在传统社会里，这一切是扯在一起的。妈妈如果丢了脸，你还能有什么脸面？这种互相间的牵扯导致社会没有办法体现对个人的尊重。一旦一个人的男人十恶不赦，他的太太、他的儿子也无法被尊重，因为大家认为这种罪孽感也是要继承的。本来公民权中是没有世袭罪恶的，不能说因为他爸爸是谁，就来怪罪这个孩子，所以《红楼梦》带给我们很多的反省。

“探春笑道：‘原来为这个，我并不敢犯法违理。’一面就坐了，拿帐翻与赵姨娘瞧，又念与他听，又说道：‘这是祖宗手里的旧规矩，人人都依着，偏我改了这例不成？’”意思是我们公司是有法的，不能因为你是我妈妈就去改这个法。所以她说：“不但袭人，将来环儿收了外头的女孩儿，自然也是同袭人一样。这原不是什么争大争小的事，讲不到有脸没脸的话上。他是太太的奴才，我是按旧规矩办的。”“他”指的是赵国基，她没有叫舅舅，只是说赵国基是王夫人的奴才。这句话很厉害，意思是说我虽然是你生的，可是舅舅是这个家里的车夫，他的身份就是奴才，奴才就要守奴才的规矩。“说办的好，领的是祖宗的恩典、太太的恩典；若说办的不匀，那是他糊涂不知福，也只好凭他抱怨去。太太连房子赏了人，我有什么有脸之处；一文不赏，我也没什么没脸之处。”

探春的思维全部是公领域的思维，她认为这里面没有什么脸面的问题。她劝妈妈：“依我说，太太不在家，姨娘安静些养神罢了。何苦只要操心。太太满心里疼我，因姨娘每每生事，几次寒心。”意思是你应该少出来、少说话。

下面是探春真正要讲的话，她说：“我但凡是个男人，可以出得去，我必早走了，另立一番事业，那时自有我一番道理。偏我是个女孩家，一句多话也没有我说的。太太满心里都知道。”探春最大的悲哀是因为她是一个女性，在那个时代走不出去，换成男人她早就走了，什么地方混不了一碗饭吃？探春后来远嫁，一般人认为是嫁到柬埔寨、越南一带做了王妃，彻底切断了跟这个家族所有的关系。

这种情况目前也很多，我的很多朋友和学生最后也觉得最难处理的还是家事，结果就一走了之，在巴黎一住就是二三十年。因为在社会上，他们是独立的个体，一回家就要扮演家族中的某个角色，他们不想面对被当成家族的某个角色的命运。另外，搞创作的人需要有很多独立个性，这种东西在家族里面并不被尊重和鼓励。读到探春这句话，你会感到很辛酸，她的悲剧是那个时代女性的共同悲剧。

辱亲女愚妾争闲气

探春说："'如今因重看了我，才叫我照管家务，还没有做一件好事，姨娘倒先来作践我。倘或太太知道了，怕我为难，不叫我管了，那才正经是没脸呢，连姨娘真也没脸！'一面说，一面不禁滚下泪来。"注意这句话很重要，意思是说，我现在坐在总经理的位置上，你来又哭又闹的，所有处长都在旁边，让我怎么继续做下去。

"赵姨娘没了别话答对，便说道：'太太疼你，你越发该拉扯拉扯我们。'"这个话讲得很不像样，假如你做主管，老妈忽然跑来说："你要拉扯拉扯我。"旁边没有人还好，有人的时候真的要小心一点。因为"拉扯"这两个字很难听，相当于说你把公款拿一点给我，你的公务车我也可以用，你的下属要到我们家里去洗马桶。"你只顾讨太太的疼，就把我们忘了。"探春说："我怎么忘了？叫我怎么拉扯？"她的意思是说，我没忘你是我亲妈，可是执行公务跟亲妈是两回事，"拉扯"是贪赃枉法，而关心你、照顾你是私领域的事情。她说："这也问他们各人，那一个主子不疼出力的奴才？那一个好人用人拉扯来着？"探春的脑子越来越清楚了，哪个下属认真出力、勤劳，主人就疼哪个；再者，如果你自己做事做得好好的，别人本来就会重视你，还靠什么裙带关系？

“李纨在旁只管劝说：‘姨娘别生气。也怨不得姑娘，他满心里有拉扯的心，口里怎么说的出来。’”有没有发现这个李纨也很糊涂，这话相当于说总经理一心想把公款都给你，只是现在不好明说。探春的脑子就是清楚，她马上就批评李纨说：“这大嫂子也糊涂了。我拉扯谁？谁家姑娘拉扯奴才来着？他们的好歹，自然你们该知道，与我什么相干。”这句话当然很重，以前读《红楼梦》大家的争议多半是这句，因为这里是说赵姨娘是奴才，即使生了子女，身份也没变，可她的身份已经是小姐了。跟自己的亲妈妈说这样的话当然是很痛苦的事，可是当时的社会阶级之间的界限本来就是这样；还有，如果再不把这个界限分清楚，赵姨娘还会继续闹下去。

“赵姨娘气的问道：‘谁叫你拉扯别人去了？你不当家我也不来问你。你如今现说一是一，说二是二。如今你舅舅死了，你多给二三十两银子，难道就不依你？’”赵姨娘觉得贾府的银子每天像水一样在淌，多给十六两根本没人在意，她完全不体谅探春作为一个管理人，操守有多重要，哪怕只是六钱，也会成为不公正的把柄。

她说：“太太是好太太，都是你们尖酸刻薄，可惜太太有恩无处施。姑娘放心，这也使不着你的银子。明儿等出了阁，我还想你额外照看赵家呢。”这是典型的封建伦理，我想探春如果生在今天就没有这个问题，至少她的独立性会高很多，可是在那个时代，就注定是场悲剧。下面这个话是我们小时候常常听到的，说：“如今没有长羽毛，就忘了根本，只拣高枝飞去了！”在西方的社会，从来听不到父母跟孩子讲这种话。而我们却从小就常听这种话，说明孩子和父母是某种私有关系。在西方父母只是公民的抚养者，你的儿子、女儿是公民，有自己的公民权。比如我的亲戚移民在加拿大，女儿才十几岁，有一天她妈妈说：“我打死你。”结果女儿就打电话给社服人员，妈妈很难过，因为我们对这类语言已经习惯了，对于受另外一个文化教育的孩子，你打死我，这里面有威胁的成分，这就是不同的文化背景造成的差异。

“探春不听完，已气的脸白气噎。”探春真的很惨，这么聪明、能干，可是母亲却是她的致命伤，两个人的思维方式完全不同，根本无法对话。所以她就“抽抽咽咽的一面哭，一面问道：‘谁是我舅舅？我舅舅年下才升了九省检点去了，那里又跑出一个舅舅来了？’”她的意思是说，我跟你之间没有关系，你只是代理生下了我，她要把这个关系切断。记得当年在读书会里，争议最大就是这一段，很多人都觉得探春太过分。要是换作今天我就会问：假如你现在做总经理、做校长，你妈妈跑来闹，说你不拉扯她，你怎么办？你要不要切断这个私领域的关系，恐怕就比较容易做出判断了。

探春下面的话就很难听了：“我倒素习按礼尊敬，越发敬出这些亲戚来。既这么说，每日环儿出去，为什么赵国基又站起来，又跟他上学去？为什么不拿出舅舅的款来？”探春很理性，她也没说哪个人高贵，哪个人卑微，更没有看不起门房，只是认为门房有门房的工作，薪水、福利金、退休金也是法定的，我不能用私人的关系去改变这一切。她说：“何苦来，谁不知道我是姨娘养的，必要两三个月寻出一个由头来，彻底子翻腾一阵，生怕人不知道，故意的表白表白。也不知谁给谁没脸？幸亏我还明白，但凡糊涂不知理的，早急了。”

探春绝对的公正性

这个时候，忽然听说二奶奶打发平姑娘来了，赵姨娘立刻安静下来了。有没有发现赵姨娘的两面性，本来在那边又哭又闹的，平儿来了，她赶快赔笑让座。可见王熙凤的威严无处不在，平儿作为她的特别助理也有一定的威慑力。然后问说："你奶奶好些？我正要去瞧呢，就只没得空儿。"李纨见平儿进来，就问她做什么。平儿笑道："奶奶说，赵姨奶奶的兄弟死了，恐怕奶奶和姑娘不知有旧例，若照常例，只得二十四两。如今请姑娘、奶奶裁度着，再添些也使得。"这里也表现出王熙凤的厉害，意思是给四十两是违法的，但怕探春为难，因为这是她亲舅舅，就给你一个权限，可以酌情处理。

有没有发现王熙凤并不是最好的管理人，因为王熙凤会徇私，常常是看人下菜碟，贾母那边的事她从来不驳回，赵姨娘这边她就常常作践。可是探春绝对公正，她要从自己最亲的人身上开刀。"探春早已拭去泪痕，忙说道：'又好好的添什么，谁是二十四个月养的？不然也是那出兵放马背着主子逃过命的不成？'"本来她正在哭，但心里最难过的时候还是很冷静。贾家第一代打仗的时候，真有用人把他们从死人堆里背出来过，这种用人的薪水一定会高，比如宁国府的焦大。

接下来，她说："你主子倒也巧，叫我开了例，他做好人，拿着太太不心疼的钱，乐得做人情。你告诉他，我不敢添减，混出主意。他添他施恩，等他好了出来，爱怎么添，怎么添去。"在管理上拿公款做人情是最糟糕的事，因为公款相当于是纳税人的钱，这就等于把王熙凤的管理也批了一顿。"平儿一来时已明白了对半，今听这一番话，越发会意，见探春有怒色，便不敢以往日喜乐之时相待，只一边垂手默侍。"

我们知道平儿是王熙凤最得力的特别助理，为人很厚道，每个人都跟她很好。探春跟平儿平时跟姐妹一样，可是平儿是把公领域、私领域分得很清楚的人，一看探春生气了，知道这时候她要摆出总经理的样子了，所以立刻规规矩矩站在那里，一句话都不讲。如果这时候她说我们不是很好吗？昨天还一起去看电影来着，那就完了。你们平常一起吃六合夜市是私领域的事，现在是在上班，必须用上班的态度“垂手默侍”。

“时值宝钗也从上房中来，探春等忙起身让坐。”我一直觉得这个家族的眼线真多，大家马上就知道发生了什么事，宝钗大概怕探春压不住，就过来了。“未及开言，又有一个媳妇进来回事。因探春才哭了，便有三四个小丫环捧了沐盆、巾帕、靶镜等物来。此时探春因盘膝坐在矮板榻上，那捧盆的丫环走至跟前，便双膝跪下，高捧沐盆；那两个丫环，也都在旁屈膝捧着巾帕并靶镜脂粉之类。”以前小姐化妆是有梳妆台的，可因为是在办公室，用的是可以移动的靶镜，总经理要化妆了。我一直觉得现在很多女性主管应该学学这一招，在关键时刻说：对不起，我要补妆了。可以趁此机会转换一下空间，想一想下面的事情该怎么处理，也可以显示威严。

“平儿见待书之类不在这里，便忙上前与探春挽袖卸镯，又接过一条大手巾来，将探春面前衣襟掩了。探春方伸手向盆中盥沐。”你看平儿多么厉害，她本来是特别助理，可这个时候插手帮忙，就是要做给大家看。我们这才知道古代的女孩子化妆时还要像我们理发时那样围一个围兜，怕粉、胭脂把衣服弄脏。探春这个时候也摆出架子，不动手，任平儿帮她一一处理。这时候有个媳妇回道：“回奶奶姑娘，家学里支环爷和兰哥儿一年的公费。”一看就是不知好歹，没有什么眼力价儿的人。“平儿先道：‘你忙什么！你睁着眼睛看见姑娘洗脸，你不去伺候着，先说话来。二奶奶跟前你也这么没眼色来着？姑娘虽然恩宽，我去回了二奶奶，只说你们眼里都没姑娘，你们都吃了亏，可别怨我。’”探春还没讲话，平儿就骂起来了，你总不能在总经理上厕所时，你堵在厕所门口报告下个月的报表什么的吧？这里面讲的都是规矩，读《红楼梦》有时候比去上 MBA 有用得多。

平儿柔软处世的智慧

平儿“唬的那个媳妇忙赔笑说：‘我粗心了。’一面说，一面忙退出去。探春一面匀脸，一面向平儿冷笑道：‘你迟来了一步儿，还有可笑的。连吴姐姐这么个办老了事的，也不查清楚了，就来混我们。幸亏我们问他，他竟有脸说忘了。我说你回你主子事也忘了再查去？我料着你那主子未必有耐性儿等他去查。’”探春一眼就看出吴新登家的是在骗她，平儿就赶快解释：“他有这一次，包管腿上的筋早折了两根。”其实我对王熙凤的做法多少有点理解，王熙凤嫁过来之前，贾家的管理一塌糊涂，偷鸡摸狗的事情天天发生，必须要杀鸡儆猴才能重新整顿。对于一个一塌糊涂的烂摊子，新的管理人员必须敢下猛药，大概真的打断过几个人的筋，大家才慢慢地不敢了。

平儿就说：“姑娘别信，他们瞅着大奶奶是个菩萨，姑娘又是个腼腆小姐，固然是托懒来混。”说着，她就向外面发号施令说：“你们只管撒野，等奶奶大安了，咱们再说。”门外的众媳妇都笑道：“姑娘，你是个最明白的人，俗语说，‘一人作罪一人当’，我们并不敢欺蔽小姐。”

这些人本来都是来看笑话的，现在却都说是吴新登家的使的坏。人际关系非常奇怪，吴新登家的如果整探春整成功，众媳妇就都变成吴新登家的一族。现在看吴新登家的不行了，她们马上把她孤立起来，说明我们跟她是无关的，还说："小姐是娇客，若认真惹恼了，死无葬身之地。"平儿冷笑道："你们明白就好了。"又陪笑向探春道："姑娘知道二奶奶本来事多，那里照看的这些？保不住不忽略。俗语说：'旁观者清。'这几年姑娘冷眼看着，或有该添该减的去处，二奶奶没行到的，姑娘竟一添减，头一件于太太的事有益，第二件也不枉姑娘待我们奶奶的情义了。"有没有发现平儿真的很了不起，她的这番话，有几层含义：一方面是授权给探春，觉得她真是个管理人才；另一方面，探春可能查出王熙凤管理中的很多漏洞，她在这里先替她的主人做个缓冲。

"话未说完，宝钗、李纨皆笑道：'好丫头，怨不得凤丫头偏疼他！本来无可添减之事，如今听你一说，倒要找出两件来斟酌斟酌，不辜负你这话。'探春笑道：'我一肚子气，没人煞性子，正要拿他出气去，偏他蹦了来，说了这些话，叫我也没了主意了。'"

可见柔软是最高的智慧，她先说我们有很多事情做得不好，你们尽管检查、批评，先把自己置于弱势地位，这样别人就没了脾气。平儿是《红楼梦》里最了不起的一个丫头，在一切都被王熙凤操控的情况下，委曲求全，处理事情一直非常公道。

探春开始查账

这时探春才叫方才那媳妇来问："环爷和兰哥儿家学里这一年的银子，是做那一项用的？"贾环、贾兰他们要上学，一定会有费用，现在这个钱是干什么的，是买文具？还是吃"麦当劳"？还是车马费？那媳妇便回说："一年学里吃点心，剩的买纸笔，每位有八两银子的使用。"这个钱是给他们买"巧克力"之类的点心吃的，贾家的私人学校真是够完蛋的，点心钱最多，剩下的钱才买纸笔。当然我们读过第九回，也知道这些少爷们读书有多么糟糕。

探春道："凡爷们的使用，都是各屋里领了月钱的。环哥儿的是姨娘屋里领二两，宝玉的是老太太屋里袭人领二两，兰哥儿是大奶奶屋里领。怎么学里每人又多这八两？"探春开始查账，可这项检查又牵涉到赵姨娘，因为贾环多出的八两又要被扣掉。这个家族已经这么入不敷出，还这么浪费，有很多叠床架屋的开销。"原来上学去的是为这八两银子！"探春该开始批评了，说原来这些男孩子读书是为了钱。就像我们以前读幼稚园的时候，先问有没有糖，没有糖就不去。她说："从今儿起，把这一项蠲了。""蠲"就是去除、取消。探春越来越觉得这个家族的每个地方都在舞弊、都是漏洞，整个家族很多舞弊的机会都是从多余的开销里产生的。

她说："平儿，回去告诉你奶奶，就说我的话，把这一条务必免了。"平儿笑道："早就该免。旧年奶奶原说要免的，因年下忙，就忘了。"那个媳妇只得答应着去了。这时有大观园中媳妇们捧了饭盒来。待书、素云早已抬过一张小饭桌来，待书是探春的丫头，素云是李纨的丫头，"平儿也忙着上菜。探春笑道：'你说完了话，你去罢，在这里忙什么？'"平儿笑道："我原没事的。二奶奶打发了我来，一则说话，二则恐这里人不方便，原是叫我帮着妹妹们伏侍奶奶、姑娘的。"平儿是个非常有眼力价儿的人，怕探春生气，就在那边帮着递菜。这也是王熙凤的厉害之处，有三个代理她都不放心，还派特别助理到这边监督。

探春因问："宝姑娘的饭怎么不端来一处吃？"有没有发现这个总经理还是在管事，因为她发现宝钗的饭菜没有送来，丫环们听说，忙出去命媳妇们去说："宝姑娘如今在厅上一处吃，叫他们把饭送了来。"探春听说，便高声说道："你别混支使人！那都是办大事的管家娘子们，你们支使要饭要茶的，连一个高低都不知道！"才上任几天的探春，已经发现了很多问题，过去的很多年里她一直用心在观察，在上任的这一刻，她把多年积累的笔记都用上了。

她还说："平儿这里站着作什么，你叫叫去。"平儿忙答应了一声出来。那些媳妇们悄悄地拉住笑道："那里用姑娘去叫，我们已经有人叫去了。"一面说，一面用手帕掸了一掸石矶上说："姑娘站了半天乏了，这太阳地里且歇歇。"发现没有，平儿一直到现在都没敢坐下来，其实她是做给别人看的，因为私下里她跟探春好得不得了，此时此刻她就是要让探春像个总经理。"平儿便坐下。又有茶房里的两个婆子拿了个坐褥铺下，说：'石头冷，这是极干净的，姑娘将就坐一坐儿。'平儿忙赔笑道：'多谢了。'一个又捧了一碗精致的新茶出来，也悄悄的笑说：'这不是我们的常用的茶，是伺候姑娘们的，姑娘且润一润喉罢。'"有没有发现平儿一离开探春的房间，就有这么多人伺候她，现在她可以坐下来好好喝一杯茶了。

"平儿忙欠身接了，因指众媳妇们说道：'你们太闹的不像了，他是个姑娘家，不肯发威动怒，这是他尊重，你们就藐视欺负他。果然招他动了大怒，不过说他一个粗糙就完了，你们就现吃不了的亏。他撒个娇儿，太太也得让他一二分，二奶奶也不敢怎样。你们就这么着大胆小看他，可是鸡蛋往石头上碰。'"平儿警告这些媳妇说，贾家做小姐的身份非常高，连王夫人都得让她们三分，探春只是平常看起来客客气气，她真要发威动怒起来，二奶奶也不敢把她怎么样。

众人都忙道："我们何尝敢大胆了，都是赵姨奶奶闹的。"大家又开始推脱责任了。平儿又悄悄地道："罢了，好奶奶们。'墙倒众人推'，那赵姨奶奶原有些到三不到两的，有了事都就赖他。"就是这个赵姨奶奶本来就有一点精神病，可是你们也太欺负她了。"你们素日眼里没人，心里利害，我这几年难道还不知道？二奶奶若是略差一点儿的，早被你们这些奶奶治倒了。"这里说的就是吴新登家的这种人，没事儿就变着法子整主人，作为一个主管，如果不够精明，早就被吃定了。"饶这么着，得一点空儿，还要难他一难，好几次没落了口声。"众人道："如何敢？"平儿道："他利害，你们都怕他，惟我知道，他心里也就不算不怕你们呢。前儿我们还议论到这里，再不能依头顺尾的，必有两场气生。那三姑娘虽是姨娘的姑娘，你们都看见了。二奶奶这些大姑子、小姑子里头，也就只单惧他五分。你们这会子倒不把他放在眼里了。"

正说着，只见秋纹走来。

规矩秩序已经建立

"众人忙着问好，又说：'姑娘也且歇歇，里头摆饭呢。等撤下饭桌子来，再回话去。'"秋纹是宝玉的丫头，她来一定有事，所以"秋纹笑道：'我比不得你们，我那里等得？'说着便直要上厅去。"有没有发现秋纹特别理直气壮，因为宝玉房里的丫头身份特殊。"平儿忙叫：'快回来。'秋纹回头见了平儿，笑道：'你又在这里充什么外围的防护？'一回身便坐在平儿褥上，平儿悄问道：'回什么？'秋纹道：'问一问宝玉的月钱，我们的月钱多早晚才领？’平儿道：‘这什么大事。你快回去告诉袭人，就说我的话，凭有什么事今儿都别回。若回一件，管驳一件；回一百件，管驳一百件。’”

“秋纹听了，忙问道：‘是为什么？’平儿与众媳妇等都忙告诉他原故，又说：‘正要找几处利害事与有体面的人来开例，作法子镇压，与众人作榜样呢。何苦你们先来碰在这钉子上。’”注意，好的管理人杀鸡儆猴绝对要找厉害的，宝玉是最适合开刀的一个人，因为他最受宠。“你这一去说了，他们若拿你们也作一二件榜样，又碍着老太太的嘴，若不拿你们作一二件榜样，人家又说偏一个向一个，仗着老太太、太太的威势的就怕，他不敢动，只拿我们软的作鼻子头。”其实如果硬要去，也会让探春为难，一旦碍着老太太的脸面顺利通过，一定有人会说探春她们拍马屁，柿子专拣软的捏。“你听听罢，二奶奶的事，他还要驳两件，才压的住众人口声呢。”

这就是管理上的困难，要想服众就得要玩真格儿的，要动到最厉害的，或者最亲的人，才压得住阵脚。“秋纹听了，伸舌笑道：‘幸而平姐姐在这里，没的臊一鼻子灰。我赶早知会他们去。’说着，便起身走了。”

接着宝钗的饭也到了，平儿就赶快进来服侍。赵姨娘已经走了，宝钗、李纨、探春三个人就在板床上吃饭，宝钗面南，探春面西，李纨面东，所有的媳妇都在廊下静静等候，里头只有她们常常侍候的丫鬟，别人一概不敢擅入。这些媳妇们都悄悄地议论说：“大家省事罢。都别安着没良心的主意了。吴大娘都讨了没意思，咱们又是什么有脸的。”

底下一段整个是在写威严，外边大家一边悄悄议论，“等饭完回事。只觉里面鸦雀无闻，并不闻碗箸之声。一时只见一个丫环将帘栊高揭，又有两个将桌子抬出。茶房内早有三个丫头捧着三沐盆水，见饭桌已出，三人便进去了。一会儿又捧出沐盆并嗽盂来，方有待书、素云、莺儿三个，每人用茶盘捧了三盖碗茶进去”。我觉得作者最了不起的地方是：他每讲完一件事，就开始写排场，这种家族有按部就班的秩序，不必主人命令，所有人都知道接下来应该做什么事，规矩是不用大呼小叫的。记得有一次我到一个中学去演讲，教官每三分钟站起来骂学生一次，我就知道肯定会出问题，因为这不是你搞管理的时刻，有人睡觉、讲话是你平常没有管理好，后来我只好站起来说：“教官请你坐下，好不好。”平时就没有规矩，到关键时刻就会出问题。

“一时等他三个人出来，待书命小丫头们：‘好生伺候着，我们吃了饭来换你们，可又别偷坐着去。’众媳妇们方慢慢的一个一个的安分回事，不敢如先前的轻慢疏忽了。探春气方渐平，因向平儿道：‘我有一件大事，要和你奶奶商议，如今可巧想起来。你吃了饭快来，宝姑娘也在此，咱们四个人商议了，再细细的问你奶奶可行可止。’平儿答应回去。”

好好好　好个三姑娘

凤姐问为何去这一日，平儿便笑着将方才的情况细细说给她听了，凤姐笑道：“好，好！好个三姑娘！我说他不错。”好棒的话，是前总经理在衷心地赞美新总经理。说实话，贾家从上到下的人王熙凤都看不起，尤其是觉得贾家的男人窝囊、无能、不成器，她一直揽权有一部分原因是这个家族里根本没有一个能指望的人。如今终于有了一个能干的，才是上初中的年纪，就这么厉害。

“只可惜他命薄，没托生在太太肚子里。”这是在讲身份，因为探春是庶出。平儿笑道：“奶奶也说糊涂话了，他便不是太太养的，难道谁敢小看他。不与别的一样看了不成？”凤姐就叹了口气，凤姐出身豪门，特别知道其中的规矩。她说：“你那里知道，虽然说是一样，女儿却比不得男人，将来攀亲事，如今有种轻狂人，先要打听姑娘是正出、是庶出，多有为庶出不要的。”这里能看到当时女性的悲哀，如果你是姨太太生的，就是出身不够好。因为只有正出，才有娘家的身份，如果探春是王夫人生的，王夫人背后是她的哥哥王子腾，有王家的势力在，就有靠山。赵姨娘只是个丫头，没有任何势力。过去人常常把婚姻与权力和财富挂钩，当然会计较正出、庶出。

“殊不知别说庶出，便是我们的丫头们，比人家的小姐还强呢。将来不知那个没造化的挑庶、正误了事呢，也不知那个有造化的不挑庶、正得了去。”后来不挑庶、正的就是那个东南亚的国王，因为他没有什么庶、正的观念，所以娶到了探春。我想探春嫁过去以后，绝对是个一流的王妃。《红楼梦》真的是一部女性主义的书，读完《红楼梦》，你会发现几乎所有的男性都没有女性能干。

凤姐说着，又向平儿笑道：“你知道，我这几年生了多少省俭法子，一家子大约也没个不背地里恨我的。我如今也是骑上老虎，虽然看破些，无奈一时也难宽放；二则家里出去的多，进来的少。凡有大小事仍是照着老祖宗手里的规矩，却一年进的产业又不及先时。多省俭了，外人又笑话；老太太、太太又受委屈，家下人也抱怨克薄。若不趁早儿料理省俭之计，再几年就都赔尽了。”

这里说到了王熙凤管理的难处，王熙凤的刻薄、严苛也有道理，因为这个家族已经要垮了，完全靠她在撑着。所以“平儿道：‘可不是！将来还有三四位姑娘，两三个小爷，一位老祖宗，这几件大事未完呢。’”宝玉要娶亲、姑娘要嫁人、老太太要办丧事，都是要花钱的。“凤姐笑道：‘我也虑到这里，倒也够了：宝玉和林妹妹他两个一娶一嫁，可以使不着官中的钱，老太太自有梯己拿出来。二姑娘是大老爷那边的，也不算。剩了两三个，满破着每人花上一万银子。环哥娶亲有限，花上三千银子，不拘那里省一抿子也就够了。老太太的事出来，一应都是全了的，不过零星杂项使费，也满破三五千两银子。如今再俭省些，陆续也就够了。’”在这方面王熙凤就是很了不起，把接下来几年的东西都算好了，绝不会寅吃卯粮。其实家族也好，国家也好，没有近虑，必有远忧。

凤姐说：“咱们且别虑后事，你且吃了饭，快听他商议什么。这正碰了我的机会，我正愁没个膀臂。虽有个宝玉，他又不是这里头的货，纵收服了他也不中用。大奶奶是个佛爷，也不中用。二姑娘更不中用，况且不是这屋里的人。四姑娘小呢。兰小子更小。小环儿更是个燎毛的小冻猫子，只等有热灶火炕让他钻去罢。真真一个娘肚子里跳出这样天悬地隔的两个人来，我想到这里就不服。再者林丫头和宝姑娘他两个倒好，偏又都是亲戚，又不好管咱们家务事。况一个是美人灯儿，风吹吹就坏了；一个是拿定了主意，‘不干己事不张口，一问摇头三不知’，也难十分去问他。倒只剩了三姑娘一个，心里嘴里都也来得，又是咱们家的正人，太太又疼他，虽然面上淡淡的，皆因是赵姨娘那老东西闹的，心里却是和宝玉一样疼呢。比不得环儿，实在令人难疼，要依我的性子早撵出去了。如今他既有这个主意，正该和他协同，大家做个膀臂，我也不孤不独了。按正理，天理良心上论，咱们有他这一个人帮着，咱们也省些心，与太太的事也有益。若按私心藏奸上论，我也太行毒了，也该抽头退步。回头看看，再要穷追苦刻，人恨极了，暗地里笑里藏刀，咱们两个才四个眼睛，两个心，一时不防，倒弄坏了。趁着紧溜之中，他出头一料理，众人就把往日咱们的恨暂可解了。还有一件，我虽知你极明白，恐怕你心里挽不过来，如今嘱咐你：他虽是姑娘家，他心里却事事明白，不过是言语谨慎；他又比我知书识字，更利害一层了。如今俗语说‘擒贼必先擒王’，他如今要作法开端，一定是先拿我开端。倘或他要驳我的回，你可别分辩，你只越恭敬，越说驳的是才好。千万别想着怕我没脸，和他一犟，就不好了。”

首先王熙凤发现探春确实是个好帮手，另一方面这么多年自己得罪了太多人，不如趁机把事情交给探春去弄，所以王熙凤于私于公全力支持探春。

第五十六回

敏探春兴利除宿弊
识宝钗小惠全大体

人文厚度的建立

五十六回特别显示出探春身上的那种产业意识，所谓的产业是说一种物质大家除了欣赏它的美之外，还能有利可图。常常有人说我们如今的高科技产业，其实是高利润产业，因为它们毫无人文质素，也无美丽可言；但那些搞艺术、创造美的朋友又都穷得要死，可见利润和美是冲突、矛盾的。可是看了五十六回你会发现它们没有那么大的冲突，探春就发现她们所住的大观园，不止是一个美丽的园林，还是一个很好的生产基地。所以她就尝试着把这个园林规划出来，把其中的水果、花朵变成产品。

大家也许觉得这点收入有限，在荣国府富豪极盛的时代，根本看不起这点钱。可她们几个人曾讨论过一年大概有多少收入，宝钗就说：这个收入买地的话，都可以买好几甲了。大家肯定会吓一跳，原来在贾府，你只要有一个产业的头脑和观念，随随便便就可以有很多的收入。十二金钗里真正有产业观念的其实是宝钗，王熙凤只是在管家，可宝钗是真正掌握薛家所有的田产跟店铺的生意的。探春年龄虽小，她也有产业观念。所以从另外的角度看十二金钗，她们不是我们想象的只会天天风花雪月，她们还是一些极其聪明的经营人才。如果生在今天，我肯定她们都在高科技领域工作。

当然，这种产业不是单纯牟利，同时也是对自然界的一种管理。比如，伐木造林就是一种产业，但在整个伐木造林中要照顾到山坡的林相。日本在这方面就做得非常好，到了日本，你会觉得山坡上的林木长得特别漂亮，因为它已经纳入了一个产业系统。树要过多久才可以砍伐，如何间隔着去砍都有一定的规矩，因为它们跟阳光和整个森林的品相有关。我们现在常常到一个风景区，当年是种苹果树和梨树的，现在一片荒芜，这就是因为没有产业观念。

五十六回里探春讲的一小段，表面上看是一个女孩子在讲治园林，往大了说她也是在治国。如果小的时候没有这种训练，有一天还真的无法治国，因为国土的规划跟一个园子的规划是一样的，关键是眼光要长远。而不是说这一阵子种苹果、梨有利润，就把其他的全都砍了，结果一阵子全部是槟榔，一阵子全部是茶，导致水土无法保持，最后是山全荒了。

我要特别强调的是：大观园的产业化既是经济，也是美学，一般人不会想到经济跟美学其实是在一起的。本来园林已经有了荒废颓败的迹象，这些姊妹们整天在里面写诗，可是荷塘、花园、竹林没有人整理，已经开始出问题了。探春到赖大家做客，赖大家的园林给了她很大的刺激，人家小门小户的园子都有收成，而且把花园弄得那么好，就是因为有人管理。所以我想《红楼梦》的作者并不只是一味地风花雪月，怀才不遇的他也有很多的感慨和抱负，只是他不幸生在那样一个家族而已。

我不太赞成只把《红楼梦》当成一个风花雪月的故事，其实它其中有很多的反省，对管理、产业、为人处世，甚至治国都有看法。我们常常觉得当今政治恰恰最缺的就是人文，很多人认为读《红楼梦》就是文学系的事，其实不是，它可能是经济系的事，也可能是政治系的事，还可能是法律系的事。纯粹的法律出身的人到最后可能出大问题，因为人文的厚度没有了。我觉得有时候我们看文学的东西会太窄化，我一直觉得人文并不只是在讲文学，也并不只是在讲文化，人文讲的是以人为主的一种关心。

我最反对的是把科技跟美分开，不重视美的科技不是真正的科技。最明显的就是达·芬奇，在他的世界里，美和科技从没有分离过，它们整合在达·芬奇的人文结构上。很多人提醒说，二十一世纪将是达·芬奇的世纪。也许在五百年后的今天，我们才恍然大悟，原来达·芬奇本身就是作品。他在科技的领域是流体力学之父、飞行理论之父、潜水艇发明者、解剖学之父；在美学领域他是大画家。其实，每一个成长中的孩子都是达·芬奇，往往是我们的教育体制把他变得不可能成为达·芬奇了，因为他必须选择科系，只要一分组，成为达·芬奇的可能性就消失了。教育体制要检讨的是，为什么我们在分组时没有保有他对人文的整体观察，或者说为什么在分组之前不能具备一定的人文厚度。

这个部分的探春之所以精彩，就是她平常在诗社里写诗、玩，是风花雪月，可是这所有的风花雪月最后都变成了她的产业概念，这才是真正的人文关照。

敏探春兴利除宿弊

“话说平儿陪着凤姐吃了饭，伏侍盥漱毕，方往探春处来。只见院中寂静，只有丫环、婆子在窗外听候。”有没有发现管理已经完全上轨道了，第五十五回里的惊涛骇浪不见了，现在院中人这么多可是一点不吵，因为已经有秩序和规矩了。“平儿进入厅中，见他姊妹三人正议论些家务，说的便是年内赖大家来请吃酒，他家花园中的事。”

见平儿来了，“探春便命他脚踏上坐了”。这些都是细节，其中有两层意思：一层意思是说她和平儿很亲，另一层意思因为平儿是丫头，在公领域里，照理应该是站在那里的。

探春就跟她说：“我想的事不为别的，因想着我们一月有二两月银外，丫头们又另有月钱。”注意一下，《红楼梦》里的这些女孩子，吃的、穿的都是公费，二两银子是零花钱。我很同情她们，因为她根本不能出门的，不能像我们今天这样可以去百货公司，可以去看电影。记不记得探春曾拜托宝玉帮她去买些小玩意回来。可见她们平时有所谓零钱其实也没什么用，大概就是偶尔赏赏下人，而丫头们又另有月钱，记不记得宝玉房里的袭人、晴雯、秋纹、麝月她们都有钱。袭人后来加到了四两银子，其他人大概都是二两，小丫头也有一两。

“前儿又有人回，要我们一月所用的头油脂粉，每人又有二两。这又同才刚学里的一样，重重叠叠，事虽小，钱有限，看起来也不妥当。”头油脂粉应该叫化妆费，那既然有月钱了，里面是不是应该包含了化妆费？怎么会又另列名目？这个家族太大了，每一个人都多出一点，加起来就不得了了，这其实就是企业管理的观念。她质问平儿说：“你奶奶怎么就没想到这个？”平儿笑道：“这有个原故：姑娘们所用的这些东西，自然是该有分例的。每月买办买了，令女人们各房交与我们收管，不过预备姑娘们使用就罢了，没有一个我们天天各人拿着钱找人买胭脂粉的。所以外头买办总领了去，按月使人按房交与我们的。”意思是因为小姐们不能出门，所以就包给了专门的买办，告诉他们家里总共有多少女人，需要多少头油脂粉，然后全部交给各房，再由各房分发给小姐、丫头。

读到这一段的时候，我最大的感叹是，我不相信李纨用的粉会跟林黛玉一样，因为她们的个性根本不同，而且化妆品是很私密的东西，甚至有自己身体的记忆在里面。不要说女孩子了，现在连讲究的男孩子刮胡子用的水都不一样，闻一闻就能区分，因为其中有他的性格。一个社会讲究了以后，最先变化的是跟身体有关的东西，比如精油、肥皂什么的，用此来强调我跟另外的人的不同。所以这种像部队那样一买就是一大堆头油，然后大家全部用一样的，我相信这些小姐们肯定吃不消，所以这些东西纯属浪费。

“姑娘们的每月这二两，原不是为买这些东西，原是为的是一时当家奶奶、太太或不在家，或不得闲，姑娘们偶然一时要几个钱使，省得找人去。这是恐怕姑娘受了委屈，可知这个钱为这个才有的。”意思是说化妆费是化妆费，这个二两是零用钱。“如今我冷眼看着，各房里的姑娘，各门的姊妹都是现拿钱买这些东西的，竟有了一半。我就疑惑，不是买办脱了空，迟了日子，就是买的不是正经货，弄些使不得的东西搪塞。”可见化妆品交到买办总领其实是有问题的，因为这个东西太私密了，结果总办理弄得粉不像粉、油不像油的，最后大家都没法用。“探春、李纨都笑道：‘你也留心看出来了。脱空是没有的，也不敢，只是迟些日子；催急了，不知那里弄了来的那平常东西，使不得，依然得现买。’”几个女孩子谈的是她们最关心的事，大家都发现了这个问题，只是不知该怎么去管。“平常东西”就是不怎么讲究的东西，贾府的女孩子的化妆品都极讲究。

宝玉曾有一次跟平儿讲胭脂是怎么做的，听了你要吓一跳，你才知道胭脂原来是这么精致的东西，就连挑胭脂都要用玉兰花的花蒂，真是比现在的所有名牌都要讲究，因为现在名牌至少还有一个量产。可是过去手工制作的东西绝对是艺术品，仅供某几个贵族女孩子用。所以她才说："就用这二两银子了，另叫别人的奶妈或是兄弟、哥哥、儿子，买了来，才使得。若使了官中的人买去，照旧是那样。不知他们是什么法子，是铺子里坏了不要了，他们都弄了来，单预备给我们的？"

这里面有一个我们现在碰到的问题，我有很多朋友做建筑，官方衡量他们的建筑质量有一个最低标的观念。他们就告诉我，最低标意味着你永远买不到最好的东西，这个社会的建筑最终将越来越丑，质量越来越坏。因为大家竞那个最低标的时候，其实根本已经是在偷工减料了，因为如果你合理来做，是不可能用那个价钱做出来的。可是大家一旦开始竞争，就会用降低报价的办法。后来西方有很多比较先进的国家，就开始出台合理标。我定一个合理标书，谁最接近这个标底谁就中标，低了表示你是粗制滥造。所以李纨她们就说，有人宁可不化妆，也不会去用这些低劣的化妆品，把皮肤都搞坏了。

我的意思是说，每个产业里的精品，也是要通过学习才会懂。不讲别的，就说酒吧！大概早几年，看到大陆媒体报道某些官员喝酒你会吓一跳，每个人面前都有五个酒杯，啤酒加塞外老窖，然后再加红酒，再加别的白酒，全世界都没有这样喝酒的，真是浪费到了极点。你如果真懂得一点喝酒，就不会把这几种酒并在一起喝，可是他们就那么五杯一起倒上，不管你喝不喝。可见产业一旦没了人文气息，绝对是在糟蹋产业。人文一定是精致的，其中包含着细腻跟讲究，它能使一个人懂得品位，所以，今天很多地方都在讲“美是看不见的竞争力”，目的就是要让产业精致起来，使人的品位逐步提高。

以产业的观念经营大观园

平儿笑道：“买办买的是那样的，他买了好的来，外办岂肯和他善开交，又说他使坏心，要夺这外办了。所以他们也只得如此，宁可得罪了主子，不肯得罪了外头办事的人。姑娘们只得使奶妈们，他们也就不敢说闲话了。”探春道：“因此我心里不自在。钱费两起，东西又白掷一半，算起来，费两折子钱，不如把买办这一份子免了罢。此是一件事。”探春已经从产业的角度看问题了，买贵的、好的、真正能派上用场的东西，不是浪费；买一大堆乱七八糟的东西，最后不能用，才是真正的浪费。我们现在的很多公款常常就是这样被浪费掉的，有时候我们去评鉴一个大学的表演空间，真是让人啼笑皆非，他们会说他们买了世界上最贵最贵的灯，结果灯光一打开只能往台下照，没有办法照舞台，连装灯的人都是外行，于是只好重新做。每次读到探春这句话我都很感慨，钱费两起，东西白掷一半，最终产生了最大的浪费。

“第二件，年里头往赖大家去，你也去的，你看他那小园子，比咱们的这个如何？”好，这是探春在考平儿了，平儿笑道：“还没有咱们这一半大，树木花草也少多了。”赖大只是一个管家，他家的花园不会像贾府的大观园这么讲究。“探春道：‘我因和他们家女儿说闲话儿，谁知那么个园子，除他们戴的花儿，吃的笋、果、鱼、虾之外，一年还有人包了去，年终总有二百两银子剩。’”探春还讲到了她自己的观察：“从那日我才知道，一个破荷叶，一根枯草根子，都是值钱的。”

我相信今天我们的年轻一代大概也不了解这个，我们小时候去买肉、买鱼都是用荷叶或者芋头叶子包着的，家里的旧报纸我们也是一捆一捆地拿去卖，或者换鸡蛋的。其实产业的意思是说，每种物质都有它的功能。我们每天晚上处理垃圾，其实那些东西也是一种资源、一种财富。我相信这也是一个环保的观念，也是一个回收的观念。那些荷叶如果任其荒废下去，来年就不能很好地生长，大家注意到没有，台湾所有养荷花的地方，到秋后都是要把残败的荷叶收掉的。我一直觉得我们的教育里少掉了对真正的生活现实的观察，探春的了不起在于她已经观察到一片破荷叶、一根枯草都是值钱的。

听到这里，宝钗就笑了：“真真膏粱纨袴之谈。”因为宝钗管家的，她家的产业很大，当铺里面什么东西都有人去当，她当然知道任何东西都是值钱的。我们小时候没有零用钱，就会在马路上挖点柏油，弄在竹竿上去黏树上的知了，卖到中药店换了钱买冰棍。小孩子很早就在学很多的产业，那也是他的乐趣。现在大家都希望富有，可是富有之后，父母都把孩子保护得很好，但同时又在抱怨孩子太娇：像他这么大的时候我已经怎样怎样了。他们怎么不想想，你像他这么大的时候，有没有那么多钱？是你没有给孩子机会。

所以宝钗就有点讽刺探春说，你们这些人从来不知道挨饿是怎么回事，不晓得穷困是怎么回事，也不知道什么叫作财富。她说：“你们原是千金小姐，不知道这事，但你们都念过书识字的，竟没看见朱夫子有一篇《不自弃》之文不成？”“不自弃”就是任何东西都不能随便糟蹋。我至今仍很感激童年时代形成的习惯，因为那个时候经济普遍不好，我们的衣服都是穿到破了补，甚至新衣服的袖口和膝盖都要补上两块很厚的布。到衣服真不能穿的时候，就做抹布，扣子剪下来放在一个瓶子里，从来不会糟蹋跟浪费东西。我相信那是一种教育，这个教育不是透过学校的哪一个学科来完成的，而是生活中随时随地实现的。让你感觉到没有什么东西不重要，最后也会影响到你对人生的看法，也就是这个世界上没有什么人是不应该存在的。所以这个“不自弃”既是在讲物质，也在讲人。

天下没有不可用的东西

探春笑道：“虽也看过，那不过是勉人自励，虚比浮词，那里都真有的？”其实我们小时候家里处罚的时候，就跪在那里背朱子治家格言，什么一粒饭，一针线要如何如何，可是你会觉得那只是文章，跟生活无关，生活中的体会跟读书其实是两回事。这几年在加拿大，看到他们的环保是从幼稚园做起，带着幼稚园的小朋友去做垃圾的分类，让他们从小养成习惯，环保跟回收才能真正持续地实现。所以探春说这些都是写出来的“虚比浮词”，“宝钗道：‘朱子都有虚比浮词？那句句都是有的。你才办了两天的时事，就利欲熏心，把朱子都看虚了。你再出去见了那些利弊大事，越发把孔子也看虚了！’”宝钗极度成熟，是这些女孩子当中真正对产业有概念的人。

探春笑道：“你这样一个通人，竟没看见子书？当日《姬子》曾云：‘登利禄之场，处运筹之境者，窃尧舜之词，背孔孟之道。’”姬子是曹雪芹杜撰出来的一个哲学家，可是这种思想我们在儒家经典中能看到，认为尧舜孔孟是讲圣王之道和心性德修养的。但我认为儒家讲内圣外王，是指向内要有做圣贤的修养，向外要有王天下的志向，它是从格物、致知、诚意、正心、修身、齐家，到治国、平天下的，是一整套的哲学思考。我们今天把它割裂开了，导致一些学术领域里的人，连什么叫产业都不知道。事实上在西方的文艺复兴时代，所有登禄利之场的大企业家都是推动文化发展的高手，可见登利禄之场并不见得一定利欲熏心。

“宝钗道：‘天下没有不可用的东西；既可用，便值钱。’”这实际上就是指产业，这几个女孩子真不得了，看起来不怎么管事，对很多问题的认识却很有见地。什么叫产业？去发现一个东西可以利用的地方就是产业。很多可用的东西早就存在于宇宙之中，比如核元素，原来它就存在，只是没有被利用。有些人一天到晚想赚钱不见得赚得到钱，因为你必须具备发现和创造物质的可用性的那种智慧。

宝钗说：“难为你是个聪明人，这些正事竟没经历过，如今可惜迟了些。”这个初三学生探春，考试成绩一直很好，只可惜阅历差了些，现在才开始懂这些东西有点晚了，与探春相比，宝钗很早就已经在禄利之场里混过了。

“李纨笑道：‘叫了人家来，不说正事，你们且对讲学问。’”有没有发现李纨的智商比宝钗跟探春要低，她根本听不懂她们两个在讲什么。“宝钗道：‘学问中便是正事。’”这话真的很了不起，我常常想跟现在的官员说学问就是正事。记得一个官员曾跟我说，我需不需要做做文化美容，来听听你的课？我说：不用，学问是正事。一个人的人文素质本来就是该在日常生活里去累积的，不管你是做学问，还是做官，等到用的时候才开始学就来不及了，本来治国治民之道就在学问当中。可见学问和生活的被割裂，从两三百年前就开始了，现在越发严重。所以宝钗就纠正李纨说："此刻于小事上用学问，那小事越发作高一层了。"五十六回我觉得其实是在讲治国，一个人总在法律系里混来混去，真到要治国的时候就荒掉了。因为治国需要的是阅历和人文的修养，光靠那几个条文没有用。所以这几个小孩子对人生的看法真的蛮高明的，她们觉得："不拿学问提着，便都流入市俗去了。"产、官、学三界如果都不讲学问，也就都流入市俗去了。

"三人都是取笑之谈，说笑了一会，仍谈正事。"

大观园员工分红观念

"探春因又接着说道：'咱们园子只算比他们的多一半，加一倍算，一年就有四百银子利息。若此时也出脱生发银子，自然小器，不是咱们这样人家行的事。'"意思是说我们这种公侯之家，不必像赖大家那样为这四百两银子而费周章，只是看到很多东西被平白无故地糟蹋，心里面很不安。

她说："若派出两个一定的人来，既有许多值钱之物，一味任人作践，似乎暴殄天物。不如在园子里的所有的老妈妈中，拣出几个本分老成能知园圃事的，派准他们收拾料理，也不必要他们交租纳税，只问他们一年可有些孝敬。"老妈妈们大概都比这些小姐更懂园艺，她们至少知道植物如何生长，该怎么照顾，也没必要去规定她们每一个月要交多少钱。

她说："一则园子有专管之人修理，花木自有一年好似一年的，也不用临时忙乱。"其实产业本身就是管理，不用花钱再去请园丁。何况这些东西都是越采摘，越能生发得好。"二则也不至作践，白辜负了东西；三则老妈妈们也可借此小补，不枉每年在园中辛苦。”这些老妈妈在园子里面虽有固定的薪水，可是毕竟有限，如果说这片水果都由她管了，她就有积极性了，也就是说这个园子不再只是主人的了，员工都可以分红了。五十六回整个在讲企业，讲产业，讲治国。其实国家也是如此，如果老百姓总觉得这是你的国家，跟我也无关，就不会有参与感，她现在就是让这些老妈妈感觉到这个园子是你们的，她们当然会尽心尽力。“四则亦可以省了些花儿匠、山子匠并打扫人等的工费钱。将此有余，以补不足，未为不可。”一二三四有这么多的好处，简直是四赢，为什么不做呢？

“宝钗正在地下看壁上的字画”，这一段写得真好，有没有发现李纨跟探春谈话，宝钗并没有参与，这叫作“事不关己莫开口”，她觉得我才不要管你们的事。但她一边看字看画，一边却把一切都听在耳中。

“听如此说，便点头笑道：‘善哉，三年之内无饥馑矣！’”其实我们都熟悉这句话，一个有作为的人治国，三年当中这个地区都不会有饥荒，是指一种政治上的安定感。

李纨笑道：“好主意。这一行，太太必喜欢。省钱事小，第一省人打扫，专司其职，又许他们去卖钱。使之以权，动之以利，再无不尽职了。”“使之以权，动之以利”，这八个字是管理的秘诀。

“平儿道：‘这件事须得姑娘说出来。我们奶奶虽有此心，也未必好出口。此刻姑娘在园子里住着，不能多弄些玩意儿去陪衬，反叫人去监管修理，图省钱，这话断不好出口。’”有没有发现平儿很聪明？她说这个事情我们奶奶不能说。为什么？因为一旦涉及分东西，就有利害的关系，作为王熙凤的特别助理，她不想让王熙凤挨骂。探春毕竟年轻，还有一点天真跟浪漫，所有的改革者都是要有点浪漫的，王熙凤太世故了。

“宝钗忙走过来，摸着他的脸笑道：‘你张开嘴，我瞧瞧你的牙齿舌头是什么作的？’”有没有发现只有宝钗发现了平儿的厉害，因为她也是事不关己莫开口的主儿，平儿想的是：事千万不要沾到我们奶奶身上，这就是过去做人的哲学。在这样的家族里，如果改革失败的话你就倒霉了，探春有这个热情，是因为她年轻，又是第一次做事情，根本没有想到人事关系的复杂。

一般读《红楼梦》的人都不喜欢宝钗的世故，可是如果这个社会全是些天真烂漫的人，大概也完蛋了。大家都像林黛玉你大概也可以想象这个社会会变成什么样子，其实宝钗也有自己的孤独跟苦闷，这么年轻就失掉了年轻该有的梦想跟浪漫，是因为这么大的家业全靠在她一个人身上，她的务实和世故是逼出来的。

宝钗说平儿：“从早起到这会子，你说了这些话，一套一个样儿，也不奉承三姑娘，也没见他说他们奶奶才短，想不到。三姑娘说一句，你就说一句是；横竖三姑娘一套话出来，你就有一套话进去；总是三姑娘想的到，你奶奶也想的到，只是必有个不可办之故。这会子又是因姑娘住的园子，不好因省钱令人去监管。你们想想这话，若果真交与他人弄钱去的，那人自然是一枝花也不许掐，一个果子也不许动了，姑娘们分中自然不敢，天天与小姑娘们就吵不清了。”好，宝钗已经想到了，就是说这个花园里，比如林黛玉住的潇湘馆的那些竹子，本来是她高兴怎么样就怎么样处理，可是现在有人管了，马上就会有一大堆架要吵。两个世故的人，碰到了一个天真烂漫的人，我们当会喜欢探春，是因为兴利除弊，必须要有一定的浪漫和天真。

“他这远愁近虑，不亢不卑。”宝钗赞美平儿，把所有的事情都考虑到了，而且态度不亢不卑。她不承认王熙凤没有想到，也不说探春做得太莽撞，所有的措辞分寸都恰到好处。“他奶奶便不和咱们好，听他这一番话，也必要自愧的好了，不和的也便和了。”

探春不越权的态度

探春笑道：“我早起一肚子气，听他来了，忽然想起他主子来，素日当家使出来的好撒野的奴才，我见他更生了气。谁知他来了，避猫鼠儿似的站了半天，怪可怜的。”意思她本来想要整整平儿的，谁知平儿连坐都不敢坐，有没有发现识相很重要？一个人正在气头上，最好别惹她。现在有些学生在学校里聪明得不得了，一出去做事就一塌糊涂。他们跟我抱怨说，经理今天又骂了我一顿！我说你不识相，不懂得察言观色。因为人都会有情绪，我们从小一看脸色就知道妈妈要打人了，得赶快溜掉。平儿用了示弱的方法与人相处，别人就不好意思再去指责她了。

“接着又说了那么些话，不说他主子待我好，倒说‘不枉姑娘待我们奶奶素日的情意。’这一句话，不但没了气，我倒愧了，又伤起心来。我细想，我一个女孩儿家，自己还闹得没人疼没人顾的，我那里还有待人的好处？”探春说到这里，不免又流下泪来。她内心还是感到委屈，她伤心的是：一个女孩子家本该有人疼爱的，结果亲生母亲竟然如此作践你、侮辱你。

“李纨等见他说的恳切，又想他素日赵姨娘每生诽谤，在王夫人跟前亦被赵姨娘所累，也不免都流下泪来。都忙劝他：‘趁今日清净，大家商议两件兴利剔弊的事，也不枉太太委托一场。又提这没要紧的事做什么？’平儿忙道：‘我已明白了。姑娘竟说谁好，竟一派人就完了。’”

“探春道：‘虽如此说，也须得回你奶奶一声。我们这里搜剔不遗，已经不当。因你奶奶是个明白人，我才这样行，若是糊涂的，我也不肯，倒像抓了尖儿。岂可不商量了再行？’”这是探春的聪明，她要让王熙凤知道，她还是总经理，只是在请病假。我们不能越权到好像她再也不会出加护病房了，这也是一种分寸。可见代理也是很艰难的，要代理到什么程度很难把握。“抓尖儿”最好的翻译就是出风头，探春不是那种爱出风头的人，只是觉得这个家族真的很多事情要改革，同时觉得王熙凤不会计较这些才这样建议的。

“平儿笑道：‘既这样，我去告诉一声。’说着去了，半日方回来，笑说：‘我说是白走一趟，这样好事，奶奶岂有不依的！’探春听了，便和李纨命人将园中所有的婆子的名单要来，大家参度，大概定了几个。又将他们一齐传来，李纨即将大概告诉了他们。”

美是看不见的竞争力

五十六回对我们今天最大的启发是，有一些钱是看不见的，它可能只是一个创意，如果我们只从物质的角度去想会很受局限。因为可用之物也包罗万象，有时候是一片风景，有时候可能是一种风声，最近我在很多企业里提到“美是看不见的竞争力”，其实也是这个意思。

如今产业部门要想开发利润跟价值，就不能只局限在物质层面。现在你要去订西方最贵的旅馆，他会强调其中有你看不见的价值。我跟很多朋友说过，我买现在住的那套房子的时候特别便宜，因为没有人留意那条河的景观是多么迷人，现在价钱一路上涨。如果只从报酬上短视地去考虑，你永远不会看到这个部分。

所以五十六回其实是一个企业经营的过程，他们规划设计了这个园林管理方案，接下来就是选人了。“众人听见，无不愿意，也有说：‘那一片竹子单交给我，一年工夫，明年又是一片。除了家里吃的笋，一年还可交些钱粮。’这一个说：‘那片稻地交给我，一年这些玩的大小雀鸟的粮食，不必动官中钱粮，我还可以交钱粮。’”这是探春没有想到的，宝钗早就想到会有人事纠纷了。就是说今天企业已经挂牌了，要开始征选员工了，管理人员该怎么办？探春问宝钗怎么办？宝钗只回答了两句话：“勤于始者怠于终，善其辞者嗜其利。”这都是古书里的话，宝钗是把学问跟生活结合在一起的。一开始表现得太积极、太勤快的人，最后可能是最懈怠的；还有，一开始讲得太漂亮的，我可以保证给你的利润比别人高好几倍的，很可能有贪心的成分。其实这是一个原则性的提醒，执行的人需要自己去领悟，探春非常聪明，宝钗一点她就知道该怎么做了。探春“便向册上指出几个人来与他三个人看。平儿忙去取笔砚来”。真是好的特别助理，不等人家讲，就知道自己该干什么了。

真正懂产业经营的宝钗

她三人说道：“这一个老祝妈是个妥当的，况他老头子和他儿子代代都是管打扫竹子，如今竟把这所有的竹子交与他。这一个老田妈本是个种庄稼的，稻香村一带凡有菜蔬稻麦之类，虽是玩意儿，不必认真，耕种之事也须得他去。再一按时加意培植，岂不更好？”潇湘馆的竹子、稻香村的菜蔬稻麦已经分配下去了。

“探春笑道：‘可惜，蘅芜苑和怡红院这两处大地方竟没有出利息之物。’”大家记得蘅芜苑吗？就是宝钗住的地方，那里没有大树、花果，全部是蘼芜、杜蘅之类的香草。李纨就反驳她说：“蘅芜苑里更利害。如今香料铺并大市大庙卖的各色香料香草儿，都是这些东西。算起来比别的利息更大。怡红院别说别的，单只说春、夏天二季玫瑰花，并那篱笆下蔷薇花、月季花，宝相、金银藤等类的没要紧的花草，干了，卖到茶叶铺、药铺去，也值几个钱。”当时值几个钱，现在可能值大钱，因为现在流行喝花茶了，怎么就没有人想到说我要卖怡红院的玫瑰花呢？这样就可以跟文化连在一起。宝玉根本没有这个头脑，玫瑰花对他来讲只是美的，有香味的，但它可以当茶喝，还是一种药材，还可以做玫瑰露、玫瑰酱。有很多很多的产业可以从这里开发出来，而且可能是极珍贵的高端产业，我见过从若干吨的玫瑰中萃取出来的小小一瓶玫瑰精油，价格贵到惊人的地步。

“探春笑道：‘原来如此。只是弄这香草的没有在行的人。’平儿忙笑道：‘跟宝姑娘的莺儿，他妈就是会弄这个的，上回他还采了些，晒干了，辫成花篮葫芦给我玩，姑娘忘了不成？’宝钗笑道：‘我才赞你，你倒来捉弄我了。’”事不关己不开口的哲学出来了，因为宝钗知道接下来的事情不是好玩的。比如林黛玉走过怡红院，觉得玫瑰花好美，就摘了一朵，管园子的妈妈就会跳出来说：“那个值多少多少钱！”原来的风花雪月就会碰到这种现实问题。

所以“宝钗道：‘这断断使不得！你们这里多少得用的人，一个个闲的没事办，这会子我又弄我的人来，叫那起人连我也看小了。’”宝钗最先想到的是她自己，因为莺儿是她的丫头，莺儿的妈妈是她们薛家的家人。假如今天我带了另外一个企业的人来你这里做这个事情，你们企业的员工肯定要把我骂死了。“我倒替你们想出一个人来：怡红院有个老叶妈，他就是茗烟的娘。那是个诚实老人家，他又和我们莺儿的娘极好，不如把这事交与叶妈。他有不知道的，不用咱们说，他就找莺儿的娘去商议了。那怕叶妈全不管，竟交与那一个，那是他们的私情儿，有人说闲话，也就怨不到咱们身上了。如此一行，你们办的又至公，于事又甚妥。”宝钗很快找到了脱身的方法，给她们介绍了一个很牢靠的人，这个人跟莺儿的妈妈很好，这是宝钗的一贯哲学。“李纨、平儿都道：‘是极。’探春笑道：‘虽如此说，只怕他们见利忘义呢。’平儿笑道：‘不相干，前儿莺儿还认了叶妈做干娘，请吃饭吃酒，两家和厚，好的很呢。’探春听了，方罢了。又共同斟酌出几个人来，俱是他四人素昔冷眼取中的，用笔圈出。”

然后“探春与李纨明示诸人：某人管某处，除四季家中定例用多少外，余者任凭你们采取了去取利，年终算帐。”大概是这个企业开张了，所以开始把这些人叫来，告诉她们已经被选中了，不管你卖多少，年终我们再来算账，比如六四分或者五五分之类的。这也很聪明，因为只有充分授权以后，才可以知道这个人有没有作弊，如果作弊，第二年可以换一个人来管。

“探春笑道：‘我又想起一件事：若年终算帐归钱时，自然归到帐房，仍是上头又添一层管主，还在他们手里，又剥一层皮。’”贾家有一个总账房，所有的公款要交到那里去。“这如今我们兴出这事来派了你们，已是跨过他们的头去了，心里有气，只说不出来；你们年终去归帐，他们还不捉弄你们等什么？再者，一年间管什么的，主子有一全分，他们就有半分。

这是家常的旧例，人所共知的，别的偷着的在外。如今这园子是我的新创，竟别入他们的手，每年算帐，竟归到里头来才好。”探春已经有一个观念，就是这个新兴产业所得的利润，不能进到大企业里去，因为那是一笔烂账，她觉得只有独立出来，账目才会比较清楚。所以她就决定提议我们大观园自己成立一个账房。

“宝钗笑道：‘依我说，里头也不用归帐，这个多了，那个少了，倒不好。不如叫他们领一份子去，就派他揽一宗事去。不过是园子里的人动用的东西。我替你们算出来了，有限的几件事：不过是头油、胭粉、香、纸，每一位姑娘几个丫头，都是有定例的；再者，各处笤帚、簸箕、掸子，并大小禽鸟、鹿、兔的粮食。不过这几样，都是他们包了去，不用帐房去领钱。你算算，就省下多少来？’”宝钗才是真正懂得产业的，她认为钱送到大账房不好，自己成立一个小账房也不好，不如以物易物，让这些管的人负责一部分用度，就里外扯平了。“平儿笑道：‘这几宗虽小，一年通共算起来，也省的四百两银子。’”

利润均沾的人事管理

宝钗笑道：“却又来，一年四百，二年八百。取租钱的房子也能置得几间了，薄地也可以添几亩了。”宝钗马上知道说八百两银子可以买多少房子和地，房子租出去可以有多少收入，可见在产业经营方面，宝钗绝对是个高手。“虽然还有富余的，但他们既辛苦一年，也要叫他们剩些，贴补贴补自己。虽是兴利节用为纲，亦不可太啬。纵再省上三二百银子，失了大体统也不像。”宝钗管家有经验，知道如何收放之间的关系。“所以如此一行，外头帐房里一年少出四五百银子，也不觉得很艰难了，他们里头却也得些小补。这些没营生的妈妈们也宽裕了，园子里花木，也可以每年滋生些，你们也得了可使之物。这庶几不失大体。若一味要省，那里搜不出几个钱来？凡有些余利的，一概入了官，那时怨声载道，岂不失了你们这样人家的大体？”意思是你们毕竟是个大户人家，拿花园里的东西卖来卖去的也不合适。

她说：“如今这园子里几十个老妈妈们，若只给了这几个，那剩的也必定抱怨不公道。我才说的，他们只供给这几样，也未免太宽裕了。一年竟除了这个之外，每人不论有余无余，只叫他拿出几吊钱来，大家凑齐，单散与那些园中的妈妈们。”就是不管事的妈妈们。“他们虽不料理，他们也是日夜在园中当差之人，关门闭户，起早睡晚，大雨大雪……分内也该粘带些的。”这是最了不起的人事管理。大观园有十几个老妈妈，可是只选出来四五个，其他的人肯定认为怎么我们没好处，而且人都有这种心理，我没利益干吗要帮你？宝钗的意思是：其余的人虽然不管，可是我们到年底分红的时候，还是分给他们一些，这完全是现代企业的观念，是利润均占的问题。就是辛苦的人多拿一点，完全不管的人也能有好处，因为他至少会在旁边帮你看着，比如有人偷啊，有虫咬啊什么的，就会有人来告诉你。一个企业如果没有这个观念，最后一定失败的，有的人虽然不是研发单位、高级主管，很可能是这个企业里最底层的员工，但也要让他有种企业是个共同体的意识。

“还有一句至小的话，率性说破了：你们只管了自己宽裕了，不分与他们些，他们虽不敢明怨，心里却有些不服，只用假公济私的，多摘上你们几个果子，多掐上几枝花儿，你们有怨无处诉呢。”这就是阅历，在任何课堂上都学不到。宝钗的经历让她知道人性的弱点。“叫他们也得些便宜，你们有照顾不到的，他们也就替你们照顾了。”

“众婆子听了这个议论，又不去受帐房的辖制，又不与凤姐去算帐，一年不过多拿出几吊钱来，各个欢喜异常，都齐声说：‘愿意。强如出去被他们揉搓着，还得拿出钱来呢。’”可见宝钗的学问和阅历都足够说服这些老妈妈们的，换个人说，那些妈妈不见得听得懂。

这三个人真了不起，今天如果真让她们来治国，大概也蛮好的，她们考虑得很周到，所以结果是皆大欢喜。“那不得管事的听了每年终又无故得钱，也都欢喜起来，口内说道：‘他们每年辛苦，是该剩些钱贴补的。我们怎好“稳坐吃三注”呢？’”“稳坐吃三注”是指赌博的时候天注、上注、下注通吃。这些人完全不管事，无论收成好还是不好，这几吊钱她们都稳拿，所以有点不好意思。“宝钗笑道：‘妈妈们也别推辞了，这也是分内应当的。你们只要日夜辛苦些，别躲懒纵放人吃酒赌钱就是了。’”宝钗在管理上懂得照顾最边缘的人，考虑到每一个人的心态，所以每个人都心服口服。

识宝钗小惠全大礼

宝钗说：“不然，我也不说这事；你们一般听见，姨妈亲口嘱托我三五回，说大奶奶如今又不得闲儿，别的姑娘们又小，托我照看照看。我若不管，分明是叫姨妈操心。你们奶奶又多病多灾，家务也忙。我原是个闲人，便是个街坊邻居，也要帮着些，何况是亲姨妈托我，我少不得去小就大，讲不起众人嫌我。倘或我只顾了小分，沽名钓誉，那时酒醉赌博生出事来，我怎么见姨妈？你们那时后悔也迟了，就连你们那素昔的老脸也都丢了。这些姑娘、小姐们，这么一所大花园，都是你们看管，皆因看得你们是三四代的老妈妈，最是循规蹈矩的，原该大家齐心，顾些体面。你们反纵放别人任意吃酒赌博，姨妈听见了，教训一场犹可，倘或被那几个管家娘子知道了，他们不用回姨妈，竟教导你们一场。你们这年老的反受了年少的气！虽是他们是管家，管的着，何不你们自己存些体面，他们如何得来作践？”

有没有发现这些话王熙凤绝对讲不出来，王熙凤的管理是一味严格、苛刻；可是宝钗却好像是在拜托什么地动之以情，讲她自己处境的艰难，博得这些老妈妈的同情。又晓之以理，说明不守规矩的危害，很快这些人就真的再不赌博，也不喝酒了。五十五回、五十六回大概是贾家的高峰，因为这几个小姐们参与家庭管理，使得举家上下有了非常圆融的成分。

宝钗说：“所以我如今替你们想出这个额外的进益来，也为大家齐心把这园子周全的谨谨慎慎，使那些有执事的看见这般严肃谨慎，且不用他们操心，他们心里岂不敬服？也不枉替你们筹划这进益，既能夺他们之权，生你们之利，又可以省无益之费，分他们之忧，你们自己想想这话。”有没有发现宝钗很好玩，本来主意是探春想出来的，可是她在跟这些老妈妈讲的时候，却说我觉得你们很可怜，想让你们能有点收入，最后把所有的好处都记在自己的身上。另外，宝钗毕竟书读得多，懂得恩威并施，王熙凤肯定是会输给她的。我想现代企业多半会采用薛宝钗模式。众人听了都欢声鼎沸说：“姑娘说的很是，从此姑娘、奶奶只管放心，姑娘、奶奶这样疼顾我们，我们真要不体上情，天地也不容了。”简直就要喊万岁万岁万万岁了，宝钗真是个领袖型人才，看起来温和、厚道，骨子里却很厉害。

探春的兴利除弊大概到这里告一段落，大观园经过这样一番整理，最后也就有了一个秩序和条理。

读到这里，你会感觉这一回谈的都是事功，有一点像法家，缺失了《红楼梦》一贯的风花雪月。其实每一种哲学都有自己的宗旨，儒家多一点内圣的东西，老庄就多一点心性修养的东西。老庄哲学认定每个人都是自觉的，所以不太讲管理，而法家总是设定人性是坏的，所以才要有严格的“法”。这中间有种微妙的调配，比如李纨是哪一派，王熙凤是哪一派，宝钗是哪一派，探春是哪一派，是诸子哲学之间的微妙有趣的平衡。这种平衡提醒我们读书、学问都不是空话，最后还是要跟修身、齐家、治国、平天下结合。大概在明清的时候，学问和实际之间有些断裂，所谓“平日袖手谈心性，临危一死报君王”，就是讽刺当时的知识分子的。在他们身上，事功和心性修养无法连贯。可是在春秋战国时期，因为诸子之间互相牵制，强调内圣外王，个人的内心修养可以和治国的理想融会贯通。

五十六回到这里告一段落，作者笔锋一转，回头来讲宝玉。

甄宝玉与贾宝玉

讲宝玉这一段很有趣，大家记得看云门舞集的《红楼梦》的时候，舞台上曾有两个宝玉。很多人认为是出家前的宝玉跟出家后的宝玉。可是《红楼梦》在五十六回真的出现了两个宝玉，一个甄宝玉，一个贾宝玉。

我觉得作者在这里写了一个非常动人的东西，人常常会觉得有两个不同的自我。其实，《红楼梦》真正关心的并不是世俗世界的管理学，而是生命的何去何从，这其中包含着一些非常神秘的感觉。很小的时候，抬头看满天的繁星，有人告诉你，每一颗星都代表一个生命，有星陨落，就表明有一个生命消失。你就会想，我到底是哪一颗星呢？所以这个甄宝玉跟贾宝玉其实讲的是人生命中的两个自我，而在五十六回里，他们两个人好像要见面了。宝玉在想：这个世界上真的有另外一个自己吗？那这个自己在哪里呢？他们有一天能不能见面？结果睡着以后真的看到另一个宝玉过来。

现代心理学谈到的那个自我，其实是一个分裂状态。古希腊哲学里提到人目前的样子是不健全的，因为原来人是两个合在一起，后来因受神的处罚而分成两半。所以每一个人都在冥冥中寻找自己的另一半，可是常常会找错，有的是原来以为对，后来知道错了，或者原来觉得错了，后来又对了。当另外一个生命跟你的身体完全可以合二为一的时候，人就会有一种狂喜。

这一段写得真是惊人，宝玉在镜子里看到了另外一个自己后入梦，我觉得《红楼梦》比现在很多现代小说还要现代，用的是超越时空的手法。青春期是一个人最容易意识到自我的时候。那个时候的日记写着写着，就变成了独白，因为这个时候的人能感觉到生命里某种东西在变化，又不能认识得很清楚。所以有种特别强烈的孤独感，会渴望有个倾诉对象，这个时候就会出现另外一个自我。

这一段写得非常神秘，跟写探春的兴利除弊完全不同。我觉得作者是有意让我们感觉到，作者最关心的还是生命本质的问题，《红楼梦》的哲学意义一定大过管理学上的意义。虽然我们把五十五回、五十六回抽出来，会觉得它是一个非常好的管理学的范本。可是不要忘记，《红楼梦》

真正的宗旨，是要回到对生命本质的关照上。说明白些，管理学意义上的人在职场里的身份、定位是不一样的；而在哲学层面上总经理跟门房都是生命，他们的孤独、愤怒、茫然没有质的区别。

我相信喜欢《红楼梦》的人，都应该知道它的宗旨，为什么黛玉有那么多的感伤，为什么宝玉一直在寻找另外一个自我。开始遇到秦钟，他以为是自我，可是秦钟没多久就过世了；黛玉是他最久的一个自我，因为他看到黛玉就说，这个妹妹我见过，因为是前世的缘分；宝玉一直在寻找自我，这个自我有时候是平儿，有时候是袭人……这个自我是一个很复杂的状态。我们不能不佩服作者，他竟然用超现实的手法，塑造了一个绝对的自我出来。

我并不喜欢把云门舞剧《红楼梦》里的两个宝玉，解释成出家前跟出家后的宝玉，我觉得应该是甄宝玉跟贾宝玉，因为真（甄）跟假（贾）才是两个自我之间有趣的对话。也就是说，有一个自我是在社会里面跟每一个人相处的，在职场上做人很周到；而另一个自我是别人很少了解的，那是绝对孤独的自我，他会在某些时刻忽然跑出来跟你对话。所以在五十六回的最后一段，大家要注意这个甄宝玉的象征意义。作者用了一个“甄”（真）字，说明我们一直在接触的宝玉，反而是假的，因为他有很多跟世俗之间的关联，甄宝玉才是真正绝对的自我。

超现实的写作手法

“刚说到这里，只见林之孝家的来说：‘江南甄府里家眷昨日到京，今日进宫朝贺。此刻先遣人来送礼请安。’”甄家也是高官，要进皇宫拜见皇帝朝贺。“说着，便将礼单送上来。”从探春接礼单开始，故事就转了。这个礼单很惊人：“上等的妆缎蟒缎十二匹，上用各色宁绸十二匹，上用宫绸十二匹，上用缎十二匹，上用纱十二匹，上用各色绸缎四十匹。”妆缎蟒缎都是上等和上用的，“匹”就是一整捆的布，小时候跟母亲去买旗袍料子，一整匹布拉开，你说要多少码，他就剪个口子，然后一下撕开来，那个声音好听极了，难怪古代有美女喜欢听撕布的声音。这个甄家应该就是当年的江宁织造，当时全世界的纺织业的中心，曹雪芹家族是江南国营丝织业的官员。所以现在他们呈上的礼单，真是吓死人，简直送了一大库房。

李纨也看过，便说：“用上等封儿赏他。”贾家给赏钱分上等、中等、下等，甄家是世交，要给用人上等的赏钱。“因又命人去回贾母。贾母便命人叫李纨、探春、宝钗等也都过来，将礼物看了。李纨收过，一边吩咐内库上人说：‘等太太回来看了再收。’”管库房的人不能随便把礼物收到仓库里，必须要等王夫人回来以后看过才能收。“贾母因说道：‘甄家又不与别家相同’”，这里其实话里有话，因为甄家才是真正的曹雪芹家族，“上等封儿赏男人，只怕转眼又打发女人来请安，预备尺头”。“尺头”就是一些零碎的布料。“一语未完，果然人回：‘甄府四个女人来请安。’贾母听了，忙命人带进来。”

“那四个人都是四十往上年纪，穿戴之物，皆比主人不甚差远。”这种大户人家的老用人，穿戴都像贵妇人一样。“请安问好毕，贾母便命拿了四个脚踏来。”注意，我们已经讲过，平儿坐的就是脚踏。比较低卑的用人根本就没有坐的份儿，地位稍高一点的用人和主人平起平坐又不太像话，所以就坐在脚踏上。“他四人谢了坐，待宝钗等坐了，方坐下。贾母便问：‘多早晚进京的？’四人忙站起来”，因为要回答贾母话必须要站起来回答。“回说：‘昨日进的京。今日太太带了姑娘进宫请安去了，故先令奴才们来请安，问候姑娘们好。’贾母笑问道：‘这些年没进京，也不想到今年来。’四人也都笑道：‘正是，今年是奉旨进京的。’”奉旨就是皇帝要他们进京。“贾母问道：‘家眷都来了？’四人回说：‘老太太和哥儿、两位小姐并别位太太都没来，就只太太带了三姑娘来了。’贾母道：‘有了人家没有？’”老太太最关心就是小姐有没有订婚。“四人回道：‘没有呢。’”大家就这样有一搭没一搭地聊着天。“贾母笑道：‘你们大姑娘和二姑娘这两家，都和我们甚好。’四人笑道：‘正是。每年姑娘们都有信回去，说全亏府上照看。’”甄家的小姐嫁到京城来了，甄家离得远没有办法照顾，一直是贾家在照顾。甄家、贾家其实是同一家族，作者故意把它分成两部分来讲。

“贾母笑道：‘什么照看，原是世交，又是老亲，原应当的。你们二姑娘又更好，更不自尊自大的，所以我们才走的亲密。’四人笑道：‘这是老太太过谦了。’贾母又问：‘你们哥儿也跟着你们老太太？’四人回说：‘也是跟着老太太。’贾母道：‘几岁了？念书了没有？’四人笑说：‘今年十三岁。因长得齐整，老太太很疼。自幼淘气异常，天天逃学，老太太也不敢十分管教。’”作者用了非常神奇的手法，好像在讲另外一家的男孩，实际上讲的完全就是贾宝玉。当时贵族家的小孩子，大多都是这个样子。最近我发现朋友家的小孩也是这样，天天逃学，家里又疼他疼得要命。“贾母笑道：‘也不成了我们家的了！你们那哥儿叫什么名字？’四人说道：‘因老太太当作宝贝一样，他又生的白，老太太便叫他作宝玉。’”

你看这个作者多厉害，一般作者绝不敢这样写，怎么会有这么巧的事，可他就是明明白白告诉你，有一个是甄宝玉，有一个是贾宝玉。曹雪芹在家被抄之后，不敢写自己家族的历史，所以他就用了伪装的办法，假做真时真亦假。“贾母笑向李纨等道：‘偏也叫作宝玉。’李纨等忙欠身笑道：‘从古至今，同时隔代重名的很多。’”就像我们现在叫阿香、淑芬的也很多。“四人也笑道：‘起了这个小名儿之后，我们上下都疑惑，不知那位亲友家也倒像有个似的。只是这十来年没进京，却记不真了。’”其实这里写得非常神秘，照理讲走动这么勤的世交，怎么会不知道叫什么，作者就是这样若隐若现、若有若无地在讲故事。

“贾母笑道：‘岂敢，就是我的孙子。人来！’众媳妇、丫环答应了一声，走进来。贾母笑道：‘园子里把咱们的宝玉叫了来，给这管家娘子瞧瞧，比他们的宝玉如何？’众媳妇听了，忙去了，半刻围了宝玉进来。四人一见，忙起身笑道：‘唬了我们一跳。若是我们不进府来，倘若别处遇见，还只当我们的宝玉后赶着也进了京了呢。’”作者是有意在说两个人一模一样，连身边的人都分不出来，好像那个南方的宝玉忽然来到了北方，就像人的魂魄有一刻会在别处出现一样。

两个宝玉都淘气古怪

“一面说，一面都上来拉他的手，问长问短，宝玉也忙笑问好。贾母笑道：‘比你们的长的如何？’李纨等笑道：‘四位妈妈才一说，可知是模样儿相仿了。’贾母笑道：‘那有这样巧事？大家子的孩子们再养的娇嫩，除了面上有残疾十分黑丑的，大概看去都是一样的齐整。这也没有什么怪处。’”就是说这种贵族家孩子，都养得白白胖胖的，看上去差不多，大概没有什么差别。

“四人笑道：‘如今看来，模样儿是一样。老太太说，淘气也一样。我们看来，这位哥儿性情却比我们的好些。’贾母忙问：‘怎么见得？’四人笑道：‘方才我们拉哥儿的手说话便知。我们那一个只说我们糊涂，慢说拉手，他的东西我们略动一动也不依。所以使唤的人都是女孩子们。’”这完全是在讲贾宝玉，他从不让那些老婆子进他房间，只要漂亮的小女孩跟在身边。所以“话未说完，李纨等忍不住笑了。贾母也笑道：‘我们这会子也打发人去见了你们宝玉，若拉他的手，他也自然勉强忍耐一时。可知你我这样人家的孩子们，凭他们有什么刁钻古怪的毛病儿，见了外人，必是要还出正经礼数来的。’”

贾母一定在想，这两个男孩的个性怎么这么像，外面都漂漂亮亮，知书达理，可是一旦发起痴疯来，拿他一点办法都没有。“若他不还正经礼数，也不容他刁钻去了。就是大人溺爱，一则生的得人意儿，二则见人礼数竟比大人行出来的不错，使人见了可疼可怜，背地里所以才纵他一点子。若一味他只管没里没外，不与大人争光，凭他生的怎样，也是该打死的了。”贾母的意思是说这种小孩子其实很聪明，特别懂事，特别成熟，所以才不给他太大的压力。

“四人听了，都笑说：‘老太太这话正是。虽然我们宝玉淘气古怪，有时见了人客，规矩礼数更比大人有趣。所以无人见了不爱，只说为什么还打他。殊不知他在家里无法无天，大人想不到的话他偏会说，想不到的事他偏要行，所以老爷、太太恨的无法。就是弄性，也是小孩子的常情，胡乱花费，这也是公子哥儿的常情，怕上学，也是小孩子的常情，还都治的过来。第一，天生下来这一刁钻古怪的脾气，如何使得？’”这里讲的完全像我们前面看到的贾宝玉，他没有做什么不得了的坏事，只是有些刁钻古怪的癖好，别人无法理解，比如总去吃丫鬟的嘴上的胭脂。“一语未了，人回：‘太太回来了。’王夫人进来问安毕。他四人请了安，大概说了两句。贾母便命歇歇去罢。王夫人亲捧过茶来，方退出。四人告辞了贾母，便往王夫人处来。说了一会家务，打发他们回去，不必细说。”

这些段落都在用超现实的方法让你感觉到这个世间真的有两个人这么像，寻找自己是一个不可思议的孤独感，其实很多好的文学都写过类似的东西。英国作家王尔德的童话里常常会写这种感觉，比如会跟影子说话，觉得影子是另外的自己，人在青春期这种感觉尤其强烈。人这种和另外一个自我的对话如果一直存在，就会有一种明敏。很奇怪，一旦某个年龄这种敏锐会消失，人也就因此少掉了性灵。我觉得《红楼梦》关心生命的本质，就是关心性灵，性灵很抽象、很空洞，无法描述，但是有时候我们会感觉有些人渐渐变得语言乏味，木讷呆板，他身上的灵慧之气不见了。这里说的贾宝玉跟甄宝玉，刚好是生命里的两个部分，就是灵性还在的那种感觉。

自我寻找的孤独性

“这里贾母喜的逢人便告诉，他家也有一个宝玉，行景也是一样。众人都为天下世宦之家，多有同名者，也有祖母溺爱孙者，亦古今之常情，不是什么罕事，故皆不介意。独宝玉是个迂阔呆公子的心性，自为是那四人承悦贾母之词。后回至园中，去看史湘云病去，湘云说他：‘你放心闹罢，先是“单丝不成线，孤树不成林”，如今有了个对子，闹急了，再打狠了，你逃走到南京找那一个去。’”史湘云开他的玩笑说，你们两个到时候可以坏到一堆去了。“宝玉道：‘那里的谎话你也信了，偏又有个宝玉了？’湘云道：‘怎么列国有蔺相如，汉朝又有个司马相如呢？’宝玉笑道：‘这也罢了，偏又模样儿也一样，这是没有的事。’湘云道：‘怎么匡人看见孔子，只当是阳货呢？’宝玉笑道：‘孔子、阳货貌虽同，却不同名姓；蔺与司马虽同名，而又不同貌，偏我和他就两样俱同不成？’”作者不厌其烦地用超现实的方法，其实就是要告诉我们，甄宝玉就是他。

“湘云没话答对，因笑道：‘你只会胡搅，我也不和你分证。有也罢，没也罢，与我无干。’说着便睡下了。”一个人在寻找另一个自我的时候，你身边最亲的人都不一定懂，所以史湘云说这是你的事。其实我们每一个人从哲学来讲都是一个孤独的个体，亲如夫妻、亲子恐怕都不会懂。这说明人在本质上是孤独的。宝玉有这么多人疼，有这么多的好朋友，可是未必懂他。“宝玉心中便又疑惑起来：若说必无，然亦似有；若说必有，又并无目睹。心中闷闷，回至房中榻上默默盘算，不觉忽忽睡去，竟到了一座花园之内。”宝玉已经到了梦中了，他“诧异道：‘除了我们大观园，竟又有这个园子？’”有没有发现不止名字一样，长得一样，连住的花园都一样，作者绝对是在透露身世了。

“正疑惑间，从那边来了几个女儿，都是丫环。宝玉道：‘除了鸳鸯、袭人、平儿之外，也竟还有这干人？’只见那些丫环笑道：‘宝玉怎么跑到这里来了？’”甄宝玉的丫头把贾宝玉当成甄宝玉了，“宝玉只当是说他，自己忙来赔笑说道：‘因我偶步到此，不知是那位世家的花园？好姐姐们，带我逛逛。’众丫环都笑道：‘原来不是咱们家的宝玉，他生的倒也还干净，嘴儿倒也乖。’宝玉听了，忙道：‘姐姐们这里，也竟有个宝玉？’

丫环们忙道：'"宝玉"二字，我们是奉老太太、太太之命，为保佑他延寿消灾。我们叫他，他听见喜欢。你是那里远方来的一个臭小子，也乱叫起来。仔细你的臭肉，打不烂你的！'又是一个笑道：'咱们快走罢，别叫宝玉看见，又说同这臭小子说了话，把咱熏臭了。'说着一径去了。"

有没有发现这个自我，有的时候跟你相合，有时候和你分离；有时候是高贵的，有时候是低贱的。宝玉到了那个花园以后，本来觉得自己变成了最干净的人，可是忽然被人家骂成臭小子，顿时觉得自己一身脏臭。"宝玉纳闷道：'从来没有人如此涂毒我，他们如何竟这样？真亦有我这样一人不成？'一面想，一面顺步早到了一所院内。宝玉又诧异道：'除了怡红院，也竟还有这么一个院落？'"如果大家读过弗洛伊德的心理学，就完全能懂了。弗洛伊德一直强调两个自我的问题，这两个自我或疏远、或亲密、或高贵、或卑贱，但一直在跟你发生关系。弗洛伊德的整套精神病理学说的都是自我之间的调治关系，这一段是地地道道的现代主义文学。

最大的痛苦——肉身告别

"忽上了台矶，进入屋内，只见榻上有一个人卧着。"宝玉自己的魂魄看到自己的肉身躺在床上，这是文学里少有的描写。记得有一出戏叫《探阴山》，讲到包拯把肉身留在阳间，魂魄下到阴间去，因为阴间有一个案子要他去审。包拯从阴间回头看开封，也看到自己在那里睡觉，有很长一段魂魄在阴间回看阳世的唱腔，那出戏跟这一段的写法很像。

"那边有几个女孩儿做针线，也有嘻笑玩耍的。只见榻上那个少年叹了一声。一个丫环笑问道：‘宝玉，你不睡又叹什么？想必为你妹妹病了，你又胡愁乱恨呢。’”这个时候你肯定完全错乱了，已经搞不清楚到底是甄宝玉还是贾宝玉了，这个宝玉也有一个妹妹，他也整天在为这个妹妹叹气，就是青春期的那种感伤。作者已经把时空完全糅合为超现实了，他没有用甄、贾，只用宝玉。

“宝玉听说，心下也便吃惊。只见榻上少年说道：‘我听见老太太说，长安都中也有个宝玉，和我一样的性情，我只不信。’”原来是在北方的宝玉梦到了南方的宝玉，现在竟然是北方的宝玉看到南方宝玉在做梦，也在讲北方的宝玉，如此错综复杂，只有在最超现实的电影跟文学里才用到这个手法，可是曹雪芹竟然在两三百年前就用到了。这个榻上的少年说：“我才作了一个梦，竟梦中到了都中一个花园子里头，遇见几个姐姐，都叫我臭小子，不理我。”有没有发现真真假假，刚才是甄宝玉的丫头笑贾宝玉是臭小子，现在是甄宝玉躺在床上说，我到了北方，北方的那些丫头们说我是臭小子，真假完全对调了。

“我好容易找到他房里，偏他睡觉，空有皮囊，真性不知那去了。”了不起的一句话！“空有皮囊”就是我们现在的肉身，真正的性灵不知道到哪里去了，他们彼此错过了。北方的把皮囊留在家里睡觉，南方的也留在床上睡觉。而各自的性灵，南方的到了北方，北方的到了南方。你会觉得柏拉图讲那个寻找自我的艰难，就是你常常去找他的时候，刚好那个人也去找你了，两个自我之间常常擦肩而过。

“宝玉听说，忙说道：‘我因找宝玉来这里。原来你就是宝玉？’榻上的宝玉忙下来拉住笑道：‘原来你就是宝玉？这可不是梦里？’宝玉道：‘如何是梦？真而又真了。’一语未了，只见人来说：‘老爷叫宝玉。’唬得二人都慌了。”因为两个人都怕老爸。我觉得这一段很迷人，没人发现我们有一个真正的爱人其实是自己，我们所有的忧伤、孤独、喜悦都是在跟这个自我之间发生的。少年寻找的另外一个人，其实就是自我的翻版，我们在人世间找朋友、找爱人，都是用这个自我在找，心理学上一直在解释这个东西。我们看到刹那之间这两个宝玉见面，只是一生中偶然的狂喜，很快就要分离，因为爸爸来了。

“一个宝玉就走，一个宝玉便忙叫：‘宝玉快回来，快回来！’”这时，才回到现实，“袭人在旁，听他梦中自唤，忙推醒他，笑问道：‘宝玉在那里？’此时宝玉虽醒，神思恍惚，因向门外指道：‘才出去了。’”真是精彩！宝玉说自己出去了，其实是在讲魂魄的那种感觉。“袭人笑道：‘那是你梦迷了。你揉眼细瞧瞧，是镜子里照的你的影儿。’宝玉向前照了一照，原是那嵌的大镜对面相照，自己也笑了。早有人捧过漱盂茶卤来，漱了口。”

“麝月道：‘怪道老太太常嘱咐说小人屋里不可多有镜子。人小魂不全，镜子照多了，睡觉惊恐作胡梦。如今倒在大镜子那里安了床。有时放下镜套还好；往前去，天热人肯困，那里想的到放他，比如方才就忘了。自然是先躺下瞧着影儿玩，一时合上眼，自然是胡梦颠倒，不然如何看得着自己叫自己的名字？不如明儿挪进床来是正经。’”宝玉的床旁边就是一个大镜子，依古代的说法这是不好的，因为它会收人魂魄，让人不安，所以睡觉的时候，如果面前有镜子就要拿布盖起来。

这一段这么超现实，作者写得非常精彩，其实是我们非常内在的一种感觉。读第五十六回千万不要忽略这一段，如果只注意了探春的改革，很可能会忽略宝玉对另一个自我的探寻。没有这个部分，《红楼梦》就不是《红楼梦》,《红楼梦》的精彩在于作者的孤独，他认为自己那个真正的自我，似乎流落在了什么地方。

王尔德的《渔夫和他的灵魂》中，就说到他每年会在月圆的晚上在海边跟他的影子见一次面，这一年当中的其他时间这个影子一直在外面流浪。他就发现自己永远是二十岁，可是影子却越来越老了，他希望再跟影子合在一起，可是怎么合都合不起来了。我们有一个自我，你很想去拥抱他，和真正的自己合二为一，但非常难。我们常常觉得最痛苦的离别是夫妻、骨肉之间的分离，可是最终有一天将是你跟自己肉身的告别，是魂和魄的分离，也就是灵魂跟肉身的分离，这大概是比你告别亲情、爱情还要难的事。

这一段大家可以细读,《红楼梦》之所以成为不朽的文学名著就是因为这些部分，这是曹雪芹着墨最多的地方。

第五十七回

慧紫鹃情辞试莽玉
慈姨妈爱语慰痴颦

青春期的灵慧之性

在五十六回的结尾宝玉做了一个梦，梦见自己到了南方，见到了跟他一模一样的另一个自己，表现的是他自己对肉身何去何从的渺茫的追寻。其实每一个人回到自己的青春期，都有过“我是从哪里来，将来要到哪里去”的困惑。有趣的是，青春期的敏感是很容易遗忘的，但如果你有写日记的习惯，你找出当年的日记肯定会吓一跳，那个年龄常常会在日记里面讲一些很奇怪的话。到二十几岁，尤其是进入职场以后，这种青春期的灵慧之性慢慢就消失了，如果说一个人到了五六十岁身上这种东西还会随时流露出来，肯定大家会觉得怪怪的。

可曹雪芹是个很特别的写作者，他觉得青春期与自己孤独的对话，是人生命中最重要的部分，他一直珍惜这个部分。在五十七回里，我们看到宝玉的怅然若失，他跑去看黛玉，因为每年春天黛玉都会咳嗽发病。在这个年龄，第一个恋爱的对象是自己，接下来就会把自己的孤独和感伤跟最亲密的同伴去分享。我始终觉得宝玉跟黛玉之间的关系不完全像寻常意义上的爱情，他们在更多的意义上是知己，他觉得自己最孤独的情感，只有黛玉会懂。大家可以回想一下你十三四岁甚至更早的时候，一定会有这样的玩伴，这个玩伴是什么性别并不重要，重要的是他分享了你那段时间里很特殊的一种情怀。

他在走廊上看到紫鹃在做针线。我不知道大家还记不记得黛玉到贾府来的时候，只从家乡带了一个小丫头雪雁，贾母不太放心，就把自己身边很得力的紫鹃拨给黛玉，紫鹃照顾黛玉可谓尽心尽力。宝玉看到紫鹃穿着单衣坐在风里，就用手摸了一下她的衣服，担心她会感冒，紫鹃推开了他说:“你别这样，一年大二年小的。”

我们一直在说宝玉是拒绝长大的，十三岁大概是他生命的极限，因为到十四五岁时男孩跟女孩就不可以随便接触了。在紫鹃看来，这种情况有人看到，马上八卦周刊就要报道说贾府的少爷跟某个丫头如何如何。

《红楼梦》一直在写这个东西，我们有很多非常纯洁的情感，已经在世俗里被污染了。这种污染已经到了不自觉的地步，甚至我们也用这个方法去看别人。其实《红楼梦》的作者一直希望自己回到童年、青少年，是因为他觉得只有在那个时候人跟人才没有这么多复杂、肮脏的想法，这是《红楼梦》中不易读出的一种哀伤。

慧紫鹃情辞试莽玉

被紫鹃骂了以后，宝玉就在一棵盛开的桃花树下落泪，我相信很多男孩子有过这种经历，希望永远留在最单纯的世界。因为长大意味着你要升学，要被世俗世故的方法评判，要被带到很多应酬中讲一些你不喜欢讲的话，而贾府的少爷将来是一定要做官的。其实作者最想拒绝的就是这个东西，他在贾家几代的富贵里看到所有的男人最后就是走向官场，走向那个最虚伪的地方，这才是《红楼梦》的重点，而唯一能跟他分享内心深处不为人知的这个部分的，就是黛玉。

紫鹃听说宝玉在树下流泪吓了一跳，紫鹃很关心黛玉的前景，在当时的社会，女性的未来一定要牵涉到婚姻，她到底要嫁给谁？谁来为她的婚姻做主？过去的女孩子是没有机会自由恋爱的，紫鹃觉得黛玉最好的结局就是能跟宝玉结婚。可宝玉表面上是个“泛爱众”的人，跟每个女孩子都很好，紫鹃就想试试他对黛玉是不是一心一意。

当然，作者没有透露，我们也不容易读出的是，紫鹃其实也在想她自己。因为过去的丫头的下场跟小姐的命运息息相关，大部分丫头是要陪嫁的。所以她就跟宝玉说，过不了多久我们小姐是要回苏州的。没想到一句话惹得宝玉开始发疯了。

这一段写得很有趣，这个年龄的恋爱大概就是《罗密欧与朱丽叶》，或者说是《梁山伯与祝英台》的模式。历史上不管东方、西方都有一种青少年的恋爱是热烈到毁灭的。今天我们回头去读这样的小说，虽然已经过了那个年龄，基本上也不会去做这样的事。可是很奇怪，所有的人都喜欢看《罗密欧与朱丽叶》、《梁山伯与祝英台》，可见我们心中的那个百分之百的爱情并没有死掉，事实上百分之百的爱情对彼此都是伤害。大家不觉得宝玉跟黛玉在一起，很多时候就是互相折磨吗？如果结婚二十年一直这样，烦都烦死了，哪里还有什么爱情，因为早已经变成另外一种关系了。可是回想一下自己的青少年时代，一定是非常疯狂的状态，痴情的“痴”，就是非理智的，长大以后这个东西就消失了。可任何人对此又都有点怀念，有些遗憾。宝玉此时就彻底表现了这个时期情感上的那种痴狂。

拒绝长大的宝玉

我们回到文本，看一下细节，中间还有非常了不起的编织跟穿插。

“话说宝玉听说王夫人唤她，忙至前边来，原来是王夫人要带她拜甄夫人去。宝玉自是欢喜，忙去换衣服，跟了王夫人到那里。见其家中的形景，自与荣、宁不甚差别，或有一二稍盛者。细问，果有一宝玉。甄夫人留席，竟日方回，宝玉方信。因晚间回家来，王夫人又吩咐预备上等的席面，定名班的大戏，请过甄夫人母女。后二日，她母女二人便不作辞，回任去了，无话。”这是带到五十六回的结尾，王夫人带着宝玉去看甄夫人，问到甄家的宝玉如何如何。

“这日宝玉因见湘云渐愈，然后去看黛玉。正值黛玉才歇午觉，宝玉不敢惊动，因紫鹃正在回廊上手里做针线”，注意这是中午很安静的一种慵懒的感觉，“便上来问她：‘昨日夜里咳嗽可好些？’”有没有发现宝玉问的时候没有主语，但所有人都知道宝玉问的是谁。“紫鹃道：‘好些了。’宝玉笑道：‘阿弥陀佛！宁可好了罢。’紫鹃笑道：‘你也念起佛来，真是新闻！’宝玉笑道：‘所谓“病笃乱投医”了。’”黛玉每一年到春天就发病，已经想尽了办法。

“一面说，一面见他穿着弹墨绫子薄绵袄，外面只穿着青缎夹背心”，注意，是薄的棉衣，北方天气很冷的时候是要穿厚棉衣的，到了初春，天气慢慢开始转暖了，才穿薄棉衣。“宝玉便伸手向他身上摸了一摸。”大家有没有感觉这种动作其实在今天的社会中一样会有两难，比如，做老师的时候，美术系的女学生失恋，哭得一塌糊涂，你很想安慰她，可是手刚伸出去，马上就会收回来，因为你会考虑到，如果只从人对人的关心上说，你就像爸爸疼自己女儿一样，摸摸她的头说：事情会过去的，不要难过！可你害怕的是，不知道别人会怎么来解释这个行为，因为我们的社会里太多事情最后都变成性骚扰，因为大家已经不相信人跟人还能有这么单纯的感情。宝玉的这个动作跟行为，是因为他相信人和人之间可以极度单纯。而社会上，甚至包括我们自己在内，已经没有办法看到任何单纯的人跟人的关系了，这才是作者真正的痛苦。

最后我们不禁会问，一个父亲去抱他的女儿，让她感受到父爱，感觉到身体的温暖，会不会有一天也变成肮脏的东西？人在礼教跟性情之间有种两难的冲突，这种冲突最后用距离把人分开，可是我们的身体又有这么大的渴望。很多时候大庭广众之下，连夫妻都不好意思拉手。我现在就常常鼓励很多朋友说，你们夫妻这么多年，走在路上也可以拉着手，因为那能感受彼此身体的温暖。我觉得做母亲最好，因为母亲最容易满足的一点就是她抱孩子的感觉是很温暖的。而在我们的文化里，父亲比较可怜，父亲的身体是比较拘谨的。我自己就很明显，总觉得跟母亲亲，跟父亲好疏远，可是这种疏远跟亲不是语言的，而是有一种身体上的感动在里面。说再多的“我爱你、我关心你”都没有一个拥抱管用，因为人需要有身体上的记忆，那就是体温，也就是我们常说的体贴。

所以宝玉很自然地在她身上摸了一摸，“说：‘穿这样单薄，还在风口里坐着，春风才至，时气最不好，你再病了，越发难了。’”你再看紫鹃的反应，紫鹃就把他推开说：“从此咱们只可说话，别动手动脚的。一年大二年小的，叫人看着不尊重。又打着那起混账行子背地里说你，你总不留心，还只管和小时一般行为，如何使得？”她不是在骂宝玉，而是说这个社会上有这么多混蛋，总是把人的行为解释得这么脏，你不小心的话，马上就有杂志来报道你。有没有发现《红楼梦》讲的也是今天的境况，我们也还是处在这样的一个时代。

紫鹃还特别说：“姑娘常常吩咐我们，不叫和你说笑。你近来瞧他，远着你还恐远不及呢。”就是黛玉也让我们故意离你远一点。“说着便起身，携了针线进别房去了。”

“宝玉见了这般景况，心中忽觉浇了一盆冷水一般，只看着竹子，发了一回呆。”你对人世有这么大的热情，结果受到了最冷的待遇。作者所有的痛苦都来自于此，他认为人间充满了爱跟热情，可是这个热情是会遭遇打击的，动人的文学作品的责任就是鼓励你在沮丧与毁灭中依然留住这样的热情。

长篇小说的编写手法

宝玉就看着竹子，发了一阵呆，“因祝妈正来挖笋修竿，便忙忙走了出来，一时魂魄失守，心无所知，随便坐在一块石上出神，不觉滴下泪来”。注意“魂魄失守，心无所知”八个字，青春期的时候，常常会觉得自己的魂魄忽然跑掉了，你发呆可能是因为大自然里的一片风景，可能是偶尔听到的一个声音。青春期的灵慧之气，常常表现为“魂魄失守，心无所知”。这种感觉很容易被庸俗化，如果你去观察一个心性敏感的青春期的男孩或女孩，看看中学生的校刊上的诗歌、散文，常常能感受到这种东西，大了以后大家就会嘲笑这种东西，觉得很文艺腔。可在批评的同时也会有些悲哀，说明你再也回不到青春期了，可作者对于青春的眷恋竟如此深沉，一直着意表现青春期的情感。

“直呆了五六顿饭时，千思万想，总不知如何是好。”作者在此笔锋一转：“偶值雪雁从王夫人房中取了人参来，从此经过，忽扭项看见桃花树下石上一人手托腮颊在那里出神，不是别人，却是宝玉。”非常像是中学的文艺的东西。“雪雁疑惑道：‘怪冷的，他一个人在这里作什么？春天凡有残疾的人都犯病，敢是他犯了呆病了？’一边想，一边便走过来蹲下笑道：‘你在这里作什么呢？’”大家可以想象一下这个画面，一棵桃花树、石头、宝玉，天很冷，雪雁蹲在他面前，很像初中生的动作。“宝玉忽见了雪雁，便说道：‘你又作什么来招我？你难道不是女儿？他既防嫌，总不许你们理我，你又来寻我，倘被人看见，岂不又生口舌？你快家去罢了。’”此时的宝玉已经发病了，他觉得人世间既然有这么多的礼教，你们就要小心一点，干吗又挨我这么近？这其中有一种难言的心酸。“雪雁听了，只当是他又受了黛玉的委屈，只得回至房中。”

黛玉没醒，雪雁将人参交给紫鹃。“紫鹃因问她：‘太太作什么呢？’雪雁道：‘也歇中觉，所以等了这半日。’”然后她说：“姐姐，你听笑话，我因等太太的工夫，和玉钏儿姐姐在下房里说话，谁知赵姨奶奶招手儿叫我。我只当有什么话说，原来和太太告了假，去给他兄弟坐夜，明儿送殡去，跟他的小丫头子小吉祥儿没衣裳，要借我的月白缎子袄儿。”因为做丧事一定要穿白衣服，雪雁就不高兴了，“我想他们一般也有两件子，往脏地方去恐怕弄脏了，自己舍不得穿，故此借别人的”。医院、殡仪馆，民间的风俗认为这种地方不干净，到现在还常常听长辈叮咛说，你今天如果去了殡仪馆，最好到百货公司之类的人多的地方走一走，把晦气过给别人再回家。

雪雁有点看不起赵姨娘，她说："借我的弄脏了也是小事，只是我想，他素日有什么好处到咱们跟前，所以我说了：'我的衣裳簪环都是姑娘叫紫鹃姐姐收着呢。'"她跑回来特意跟紫鹃说明，怕说谎以后露馅。"'如今先得去告诉他，还得回姑娘呢。姑娘又病着，竟费了大事，误了你老出门，不如再转借罢。'紫鹃笑道：'你这小东西倒也巧。你不借给他，你往我和姑娘身上推，叫人怨不着你。他这会子就去了，还是等明日一早才去？'雪雁道：'这会子就去，只怕此时已去了。'紫鹃点头。"

长篇小说的结构不能太单纯，在宝玉发病的中间插上一段无关紧要的东西，才构成真正的编织。如果大家有机会去看一下土耳其的地毯厂，会很吃惊，大概隔两三根线就要打一个结，翻过来看的话背面有几千万个结，要把不同色彩的线编进去，地毯看起来才足够华丽。短篇小说的题材可以很单纯，而长篇小说则一定要丰富，我常常觉得《红楼梦》作者的头脑简直像电脑一样，换成是我，可能写着写着就忘了。赵国基根本就是个不重要的人，本来死掉就算了，可是现在又说他要出殡，编织就是所有的线和索到最后都有交代。如果用电脑去分析《红楼梦》，把一个人的名字输入，可以看到每个名字隔多久会出现一次，可作者是完全靠个人的记忆在穿梭。中国的几部大的章回小说，没有一部小说像《红楼梦》交错复杂，里面有很多并不重要的角色，竟然可以通过这种编织的手法反复出现，如果想读文学系的，或者对文学结构有兴趣的朋友，应该特别注意这样的写法。

魂魄失守　心无所知

"雪雁道：'姑娘还没醒呢？是谁给了宝玉气受，坐在那里哭呢。'紫鹃听了，忙问：‘在那里呢？’雪雁道：‘在沁芳亭后头桃花底下呢。’”大家还记不记得沁芳亭和那棵桃花树，这也是在编织，那里曾经是宝玉跟黛玉偷看禁书的地方，这里有宝玉和黛玉之间非常私密的记忆。

记得在小学五六年级的时候，我曾跟一个同学一起埋过一只麻雀的尸体。当时是冬天，很冷，我看到了一只死麻雀，心里面总觉得不安，先是把便当倒掉，把它放在便当盒里，后来也觉得怪怪的，最后我就跟朋友逃学，挖了个坑，然后拿枯树叶垫好，把鸟埋了。从此我们就有了一个共同的记忆，大人常常觉得小孩做这种事情很无聊，可是在孩子的世界里它是重要的。因为他在埋葬花、埋葬鸟雀的同时，也在埋葬他自己，孩子的天真里面有一个真正跟生命相对的东西，这个东西是考试无法测量的，但这些东西在你的生命里扮演着很有趣的角色。一个社会上能有更广阔的人性思考，才是真正的人文，《红楼梦》一直在讲这个东西。

“紫鹃听说，忙放下针线，又嘱咐雪雁：‘好生听叫。若问我，答应我就来。’说着，便出了潇湘馆，一直来寻宝玉，走至宝玉跟前，含笑说道：‘我不过说了两句话，为的是大家好，你就赌气跑了这风地里来哭，作出病来唬我？’宝玉忙笑道：‘谁赌气了！我因为听你说的有理。我想你们既这样说，自然别人也是这样说，将来渐渐的都不理我了，我所以想着自己伤心。’”有没有发现宝玉觉得自己就要小学毕业了，可能不再有那么单纯的生活了。“紫鹃也便挨他坐下。宝玉笑道：‘方才对面说话你尚走开，这会子如何又来挨着我坐着？’”紫鹃刚才还说，你站远一点，现在又很心疼宝玉，连身体都挨上了。这本来就是一个为难，你最亲的朋友，他要扮演两个角色，一个是朋友，还有一个是社会角色，他要在意别人的看法，因为社上的口舌是非太多。

紫鹃就说："你都忘了？几日前，你们兄妹两个正说话之间，赵姨娘一头走进来，我才听见他不在家，所以我来问你。正是前日你和他才说了一句'燕窝'就歇住了，总没提起，我正想着问你。"这又是编织了，我想在座很多朋友可能都忘掉了，前一阵子宝玉来看黛玉，知道她吃的燕窝是宝钗特别为她准备的，就觉得这不是长久之计。所以他就特地跑到贾母那边说，可不可以每天拨一两燕窝给黛玉熬粥，对她的肺会比较好。可就在他讲到"燕窝"两个字的时候，赵姨娘来了，他就没说下去。这个线头已经隐藏了好几回了，现在紫鹃又想起来了。宝玉就回答说："也没什么要紧。不过我想着宝姐姐也是客中，既吃燕窝，不可间断，若只管和他要去，太也托实。虽不便和太太要，我已经在老太太跟前略露了个风声，只怕老太太和凤姐姐说了。我正要告诉他，没得说完。我如今听见说他一日给你们一两燕窝，这也就完了。"

宝玉的厚道在于，他一个字都没有提赵姨娘，只是说我是怎么处理的。宝玉肯定也不喜欢赵姨娘，如果换做别人，会说那个讨厌的家伙来了我就不说了。可宝玉这个孩子很特别，他要讲的一定是别人的好，他看到的，只是人世间美好的东西，不好的他看了只是伤心。

紫鹃说："原来是你说了，这又多谢你费心。我们正疑惑，老太太怎么忽然想起来叫人每日送一两燕窝来呢？这就是了。"有没有感觉到这个小男孩的细心，他关心黛玉，就会想办法让贾母每天拨一两燕窝，可是他不会在外面张扬。在他看来，黛玉真正能够受到燕窝的滋补才是最重要的。宝玉身上所拥有的才是最温和、最纯净的一种人性。

宝玉五雷轰顶发病

宝玉笑道："这要天天吃惯了，吃上二三年就好了。"就是这句话引出了祸事。紫鹃道："在这里吃惯了，明年家去，那里有这闲钱吃这个。"这是很重的一句话，现在住在你们家，可以每天吃一两燕窝，将来回家哪里有这么多钱？"宝玉听了，吃了一惊，忙问：'谁？往那个家去？'紫鹃道：'你妹妹回苏州家去。'宝玉笑道：'你又说白话。苏州虽是原籍，因没了姑父、姑母，无人照看，才来的。明年回去找谁？可见是撒谎。'紫鹃冷笑道：'你看小了人。你们贾家虽是大族，人口多，除了你们家，别人只得一父一母，族中真个再无人了不成？我们姑娘来时，原是老太太心疼他年小，虽有伯、叔，不如亲父母，故此接来住几年。大了该出阁时，自然要送还林家的。终不成林家的女儿在你贾家一世不成？林家虽贫到没饭吃，也是世代书宦之家，断不肯将他家的人丢与亲戚，落人耻笑。所以早则明年春天，迟则秋天。这里纵不送去，林家亦必有人来接的。'"这是紫鹃在骗宝玉，可就是这话引发了宝玉的呆病。

下面她接着骗宝玉，说："前日夜里姑娘和我说了，叫我告诉你：将从前小时玩的东西，有他送你的，叫你都打点出来还他。他将你送他的打点了在那里呢。"就是要小学毕业了，我以前送过你橡皮，或者本子，你要全部还我，你的我也还你。这表示要跟青春和青春的玩伴告别了。"宝玉听了，便如头顶上打了一个焦雷一般。"忽然觉得生命青春原来是会结束的。当然，要从心理学上讲，作者大概是在十三四岁的时候被抄的家，他生命中最好的日子是在十三四岁以前，他的小说是中年落魄的时候写的，他不愿意长大，因为长大以后看到的全是世间的白眼。这个富贵公子后来遭受到的侮辱跟冷落是不堪回首的，所以他的记忆就停在了很美、很温暖的青少年时期。

“紫鹃看他怎么回应，只见他总不作声。忽见晴雯找来说：‘老太太叫你呢，谁知在这里。’紫鹃笑道：‘他这里问姑娘病症。我告诉了他半日，他只不信。你倒拉他去罢。’说着，便自己走回房去了。”

“晴雯见他呆呆的，一头热汗，满脸紫涨，忙拉他的手，一直到怡红院中。袭人见了这般光景，慌张起来，只说时气所感，热身子被风吹了。无奈宝玉发热事犹小可。”下面这一段写宝玉的发病非常惊人。几乎有点超现实，他忽然进入一种自我毁灭的状态，意思是如果这个青春注定要结束，不如选择自我毁灭。“更觉两个眼珠儿直直的起来，口角边津液流出，皆不知觉。给他个枕头，他便睡下；扶起他来，他便坐着；倒了茶来，他便吃茶。”就是完全没有反应了。“众人见他这样，一时忙乱起来，又不敢造次去回贾母，便先叫人出去请李嬷嬷。”

还记得李嬷嬷吗？她大概有十回没有出现了，她是宝玉的奶妈，已经老得有点糊涂了，常常乱动宝玉的东西。“一时李嬷嬷来了，看了半日，问他几句话也无回答，用手向他脉上摸了一摸，嘴唇人中上边着力掐了两下，掐的指印如许来深，竟也不觉疼。”这个大家现在可能不太知道，记得小时候班上同学会发作癫痫病，忽然口吐白沫在地上抽搐，老师就会用指甲去掐嘴唇上面的人中穴，古代很相信这种急救法。李嬷嬷就觉得完蛋了，“只说了一声‘可了不得了’，‘呀’的一声，便搂着放声大哭起来”。这也是在写这个李嬷嬷在这个家族里的重要身份，她小时候喂过少爷，少爷在，她的尊贵就在，少爷不在，她也就完了。

“急的袭人忙拉他说：‘你老人家瞧瞧，可怕不可怕？且告诉我们去回老太太、太太去。你老人家怎么先哭起来？’”意思你是有经验的人，结果你自己先乱了方寸，那我们这些年轻人怎么办？“李嬷嬷捶床捣枕说：‘可不中用了！我白操一世心了！’”李嬷嬷的这一段非常精彩，宝玉的疯病如果没有李嬷嬷这样一闹，你还看不出严重性。“袭人等以他年老多知，所以请他来看；如今见他这般一说，都信以为实，都哭起来。晴雯便告诉袭人，方才如此这般。袭人听了，便忙到潇湘馆来见紫鹃，紫鹃正伏侍黛玉吃药，也顾不得什么了，便上来问紫鹃道：‘你才和我们宝玉说些什么？你瞧瞧他去，回老太太去，我也不管了！’说着，便坐在椅子上。”

下面写的是黛玉知道宝玉发病后的状况。只有在青少年时期，爱才会变成他的存在比我的存在还重要。《罗密欧与朱丽叶》里面写得最动人的，是朱丽叶吃了假毒药，结果罗密欧以为她真的死了，就自杀了，等到朱丽叶醒过来看到罗密欧已死，立刻拔剑自杀的那一段，黛玉也是同样的表现。

黛玉毁灭性的爱

“黛玉忽见袭人满面急怒，又有泪痕，举止大变，更不免也慌了，忙问怎么了。袭人定了一回，哭道：‘不知紫鹃姑奶奶说了些什么，那个呆子眼也直了，手脚也凉了，话也不说了，李嬷嬷掐着他也不疼了，已死了大半个了！连李嬷嬷都说不中用了，那里放声大哭。只怕这会子都死了！’”有没有看到这些人不知该怎么办，越说越夸张了。“黛玉一听此言，李嬷嬷乃久经老妪，说他不中用了，可知必不中用了。‘哇’的一声，将腹中之药一概呛出，抖肠搜肺、炽胃扇肝的大嗽了几阵，一时面红发乱，目肿筋浮，喘的抬不起头来。”宝玉的发呆和黛玉此刻的感觉，真的就是活生生的罗密欧和朱丽叶，他们的生命已经到了不可分离的状态，那种绝对的毁灭性的爱出现了，根本没有办法用理性思考。这样的情感很难解释，到某个年龄段有人跟你表现这种情感你会感到害怕，可是在我们的生命里会变成一个很深的向往。记得当年放《梁山伯与祝英台》的电影，全是老太太在看，大家一直在掉眼泪，她们大概都曾经有过一段完美浪漫的爱情，她们的美学只能在艺术里完成了。

“紫鹃忙上来捶背，黛玉伏枕喘息了半晌，推紫鹃哭道：‘你不用捶，你竟拿绳子来勒死我是正经！’”此时的每一句话都是毁灭的。“紫鹃哭道：‘我并没说什么，不过是说了几句玩话，他就认了真。’袭人道：‘你还不知道那傻子？每每玩话认了真。’黛玉道：‘你说了什么话，趁早儿去解说，只怕就醒过来了。’”

“紫鹃听说，忙下了床，同袭人到了怡红院。”这时贾母和王夫人都已经赶来了。“贾母一见了紫鹃，便眼内出火”，“出火”这两个字用得精彩，这个祖母那么爱孙子，孙子现在被害成这个样子，当然要火。“骂道：‘小蹄子！和他说了什么？’紫鹃忙道：‘并没敢说什么，不过说了几句玩话儿。’谁知宝玉见了紫鹃，方‘哎哟’了一声，哭出来了。众人一见，方都放下心来。”一哭出来这病就已经好了大半，所以大家反而放心了。“贾母拉住紫鹃，只当他得罪了宝玉，所以拉紫鹃命他打。谁知宝玉一把拉住紫鹃，死也不放，说：‘要去连我也带了去。’”大家就说是怎么回事，仔细地问了紫鹃，才知道是紫鹃说要回苏州的这句玩笑话引出来的。贾母就流着眼泪说：“我当有什么要紧大事，原来是这句玩话。”又和紫鹃说："你这孩子素日是个伶俐的，你又知道他有个呆根子，平白的哄他作什么？"

薛姨妈劝道："宝玉素来心实，可巧林姑娘又是从小儿来的，他兄妹两个一处长了这么大，比别的姊妹更不同。这会子热剌剌的说一个去，别说他是个实心的傻子，便是个冷心肠的大人也要伤心。这不是什么大病，老太太和姨太太只管安心，吃一两剂药就好了。"

"正说着，人回：'林之孝家的、单大良家的都来瞧哥儿来了。'贾母道：'难为他们想着，叫他们来瞧瞧。'"林之孝家的和单大良家的都是管家。作者用了非常好玩的孩子气的方式写这一段，真正的动人之处也在这里，我们刚才提到了，不管是《梁山伯与祝英台》，还是《罗密欧与朱丽叶》的故事，都带着一种傻气。所以"宝玉听了一个'林'字，便满床闹起来了说：'了不得了，林家的人接他们来了，快打出去罢！'贾母听了，忙说：'打出去罢。'"老祖母在疼孙子的时候，用的也是不理性的方式。所以贾母"又忙安慰说：'那不是。林家的人都死绝了，没人来接他，你只管放心罢。'"

"宝玉哭道：'凭他是谁，除了林妹妹，都不许姓林！'"大家看是不是在装疯卖傻，可是这个装疯卖傻里有非常动人的真情，他最爱的那个人，在这个世界上是任何人不能取代的唯一。如果这个话传过去，林黛玉肯定会感动得要死，因为他们真的是前世缘分，那个缘分让他们几乎变成了完全无法分割的一个整体。"贾母道：'没姓林的来，凡姓林的我都打出去了。'一面吩咐众人：'以后别叫林之孝家的进园来，你们也别说"林"字。好孩子们，你们听我一句罢！'众人忙答应了，又不敢笑。"

"一时宝玉又一眼见了十锦格子上陈设的一只金西洋自行船"，"十锦格”现在很多人家的客厅里还有，是用室内装潢的方法做出的很多的架子，可以放洋酒、古董，或者书。宝玉的玩具中有欧洲来的金属的自行船，可见这个小男孩玩的时尚程度绝对不输今天的小孩子。宝玉见了，“便指着乱叫说：‘那不是接他们来的船来了，湾在那里呢。’”因为要到苏州一定得坐船。“贾母忙命拿下来。袭人忙拿下来，宝玉伸手要，袭人递过去，宝玉便掖在被中，笑道：‘这可去不成了！’一面说，一面死拉着紫鹃不放。”“掖在被中”这个画面很生动，刚好透露出宝玉本来就没有长大，加上受祖母宠爱，身上保留着很多的天真，他希望一生一世都不丢失这份天真。我们嘲笑他，只能说明我们已经变得世故了。

急痛迷心

“一时回：‘王太医来了。’贾母忙命快进来。王夫人、薛姨妈等暂避入里间。贾母便端坐在宝玉身旁，王太医进来见许多的人，忙上去请了贾母的安，拿了宝玉的手诊了一会。那紫鹃少不得低了头，王太医也不解何意。”过去的女性是不能随便见男人的，医生是男的，所以王夫人跟薛姨妈就得避开。贾母是个老太太，当然不怕，就坐在宝玉身边。紫鹃不能离开，是因为宝玉一直在拉着她的手，见男医生进来，只好低下头，王太医也不知道为什么。就起身说：“世兄是急痛迷心。”“急痛迷心”四个字好像是医学术语，可又让人觉得说的是情感，忽然人生中有巨大的绝望和伤害，就会急痛迷心。

“古人曾云：‘痰迷有别。有气血亏柔，饮食不能熔化痰迷者，有怒恼中痰裹而迷者，有急痛壅塞者。’此亦痰迷之症，系急痛所致，不过一时壅闭，较诸痰迷似略轻。”如果你的至亲正在加护病房里抢救，可医生却跟你拽一大堆拉丁文医学术语，你大概也会很着急，于是贾母说，我关心的是我孙子要不要紧，你干吗给我背这么多的医书。王太医忙躬身笑道："不妨，不妨。”贾母道："果真不妨？”王太医道："实在不妨，都在晚生身上。”贾母道："既如此，请到外面坐着开方子。若治好了，我另外预备好谢礼，叫他亲自去磕头；若耽误了，我打发人去拆了太医院的大堂。”

王太医只躬身笑说："不敢，不敢。”"他原听了说'另具上等谢礼命宝玉去磕头'，故满口说'不敢'，并未听见贾母后来说拆太医院之戏语，犹说'不敢'，贾母与众人反倒笑了。”贾母当然是在开玩笑，其实这一段很难写，要把刚才宝玉发病的高潮转化成一段幽默，本来宝玉就病得有点好笑，我希望大家读得出好笑中的那种"急痛迷心”，每个生命都会有急痛迷心的时刻。比如死亡本身就是一个急痛迷心，它的出现只是迟早的问题。

"一时，按方煎了药服下去，果觉比先安静些。无奈宝玉只不肯放紫鹃，只说他去了便是回苏州去了。贾母、王夫人无法，只得命紫鹃守着他，另将琥珀去伏侍黛玉。”

宝玉最美丽的独白

在五十七回的后半段，有几个线索同时在走，一个线索是宝玉在发病之后，讲出了他心里面最深沉的一些话。乍一看，一个十三四岁的男孩子对死亡有这样的认知，显得有些过度早熟，可是如果大家有机会去观察一下青春期的男孩、女孩，就会发现伴随着身体的发育，难免会有一种感伤，他们对于自己身体的存在和变化，是最敏感的。所以有时候我们会很忽略，因为十三四岁可能是学校课业压力最大的时候，可能某种程度上掩盖了他内心最敏锐、最感伤的部分。如果仔细观察，你会发现很多父母、老师最容易忽略的就是孩子在这个年龄段的敏感，很多的孩子在这个年龄时，在网络或者日记里所写的东西，都是很深沉的心事。

“黛玉不时遣雪雁来探消息，这边事务尽知，心中暗叹。幸喜众人都知宝玉原有些呆气，自幼是他二人亲密，如今紫鹃之戏语亦是常情，宝玉之病亦非罕事，因不疑到别事去。”

“晚间宝玉稍安，贾母、王夫人等方回房去。一夜遣人来问讯数次。李奶母带领宋妈等几个年老人用心看守，紫鹃、袭人、晴雯等日夜相伴。有时宝玉睡去，必从梦中惊醒，不是哭了说黛玉已去，便是说有人来接。每一惊时，必得紫鹃安慰一番方罢。彼时贾母又命将祛邪守灵丹及开窍通神散各样上方秘制诸药，按方饮服。次日又服了王太医的药，渐次好起来。宝玉心中明白，因恐紫鹃回去，故又或作佯狂之态。紫鹃自那日也着实后悔，如今日夜辛苦，并没有怨意。袭人等皆心安神定，因向紫鹃笑道：‘都是你闹的，还得你来治。也没见我们这呆子听见风就是雨，往后怎么好呢。’暂且不提。”

“此时却说湘云之症已愈，天天过来瞧看，见宝玉明白了，便将他病中狂态形容学与他瞧，引的宝玉自己伏枕而笑。原来起先那样他竟是不知的，如今听人说还不信。无人时紫鹃在侧，宝玉又拉他的手问道：‘你为什么唬我？’紫鹃道：‘不过是哄你玩的话，你就认真了。’宝玉道：‘你说的那样有情有理，如何是玩话？’紫鹃笑道：‘那些玩话都是我编的。林家真没了人了，纵有也是极远的。族中也都不在苏州住，各省流寓不定。

纵有人来接，老太太也是不肯放去的。’宝玉道：‘便老太太放去，我也不依。’紫鹃笑道：‘果真你不依？只怕是口里话。你如今也大了，连亲也定下了，过二三年再娶了亲，你眼睛里还有谁了？’”意思是其实就是我们不走，过几年你也要结婚，那时候该怎么办？

“宝玉听了，又惊问道：‘谁定了亲？定谁？’紫鹃笑道：‘年里我就听见老太太说，要定下琴姑娘呢。不然那么疼他？’”这又是一个不可能跟黛玉在一起的理由了，“宝玉笑道：‘人人只说我傻，你比我更傻。不过是句玩话，他已经许给梅翰林家了。果然定下了他，我还是这个形景了？先是我发誓赌咒，砸这劳什古子，你都没劝过，说我疯了？刚刚的这几日才好了，你又来怄我。’”宝玉一派天真地在表达自己的真情，就是他觉得自己已经认定了一个生命，这个生命是和他一起长大的一个玩伴，当然我们知道他们是前世缘分，是不可能分开的。

一面说，一面咬牙切齿地讲出了一段非常沉重的话：“我只愿这会子立刻我死了，把心拿出来你们瞧，瞧见了，然后连皮带骨一概都化成灰；灰还有形迹，不如再化一股烟，烟还有凝聚，人还看的见，须得一阵大风吹的四面八方，都登时散了，这才好！”

这是宝玉内心深处的独白，也是红学考证者们从来不曾提到的，类似的话在《红楼梦》里至少出现过两三次。宝玉每次提到自己的死亡，都是化灰、化烟，他觉得烟也还有行迹，最好是一阵大风吹来，把烟吹得干干净净，不留任何痕迹。这可能是在讲他跟黛玉，也可能是在讲他跟自己的肉身。很多朋友都记得，他本来是天上的一块石头，后经过日月精华的修炼，转成了人间男孩子的身体，他知道总有一天还要回到天上，还是那块石头，他不觉得生命此刻的繁华会是永远的。作者已经领悟到，所有的爱恨生死都只是暂时的，化灰、化烟才是真正的结局。有时候翻看十几岁时的日记，会发现有很多句子非常像这一段，就是对自己生命的一种感觉。这是宝玉在《红楼梦》里最重要的内心独白，也是作者的内心独白。很多人都愿意讨论宝玉最后是不是出家的问题，我觉得重点不在出不出家，因为出家也是一个行迹，也是一个凝聚，这里曹雪芹真正要讲的生命聚散，很像庄子。庄子讲的聚散就是没有行迹的聚散，并不是一般人所谓的遁入空门，因为那个也还是行迹而已。

紫鹃与黛玉不可解的情谊

宝玉自己讲完这些话，便又掉泪了，“紫鹃忙上来捂他的嘴，替他擦眼泪”，过去的人很忌讳说死亡，紫鹃觉得你怎么动不动就提到死？“又忙笑解劝他道：‘你不用着急。这原是我心里着急，故来试你。’”宝玉听了就有点奇怪说：“你又着什么急？”意思如果是黛玉的事情你干吗着急？那紫鹃就笑着说：“你知道，我不是林家的人，我也和鸳鸯、袭人是一样的，偏把我给了林姑娘使。偏生他又和我极好，比他苏州带来的好十倍，一时一刻我们两个离不开。”人的缘分是不可解的，紫鹃竟然跟林黛玉好得超过了她从家乡带来的雪雁。大家有没有觉得《红楼梦》里面讲的很多情感，像友谊又像爱情，不仅是宝玉跟黛玉，紫鹃跟黛玉也不可分，就因为曾经有过在一起的缘分，那种情谊非常特别。从世俗的角度只能看见三角恋爱，那是对《红楼梦》一个很大的伤害，事实上应该能看到更多的东西，否则你很难解释紫鹃为什么说我跟黛玉一刻半刻我们两个都离不开，“我如今心里都愁，他倘或要去了，我必要跟了去的”。

有没有感觉到她跟宝玉一样，如果黛玉要回苏州，她也要跟去。“我是合家在这里，我若不去，辜负了我们素日的情肠；若去，又弃了本家。”“情肠”就是你跟一个人有一种无法说清楚的关系和情感，别人也无法了解。紫鹃是个丫头，她服侍一个小姐，如果从世俗的角度说，在哪里不是一样做菲佣？可是人跟人的关系真不这么简单，除了主仆关系，还有很贴心的情感。紫鹃说：“所以我疑惑，故说出这谎话来问你，谁知你就呆闹起来。”宝玉笑道：“原来是你愁这个，所以你是傻子。”这很好玩，本来宝玉自己就是傻子，在他看来，这一群住在大观园里的人其实都有一点傻气，因为他们都是不想分开、不想长大的人，他们没有办法接受长大以后的礼教约束，希望以后能靠性情过日子。

宝玉就跟紫鹃说了很重要的一段话：“从此后再别愁了。我只告诉你一句总话：‘活着，咱们在一处活着；不活着，咱们一处化灰化烟，如何？’”这很像小学毕业写在同学纪念册上的话，如果没有青春的情怀，根本不会讲出这个话，这些部分更能证明《红楼梦》这本书讲的并不完全是宝玉跟黛玉的爱情故事，而是一群年轻人曾经有过的纯洁而不被污染的梦想。紫鹃听说，也很感动，也想将来应该如何。

“忽有人回：‘环爷、兰哥儿看来了。’宝玉笑道：‘就说难为他们，我才睡了，不必进来。’婆子答应去了。”宝玉是那种话不投机半句多的人，他不太想跟贾环、贾兰说话。这里其实是个对比，在这个年龄的时候有一种性情，是别人不太容易了解的洁癖，不知道为什么总是和某几个挤在一起，而有的人则根本不想见。

“紫鹃笑道：‘你也好了，该放我回去瞧瞧那一个去了。’”因为她还在挂念黛玉，因为黛玉也在生病。“宝玉道：‘正是这话。我昨日就要叫你去的，偏生又忘了。我已经大好了，你就去罢。'" 两个人都挂念着黛玉，这种青春时期的牵挂里有一种非功利的单纯。下面要特别注意一个小小的细节。因为住在宝玉这边，化妆盒、铺盖都带来了。现在要回去了，紫鹃"方打叠铺盖妆奁之类"，宝玉看到她的化妆盒里有几面小小的菱花镜，菱花镜就是做成花的形状，女孩子拿来照后面的。《牡丹亭》里的杜丽娘化妆时有个镜台，手把的菱花镜是反照后面的，有点像现在女孩子补妆用的那种小镜子。"宝玉笑道：'我看见你文具里头有两三面镜子，你把那面小菱花的给我留下罢。我搁在枕头旁边睡觉好照，明儿出门带着也轻巧。'"

宝玉每次挨打都是因为这些事情，他总是喜欢把女孩子用过的化妆品之类的留在身边，我们常常误会为他是有一点娘娘腔，其实不是，他眷恋的是这些青春时刻。这些东西对他来讲是一个记忆，因为他也隐约意识到人的生命最后化灰化烟，什么都没有。可是他觉得相处一场留个东西是个念想儿，这种情感长大以后很不容易理解，孩提时代的朋友间互赠的东西都是大人觉得很无聊的，但孩子们觉得重要，是因为其中有两个人共同的记忆，有时候可能就是两个人一起玩过的一片枯叶。贾政根本不了解自己儿子的情感，总觉得宝玉没出息。其实宝玉怎么会缺镜子，他眷恋的是一种人间深情。张爱玲曾在她的文章里讲到"恋物癖"，恋物其实是因为有深情，是因为对那个人来讲，这个物一定附着着他跟某人的情感。紫鹃听他这样说，只好留给他。

黛玉与紫鹃的悄悄话

"林黛玉近日闻得宝玉如此形景，未免又添了些病，又多哭几场。"大家只要还记得那个神话，就能知道林黛玉如果不哭，她的生命将无法了结，因为她来世间就是要把所欠的眼泪还掉。现在我们身边也会碰到这种事，一对怨偶总是哭哭啼啼，按《红楼梦》的说法，哭完就好了，欠泪的泪已尽，欠债的债已还。“今见紫鹃来，问其原故，已知大愈，仍遣琥珀去伏侍贾母。夜间人定后，紫鹃已宽衣卧下之时”，开始跟黛玉说悄悄话，这种女孩之间很亲密的关系，在古代叫作闺中密友。

紫鹃“悄向黛玉笑道：‘宝玉的心倒实，听见咱们去就那样起来。’黛玉不答”。意思是说我帮你试探过了，宝玉对你是死心塌地的，黛玉当然不好意思说什么。“紫鹃停了半晌，自言自语的说道：‘一动不如一静。我们这里就算好人家，别的都容易，最难得是从小儿一处长大的，脾气性格都彼此知道的了。’”黛玉当然知道她在讲什么，“啐道：‘你这几天还不乏，你这会子不歇一歇，还嚼什么蛆。’”这当然是女孩子的害羞，觉得这么私密的事怎么能这样讨论。“紫鹃笑道：‘倒不是白嚼蛆，我倒是一片真心为姑娘。替你愁了这几年，无父母无兄弟，谁是知疼着热的人？趁早儿老太太还明白硬朗的时节，作定了大事要紧。俗语说：“老健春寒秋后热”，倘或老太太一时有个好歹，那时虽也完事，只怕耽搁了时光，还不得趁心如意呢。’”紫鹃劝黛玉说，这个事情不能拖，如果有一天贾母走了，没有人为你做主，你这么高傲的一个人，当然不会随便跟乱七八糟的男人在一起。

“公子王孙虽多，那一个不是三房五妾，今儿朝东，明儿朝西？娶一个天仙来，也不过三夜五夕，也丢在脖子后头了，甚至于当作丫头使妾，反目成仇的。若娘家有人有势的还好些，若是姑娘这样的人，有老太太一日还好，若没了老太太，也只好凭人欺负罢了。所以说，拿主意要紧。

姑娘是个明白人，岂不闻俗语说：‘黄金万两容易得，知心一个也难求’。”紫鹃的话讲出了当年女性的悲哀，那真是嫁鸡随鸡、嫁狗随狗，尤其像黛玉这样娇弱的女孩子，如果嫁错了人，几天就被整死了。所以紫鹃很担心，黛玉当然知道紫鹃是好意，可是她很不好意思。

“黛玉听了，便说道：‘这丫头，今儿可疯了？怎么去了几日，忽然变了一个人。我明儿必回老太太退回你去罢，我不敢要你了。’”紫鹃也知道她是害羞，就开玩笑说：“我说的是好话，不过叫你心里留神，并没叫你为非作歹，何苦回老太太，叫我吃了亏，又有何好处？”说着，“竟自己睡了”。大家要特别注意，《红楼梦》里女性之间的亲密比男女之间的亲密度还要高。

我们同班同学里就有一个女孩子嫁到某家以后，想尽办法让自己很要好的大学同学嫁给丈夫的弟弟，两人做了妯娌。这就是女性之间很特殊的一种亲密，尤其在古代社会，她们的社交圈子非常小，会有一些很私密的情感。现在有人从女性主义的角度去做很多研究，比如在湖南发现有一种文字叫“女书”，她们自己发明了一种文字，只是流传在女性之间的一种文字，男人都看不懂。其中是她们自己秘密的心事，有点像我们小时候写的那些传来传去的纸条。

薛姨妈说定了邢岫烟

所以黛玉听了这话，“口内虽如此说，心内未尝不伤感，等紫鹃睡了，她直哭泣了一夜，到天明才打了一个盹儿。第二天勉强起来洗了脸、漱了口，吃了一些燕窝粥，贾母她们来看她，又嘱咐了很多话。”

“目今是薛姨妈的生日，自贾母起，诸人皆有祝贺的礼。黛玉亦备了两色针线过去。”过去女孩子送礼，不会去买外面的礼物，而是送亲手绣的枕头套、手帕，她们会把很多情感寄托在针线里，是一种针线情。汉字里的“缠绵”之类的字，都是绞丝旁，我们说人的心思缜密，其实就是跟女红有关。“是日也定了一班小戏请贾母与王夫人等，独有宝玉与黛玉二人不曾得去。至晚散时，贾母等顺路又瞧了他二人一遍，方回房去。”说明贾母特别疼这两个人。“次日，薛姨妈家又命薛蝌陪诸伙计吃了一天酒，连忙了四五天方完。”主人过生日的话，伙计们也都会送礼，那主人是一定要回请的，薛姨妈是个女人，不方便出来招呼，便让她的侄子薛蝌出来帮忙。

“因薛姨妈看见邢岫烟生得端雅稳重，且家道贫寒，是个荆钗裙布的女儿。”“荆钗裙布”，过去女孩子的头钗有金的、银的和上面镶宝石的，因为家里穷，只能用木钗，也叫荆钗；裙布，就是布裙。邢岫烟长得美丽大方，可因为家里穷，所以非常朴素。“便欲说与薛蟠为妾。因薛蟠素习行止浮奢，又恐怕糟蹋了人家的女儿。”这个妈妈很好玩，看到一个女孩子很好，首先想到的是可不可以做我的儿媳妇，可是又觉得自己儿子实在不像样子。“正在踌躇之间，忽想起薛蝌来，未曾娶亲，看他二人，恰是一对天生地设的夫妻，因而谋之于凤姐儿。凤姐儿叹道：‘姑妈素知我们太太有些左性的，这事等我慢谋。’因贾母去瞧凤姐儿时，凤姐儿便和贾母说：‘薛姨妈有一件事求老祖宗，只是自己不好启齿的。’贾母忙问何事，凤姐便将求亲一事说了。贾母笑道：‘这有什么不好启齿的？这是极好的好事。等我和你婆婆说了，怕他不依？’因回房来，即刻就命人来请了邢夫人过来，硬作保山。邢夫人想了一想：薛家根基不错，且现大富大贵，薛蝌生得又好，且贾母硬作保山，将计就计便应了。”

“贾母十分喜欢，忙命人请了薛姨妈来。二人见了，自然有许多谦辞。邢夫人即刻命人去告诉邢忠夫妇。他夫妇此来原是投靠邢夫人的，如何不依的，早接口说：‘妙极！’”邢忠就是邢夫人的兄弟，因为穷，才带了邢岫烟来投靠邢夫人，当然很愿意。

“贾母笑道：‘我最爱管个闲事，今儿又管成了一件事，不知得多少谢媒钱？’薛姨妈笑道：‘这是自然的。纵抬了十万银子来，只怕不希罕。但只一件，老太太既是主亲，还得一位才好。’”以前的做媒大概要有两个人，现在有个贾母，还要再找一个。“贾母笑道：‘别的没有，我们家折腿烂手的人还有两个。’说着，便命人去叫过贾珍婆媳二人来。贾母告诉他原故，彼此都忙道喜。贾母吩咐道：‘咱们家的规矩你们是知道的，从没有两亲家争礼的理。如今你算在当中替我料理，也不可太俭，也不可太费，把他两家的事周全了回我。’尤氏忙答应了。”等于把婚事交给贾珍的太太尤氏来办。“薛姨妈喜之不尽，回家来忙命写了请帖送过宁府。尤氏深知邢夫人情性，本不欲管，无奈贾母嘱咐的，只得应了，惟忖度邢夫人之意行事。薛姨妈是个无可无不可的人，倒还容易说。这且不在话下。”

薛姨妈就定了邢岫烟为媳，“合宅皆知。邢夫人本欲接出岫烟去住”，贾母就说：“这又何妨，两个孩子又不能见面，就是姨太太跟他一个大姑子，一个小姑子，又何妨？况且都是女儿，正好亲香呢。”那邢夫人才罢了。

“蝌、岫二人前次途中皆曾有一面之遇，大约二人心中也皆如意。”记不记得他们两个都是进京投靠亲戚的，在半路上曾经遇到过，彼此也都有好感。“只是邢岫烟未免比先时拘泥些，不好与宝钗姊妹共处闲话；又兼湘云是个爱取笑的，更觉不好意思。”为什么拘泥？因为已经把她许配给薛蝌了，本来跟你没有任何关系的男孩子，现在一下子变成未婚夫了，看到薛蝌来大概就要躲一躲。

知书达理的邢岫烟

“幸他是个知书达理的，虽有女儿身分，还不是那种佯羞诈愧一味轻薄造作之辈。”这句话很重要。有的女孩子，会故意撒娇装嗲，讲起话来全身都酥掉了，邢岫烟不是这样的女孩子，她很大方得体。作者不鼓励女孩子矫揉造作，觉得自自然然、大大方方最好了。

“宝钗自见他时，见他家业贫寒，二则别人之父母皆是年高有德之人，独他父母偏是酒糟透之人，于女儿分中平常”，宝钗对邢岫烟很早就有同情，大家有没有发现，很多人觉得宝钗很有心机，很功利自私，可是宝钗身上也有对人的体贴和温暖。一部好的小说写人绝对不是单面的。“邢夫人也不过是脸面之人，亦非真心疼爱；且岫烟为人雅重，迎春是个有气的死人，连他自己尚未照管齐全，如何能照管到他身上！凡闺阁中家常一应需用之物，或有亏乏，无人照管，他又不与人张口，宝钗倒暗中每相体贴接济，也不敢与邢夫人知道，亦恐多心闲话之故耳。”这一段非常重要，是反驳一般人认为宝钗心机很重的最好依据，她这么做没有任何的功利性，只是觉得不应该这样待人。接下来你会发现，除了宝钗，还有一个关心邢岫烟的人就是探春。其实这是青春里美的共享，只有在青春的时刻才会觉得我有的，她也应该有。下面这一段就以邢岫烟为主，表现出探春和宝钗的可爱。

“如今却是意外之奇缘，作成这门亲事。岫烟心中先取中宝钗，然后方取薛蝌。”很奇怪，对不对？她嫁给薛蝌，是因为可以跟宝钗在一起，这就是前面讲的闺中密友，人的情感有时候是非常难以解释的东西。“有时，岫烟仍与宝钗闲话，宝钗仍以姊妹相呼。”

宝钗体贴、接济邢岫烟

“这日宝钗因来瞧黛玉，恰值岫烟也来瞧黛玉，二人在半路相遇。宝钗含笑唤他到跟前，二人因走至一块石壁后，宝钗笑问他：‘这天还冷的很，你怎么倒全换了夹的？’岫烟见问，低头不答。宝钗便知道又有了原故，因又笑问道：‘必定是这个月的月钱又没得，凤丫头如今也这样没心没计了。’岫烟道：‘他倒想着，不错日子的，因姑娘打发人和我说，一个月用不了二两银子，叫我省一两给爹妈送出去，要使什么，横竖有二姐姐的东西，能着些儿搭着就使了。姐姐想，二姐姐是个老实人，也不大留心。我使他的东西，他虽不说什么，他那些丫头、妈妈，那一个是省事的，那一个嘴里是不尖的？我虽在那屋里，却不敢很使唤他们，过三五天，我倒得拿出些钱来给他们打酒买点心吃才好。因此，一月二两银子还不够使，如今又去了一两。前儿我悄悄的把绵衣服叫人当了几吊钱盘缠。’”

本来住在贾家，吃的也有，住的也有，根本不需要花什么钱。可是你住在有钱人家，有这么多的丫头、妈妈供你用，如果你不打点，这些人会每天都讲你坏话；给少了还不行，因为大户人家出手都很大方。这个东西我们现在不太了解，我们小时候，到家里来的客人的司机都要递红包，到别人家去，也是连门房都要打点。所以邢岫烟心里很苦，因为她根本没有钱，邢夫人、爸爸、妈妈和迎春都没有想到这个，最后她只好把冬天的衣服当了。

“宝钗听了，皱眉叹道：‘偏梅家又合家在任上，后年才进来。若是在这里，琴儿过去了，好再商量你这事。离了这里就完了。如今不先完他妹妹的事，也断不敢先娶亲的。’”这里讲到梅家，是因为薛蝌要把妹妹先嫁了，自己才能娶。宝钗好可爱，她觉得如果你住在我们家就没有这个问题了。“如今倒是一件难事。再迟两年，又怕你熬煎出病来。等我和妈再商议，有人欺负你，你只管耐些烦儿，千万别自己弄出病来。不如把一两银子明儿也率性给了他们，倒都歇了心。你以后也不用白给那些人东西吃，他们刻薄你，你装听不见，各人走开就完了。倘或短了什么，你别存那小家儿女气，只管找我去。并不是作亲后方如此，你一来时咱们就好的。便怕人说闲话，你打发小丫头子悄悄的和我说去就是了。”岫烟低头答应了。

不知道大家读到这里会不会很感动，宝钗劝她别存那种小家儿女气，江湖一点，豪爽一点，有什么困难你就跟我说，我们大家一起想办法。《红楼梦》强调的正是这个年龄段的情感。

宝钗又指着她裙上的一个玉佩，问：“这是谁给你的？”如果彼此感情不深是不会随便问这种问题的，宝钗知道邢岫烟不会有钱买玉佩。

“岫烟道：‘这是三姐姐给的。’宝钗点头笑道：‘他见人人皆有，独你一个没有，怕人笑话，故此送你一个。这是他聪明细致之处。’”有没有发现探春是个爱管闲事的人，黛玉对人也有关心，可是没有精力管到这些；迎春又笨笨的，可见人的性情差别很大。但宝钗又劝她说：“但还有一说也要知道，这些妆饰原出于大官富贵之家，你看我从头至脚可有这些富丽妆饰吗？”还是因为亲密，所以两个人可以进行性情上的对话。“然而七八年之先，我也是这样来着，如今一时比不得一时了，所以我都自己该省的就省了。”因为她爸爸过世了，这么大的产业需要她照料，她认为一个真正过日子的人，没必要把自己弄得珠光宝气的。“将来你过我们家，这些没有用的东西，只怕还有一箱子。咱们如今比不得他们了，总要一色从实守分为主，不比他们才是。”宝钗认为这种东西是可有可无的，真有自信、有教养的人不会在意这些东西。

“岫烟笑道：‘姐姐既这样说，我回去摘了就是了。’宝钗忙笑道：‘你也太听说了。这是他的好意送你，你不佩着，他岂不疑心。我不过是偶然提到这里，以后知道就是了。’岫烟忙又答应。”这里面有好几个层次，宝钗真的很像姐姐，一心一意觉得邢岫烟是一个可以教导的妹妹，宝钗不跟别人这样说话，是因为有些人听了会生气，说我好不容易戴个钻戒，你干吗要我拿掉？宝钗知道邢岫烟是一个懂事的人，才跟她讲真话，她们之所以会这么好，就因为她们是同一个“国度”的人，有属于她们自己的语言和相同的性情。

邢岫烟“又问：‘姐姐此时那里去？’宝钗道：‘我到潇湘馆去。你且回去把那当票子叫丫头送到我那里，悄悄的取出来，晚上再悄悄的送给你去，早晚好穿，不然冻病了事大。但不知当在那里了？’岫烟道：‘叫作“舒恒当”，是鼓楼西大街的。’宝钗道：‘这闹在一家子去了。伙计们倘或知道了，好说“人没过来，东西倒先来了。”’岫烟听说，便知是他家的本钱，也不觉红了脸一笑，二人走开”。这是宝钗取笑邢岫烟，因为她就要嫁到薛家来了，这个当铺是薛宝钗家开的。薛宝钗是所有《红楼梦》里的女孩子里唯一认得当票的人，后来史湘云问，这什么东西啊？还以为是谁的 E-mail，只有宝钗懂。

大家肯定能感受到这种情谊的动人，也许我们人生里有一段时间也会有这样的情谊，比如在学校时跟同学之间。可是很奇怪，这个东西到了成人的职场里反而没有了，因为大家都害怕自己的行为会被误解，年轻的时候你非常单纯，觉得该做的我就去做。当时知道哪个同学毕业旅行没有钱不能去，几个同学连夜商量，你出多少，我出多少，凑钱让他去。我觉得只有在那个年龄才会有这种有难同当的心，化灰化烟也在一起的热情。

千里姻缘一线牵

“宝钗就往潇湘馆来，正值他母亲也来瞧黛玉，正说闲话呢。宝钗笑道：‘妈多早晚来的？我竟不知道。’薛姨妈道：‘我这几天连日忙，总没来瞧瞧宝玉和他。所以今儿瞧他二个，一瞧也都好了。’黛玉忙让宝钗坐了，因向宝钗道：‘天下的事真是人想不到的，怎么想的到姨妈和大舅母又作了一门亲家。’薛姨妈道：‘我的儿，你们女孩儿家那里知道，自古道：“千里姻缘一线牵。”管姻缘的有一个月下老人，预先注定，暗里只用一根红丝把这两个人的脚绊住，凭你两家隔着海，隔着国，有世仇的，也终久有机会作了夫妇。这一件事都是出人意料之外，凭你父母本人都愿意了，或是年年在一处的，以为是定了的亲事，若月下老人不用红线拴的，再不能到一处。比如你姐妹两个的婚姻，此刻也不知在眼前，也不知在山南海北呢。’”我不知道大家会不会觉得这一段写得很有趣，薛姨妈是不是也感觉到，宝玉到底要娶她们当中的哪一个？因为黛玉跟宝玉的关系是前世缘分，这一世月下老人没有用红线牵，所以最后还是分开了。

“宝钗道：‘惟有妈，说动话就拉上我们。’一面说，一面伏在他母亲怀里，笑说道：‘咱们走罢。’”因为女孩子一听到别人讲她们的婚姻，就会害羞，所以宝钗就趴在妈妈的怀里撒娇了。“黛玉笑道：‘你瞧，这么大了，离了姨妈他就是个最老道的人，见了姨妈他就撒娇儿。’”刚才宝钗跟邢岫烟讲当铺的事情，非常成熟，可是妈妈一来，她就滚在妈妈怀里成了孩子。薛姨妈很疼宝钗，“用手摩弄着宝钗，叹向黛玉道：‘你这姐姐就和凤姐儿在老太太跟前一样，有了正经事他商量，没了事，幸亏得他开开我的心。我见了他这样，任有多少愁也散了？’”这是薛姨妈的心里话，丈夫去世早，儿子不成器，她能依靠的只有这个女儿。

“黛玉听说，流泪叹道：‘他偏在这里这样，分明是气我没娘的人，故意来刺我的心。’”有没有发现黛玉聪明极了，其实这也是一种撒娇的方法。这一段写得非常温暖，薛姨妈和宝钗都很疼黛玉。大家千万不要从世俗的角度看，觉得她们是情敌，一见面就吵架，那不是人文教养应该鼓励的。

“宝钗笑道：‘妈瞧他轻狂，倒说我撒娇儿。’薛姨妈道：‘也怨不得他伤心，可怜没父母的，到底没个亲人。’又摩娑着黛玉笑道：‘好孩子，别哭。你见我疼你姐姐你伤心了，你不知道我心里更疼你呢。你姐姐虽没了父亲，到底有我，有亲哥哥，这就比你强了。我常常和你姐姐说，心里很疼你，只是外头不好带出来。这里人多口杂，说好话的人少，说歹话的人多，你无依无靠，为人作人可配人疼，只说我们看老太太疼你，我们也伏上水了。’”看到这段话，你就知道什么是世故了。有时候你想对一个人好都不敢，因为别人会说你到底是什么目的。“伏上水”就是拍马屁。宝玉没有一点世故之心，就显得有点傻气。薛姨妈她们就不得不考虑这些，因为口舌是非太多。

“黛玉笑道：‘姨妈既这么说，我明日就认姨妈做娘，若是弃嫌我不认，便是假意疼我了。’”其实黛玉这种小孩最可爱，现在做长辈的常常很为难，因为哥哥、弟弟、姐姐、妹妹的小孩在一起，年龄都差不多。可是很奇怪，你会特别偏爱其中的一个，尽管你一直提醒自己要公平，可实际上很难做到，因为他很会讨人疼，有些小孩是你一疼他就乱来的，人就是这么不一样。“薛姨妈道：‘你不厌我，我就认了才好呢。’宝钗道：‘认不得的。’黛玉道：‘怎么认不得？’宝钗笑道：‘我且问你，我哥哥还没定亲事，为什么反将邢妹妹先说与兄弟了，是什么道理？’黛玉道：‘他不在家，或属相不对，所以先说与兄弟。’宝钗道：‘我哥哥已经相准，只等来年就下定了，也不必提出人来，我方才说你认不得娘，你细想去。’说着，便和她母亲挤眼儿发笑。”宝钗有一点坏，故意说你现在认了干妈会很麻烦，因为将来你会是儿媳妇，这很像同学之间常开的玩笑。

“黛玉听了，便也一头伏在薛姨妈身上，说道：‘姨妈，你不打他，我不依。’”就是说她拿我取笑，薛姨妈就搂着黛玉说：“你别信你姐姐的话，他和你玩呢。”那宝钗说：“真个的，明儿妈和老太太说求了他作媳妇，岂不比外头寻的好？”从第五十七回里我们知道一个女性会喜欢另外一个女性，就希望能跟她做亲戚。刚才邢岫烟是这样，现在黛玉又是这样，其实宝钗是真的喜欢黛玉，她觉得这个人世间，能够跟她比的女孩儿只有黛玉。她们不在意薛蟠好不好，在意的是将来能有一个玩伴，可以一辈子好好地在一起，这就是刚才提到的那种闺中密友。

慈姨妈爱语慰痴颦

"黛玉便够上来要抓他，口内笑说：'你越发疯了。'薛姨妈忙也笑劝，用手分开方罢。又向宝钗道：'连邢女儿我还怕你哥哥糟蹋了他，所以给你兄弟说了。别说这孩子，我也断不肯给他。'"其实，做母亲的怎么能不疼自己的儿子，她是觉得自己儿子真不行，人虽说都有私心，但也有超越私心的时候，薛姨妈这里表现的是对黛玉真正的关心。"前儿老太太因要把你妹妹说给宝玉，偏生又有了人家，不然倒是一门好亲。前儿我说定了邢女儿，老太太还取笑说：'我原要说他的人，谁知他的人没到手，倒被他说了我们的一个去了。'虽是玩话，细想也有些意思。我想宝琴虽有了人家，我虽没人可给，难道一句话也不说？我想着，你宝兄弟老太太那样疼他，他又生的那样，若要外头说去，老太太断不中意。不如竟把你林妹妹定与他，岂不四角俱全？"

读到这里，大家有没有觉得心里一块石头落了地，薛姨妈希望黛玉嫁给宝玉，觉得他们两个做亲是最完美的事，并没有想她的女儿。这是一个很好的反证，如果说大家认为《红楼梦》里有很多心机的话，这里反而一清如水。好的小说就是能写出人性里最复杂的部分，她当然希望宝钗跟宝玉在一起，可是同时又觉得黛玉跟宝玉在一起会更好，这里面既有理性，也有感性。

"林黛玉先还怔怔的听，后来见说到自己身上，便啐了宝钗一口，红了脸，拉着宝钗笑道：'我只打你！你为什么招出姨妈这些老没正经的话来？'因为她不能对长辈不礼貌。宝钗道：'这可奇了！妈说你，为什么打我？'紫鹃忙也跑来，笑道：'姨太太既有这个主意，为什么不和老太太说去？'”有没有发现紫鹃比谁都急，因为她也隐约觉得黛玉唯一的对手就是宝钗，如果宝钗的妈妈去说这件事情，实在是太完美了。她在外面做针线是假的，其实一直都在偷听。

“薛姨妈呵呵笑道：'你这孩子，急什么，想必催着你姑娘出了阁，你也要早些寻一个小婿子去了。'”紫鹃听了以后也不好意思，“脸红了笑道：'姨太太真个倚老卖老的起来。'说着，便转身去了”。在古代社会，女孩子心里面都挂记婚姻之事，可又都不方便说出口。“黛玉先骂：'又与你这小蹄子什么相干？'后来见了这样，也笑起来说：'阿弥陀佛！该也臊了一鼻子灰去了！'薛姨妈母女二人及屋内婆子丫环都笑起来。婆子们因也笑道：'姨太太虽是玩话，却倒也不差呢。闲了时，和我们老太太商议商议，姨太太竟做媒保成这门亲事，是千妥万妥的。'薛姨妈道：'我一出这主意，老太太必喜欢的。'”

“一语未了，忽见湘云走来，手拿着一张当票，口内笑道：'这是什么帐篇子？'黛玉瞧了，也不认得。”这里面特别强调湘云、黛玉都不认识。“地下婆子们笑道：'这可是一件奇货，这个乖可不是白学的。'宝钗忙一把接了，看时，正是岫烟才说的当票子，忙折了起来。”因为大庭广众，这个事情传出去不好。“薛姨妈忙说：'那必定是那个妈妈的当票子失落了，回来急的他们找。那里得的？'湘云道：'什么是当票子？'”她连当票这个词都没听说过。“众人都笑道：'真真是个呆子，连当票子也不知道。'薛姨妈叹道：'怨不得他，真真是侯门千金，而且又小，那里知道这个？那里去看这个？便是家下人有这个，他如何得见？别笑他是呆子，若给你们家姑娘们见了，也都成了呆子了。'众婆子笑道：'林姑娘方才也不认得，别说姑娘们，此刻宝玉他倒是外头常出去走的，只怕也还没见过呢。'" 薛姨妈就跟她们解释什么叫当铺，什么叫作当票，就是说我们今天没有钱了，可以把手表、衣物押到当铺，当铺给你一定的钱，开个当票，隔一阵子你赎得起，再把东西赎出来。如果赎不起，这个东西就归当铺了。当铺是古代非常赚钱的一个行业。

"湘云、黛玉二人听了方笑道：'原来为此。人也太会想钱了，姨妈家的当铺也有这个不成？' 众人笑道：'这又呆了。"天下老鸹一般黑"，岂有两样的？' 问道：'是那里拣的？' 湘云方欲说时，宝钗忙说：'一张死了没用的，不知那年勾了帐的，香菱拿着哄他们玩的。' 薛姨妈听了此话是真，也就不问了。一时人来回：'那里大奶奶过来了，请姨太太说话呢。' 薛姨妈起身去了。"

"这里屋内无人时，宝钗方问湘云何处拣的。湘云笑道：'我见你令弟媳的丫头篆儿悄悄的递与莺儿。莺儿便随手夹在书里，只当我没看见。我等他们出去了，我偷着看，竟不认得。知道你们都在这里，所以拿来大家认认。'" 黛玉很聪明，立刻反应过来说，邢岫烟难道穷到要当衣服了。宝钗见问，不好隐瞒她们两个，就把刚才的事都告诉她们。黛玉便说："兔死狐悲，物伤其类。" 不免感叹起来。黛玉觉得邢岫烟跟自己一样寄人篱下，非常可怜。

"史湘云便动了气，说：'等我问着二姐姐去！我骂那起子老婆子、丫头一顿，给你们出气何如？'" 这是史湘云的反应，在读书的时候，有同学受了欺负，朋友也有两种反应，一种就是哭着说，好可怜；另外一种就是冲上去揍那些人一顿。"宝钗忙一把拉住，笑道：'你又发疯了，还不给我坐下呢。' 黛玉笑道：'你要是个男人，出去打一个报不平儿。你又充什么荆轲、聂政，真真好笑！'" 史湘云有点江湖气，喜欢打抱不平。可是宝钗却认为说：这样闹起来，邢岫烟更难做人。宝钗是个理性的人，所有事情都要权衡轻重，黛玉也有关心，但只能哭一哭。三个人的个性完全不同。

第五十七回之所以非常动人，在于它把史湘云、薛宝钗、邢岫烟、林黛玉等女孩子间的惺惺相惜表达得很到位，《红楼梦》是真正的青春小说，大家需要超越世俗的三角恋爱和情敌的观念，否则读不出《红楼梦》在最深处表达的那种天真烂漫的情谊。

第五十八回

杏子阴假凤泣虚凰
茜红纱真情揆痴理

贾府的梨香院

我们在第五十七回里，介绍了宝钗、黛玉、湘云、岫烟这些大概年龄差不多的女孩子，有一种同性之间的情谊，这种情谊到了第五十八回变得更为具体。第五十八回是《红楼梦》里非常重要的一个短篇。大家记得元妃娘娘回来省亲的时候，经常要看戏，因为外面戏班子的身份太杂、太乱，所以贾家就专门自己培养了十二个小女孩，都是些穷人家的孤儿，这十二个女孩子就组成了贾府自己的戏班，有个专门的老师来带，就住在梨香院。

我们现在对于当年戏班中的人际关系已经不怎么了解了，现在的演艺人员都是独立的明星，不属于任何团体，而过去的戏班子是在很小的时候就住在一起，相当于现在的小学三四年级，每个人学不同的行当，有花旦，有小生，有花脸，所以他们之间会有一种很特别的感情。另外，因为饮食起居都要在一起，男女混杂就非常不方便，所以当时的戏班都是纯男性或纯女性的。民国初年的四大名旦，梅兰芳、程砚秋、荀慧生、尚小云全都是男的，而贾家小戏班，则都是女性，男性角色也由女性来反串。

中国传统的戏班子是一种非常特殊的生存状态。学戏的人除了刚才说到的共同担负生命的孤独感的情谊之外，还有一个更重要的现象，就是本来九岁、十一岁性别意识就不是很明晰，在舞台上一直反串，演着演着就开始假戏真做了，戏剧跟人生之间的界限不再那么清晰。看到好的演员演得特别投入的时候，旁边的人既赞美又害怕，因为艺术的迷人就在于你的痴迷，一旦过分投入，就再也回不到现实中来了。在第五十八回里，作者非常敏锐地写到戏班子里的女孩子们之间的复杂关系。

薛姨妈照顾黛玉一起住

“话说他三人因见探春等进来，忙将此话掩住不提。探春等问候过，大家说笑了一会方散。”因为探春进来了，大家觉得这件事还是不要让太多人知道，因为传出去对邢岫烟不好。可见十几岁的人绝对不鲁莽，大人们总觉得初中生内心粗糙，其实她们是很有分寸的，她们也开始学习人对人的体贴和呵护。

然后事情就转了，“谁知上回所说的那位老太妃已薨”，老太妃可能是皇帝的妈妈，也可能是皇帝的妈妈辈，因为有的皇帝并不是正宫娘娘生的，所以这种老太妃的身份也很高。古代有爵位的官死叫作“薨”，皇帝则叫作“崩”，“凡诰命等皆入朝随班，按爵守制”。“守制”就是在古代给死去的父母守丧。“敕谕天下：凡有爵之家，一年内不得筵宴音乐，庶民皆三月不许嫁娶。”这是真事，就在《红楼梦》写作的时代之前不久，写《长生殿》的洪昇，就是因为在皇后去世期间，还在上演《长生殿》

而被革职，可见古代这种规矩有多严。这也是一个伏笔，后来贾琏在外面偷娶了尤二姐，王熙凤就以国丧期间竟然娶妻为由将他告发。

“贾母、邢、王夫人、尤氏婆媳、祖孙等，皆每日入朝随祭，至未正以后方回。”以前的贵夫人真是蛮辛苦的，每天都要按品大妆，穿起凤冠霞帔，说实话每天穿着那种衣服也够难受的。贾母年纪又大，黄昏以后才能回家。“在偏殿二十一日后，方请灵入先陵，地名曰孝慈县陵，离都来往得十来日之功，如今请灵至此，还停放数日，方入地宫，故得一月光景。”皇陵在孝慈县，来往一次要十几天，大家如果去过明十三陵的话，就会有体会。古代车马更不方便，贾母、王夫人都要去跟着送灵，前前后后加起来大概要一个月。“宁府贾珍夫妻二人，也少不得是要去的。两府无人，因此大家计议。家中无主，便报了尤氏产育，将他腾挪出来，办理荣、宁两府事体。”

接着又拜托薛姨妈也搬到大观园来，这样一来就有个年纪大一点的人可以照顾一下。“因宝钗处有湘云、香菱；李纨处目今李婶母女二人虽去，然亦时常来往，住三五日不定，贾母又将宝琴送与他去照管；迎春处有岫烟；探春处因家务冗杂，且不时有赵姨娘与贾环来聒嘈，甚不方便；惜春处房屋狭小；况贾母又千叮咛万嘱咐托他照管林黛玉，薛姨妈素习也最疼爱他的，今既巧遇这事，便至潇湘馆来和黛玉同房，一应药饵饮食十分经心。”前面薛姨妈不是已经认了黛玉做干女儿了吗？现在薛姨妈就真的搬到林黛玉的房里来照顾她，这是《红楼梦》写得极委婉的地方，真正的生活真不是我们用世俗的眼光理解得那么简单，大家看电视剧、电影都不满意，是因为那里面把人际关系完全简化了。这个时候的薛姨妈是真的心疼黛玉，觉得于公于私都应该对黛玉多一点照顾。

“黛玉感激不尽，以后便如宝钗之呼，连宝钗前亦且以‘姊姊’呼之，宝琴前直以‘妹妹’呼之，俨似同胞共出，较诸人更觉亲切。”注意，叫一个人如果连名字一起叫是不亲的，这跟西方的习惯不太一样，西方的习惯可以直接叫老爸约翰，表示我跟你很亲，东方往往是把名字去掉了，直接以姐妹呼之才有亲骨肉的感觉。《红楼梦》里其实特别赞赏这样的情感，就像陶渊明所说：“落地为兄弟，何必骨肉亲。”贾母见如此，也十分喜悦放心。

王夫人解散戏班

“薛姨妈只不过照管他姊妹，禁约丫头辈，一应家中大小事务也不肯多口。”因为毕竟这是别人家的事情，不能管太多。“尤氏虽天天过来，也不过应名点卯。”“点卯”的意思是有一点敷衍，不是那么真心真意关心。“亦不肯乱作威福，且他家内上下也只剩他一人料理，再者每日还要照管贾母、王夫人的下处一应所需饮馔、铺设之物，所以也甚操劳。”也就是说，因为老太妃的去世，家里有了一些变动，“当下宁、荣二府主人既如此不暇，并两处执事人等，或有人跟随入朝的，或有朝外照料下处的，又有先踩踏下处的，也都各有差使”。贾母这种一品夫人出门非同小可，前面要有保安人员跟着，晚上要住在哪里，早上就要有人先去踩一下点，看看房间对不对，空调有没有，也就是说贾府的很多用人都被带走了。“因此两处下人无了正经头绪，也都偷安，或乘隙结党，与那现执事的窃弄威福。荣府只留得赖大并几个管事的照管外务。这赖大手下常用的几个人已去，虽另委人，都也是些生的，只觉不顺手。”本来就是王熙凤生病，探春暂时管家，如今家里大人一走，就有点乱。“且他们无知，或赚骗无节，或呈告无据，或举荐无因，种种不善，在在生事，也难备述。”这才会引出十二个唱戏的小孩子的这些事情。

“又见各官宦家，凡有优伶男女者，一概蠲免遣发，尤氏等便议定，待王夫人回家回明，也欲遣发十二个女孩子，又说：‘这些人原是买的，如今虽不学戏，尽可留着使唤，只令其教习们自去也罢了。’”“优伶”在古代是指从事表演艺术的。唱戏、杂耍的都叫作优伶。日本如今还在用这个字，男优、女优。老太妃过世，一年当中不准演戏，家里养着这些人好像有点浪费，很多人家就差遣掉了。

照理讲贾家不在乎这点钱，可是王夫人每天吃斋念佛，对唱戏的这帮人是有所提防的，总觉得这些人在舞台上表演思春，不符合她的道德标准。“王夫人因说：‘这学戏的倒比不得使唤的，他们也是好人家的儿女，因无能卖了做这件丑事，装神弄鬼的这几年。如今有这机会，不如给他们几两银子盘缠，各自去罢。’”当时社会对于学过戏的人是存在歧视的，用王夫人的话说，装神弄鬼几年，就再也不能做平凡的人，过平凡的日子了。我们今天有表演艺术这样的名称，甚至还设立国家的奖项，古代没有这些东西，王夫人管表演艺术叫“丑事”。王夫人的意思是说，不要留她们在家里面，她觉得这些孩子留下来会惹祸。

“当日祖宗手里都是有例的。咱们如今损阴坏德，而且还小器。如今虽有几个老的还在，那是他们各有原故，不肯回去的，所以才留下使唤使唤，大了配了咱们家的小子们了。”贾家的祖上向来宽厚，到一定时候就会把用人资遣出去，让他们各营生路。“尤氏道：‘如今我们也问问那十二个女孩子去，有愿意回去的，就带了信儿，叫上他的父母来，亲自领回去，赏他们几两银子盘费方妥。倘若不叫上他的父母来，只怕有混帐人顶名冒领出去，又转卖了，岂不辜负了这恩典？若有不愿意回去的，就留下。’王夫人笑道：‘这话妥当。’”意思是说我们是跟她们爸爸、妈妈把她们买来的，现在是好意，说把她们还给爸爸、妈妈，钱也不要了，但如果不是她们的亲生父母，不见得那么疼她们，说不定又转卖了，所以一定要亲生的父母出来。有不愿意回去的，再留下。

“尤氏等又遣人告诉了凤姐。一面说与总理人，每教习给银八两，令其自便。凡梨香院一应物件，查清记册收明，派人上夜。”戏班子散了，戏服、道具，都要登记造册，收到仓库里去。

表演艺术的本技

后来，“将十二个女孩子叫来，当面细问，倒有一大半不愿意回家的：也有说‘父母虽有，只以卖我姐妹为事，这一去还被他卖了’；也有父母已亡，或被叔伯、兄弟所卖的，也有说没人可投的。也有说恋恩不舍的；所愿去者只四五人”。王夫人没办法，只好把她们分到各房去做丫头。“贾母便留下文官自使，将正旦芳官指与宝玉，将小旦蕊官送了宝钗，将小生藕官指与黛玉，将大花面葵官送了湘云，将小花面豆官送了宝琴，将老外艾官送与了探春，尤氏便讨了老旦茄官去。当下各得其所，就如放鸟出笼，每日园中游戏。众人皆知他们不能针黹，不惯使用，皆不大责备。”

可是这些学戏的孩子，从小学的是唱功、身段、表演。在舞台上演的是千金小姐，现在再让她们去做丫鬟其实很难。一个好的演员，身上会有一种贵气和娇气，第五十八回是非常精彩地在讲人从事过表演艺术后转行的为难。后来黛玉也好、宝玉也好、宝钗也好，都很疼她们，因为她们年龄小，又会唱戏，就不怎么让她们干粗活。我们说大观园本身就是一个青春王国，人在青春期的时候，对于年龄相差不多的人，会像对弟弟妹妹一样有一种关心。可是大观园里其他的妈妈们，就很讨厌这些唱戏的人，小时候常常听到长辈说“戏子无情”之类的话。

“其中或有一二个知事的，愁将来无应时之技，亦将本技丢开，便学起针黹纺绩女工诸务来。”做到这一点真有点难，这些从小压腿、吊嗓子的人，身体就有一种习惯。记得那次我随舞蹈团出国演出，因为辛苦，中间空出两三天到埃及去玩，可那天我从旅馆伸出头，每个阳台上都架了一条腿。我觉得很奇怪，他们说，筋不拉开的话会很不舒服，如果休息两三天，它就再也拉不开了。从小坐科的人，嗓音和身段都是每天要锻炼的。表演艺术是会上瘾的，到最后根本丢不开，因为艺术已经变成他身体的一部分了。

不知道大家有没有接触过，以前老戏班子出来的人，举手投足都跟平常人不一样。我们说梅兰芳了不起，不只是指他在舞台上漂亮，平时的每个动作也非常优雅。以前我在戏剧系，学生们早上四点钟起来，练功、吊嗓儿两个小时，睡觉前点一炷香，眼睛跟着香头转。名角一上场，只用眼睛一扫全场就有碰头彩，就是因为那个眼神是练出来的。

这些学戏的女孩子后来全被赶走了，那些妈妈们不喜欢她们，王夫人也受不了女孩子的眼睛每时每刻到处乱转。过去的大家闺秀是不能随便看人的，可是戏剧表演一定要看人，你要跟观众有沟通，或者直接一点说，最好的演员要跟每个观众恋爱，哪怕台底下有两千人，一出场就能让全场都昏掉，那才是真正的高手。

为什么那时候的党政军要员都迷看戏迷得要死？因为那些演员从唱腔、身段到道白都漂亮得不得了。我到现在为止还没有见过任何一种人能像戏班子出身的人这么有魅力的，有时候七八十桌的酒席上，全是党政军要员，他们穿梭于其间游刃有余。因为过去的戏班子，经常要去唱堂会，完全靠看别人脸色谋生，所以他们能把与人相处的分寸拿捏得恰到好处。

我这里强调一下背景，你就知道芳官和她干娘吵架的缘由了，因为她们两个人的世界太不一样了，芳官内心的贵气和傲气没法消除，她心里的杜丽娘根本无法死去。

表演艺术像附身

“一日，正是朝中大祭，贾母等五更便去了，先到下处用些点心小食，然后入朝。早膳已毕，方退至下处；用过午饭，略歇片刻，复入朝待中晚二祭，完毕方出。方退至下处歇息，用过晚饭方回家。可巧这下处乃是一个大官的家庙，此内比丘尼焚修，房舍极多极净。东西二院，荣府便赁了东院，北静王府便赁了西院。太妃、少妃每日宴息，见贾母等在东院，彼此同出同入，都有照应。外面诸事不消细述。”等一下作者要讲唱戏的女孩子们的事，但先要交代的是贾母她们不在家。

回头再说大观园：“且说大观园内，因贾母、王夫人天天不在家内，又送灵去一月方回，各丫环、婆子皆有闲空，多在园内游玩。更又将梨香院内伏侍的众婆子一概撤回，都散在园内听使，更觉人多了几十个。”

“因文官等一干人或心性高傲”，注意“心性高傲”四个字，照理讲这种穷人家的小孩去唱戏，根本无高傲可言。可是前面讲过，表演艺术有点像角色附身。我认识的一个演员就很奇怪，平常看着很平常，可是一上台就变了，好像另外一个人附在他身上一样。这个心性高傲，是说她们在舞台上演的角色会变成她生命里的一部分。特别是这些九岁到十一岁的小孩子，性格并未成形，演杜丽娘就变杜丽娘，演柳梦梅也就会像柳梦梅。在舞台上是关公，生活中让她变成一个不忠不义的人恐怕很难。大观园里的老婆子们当然不了解这些，她们“或倚势凌下，拣衣挑食，或口角锋芒，大概不安分循理者多”。大家都觉得这些唱戏的女孩子们非常麻烦，“拣衣挑食”，因为在舞台上她是小姐，穿过那么漂亮的戏服，生活中要她穿粗布衣服就很难。

还有“口角锋芒”，演戏的人的口才都很好，非常懂得怎么控制声音，每一个发音都是练过的，吵架的话普通人绝对吵不过他。现在演员的基本功已经差了很多，不信你可以试试看，看电视的时候如果把字幕盖起来，有百分之八九十的演员你听不清他在说什么，因为他们的吐字是含混的。年轻的演员跟老演员同台感觉特别明显，上了年纪的演员，声音都不大，可是吐字清清爽爽，听得明明白白，因为他们还有京剧道白的根底。现在的舞台剧我越来越不想看是因为再好的演员，都带着一个小蜜蜂，我想帕瓦罗蒂是绝对不会带小蜜蜂上台的，因为本嗓跟透过一个小蜜蜂传达出来的声音，绝对不一样。

我想在这里一般人对这十二个女孩子的批评，刚好呈现出的是因为她们学过戏剧，跟平常人有所不同，所以大家看不惯了，觉得她们既不安分、又不守规矩，还挺傲气的，“因此众婆子含怨，只是口中不敢与他们分争”。大家已经对她们有偏见了，所有做粗活的人都不会喜欢从事表演艺术的人，因为彼此的生命情调差太远了。这里的“含怨”也不见得是文官们害了她们，只是觉得我每天累死累活地做粗活，你们却在那边细声细气地撒娇；“不敢分争”是因为这些人的嘴巴太厉害。“如今散了学，大家称了愿，也有丢开手的，也有心地狭窄犹怀旧怨的，因将众人皆分在各房名下，不敢来欺隐。”如今这些人现在被分散了，不唱戏了，老妈妈们就想：“好，这下我们可以整整她们了。”

清明之日　湘云笑宝玉

刚好这一天是清明，注意季节，前面宝玉不是坐在桃花树下吗，现在已经是仲春了。“贾琏已备下年例祭祀，带领贾环、贾琮、贾兰三人去往铁槛寺上坟。宁府贾蓉也同族中几人各办祭祀前往。因宝玉未大愈，故不曾去。”宝玉因为怕黛玉要回苏州，发了一场大病，身体还没有好还不能出去。“饭后发倦，袭人因说：‘天气甚好，你且出去逛逛，省得丢下饭碗就睡，存在心里可不好。’”过去有一种养生的规矩，吃完饭要出去散散步，一吃完饭就上床对消化不好。

“宝玉听说，只得拄了一支杖，趿着鞋，步出院外。”这个男孩蛮好玩的，生了一点病，还像个老头一样拄了根拐杖。趿着鞋，就是把鞋当拖鞋穿，很随意的样子。“因近日将园中分与婆子料理，各司各业，皆在忙时，也有修竹的，也有刖树的，也有栽花的，也有种豆的，池中间有驾娘们行着船夹泥种藕的。”注意驾娘就是撑船的女人，在江南水乡常常看到驾娘，如今在杭州的西湖还常常听到这种称呼。我的一个朋友最近在太湖买了一艘船，连两个驾娘一起雇用，说是要开餐厅，他认为这是江南很美的一个景象，是一个可以发展的产业。过去驾娘顶多只是捞捞菱角、采采莲蓬，赚不了多少钱。我这个朋友就是想在船上开餐馆，然后让两个驾娘划着船到湖中去，如果换作两个男的撑船，大概就缺乏那种优雅、秀气的感觉。“夹泥种藕”，藕在生发的时候，需要夹泥才会长得更好。等于说探春开发出来的产业，现在已经有人在做了。

“湘云、香菱、宝琴与些丫环等都坐在山石上，瞧他们取乐。宝玉也慢慢的行来。”这些小女孩春天里没事，就坐在假山石上看热闹。湘云顽皮，一看到宝玉来，就说：“快把这船打出去，他们是接林妹妹的。”现在同学之间也有这样的角色，就是喜欢揭别人的短来取乐。“宝玉红了脸，也笑道：‘人家的病，谁是好意的，你也形容着取笑儿。’”宝玉脾气好，只说人家是生病了，有什么好笑的。湘云最有趣了，她说：“病与人家另是一样，原招笑儿，反说起人来。”没有人生病生到最后发疯了一样，把玩具船都藏在被子里，她觉得这真是太好笑了。湘云性格里有男子般的豪爽，跟宝玉的深情细致恰好互补。很多人觉得最后跟曹雪芹一起抄写《红楼梦》的人是史湘云，甚至有人大胆地推测所谓“脂砚斋”的脂评就是史湘云，因为这个脂砚斋讲的是女人，就是胭脂的意思。

绿叶成荫子满枝

“说着，宝玉便坐下，看着众人忙乱了一会。湘云因说道：‘这里有风，石头上又冷，那屋里坐坐去罢。’”开玩笑归开玩笑，他们之间还是有真正的关心的，“宝玉也正要去瞧黛玉，便起身拄拐辞了他们，从沁芳桥一带堤上走来”。我一直觉得《红楼梦》里的“沁芳”非常有趣，沁芳闸、沁芳亭、沁芳桥，“沁”是渗透，渗透了所有花香的桥、闸和亭子，好像就是他们青春的记忆。

底下是宝玉走过的最美的风景："只见柳垂金线，桃吐丹霞。"美的景象出来了，现在很多人认为，语文教育好像有一点衰落，汉语不再受重视，我觉得这不是关键问题。关键在于大家缺乏美的心境。"柳垂金线"，我在西湖和长陵都看见过，清明前后，所有的柳树拉出来的柳条都是金黄色的，植物在吐出新芽的时候，好像要让全世界知道它是多么年轻，颜色都漂亮得不得了，真的就是一条一条的金线。长陵最明显，因为整个的陵道很长，远远看过去就是一片的金黄色。"桃吐丹霞"，桃花似晚霞一样灿烂。如果你的心里没有这种美的感动，汉语再兴盛也没有用。真正的文学背后，首先是一种心境，有了美的心境，才会想到去找美丽的字词。

藕官满面泪痕

"山石之后，一株大杏树，花已全落，叶稠阴翠，上面已结了豆子大小的许多小杏。宝玉因想道：'我能病了几天，竟把杏花辜负了！不觉已到"绿叶成荫子满枝"了！'因此，仰望杏子不舍。又想起邢岫烟已择了夫婿一事，虽说是男女大事，不可不行，但未免又少了一个好女孩儿，不过二年，便是'绿叶成荫子满枝'了。再过几日，这杏树子落枝空；再几年，岫烟乌发如银，红颜似槁了，因此不免伤心，只管对杏流泪叹息。"宝玉的感伤，其实是青春的感伤，大观园是他们的青春王国，可是任何青春最终都要唱起挽歌，在这样的情境里，才会有对青春的格外珍惜和呵护。下面才带出藕官事件。

“正悲叹时，忽见一个雀儿飞来，落于枝上乱啼。宝玉又发了呆性，心下想道：‘这雀儿必定是杏花正开时他曾来过，今见无花空有子叶，故也乱啼。这声韵必是啼哭之声，可恨公冶长不在眼前，不能问他。但不知明年再发时，这个雀儿可还记得飞到这里来与杏花一会否？’”这是典型的青春期男孩子的反应，觉得这只鸟一定在哭。公冶长是孔子的一个弟子，传说通鸟语。

“正胡思间，忽见一片火光从山石那边发出，将雀儿惊飞。宝玉吃一大惊，又听那边有人喊道：‘藕官，你要死，怎么弄些纸钱进来烧？我回奶奶们去，仔细你的肉！’宝玉听了，越发疑惑起来，忙转过山石看时，只见藕官满面泪痕，蹲在那里，手内还拿着火，守着些纸钱灰作悲。”这都是能显出作者功力的地方。按常理，宝玉也可能会责备烧纸钱的人，可是当一个人看到另一个人满面泪痕的时候，马上就意识到这背后一定有无法言说的委屈，就要开始关注他的委屈。只要将心比心，你就会对一个人的伤心有所关怀，它既不是法律，也不是道德，而是在法律跟道德之外人内心最柔软的那个部分。

“宝玉忙问道：‘你与谁烧纸钱？快不要在这里烧。’”大家已经体会到宝玉的可爱，他也知道在花园里烧纸钱犯了大忌。但作为主人，看到她满面泪痕，就想到她一定是为她最爱的人烧纸，所以他说：“你或是为父母兄弟，你告诉我名姓，外头去叫小厮们打了包袱，写上名姓去烧。”我相信今天做主人的，对家里的用人，肯定没有这么关心。《红楼梦》总是让你吃惊，大家都认为这个少爷是被宠坏了，根本不能想象宝玉对下人有多么关心和体贴。“打了包袱”是指过去烧的纸钱里面有各种香供纸马，一包一包的，现在有时候也买一箱一起来烧的。意思是我来帮你处理这个清明节祭奠的事，因为贾家的丫头清明节也不能回去祭祖。“藕官见了宝玉，只不作一声。”她开始认为宝玉一定也是来骂她的，就不说话了。

宝玉替藕官解危

“宝玉数问不答，忽见一婆子恶狠狠走来拉藕官，口内说：‘我已经回了奶奶们，奶奶们气的了不得。’藕官听了，终是孩气，怕辱没了脸，便不肯去。婆子说：‘我说你们别太兴头过余了，如今还比你们在外头随心乱闹呢。这是尺寸地方儿。’”“尺寸地方”是说这个地方等于是禁宫，是管理最严格的地方。又“指宝玉道：‘连我们的爷还守规矩呢，你是什么阿物儿，跑来胡闹。怕也不中用，跟我快走罢！’”有意思的是，古代批评人总是先要侮辱这个人的人格，“阿物儿”就是你算什么东西。宝玉就给拦住了，他还不知道真相，就觉得要保护这个人。所以他就跟那个老太婆说：她是林黛玉房里的用人，“原是林妹妹叫他来烧那烂字纸的。你没看真，反错告了他”。

“藕官正没了主意，见了宝玉，又正添了畏惧；忽听他反掩饰，心内转忧成喜。”藕官本来是很害怕的，发现宝玉在帮她，马上就开始得意了。这就是学唱戏的好处，她反应很快，立刻就不怕了，就说：“你很看真是纸钱了么？我烧的是林姑娘写坏了的字纸。”宝玉本身是一个少爷，真的是连说谎也不太会，只是好心而已。因为地上的纸钱还没烧尽，那婆子“便弯腰向纸灰中拣那不曾化尽的遗纸，拣了两块在手内，说道：‘你还嘴硬，有据有证在这里。我只和你厅上讲去！’说着，拉了袖子，就拽着要走”。

已经被抓到证据了，宝玉灵机一动，“用拄杖敲开那婆子的手，说道：‘你只管拿了那个回去。我实告诉你：我昨夜作了一个梦，梦见杏花神和我要一挂白纸钱，不可叫本房人烧，要一个生人替我烧了，我的病就好的快。所以我请了这白钱，巴巴儿的和林姑娘烦了他来，替我烧了祝谶。’”这个谎就说得比较好，就是你要烧纸钱可以叫袭人、晴雯、秋纹、麝月都可以，你干吗要林黛玉房里的丫头烧？可这是花神特别交代的。“原不许一个人知道的，所以我今日才好些，偏你看见了。我这会子又不好了，都是你冲了！”本来烧了这一吊白钱，我的病就会好，这是不能讲出来的，可是让你给撞破了。“你还要告他去！藕官，只管去，见了他们你就照依我这话说。等老太太回来，我就说他故意来冲神祇，保佑我早死。”

这个老太婆这下吓坏了，如果贾母回来知道了，她得吃不了兜着走。当然宝玉有一点顽皮，可是在青春的世界里，有一种特别的默契，会联合起来去对抗压迫青春的力量。大家想想中学的时候你们是怎么联合起来和教官斗法的就理解了。那个年龄段很奇怪，我们拥有一个自己的世界，总觉得教官是来害我们的，当然长大以后你明白并不是这样，可是那些老师、大人真的不懂孩子们的心思。

“藕官听了越发得了主意，反倒拉着婆子要走。那婆子听了这话，忙丢下纸钱，赔笑央告宝玉道：‘我原不知道，二爷若回了老太太，我这老婆子岂不完了？我如今回奶奶们去，就说是爷祭祀，我看错了。’宝玉道：‘你也不用再回去了，我便不说。’”宝玉是那种大事化小，小事化无的人，他的目的就是救下藕官，也没想去折磨这个老婆子。“婆子道：‘我已经回了，叫我来带他，我怎好不回的。也罢，就说我已经叫到了，又被林姑娘叫了去了。’宝玉想一想，方点头应允。那婆子去了。”

芳官洗头事件

老婆子走了以后，就剩下宝玉跟藕官，他们都是青春王国里的人。“这里宝玉又问他：‘到底是为谁烧纸？我想来若是为父母兄弟，你们皆烦人外头烧过了，这里烧这几张，必有私自情理。’”我想大家一定了解，如果你有一个很私密的情感，肯定不会随便跟别人讲，所以让藕官马上就说实情不太合情理。可是她很感谢宝玉，觉得宝玉是懂她心事的人。她说：“我这事，除了你屋里的芳官并宝姑娘的蕊官，并没第三个人知道。今日忽然被你遇见，又有这段意思，少不得也告诉了你，你只不许再对一人言讲。”作者真是会写，如果藕官直接讲出来，就不是好文学了。因为藕官这个情感是非常特殊的，特殊到她很难启齿。所以“又哭道：‘我也不便和你细说，你只回去背人悄问芳官就知道了。’说毕，怏怏而去”。

隐私的可贵，刚好在于它的隐和私，说明它只能跟自己或者很少数的人分享。那些动不动就上电视去讲的情感，你会觉得很可疑。连藕官这样的小孩子都知道这是我的隐私，不能随便跟人讲。

“宝玉听了，心下纳闷，只得踱到潇湘馆，瞧黛玉越发瘦得可怜，问起来，比往日已算大好了。黛玉见他也比先大瘦了，想起往日之事，不免流下泪来，些微谈了一谈，便催宝玉去歇息调养。”宝玉跟黛玉的深情到最后就是无话可说，只是说你瘦了，不再有太多的客套应酬了。

“宝玉只得回来。因记挂着要问芳官那原委，偏又有湘云、香菱来了，正和袭人、芳官一处说笑，不好叫他，恐人又盘问，只得耐着。”

这是宝玉了不起的地方，我觉得现在媒体的记者特别应该看看这一段，他们常常当着大众问别人很私密的东西。可是宝玉绝对不问，他觉得这是私事，而且他也答应藕官不当众问。这既是一种教养，也是一种慈悲。现在看电视经常是，某地发生火灾，爸爸正哭得一塌糊涂，记者忽然冲上去问：你儿子死了没有？你会觉得媒体真是恐怖，已经完全没有人与人之间的关心和安慰了，好像生怕没有人死，只希望能有个新闻事件可以报道。

这里作者又插了一段：“一时，芳官又跟了他干娘去洗头。他干娘偏又先叫了他亲女儿洗过了后，才叫芳官洗。”她干妈很糟糕，就叫自己的亲女儿先洗过，把那个剩的水让芳官洗。“芳官见了这般，便说他偏心，‘把你女儿的剩水给我洗。我一个月的月钱都是你拿着，沾我的光不算，反倒给我剩东剩西的。’”这个就是唱戏人的好处，语言伶俐，口角锋芒，不受一点委屈。“他干娘羞愧变成恼，便骂他：‘不识抬举的东西！怪不得人人说戏子没一个好缠的。’”这就是人身攻击了，很多非理性的吵架，到最后都这样。“凭你什么好人，入了这一行，都弄坏了。这一点子猴崽子，挑幺挑六，咸嘴淡舌，咬群的骡子似的！”“幺”跟“六”就是赌博时喊的词，骡子是驴跟马的杂交，通常在一起是很温驯的，咬群的骡子就是特别不合群的，总是闹事儿的。娘儿两个就这样吵了起来。

“袭人忙打发人去说：‘少乱嚷，瞅着老太太不在家，你们连句安静话也不说了。’晴雯因说：‘都是芳官不省事，不知狂的是什么？也不过是会两出戏，倒像杀了贼王，擒了反叛来的。’”有没有发现大家的看法不太一样，晴雯也有点讨厌芳官这种女孩子，觉得她太计较了；袭人就比较公道，觉得两个人都有问题：“一个巴掌拍不响，老的也太不公道，小的也太可恶些。”宝玉就有一点为芳官抱不平，宝玉道：“怨不得芳官。自古说：‘物不平则鸣’。他少爹没娘的，在这里没人照看他，反赚了他的钱。又作贱他，如何怪得他？”因又向袭人道：“他一月多少钱？以后不如你收了过来照管他，岂不省事？”有没有发现这不是袭人的个性，因为她知道，把芳官的月钱拿过来，等于是抢了别人的好处，她干妈肯定会恨你，人世的复杂宝玉不太懂。“袭人道：‘我要照看他，那里照看不了，又要他那几个钱才照看他？没的讨人骂去了。’”

麝月讲道理煞威风

袭人永远是息事宁人的人，“说着，便起身走至那屋里取了一瓶花露头油，并些鸡蛋、香皂、头绳之类，叫了一个婆子来送给芳官去，叫他另要水自已洗，不许吵闹了”。注意一下，她们当时洗头用花露头油、鸡蛋、香皂。我觉得这一段其实美发院应该学一学，《红楼梦》早就告诉我们鸡蛋洗头发比洗发精要好。“他干娘越发羞愧，便说芳官：‘没良心，花掰我克扣你的钱。’便向他身上拍了几下，芳官便哭起来。”这个时候这些大丫头就感觉不对了，因为贾家有规矩，小丫头犯错，由大丫头来管，只要她跟了主人，就要由主人来教训，连亲生父母都不能在主人房里管教小孩，显然这个干妈有点不懂事。当然也不见得打得多疼、多重，可是大家知道舞台上有种特别的技巧，就是假戏真做，学过戏的人一哭闹起来简直不得了。

“宝玉便走出来，袭人忙劝：‘作什么？我去说他。’”袭人觉得你一个少爷不用管这些事情。“晴雯忙先过来，指他干娘说道：‘你老人家太不懂事了。你不给他好好的洗，我们饶给他东西，你不害臊，还有脸打他！他要是还在学里学艺，你也敢打他不成！’”意思是如果她现在还在戏班子里学戏，你还敢打她吗？晴雯讲的是个道理，如果她在学校有教习管，今天她有主人管，你这个干妈到底是怎么回事？那“婆子便说：‘一日叫娘，终身是母。’他排场我，我就打得！’”这个话我们小时候也常常听到，这种话里也有一种可怕的东西，它是一个伦理上的规则，就是不管谁对谁错，老话说：“天下没有不是的父母”，那怎么办？他如果说太阳从西边出来，你要不要也跟着说？

“袭人唤麝月道：‘我不会和人拌嘴，晴雯性太急，你快过去震吓他几句。’”宝玉房里的四个大丫头中，麝月是最稳重的。麝月讲话的方法很关键，大家以后可以学一学。她绝对不像晴雯那样乱骂人，也不像袭人那样一味温和，她讲的是规矩：“你且别嚷。我且问你，别说我们这一处，你看满园子里，谁在主子园子里教导过女儿的？便是你的亲女儿，既分了房，有了主子，自有主子打得骂得；再者，大些的姑娘、姐姐们打得骂得，谁许他本人的老子娘又中间管闲事了？”按贾府的规矩，主人可以管用人，大丫头可以管小丫头，可是亲生母亲、父亲反而不能管，因为这个地方是公领域，有个职位的问题。她干妈的职位是比芳官还要低的。

“都这样管起来，又要叫他们跟着我们学针线作什么？”如果你们都这样掺和，让我们怎么去教她们？“越老越没了规矩！你见前儿坠儿妈来吵来着，你也来跟着他学？你们放心，因连日这个病那个病，老太太又不得闲心，所以我没回。等两日，咱们痛回一回，大家把威风煞一煞才好。宝玉才好了些，连我们不敢大声说话，你反倒打的人狼号鬼叫的。”我觉得芳官多多少少有点在夸张，因为唱过戏，嗓子又好，索性大叫大闹。“上头能出了几日门，你们就无法无天的，眼珠子里没了我们，再两天，你们就该打我们了。他不要你这干娘，怕粪草埋了他不成？”麝月的这段话是真正来压服这个老太婆的，意思是这样下去你就只好被赶出去了，芳官没有你这个干妈也不会死。

你看宝玉的反应，他非常仁慈，换作一般人，可能会打老太太，可是他不会，只是“恨得用拄杖敲着门槛子说道：‘这些老婆子们都是些铁心石头肠子，也是件大奇的事。’”刚才已经发生藕官的事，现在又发生芳官的事。人怎么到了某一个年纪以后，就失去了对人的关心，对人的疼爱？他说：“不能照管，反倒挫磨，天长地久，如何是好！都撵了出去，不要这些中看不中吃的！”宝玉就说气话，要撵她们出去。“那婆子羞愧难当，一言不发。”

芳官的淘气

下面大家看一下芳官是不是在演戏。“那芳官只穿着海棠红的小棉袄，底下绿绸撒花夹裤，敞着裤腿，一头乌油似的头发披在脑后，哭的泪人一般。”上面红的底下绿的，完全是戏台上的感觉。做丫头的像袭人她们通常都是穿比较中色调的衣服。可这个女孩不愧是唱过戏的，穿着打扮真是漂亮，古代女人平时是要用带子把裤脚绑起来的，“敞着裤腿”就有点休闲服的样子，大概只有在卧室里才会这样。这里特别表现芳官被干妈打了以后，撒泼打滚，头发也散了，衣服也乱了的感觉。这个年龄的小女孩，一撒起娇来，特别惹人怜爱。

“麝月笑道：‘把个莺莺小姐，反弄成了拷打红娘了！这会子又不妆，就是活现的，还是这么松怠怠的。’”麝月觉得眼前的芳官好像被拷打之后红娘的样子。我不知道大家有没有看过红娘的戏，老夫人拿了一个板子打那个地板，根本没有打在她身上，红娘就一路又跳又叫地哭，那一场戏非常漂亮，芳官当然会演。麝月也有一点笑她说，你别装了，哪里有那么痛，不过是哭给别人看的吧？另外也是有点赞美芳官的美。“宝玉道：‘他是本来面目极好，倒别弄紧衬了。’”

“晴雯过去拉了他，替他洗净了发，方才用手巾拧干。”芳官的头发很长，洗完了以后要用毛巾包着来拧，然后松松地挽了一个“慵妆髻”。这些都是细节，“慵妆髻”就是那种很随意的、不是很紧的发髻，表现出一种慵懒、闲散的美。

“接着，厨房内的婆子来问：‘晚饭有了，可送不送？’小丫头们听了，问袭人。袭人笑道：‘方才胡吵了一阵，也没留心听钟几下子了。’”宝玉的房里有一个西洋的挂钟，刚才大家闹了半天，就没有听到几点。“晴雯道：‘那钟又不知怎么了，又得去收拾。’说着，便拿过表来瞧了一瞧说：‘再略等半钟茶的工夫就是了。’”这些丫头身上都是有表的。

“麝月笑道：‘提起淘气，芳官也该打几下子。昨儿是他摆弄了那坠子，半日就坏了。’”这里点出了芳官的调皮。我觉得这是《红楼梦》写得最好的部分。同时有好几条线在穿，它绝不会让我们只觉得那个老太婆可恶，而是说芳官也有一点讨厌。这个小女孩唱了那么长时间的戏，现在好不容易放出来，实在有点儿无法无天。我以前最怕碰到这种学生，说自己喜欢科学，到我家以后我去倒一杯茶的工夫，音响也拆开了，钟表也拆开了，然后全都装不起来。芳官大概就是这种调皮的小孩，把那个钟给玩坏了。

“说话之间，便将食具打点现成。小丫头子挑了盒子进来站住。晴雯、麝月揭盖看时，还是这四样小菜。晴雯笑道：‘已经好了，还不给两样清淡菜。这稀饭闹到多偺？’”因为宝玉病了一段时间，贾府有个习惯，生病的人要吃很清淡的东西。“一面摆，一面又看那盒子内，却有碗火腿鲜笋汤，忙端了放在宝玉跟前。”这其实是江南非常好吃的一道菜，就是用火腿加上春天的鲜笋，熬出特别白的浓汤，喝上去有带着火腿的浓郁跟鲜笋的清香，非常特别，有点像现在到上海也能吃到的一道菜叫“腌笃鲜”。

“宝玉便就桌上喝了一口，说：‘好烫！’”宝玉吃东西都是有人先尝过的，因为生了几天病，一直在吃稀饭，所以看到一个比较荤的汤，就有一点着急。火腿汤上面有一层油不容易凉，喝起来很烫。“袭人笑道：‘能几日没见荤腥，馋的就这样起来？’一面说，一面忙端起，轻轻用口吹油。”这样可以稍微凉得快一点，“因见芳官在侧边，便递与芳官，笑道：‘你也学着些伏侍，别一味呆憨呆睡的。口劲轻着，别吹上唾沫星子。’”吹汤也不太容易，要慢慢地有控制地吹。“芳官依言果吹了几口，甚妥。”这也是唱戏的好处，所有的动作都有控制，有分寸，手脚都利落。

宝玉分享生命中最美好的事物

“他干娘也忙端饭在门外伺候。原来芳官等初到时，原从外边认的，就同往梨香院去了。这婆子原系荣府三等人物，不过令其与他们浆洗，皆不曾入内答应，故此不知内帏规矩。”“内帏规矩”是指宝玉和诸小姐房子里的各种规矩，她只是个三等用人，对那种细致的生活根本不了解。“今亦托赖他们方入园中，随女归房。这婆子先领过麝月的排场，方知了一二分，深恐不令芳官认他做干娘，便有许多失利之处，故心中只要买转他们。”如今知道宝玉的房里规矩很大，又有一点怕芳官不认她做干妈，所以就想要表现，在外边绕来绕去，看有什么机会可以讨好一下。

“今见芳官吹汤，便忙跑进来笑道：‘他不老成，仔细打了碗，让我吹罢。’一面说，一面就接。晴雯忙喊：‘快出去！你让他砸了碗，也轮不到你吹。你什么空儿跑到内槅里来了？还不出去！’”“内槅”就是宝玉房子最里面的槅间。然后“又骂小丫头们：‘瞎了心的，他不知道，你们也不说给他！’小丫头们都说：‘我们撵他，他不出去；说他，他又不信。’”这些小丫头就转过头来跟这个老太婆说：“如今带累我们受气，你可信了？我们到的地方儿，有你到的一半儿，还有你一半到不去的呢。何况又跑到我们到不去的地方，还不算，又去伸手动嘴的了。”这就是等级，小丫头说我们能去的地方，你有一半都不能去。我们去不了的地方，你更去不了，你一个三等用人，竟然越了好几层，跑到宝玉的房间里面去，而且还伸手动嘴的。一面说，一面就推她出去。

“阶下几个等空盒家伙的婆子见他出来，都笑道：‘嫂子也没有用镜子照一照，就进去了。’”贾府底下的人，有时候真的很刻薄，她初来乍到，不懂规矩，大家就拿她开玩笑。“羞的那婆子又气又恨，只得忍耐下去了。”

“芳官吹了几口，宝玉笑道：‘好了，仔细伤了气。’”注意宝玉的心思，旁边有个这么美的丫头帮他吹汤，他想到芳官是唱戏的，一直吹的话会伤了元气，就说：“你尝一口，可好了？”芳官不太敢，如果是你家的菲佣，你让她先尝一口，好了我再喝，她大概也不太敢。可是宝玉从小就是如此。“芳官只当是玩话儿，只是笑看着袭人等。袭人道：‘你就尝一口何妨。’晴雯笑道：‘你瞧我尝。’说着便喝了一口。芳官见如此，自己也便尝了一口，说：‘好了。’递与宝玉。”这个汤本来也就是一小碗，晴雯喝了一口，芳官又喝了一口，大概就剩一点点了，可是基本上宝玉的快乐也在这里。所有生活里美好的东西，他都想跟这些人一起分享。

“宝玉喝了半碗，吃了几片笋，又吃了半碗粥就罢了。众人捧收出去了。小丫头子又捧了沐盆，盥漱已毕，袭人等出去吃饭。”绕了半天，藕官烧纸钱的事还是个谜，因为一直有人在旁边。宝玉没有机会问芳官。终于袭人她们都要去吃饭了，他就递了一个眼色给芳官，芳官本来就聪明，又学了几年的戏，何事不知，就说我头疼，你们先去吃吧！袭人也关心她，就说你既然不吃饭，就在屋子里陪宝玉，这个稀饭给你留着，等会儿饿了再吃。说着，大家都走了。

茜纱窗真情揆痴理

只有两个人的时候，他们的青春心事才开始说出来了。“宝玉便将方才从火光发起，如何见了藕官，又如何谎言护庇，又如何‘藕官叫我问你’，从头至尾，细细的告诉他一遍，又问：‘他祭的果系何人？’芳官听了，满面含笑，又叹一口气，说道：‘这事说来可笑，可叹！’”我想她是觉得讲不清楚，很难解释两个人的情感到底是什么，两个女孩子像情人一样在一起，感觉又可贵又可笑，这两个人怎么会假戏真做？在舞台上演一对爱人，在生活中就变成了真的爱人。

“宝玉听了，忙问：‘他到底祭的是谁？’芳官笑道：‘他祭的是死了的药官。’宝玉道：‘这是友谊，也是应当的。’”就是两人一起长大，朋友一场，那药官死了，祭奠一下也是应当的。芳官就笑着说：“他那里是友谊？竟是疯傻的想头，说他自己是小生，药官是小旦，常做夫妻。”我们完全可以了解有两个原因：一个是这个年龄本来性别不确定；另一个是因为在舞台上扮演的角色会变成真实的自己。过去戏班子里这种事情非常多,《霸王别姬》的电影讲的也是类似的故事。

芳官就解释说:“虽说是假的,每日演那曲文排场,皆是真正温存体贴之事,故此二人就疯了,虽不做戏,寻常饮食起居,两个人竟是你恩我爱。药官一死,他哭的死去活来,至今不忘,所以每节烧纸。后来补了蕊官。”这一段讲得很有趣,小孩子虽然小,但她们也在学大人的伦理。药官死了,藕官又补了一个蕊官,她对蕊官也很好。所以刚才藕官才会跟宝玉说,这个事芳官知道,蕊官也知道。她爱蕊官,对她并不隐瞒前情,觉得自己只要不念那个旧情就好了。

我们读到这里,也会觉得又可笑又可叹。“我们见他一般的温柔体贴,也曾问他得新弃旧的。他说道:‘这又有个大道理。比如男子死了妻,或有必当续弦者,也必要续弦为是。但只是不把死的丢开不提,便是情深意重了。若一味因死的不续,孤守一世,妨了大节,也不是礼,死者反不安了。’你说可是又疯又呆?说来可是好笑?”其实曹雪芹非常有现代感,他并没有固守古代的贞操观念,反而用了非常现代的方式解释这件事,觉得人的情缘本来就是一段一段的,在不得已的情况下有了新的情缘,只要还念旧情,就是情深义重了。

“宝玉听说了这篇呆话,独合了他的呆性,不觉又是欢喜,又是悲叹,又称奇道绝,说:‘天既生这样人,又何用我这须眉浊物玷辱世界。’因又拉芳官嘱道:‘既如此说,我也有一句话嘱咐他,我若亲身对面与他讲未免不便,须得你告诉他。’”这也是宝玉了不起,他觉得知道了别人的隐私,有点不好意思,就求芳官替他传个话:以后不要拘泥这些礼节,烧纸钱都是后人的异端,并不是孔子的遗训。“以后逢时按节,只备一个炉,到日随便焚香，一心虔诚，就可感格了。愚人原不知，无论神佛、死人，必要分出等例，各式各样来的。殊不知只以‘诚信’二字为主。”宝玉在祭奠金钏儿时就只用了一个香炉，作者很讨厌民间祭祀程序的烦琐，什么五子哭墓，那些唢呐、喇叭的吵得要死，其实要想真正感动神灵，一念虔诚就足以了。

宝玉说：“即值仓皇流离之日，虽连香也无，随便有土有草，只以洁净，便可为祭，不独死者享祭，便是鬼神皆是来享的。”我觉得这里是在讲曹雪芹自己，如果他不曾落难过，不会讲这句话。人在富贵、安定的时候可以摆排场，可在什么都没有的时候怎么办？记得我童年第一次祭祖是在一个香烟罐子里面放了些插在米里的香，人在逃难的时候是不会带祖宗牌位和香炉的，可那却是我记忆里面最慎重的一次祭祖。作者有过落难的经历，知道人间最可贵的是情重义重，根本不在礼节。

宝玉又说：“你瞧瞧我那案上，只设一炉，不论日期，时常焚香。他们皆不知原故，我心里却各有所因。随便有新茶新水，供一钟两盏，或有鲜花鲜果，甚至于荤羹腥菜，只要心诚意洁，便是佛也都来享，所以说，只在敬，不在虚名。以后快命他不可再烧纸钱了。”芳官听了，便答应着。我想这一段表达的是作者了不起的宗教观，我们也可以由此反省一下自己，我们的日常生活里有太多虚饰的礼节，总觉得有那些排场才够得上敬意，作者提醒我们：人在仓皇流离的时候，只有土跟草也一样祭祀，过于烦琐的外在形式反而会玷辱真正的神明。

第五十八回的“杏子阴假凤泣虚凰”，是连今天我们都未必能够接纳的一个爱情故事，可作者写得非常动人，他所赞美的情感，超越了所有世俗的看法。在他眼里，藕官是个有情有义的人，戏班子里的这些孤女们彼此互相依靠，最后就会生出圈外人无法理解的情感。小时候常听说台湾很多酒家里的女孩子，也会彼此相爱，因为她们觉得男人都很粗鲁，只是用钱来买她们的身体，没有任何情感，她们就发展彼此之间的情感。所以希望大家能细读这一段，了解作者的深意。从很现代的角度来看，也能感受到《红楼梦》作者的魄力，他超越我们的时代太多太多，当今天可能都不能够包容的事，他全都能包容，他觉得只要是干干净净对人的爱就好，这真是了不起的情怀。

第五十九回

柳叶渚边嗔莺咤燕
绛芸轩里召将飞符

大小说里的春天散文

第五十九回是《红楼梦》里比较短的一回，我一直感觉它有点像一篇很美的春天散文。在一个大小说里，有时候要以情节或者人物描写取胜，譬如在第六十四、六十九回，讲到尤二姐、尤三姐的时候，会有很多戏剧性的情节。第五十九回既没有什么情节，也没有什么特别的人物描绘，我之所以称它为散文，是因为它描绘的是春天来临的一种气味跟感觉。

一开始先说宝钗早上起来，“春困方醒”，用这个字眼已经很特别了，春天是个慵懒的季节，人会有一种困倦。“困”是疲倦，可又不是累得疲倦，就是慵懒，不想做任何事情。这个季节万物都在慢慢复苏，其实就是人慢慢醒过来的那个感觉，身体在似醒未醒之间，没有办法做到完全理性。这种散文着墨于心事或者心境，跟一般小说情节发展有所不同。

这个回目里的“嗔莺叱燕”，其实是两个人，一个是宝钗的丫头叫“金莺”，她姓黄，我们叫她黄金莺。黄莺在春天的叫声是非常好听的，不仅在东方，在西方像王尔德、济慈的诗中，也都有黄莺，它的声音很清脆，好像代表了春天的来临。去过西湖的朋友肯定记得，西湖十景里有一景叫“柳浪闻莺”。我曾问过朋友，你觉得“柳浪闻莺”这个景是用眼睛看的吗？其实它是要用耳朵听的，当柳条在春风里翻起绿浪的时候会听到黄莺的一声声鸣叫。黄金莺这个名字刚好让人联想到春天的某种感觉。

记得前面曾讲过黄金莺结梅花络，她是个手很巧的女孩子，《红楼梦》中关于金莺的故事不多，本来宝钗就是个极有分寸的女孩子，因为是住在亲戚家里，所以要尽量地保持内敛、沉稳，黄金莺也不太表现自己。大家总是说，她手很巧，刺绣很好，梅花络打得漂亮极了，常常有人求她帮忙做类似的手工。

放慢脚步欣赏春天

可是作者在这个春天里写的是黄金莺的故事，因为春天来了，史湘云发了皮肤病。很难想象古代的小姐们，连皮肤病都会取一个很美的名字，叫作“杏瘢癣”，就是两腮有点痒。也许台湾的感觉不太明显，如果是在法国这种地方，因为比较干，春天也会有这个问题。治“杏瘢癣”的一种药叫“蔷薇硝”，硝是一种矿物质磨成的粉，它有防腐的功能，当然这种东西不能吃太多。“蔷薇硝”就是把蔷薇花磨成粉以后加上一点点硝制成的止痒药，我一直觉得现在我们可以根据《红楼梦》开发出很多药，比如玫瑰露、茯苓霜、蔷薇硝、茉莉粉，其实都是用自然界的矿物或植物做出来的介于药跟保养品之间的东西。

史湘云要用蔷薇硝，宝钗刚好用完了，就让黄金莺和蕊官两个丫头一起去潇湘馆找林黛玉要一点。从蘅芜苑到潇湘馆，要穿过整个大观园，这两个小女孩本来是有任务的，可是春天会很奇怪地让所有人放慢脚步，因为它让你眷恋。所以整个第五十九回的节奏开始慢下来，这两个小女孩走走、说说、停停，几乎忘掉了主人交代的事情。

其实“忘”字是人的生命中蛮重要的一个字，庄子就一直在强调这个“忘”字。比如我今天要从高雄到台北，当然是希望自己早点到，但如果我觉得在路程当中可以看到这个季节里很多很美的东西，我就会慢下来。人类文明里的速度感是非常奇怪的东西，我们总希望越来越快，甚至追求比飞机更快的速度，可是这种速度也使我们错过了享受从 A 点到 B 点的过程。因为在某一刻的光线里，或者某一个季节里，随时都会有令人惊喜的美。昨天从嘉义坐火车来的时候，路边稻田里的稻穗有一点黄，大部分的稻秧还是绿的，处在青黄之间的稻田在夕阳里色彩丰富得不得了。你会很庆幸没有坐飞机，火车的速度刚好让你的心情跟风景之间能有一次对话。

第五十九回讲的就是这种境况，两个女孩子流连在大观园的春光里，玩起来了。在中学时，如果没有联考的压力，你也会这样忘情地感觉到春天的美。只要一有绩测跟联考，你就会变得根本不知道什么叫春天。第五十九回说的是这些小孩子感觉到了青春，也感受到了春天。作者最疼惜的是青春，最惋惜的是青春被糟蹋。所以第五十九回是美丽的春天里的散文，两个小女孩走在花园里，感受到的是季节的春天和生命的春天。

柳叶渚边嗔莺咤燕

作者为什么要用“嗔莺咤燕”呢？“嗔”是佛教里面讲的“贪嗔痴”，是发怒生气的意思，是说黄金莺生气了。这个“燕”是指宝玉房里叫何春燕的丫头，这个小丫头也很懂事，跑来找黄金莺聊天。春燕为什么会跑出来，因为她妈就是芳官的干妈，她的姨妈就是发现藕官烧纸钱的婆子，所以这个春燕蛮可怜的，有那样一个妈妈，又有这样一个姨妈，她觉得这些老人家总是惹事，让她有点丢脸。人小的时候身上有一种天真，看到自己妈妈做这种事，觉得有点难为情，所以她就跑出来了。

春燕就提醒黄金莺，这些都是我姨妈管的，你在这边摘她的花和柳条，对她来说已经割心割肝了，等一下大概又要吵架了。果然，刚讲完她姨妈就来了，开口就骂。

注意，作者在这里并没有讽刺的意思，只是在讲对待生命的两种态度，一种是很功利的，因为每一朵花都能在市场里卖钱；还有一种是没有任何目的的鉴赏。德国的哲学家康德说：美是一种无目的的快乐。通常我们很难理解“无目的”的意义，比如这次我从北部到南部来，如果目的性太强，就会希望越快越好，在没有目的的时候，才会产生快乐的美感。当今世界最大的悲哀是我们被置放在一个越来越有目的性的时空里，缺失了无目的的感受和欣赏。其实人跟人的关系也是一样，有目的就是互相利用，只有没有任何目的的交往，才可以变成互相欣赏，同事、亲人都是如此，脱离所有的功利关系，才能看到一个人生命状态的美。春燕、金莺和蕊官几个小女孩都处于无目的状态，这个花园的美就被她们呈现出来了。

这是两种生命态度的对比，她们引用宝玉的话：“年轻的女孩子这么美，像珍珠一样，结了婚以后，就慢慢没有光彩了。然后等到老了以后，简直变成鱼眼睛了。”这是《红楼梦》里非常重要的一段话，作者疼惜所有的青春。我今天有一个也许很阿 Q 的想法，觉得他怜惜的不只是生理上的青春，而是心灵上的青春，有的人才十几岁就已经变成鱼眼睛了，而有的人可能一生都不曾失去珍珠的光彩。

心灵的最大寄托——园林

等一下大家就可以看到这几个小女孩在一起对春天园林的欣赏，到底意味着什么。我想很多朋友都知道，中国文学从诗到散文再到戏剧，一直有个很重要的意象就是园林。园林一直是中国人生命中最大的心灵寄托，柳梦梅和杜丽娘的恋爱是在园林，一定是游园之后的惊梦，因为花园是古代社会里唯一能让心灵自由放松的地方。

所以所有的戏曲、小说都有后花园相会的场景，幸好有一个后花园能让这些青少年逃避社会的压力，逃避绩测和联考，因此园林就变成了一个重要的象征。第五十九回里的游园，其实是要找回她们的心灵花园。可是心灵花园里也有污染，就是春燕的妈妈和她姨妈，她们已经失去了对美的感受力，在这个园林当中，她们能看到的只是功利跟目的。

前面说到因为老太妃死了，家里的大人都出去了，所以从第五十九回到第六十回，可以看到很多由青少年引发出来的一些管理上的疏忽，而这些疏忽就有点像我们在中学时老师或教官不在时，那种规矩的暂时放松。中学时，每次听到老师请假，不管是家里有事还是他本人生病，所有人都会欢呼。我自己做老师的时候，自己觉得做得还不错，自认为我哪天请假他们会难过，后来别人告诉我，他们也一样欢呼。那个欢呼是说，他们获得了一个规矩暂时离开的机会。有一天你真懂了他们，你就会有放青春一马的冲动，因为再好的规矩，都不如这个规矩暂时消失，让他们自己乱一下，他们自己也会整顿出规矩。真正好的教育其实是可以放心的，要学会把平常给他的限制暂时拿掉，不拿掉的话，永远都无法启动他们管理自己的机制。

在第五十九回到第六十回当中，有好多的事件发生，茯苓霜被偷、玫瑰露出事，都是因为大人不在家。这些十几岁的小孩子，身上隐藏着逾越规矩的骚动。其实在某一个年龄段，你会对这一切开始欣赏，觉得这样的生命很好，有点像蚌壳慢慢偷偷打开来露出来的那个肉体。你会很高兴他们能不害怕、不惊慌地呈现他们自己的内在，可是一定要很小心，因为小时候我们躲在一边看水盆里面的蚌壳慢慢张开，只要碰它一下，它马上就缩回去了。现在我会提醒大家，尽量不要去碰它，就让它好好地打开来，张开是它的生命方式，你在旁边去约束它，逼它缩回去，肯定不是最好的教育方式。我希望大家不要对立地去看春燕跟姨妈和妈妈的关系，我们只是期待春燕有一天不要变成姨妈跟妈妈，因为如果只是年龄的话，每一个人最后的结局都蛮惨的。可是作者的意思是说如果你真正懂得了青春，就会一辈子拥有年轻、活泼、愉悦的青春光彩。

贾母出行入朝的气派场景

我们先看一下第五十九回接到第五十八回的结尾："话说宝玉听说贾母等回来了，遂多添了一件衣服，拄杖前边来。"宝玉还在患病期间，注意，添衣服是有点慵懒的，是比较自在跟潇洒的。如果说是赶快把衣服穿好，打起领带的时候，那就有目的性了。所以我觉得从一开始就在讲春天的潇洒、自在、陶醉的感觉。宝玉与贾母、王夫人等"都见过。贾母等因每日辛苦，都要早些歇息，一宿无话，次日五鼓，又往朝中去"。

一个晚上都没有什么事情发生，就交代过去。第二天五鼓，天刚蒙蒙亮，就又要去上朝。这些贵夫人真的很辛苦，每天都要按品大妆去上朝。

“离送灵日不远，鸳鸯、琥珀、翡翠、玻璃四人都忙着打点贾母之物；玉钏、彩云、彩霞等皆打点王夫人之物，当面查点与跟随管事媳妇。”王夫人的丫头本来也有四个，有一个是跳井自杀的金钏儿。后来王夫人说不要补了，把金钏儿的那份薪水给了她妹妹玉钏儿，作为她逼死了一个丫头的补赎。作者这里交代得非常清楚。东西打点好了以后，要一一查明入账，贾母带了多少件首饰、多少件衣服、多少盥洗的东西，全部交代清楚，可见管理非常严格。“跟随的一共大小六个丫环，十个老婆子、媳妇，男人不算。连日收拾驮轿器械。鸳鸯与玉钏儿皆不随去，只看屋子。”“驮轿”也是轿子，是用马或者骡子来驮的。一品官的夫人出行，前面要有执事，就是轿子前面很多拿着“肃静”、“回避”或者各种刀剑“器械”的人叫作执事，用现在的话说叫作开道的，就是前面的开道的随从。“一面先几日预发帐幔铺陈之物，先有四五个媳妇并几个男人领了出来，坐了几辆车绕道先至下处，铺陈安插等候。”这些贵妇到某个地方住，今天也许住什么五星、六星级旅馆，但当时她们是不会去住旅馆的，一定是住官家专用的行馆，在人到之前所有的帐子、帘子、褥子、被子都要从家里带去铺好。一个贵夫人出巡一次，家里就要全面动员，这里描写的是贾母、王夫人等人去送灵时官家的气派。

“临日，贾母带着蓉妻坐二乘驮轿”，“蓉妻”就是贾蓉的太太，之前贾蓉有过一个太太叫秦可卿，现在这个就没有名字了，你会觉得这是个不出色的女人，只是一个附属的角色。“王夫人在后只坐一乘驮轿，贾珍骑马率领众家丁围护。”注意“围护”这两个字，“家丁”其实就是保安，贾母跟王夫人大概也不怕会有刺杀之类的问题，只是担心被闲杂人等撞到，惊吓了老太太，所以要有人在旁边围护着。“又有几辆大车子与婆子、丫环等，并放些随换的衣服等件。”除了前面的驮轿以外，后面还有一辆游览车，里面坐的全是用人，因为一到住地，这些人就要开始打扫、伺候。可见以前的官家真是蛮麻烦的，主人出个门，周遭要有这么多的配套措施，而且这些贵夫人吃一顿饭就要换一套衣服的，所有的钗环也要换，所以要一箱一箱地备在后面的大车子里。

“是日薛姨妈、尤氏率领诸人直送至大门方回。贾琏恐路上不便，一面打发了他父母起身赶上贾母、王夫人驮轿，自己也随后带领家丁押后跟来。”就是贾母、王夫人先走，接着是贾赦、邢夫人，等于有两个队伍，第一队的队长是贾珍，第二队的队长是贾琏。这其实是一个场景，我们今天看戏剧、电影、电视剧最不容易看到的就是场景，我觉得《红楼梦》的场景能衬托出这种家族的气派跟繁华。所以这些句子虽然不是小说里最重要的部分，但是你能看到作者的叙事方式本身有一种大气派，在改编《红楼梦》的电影里面，大部分都没有拍到这个部分，李翰祥的《金玉良缘红楼梦》中，在拍林黛玉进贾府的时候，有一个长镜头拉出了这个阵仗，有一点点这个气派。当然也有制作费用的问题，要拍这样的场景，花费是不得了的。像好莱坞拍克丽奥佩特拉的《埃及艳后》的时候，一开始就是一个几分钟的长镜头，让你感觉那个皇家气派。

贾府门禁的安全措施

把这个事情交代完了以后，才回来交代家里的主人都不在，“荣府内，赖大添派人丁上夜，将两处厅院都关了，一应出入人等，皆是西北小角门”。赖大是个管家，主人不在的时候，管家责任就特别大。万一丢了东西，遭了小偷、强盗是不得了的事情。“上夜”就是夜里巡逻值班、站岗警卫的意思，主人不在，中间的正门也用不到了，所以就把大门都锁起来，全部从西边的小角门出入，这样就比较好管理。这里已经在暗示戒备森严，可是很好玩，就是在戒备森严的情况下，开始丢东西。其实不是什么大不了的偷窃，就是忽然一下没有规矩了，各种事情就开始发生了。

我们知道作奸犯科大概都是在黄昏以后，所以“日落时，便命关了仪门，不放人出入。园中前后东西角门亦皆关锁”，注意“关锁”，他不只“关”，还要“锁”。“只留王夫人大房之后常系他姊妹出入之门，东边通薛姨妈的角门，这两门因在内院，不必关锁。”就是大观园通往王夫人房间后门的那个门不用关。“里面鸳鸯和玉钏儿也各将上房门关了，自领丫环、婆子下房去安歇。”不知道大家现在有没有这种空间感，上房是主人住的地方，贾母和王夫人不在，上房就要关起来。鸳鸯跟玉钏儿都是丫头，是不能住在主人房里的，要住在外面的守卫间里。“每日林之孝之妻进来，带领十来个婆子上夜，穿堂内又添了许多小厮坐更打梆子，已安插得十分妥当。”有没有感觉外面上夜是男人的，就是像宪兵一样站岗、巡逻，里面巡夜的全是上了年纪的女人。“穿堂”就是过道，“坐更打梆子”，就是晚上报时的，这些人本身也是巡逻，梆子是硬木头做成的，敲几下表示是几更了。

春天的特写镜头

“一日清晓，宝钗春困已醒，搴帷下榻”，“帷”是垂着的帐幔，以前的床是有帐幔围着的，尤其是小姐的床，“搴帷”就是用手把它拉开。“微觉轻寒，及启户视之”，这是在写宝钗起床后肌肤接触到清晨微寒的空气的感觉。四个字四个字的排比一出现，你马上就觉得镜头变了，刚才是长镜头的繁华大阵仗，现在变成特写一个美丽的少女晨起的感觉，几个特写镜头，把宝钗的美全带出来了。如果是另外一个作者写另外一个角色，语言完全不一样，不信你去翻《水浒传》，看鲁智深早上是怎么起来的，就会发现完全不一样，如果说鲁智深“春困已醒，搴帷下榻，启户视之”，你大概会笑翻了，因为这完全不像鲁智深的动作。作者用动作带出人的个性的优雅和幽静，这就是文学最迷人的地方，《红楼梦》随便挑出一小段，就能感觉到作者文辞的漂亮。

读到这一段，你内心的节奏也会开始放慢。接下来四个字继续出现，“院中土润苔青，原来五更时落了几点微雨”。她打开窗户看到蘅芜苑中的土是湿润的，青苔显得格外绿。“土润苔青、几点微雨”，还在用四个字。作者的了不起在于他把白话文跟古典文学中四个字一组的节奏融合得非常好，如果全部是四个字会显得有点呆板，所以加了“原来”这个非常口语的词，“几点微雨”，这四个字一下子被融进去了。有点像是从一首诗变成了一阕词，语言的节奏开始发生变化，所以《红楼梦》的有些部分是要读出声的，声音本身就会产生一种节奏感。

“于是唤起了湘云等人来”，湘云永远是起得比较晚的，这也是个性，宝钗是个比较理性的女孩子，湘云是那种一躺下去就四脚八叉的，很容易睡着的人，因为她既无心机也无心事。“一面梳洗，湘云因说两腮作痒，恐又犯了杏癍癣，因问宝钗要些蔷薇硝擦。”这也很适合湘云，她是那种性子比较躁的人，大概一痒就急得抓脸蛋。这个“杏癍癣”很容易误会，在台湾讲到“癣”就觉得是皮肤病，事实上在北方女孩子的脸经常是红彤彤的，自有一种美在里面，湘云应该就是这种感觉。

我觉得现在有些药名常常弄得大家都不想用，听上去就觉得很恐怖。而“蔷薇硝”是说这个硝本来是止痒的，可因为是女孩子用的护肤品，所以就把蔷薇花磨成粉以后加进去，如果只讲硝，就没有那么美。我不知道为什么每次看到中药名就很想吃，因为那些名字好听，比如“茯苓”，你还不知道它是什么就想吃，汉字本身有种迷人的魅力。我一直跟医院的朋友建议，可不可以把那些西药的翻译名字稍微改一改，我觉得好难听，一听就觉得是毒药。如果你去翻翻李时珍的《本草纲目》，所有的字都漂亮得不得了，事实上这是一个传统，这个传统不止在文学里，在医学里也一直存在着，包括“杏瘢癣”。我们也可以把某些病名取得好听一点，过去的文化里面会在汉字使用时，靠汉字本身营造某种诗意。

“宝钗道：‘前儿剩的都给了妹子。’因说：‘颦儿配了许多，我正要和他要些，因今年竟不发痒，就忘了。’”注意“配”这个字，不是在药房里买来的成药，是她们自己调制的。“因命莺儿去取些来。莺儿应了才要去，蕊官便说：‘我同你去，顺便瞧瞧藕官。’”这些戏班子出来的小孩，虽分到各房去学着做丫头，可她们很不耐烦做家事，每天拘在那里也难受，有一点机会可以出去玩儿她们就很高兴。上一回里，芳官曾说这哪里是友谊，她们根本就以为她们是夫妻了。春天来临的时候，蕊官也有点想念藕官。作者没有用任何世俗的看法，相反，他觉得这些孤儿之间彼此疼惜，所以特别注意蕊官为什么想要去看藕官。“说着，一径同莺儿出蘅芜苑。”

美是一种无目的的快乐

从这里就开始春天里的游玩了。一路走来看着柳吐金丝，百花盛放，她们开始游玩起她们岁月的青春。“二人你言我语，一面行走，一面说笑，不觉到了柳叶渚”，“渚”是河岸，前面提到的“柳浪闻莺”也是在水边，因为柳树需要大量的水分，树根常常会伸到水里去。

大家如果有机会到西湖，就知道西湖最重要的古迹不是建筑，而是南宋的老柳树，中间早就空了，被雷劈过的；可是每一年春天都发出那个嫩芽，根都长到水里去了，柳条也垂到水里面，事实上它生长在岁月里，代表了一个很强的风景。因为连南宋的画家都画过这棵树，它变成了一种文化的传承。我记得有一次我到西湖，看到围护起来的树上挂着牌子，知道这是南宋时的柳树时，忽然了解了这棵柳树自古以来跟水岸的关系，好像柳树用它的柳条去亲近水、感觉水，同时也把人的心情转换成了大自然里的一个部分。我相信这是文化符号，多少文学和绘画都在描写、记录这样的感觉，柳跟水的关系就变成了东方文化的符号，包括今天西方在仿造东方园林的时候，也都在水边种柳，所以柳叶渚其实是一个文化园林的象征。

很多朋友一定去过紫禁城，那里面几乎看不到树，因为明清两代的皇帝都怕刺客，所以皇宫里是不能种树的，必须保证任何人不管在哪里，一眼就能被看到。很悲惨的是，政治人物的官邸从来不会好看，因为大多都是这个样子，它不可能有自然的东西。大家如果有一天去凡尔赛宫会觉得更好笑，路易十四是法国最强盛时代的国王，他打开阳台看到凡尔赛宫的花园，每一个花丛都要照几何图形的样子来，哪丛花多出来一点就要被剪掉，他怎么能忍受柳树？比如要用紫色的鸢尾跟粉红色的月季修剪成皇家的图案，只要长出一点点就要剪掉，所以凡尔赛宫的维修费用大到无法承担，只好要求全世界来认养凡尔赛的花园。

我跟很多朋友说，不要认养，我讨厌那样的花园。事实上人在处理自然的时候是有心情的，园林为什么会有柳叶这样的东西？因为柳树是不能拘束的，柳在风里是完全自由地飞扬，你在欣赏自然的时候，其实也是在欣赏自己的生命。会把树剪得像宪法一样立在那里的，一般都是官方。一个强调人文的园林，一定是自然的。我们如果仔细去想，为什么作者在这里安排了柳叶渚？因为柳叶在风里面摇荡，本身就不是那么守规矩的，一看到柳跟水，人心就会变得自在。

她们“顺着柳堤走来”，西湖十景里重要的一景是“苏堤春晓”。苏东坡比所有的官员都了不起的一点就是，在修完这个堤防以后，他觉得怪难看的，于是在上面种了桃和柳，春天的时候柳的绿衬着桃花的红，成就了千古闻名的“苏堤春晓”。所以官员不懂美学真的很麻烦。桃跟柳不是务实的东西，可它们却是生命里不可或缺的。等到有一天你觉得那个城市已经丑到全都是铁皮屋的时候，已经来不及了，因为你没有人文训练跟修养。从“苏堤春晓”一直到大观园的柳堤是有文化传承的。

“因见柳叶才吐浅碧，丝若垂金”，有没有发现这里已经接近宝钗的感觉了。黄金莺跟蕊官看到柳叶刚刚吐出一点浅浅的绿色，这个“碧”是像翡翠一样的绿。我相信在台湾大家一样可以感觉得到，一到春天，你就会发现行道树里面的那个小叶榄仁的绿是非常漂亮的，它像婴儿一样有种新嫩的美，能让你整个人都喜悦起来。最近一段时间我越来越觉得美有务实的部分。有朋友得了忧郁症，我就问他：你多久没有看到小叶榄仁发芽了？他说，什么叫小叶榄仁？我说，难怪你要得忧郁症。我相信大自然里有一些东西是在呼唤你生命里面的喜悦的，可如果你几年不去接触这些东西，你的喜悦当然就消失了，所以我相信很多的文学艺术里所呼唤的这些东西非常实在。去听听黄莺的声音，去看看柳叶才吐的浅碧，你的心情马上就会好起来。其实“才吐浅碧，丝若垂金”这些文字都是形容感受的，我们总说现在人们国文的程度下降，其实是对美的感觉没有了。我一直觉得“丝若垂金”是这两个小女孩找到的，她们没有受过任何国文教育，但她们看见过金线，知道金线在阳光下的灿烂，就能去形容。

从游戏中创造生命的趣味

莺儿便笑说：“你会拿这柳条子编东西不会？”注意，口语是对话，刚才四个字四个字的是形容景色，也是形容心事。汉语有一大特色，一写到心事的时候四个字四个字就出来了，因为它特别有节奏感。“蕊官笑道：‘编什么东西？’”如果是其他丫头可能会懂，她们都绣过花，打过中国结，可是蕊官从小学戏，所以不懂。“莺儿道：‘什么编不得？玩的、使的都可。等我摘些下来，带着叶子编他一个花篮，采了各色花儿放在里头，才是好玩呢。’”

好一个“玩”字，德国的美学家在讲到游戏时，认为人类的文明创造力很重要的一个动机是玩。他提醒我们千万不要看不起儿童的游戏跟玩，所有的学习都是在游戏跟玩当中出现的。有目的性的教育只有压迫的感觉，人只有在玩的时候学东西才是最好的。因为那个时候人完全放松、完全自由。

现在很多小孩子喜欢看《达·芬奇密码》，所以他就把一一二三五八、一三二一变成他的电脑密码。这个费氏级数要在数学里教，半天都教不会，可是现在他们每个人都朗朗上口，一一二三五八,一三二一，他全都会，那是因为这个小说让他们忽然觉得这个数字很好玩。我最近就提醒他们说，台湾已经有一大半的小孩都在用这个做密码了，你现在要偷看一个小孩子的信箱，用这个密码大概就能进去了。这说明“玩”本身是人类非常重要的文明。从玩当中能学习到身体的可能、智慧的可能和人世间所有的关系。我们小时候玩橡皮筋、玩骑马打仗，学习了很多身体的动作，也学习了人际关系。

现在有很多益智游戏，就是锻炼孩子思维的，在玩的过程当中，他的能力会被开发出来。但也有益愚玩具，就是越玩越笨的玩具，这种玩具通常都很贵，因为设计完以后，小孩在旁边不知道该干吗，因为他完全是被动的。让孩子主动的玩具都非常简单，我小时候最佩服的偶像是玩弹珠玩得好极了的人，他那个弹珠可以跳起来打，他的手对那个圆形的玻璃球的控制力可以达到这种程度，他要跳过两个就是两个，要跳过三个就是三个。

莺儿在编东西的时候，她的手在玩儿，她的思维也在玩儿。她的手为玩而动，她脑子也为玩而动。所以在教育中，必须有一部分要从功利中解脱，否则就没有大创造。你看达·芬奇一生都在玩，所以才留下这么多密码。他先把一张纸丢下去，然后再把一块石头丢下去，看看纸跟石头的反应有什么不同，其实就是在玩。我们今天可能会把石头的重力加速度跟纸的重力加速度变成绩测的考试题，忘记玩的过程本身就在学习。

很多人总说达·芬奇密码，我觉得那不是密码，是达·芬奇本身懂得什么叫玩儿，他一会儿玩这个一会儿玩那个，让大家到今天还在研究他，因为他会去思考那么多奇怪的东西。他在黑暗的房间划一根火柴，就说：光应该是有速度，光从我划火柴的位置照到那个墙角，应该有个速度，只是它太快了，我还没有办法计算。大家现在能计算光速，就是因为达·芬奇的这句话。所以我们知道了今天晚上我们看到的那颗星星，有人会跟你说其实已经不在了，因为它离地球很远，我们现在看到的可能是五万年前的星星。所以在知识领域里，玩能调动人的创造力，这种调动其实比他已经得出的结论要重要得多。

莺儿"说着，且不去取硝"，我很喜欢这句话，人生中一定要有忘记目的的时刻，有一天忘掉了某件事情，也许是该庆幸的事。记得读陶渊明的《桃花源记》，我最喜欢的句子是"忘路之远近"，他本来是个渔夫，应该想到我今天要打几斤鱼，拿到市场卖多少钱。结果因为看到桃花林，就完全忘了自己到底走了多远，如果没有"忘路之远近"，是不会发现桃花源的。

然后莺儿就"伸手挽翠披金"，"挽翠"，就是抓柳条的感觉，这是一个动词，"披"也是一个手的动作。作者用了两个手的动作来讲女孩子跟柳条的关系，就像宝钗的"搴帷下榻"，刚才是拉帘子，现在是拉柳条，写的是手的动作，感受到的是树枝的美。走在路上，心情好的时候，你会用手去碰刚刚长出来的嫩叶。以前在东海校园的时候，我就常常观察，看到哪个学生去碰的时候，就觉得这个学生还有救。因为春天这么美的花园，不知有多少人一头大汗地急着赶路，没有几个人能停下来的。

莺儿“采了许多嫩条，命蕊官拿着”，注意她一面走一面编花篮，完全是在玩儿。“随路见花便采一二枝，编出一个玲珑过梁的篮子。”“玲珑”是指精致细巧，“过梁”是有提手。“枝上自有本来的翠叶满布，将花放上，却也别致有趣。”在台北“故宫博物院”有一幅南宋画家李嵩的《花篮图》，如果仔细看，就能看出它是编的，这在古代是一种蛮流行的民间工艺。每一次到五十九回我就想一定要给上这个课这么久的朋友一个作业，回去编一个玲珑过梁的篮子。

黛玉在春天喜悦的心情

莺儿编了花篮以后，蕊官高兴得不得了，说：“好姐姐，给了我罢。”莺儿道：“这一个咱们送林姑娘，回来咱们再多采些，编几个大家玩。”说着，来到了潇湘馆。

黛玉也正在晨妆，真的是春天了，还记得那首我们最熟悉的唐诗“春眠不觉晓，处处闻啼鸟”吗？那其实就是一个生命的情境，让你感觉自己的生命跟这个春天、跟这个早晨一样充满生机。“晨妆”本身就预示着自己也要像花一样去盛放，黛玉一向是忧愁的，是感伤的，可是在五十九回里，我们能感觉到黛玉难得的喜悦跟快乐。她看到莺儿来了，又看到她编的篮子，“便笑说：‘这个新鲜花篮是谁编的？’莺儿笑说：‘我编了送姑娘玩的。’黛玉接了笑道：‘怪道人人赞你的手巧，这玩意儿却也别致。’一面瞧了，一面便命紫鹃挂在那里”。

黛玉是个蛮清高的女孩子，很少赞美别人，她看到莺儿编的东西也觉得别致，这不是一种世俗的美，它里面有一种心境，美只有在与心境契合的时候才特别动人。

“莺儿又问候了薛姨妈，方和黛玉要硝。黛玉忙命紫鹃包了一包，递与莺儿。”她们一路玩过来，最后还记得要蔷薇硝，所以说生命的目的跟美并不冲突。然后黛玉又说道：“我好了，今日要出去逛逛。你回去说与姐姐，不用过来问候妈妈。”因为薛姨妈正跟黛玉住在一起，按过去的习惯，早晚女儿都要来问安的。我们也记得黛玉已经拜在薛姨妈的膝下做了她的干女儿，她直接叫妈妈，叫宝钗姐姐，有一种很亲的感觉，她从小孤苦伶仃，很渴望有个真正的妈妈和姐姐。“也不敢劳他来瞧，我梳了头，同妈都过去往你们那里去，连饭也端了那里去吃，大家热闹些。”这真是非常喜悦的一天，连黛玉都喜悦起来了，黛玉平常是不太想跟别人在一起的，可是这一天她也想跟大家分享这个春天的感觉。

忘掉目的　放松生命的慵懒

蕊官是陪莺儿来要蔷薇硝的，可她真正的目的是想要看看藕官。“莺儿答应了出来，便到紫鹃房中找蕊官。只见蕊官与藕官二人正说得高兴，不能相舍。”这种小戏班一起长大的孩子，感情好得不得了。其实我常常跟很多父母讲说，不要随便搬家，搬家是小孩子觉得很恐怖的事。我记得小学一年级搬家时，要跟相处过一年的同学告别的时候，我简直痛不欲生。因为第一次感觉到人跟人会分离，这么好的感情要相舍，大人很难理解，不懂得什么行李都打包好，车子就要开了，小孩子却坐在地上哭。因为他觉得要告别自己熟悉的一切，包括邻居、同学。

蕊官当然是个孩子，和藕官两个人挤在一起叽叽呱呱，舍不得走，“莺儿便笑说：‘姑娘也去呢，藕官先同我们去等着岂不好？’紫鹃听如此说道：‘这话倒是，他这里淘气的可厌。’一面说，一面便将黛玉的匙箸用一块洋巾包了”，“匙箸”，是汤匙跟筷子；“洋巾”是我们今天用的毛巾，是进口的，中国古代的手巾都是布的或者丝的。黛玉是有洁癖的，不用别人的食具。“交与藕官道：‘你先带了这个去，也算一趟差了。’”这些大一点的丫头对她们也很爱惜，知道她们舍不得分开，又不能鼓励她出去玩，只好假借一个名义，说你有一个公差，可以借这个机会跟蕊官在一起。这种爱惜很难解释，就是说你能欣赏孩子们干那些看上去很无聊的事情，鼓励他们用他们的方式游玩跟相处。对青春的疼爱，珍惜他们那种年轻的快乐，是意识到自己也年轻过。

“藕官接了，笑嘻嘻同他二人出来，一径顺着柳堤走来。”这一天春光明媚，她们在柳堤上走来走去。这个画面讲的是季节与生命的两个春天。“莺儿便又采些柳条，越性坐在山石上编起来。”有没有发现她们又忘了应该赶紧回去把蔷薇硝给史湘云，两次忘记，都表明在春天这个季节里，人会忘掉目的性，放慢生命的节奏，变得悠闲、慵懒。

我们现在最麻烦的是连休息日都忘不掉目的，大家去玩都搞得很紧张，在整个岛上冲来冲去，一家人大呼小叫，既没有休也没有闲，最后累得半死。真正的休闲就是你离开了所有的目的和任务，脱离了平常的节奏，让自己处在可有可无的状态，那种快乐是很难形容的。之所以不容易做到，是因为我们的生活有了惯性，一旦形成惯性是很可悲的，因为他习惯了每天打卡的生活，一个东西如果卷了十年二十年，有一天还能再放松吗？常常看到很多人在快退休的时候，忽然发生身体的各种问题，就是因为以前卷得太紧，再也放松不了了。

然后“又命蕊官先送了硝去再来。他二人只顾爱看他编，那里舍得去”。唱戏的小孩子最爱玩了，看到她在编篮子，根本就舍不得走，莺儿比较懂事，年龄也大一点点，这个初三生是要指导初一生的。我一直觉得最好的感情是这种感情，中学一年级的时候，真正带领你认识生命的，有时候不是父母跟老师，而是学长跟学姐，因为刚好他的年龄能理解你的调皮跟淘气，可是他们又稍微成长了一点点。记得我在做系主任的时候，大一的课堂笔记是要收上来改的，可是这个笔记我要在他的直属学长批完以后我再批的，我要他们之间建立一种感情。结果很好玩，那个学长因为前一年才被我批过，现在改他学弟或学妹的笔记，他也有一种感情在里边，我相信这里有一个年龄接近的人之间的一种亲。

所以莺儿就催她们说：“你们再不去，我也不编了。”意思是说你可以玩，可是不能太放肆了，否则以后就没有玩的机会了。“藕官便说：‘我同你去了，再快回来。’二人方去了。”

青春与沧桑的对话

藕官跟蕊官离开后就来了另一个人：春燕。这一次回目里的“嗔莺咤燕”讲的就是这两个人。我们知道莺跟燕都在形容春天，刚好是这两个人的名字，蕊官跟藕官在这里就没有办法构成春天。我跟很多朋友提过，我在江南看到最美的对联是苏州网师园的对联：风风雨雨寒寒暖暖处处寻寻觅觅，莺莺燕燕花花叶叶卿卿暮暮朝朝。那莺莺燕燕一直代表春天，代表花开的季节，所以这两个人的名字就变成了一个春天的记忆。可见作者用心之缜密，连人的名字都很考究，如果不是春燕来，这个戏就演不下去了。

“这里莺儿正编，只见何婆的小女春燕走来，笑问：‘姐姐编什么呢？’正说着，蕊、藕二人也到了。春燕便向藕官道：‘前儿你到底烧什么纸？被我姨妈看见了，要告你没告成，倒被宝玉赖了他一大些不是，气的一五一十告诉我妈。’”你看这四个女孩子都不超过十五岁，她们就是初中生在谈论老师。我一直觉得这一段应该编在初中的教科书里，我觉得初中教科书中的《红楼梦》每次都选得不对，大概选编的人已经变成鱼眼睛了。初中时读《红楼梦》最应该读到的是它里面青春的美，知道老师一请假他们私底下的欢呼是多么开心，这是这个年龄段的人的共同秘密。

她说：“你们在外头这二三年积了些什么仇恨，如今还不解开？”意思是说芳官是我妈的干女儿，藕官你是我姨妈的干女儿，你们到底怎么回事，到现在还是吵来吵去的？我觉得这是代沟的问题，这几个十几岁的少女在谈另外一个年龄层的问题。“藕官笑道：‘有什么仇恨？他们不知足，反怨我们。在外头这两年，别的东西不算，只算一日我们的米菜，不知赚了多少家去，合家子吃不上，还有每日买东买西赚的钱在外。逢我们使他们一使儿，就怨天怨地的。你说说可有良心？’”这个小孩子是说这些大人怎么搞的，我们的薪水被她们克扣，只要用一点她们就在那边骂来骂去的？

我觉得代与代的真正沟通在于彼此之间要有一种欣赏，就是说在我这样的年龄，仍然可以去欣赏自己曾经活过来的那个年龄，这不是在欣赏他人，而是在欣赏自己的过去；有一天这些孩子也会懂得欣赏自己的未来，这才是真正意义上的代跟代之间的沟通。七十年代我在法国读书，看到父母跟孩子像朋友、知己一样谈心事的时候，非常讶异，我们的社会中没有这个习惯，因为父母、长辈、老师已经变成了一个身份跟阶级，根本就没有人跟人平等的那种亲，我相信《红楼梦》的第五十九回其实就是在谈这个东西。在不同的年龄段，都应该懂得青春是人的过去，沧桑是人的未来，在任何人的身上都有这两个部分，而这两个部分之间是可以对话的，我今天会感谢父母或者老师曾告诉我，战乱的年代他们怎么成长，我会珍惜自己在这个年龄段的生命状态。

所以在这一段里面，当春燕问藕官的时候，藕官有些抱怨。大家想想，中学时我们抱怨教官、老师是不是这样抱怨？觉得他怎么都不懂我们，开个舞会也要来抓我们之类的，你会觉得彼此之间没有沟通的可能性，可是我觉得作者是在借助这个事件尝试沟通。

“春燕笑道：‘他是我的姨妈，也不好向着外人反说他的。’”这是春燕了不起的地方，如果春燕跟着藕官说，对，她们真没良心！就有点说不过去，因为现在讲的是她亲姨妈跟亲妈妈。可是春燕引用了宝玉的一段话，她觉得这样比较好，因为不是她在骂，而是宝玉在讲。“怨不得宝玉说：‘女孩儿未出嫁时，是一颗宝珠；出了嫁，不知怎么变出许多的不好毛病来，虽是颗珠子，却没有光彩宝色，是颗死珠了；再老了，更变的不是珠子，竟是鱼眼睛了。分明一个人，怎么变出三样来？’”

宝玉常常会讲这种奇怪的话，我们一直在强调《红楼梦》是一本眷恋青春的书，刚才已经解释过，这个青春讲的不是年龄，而是心境，很多人在十几岁就变成鱼眼睛了。这个“光彩”是什么，是一个生命想活出自己的那种渴望，跟生理年龄没有关系。作者讲的青春是拒绝衰老，而衰老绝对是心灵的衰老。我见过很多年纪很大的人，像台静农、余大纲老师，到八九十岁，你在课堂上听他们讲浪漫，讲对美的眷恋，你还能感受到青春的气息。就算在病床上，也幽默不断，他们的身上有一种特殊的美，我相信这是一种生命智慧，一种豁达，在他们那里，你从来没有被责备过，也从来不觉得自己犯了什么滔天大罪，两代之间绝对没有隔阂，这是一种风范。

宝玉这句话是值得玩味的，他说分明是一个人，怎么变出三个样子出来？不要忘记一个人身上，这三个东西都会存在。有时候会发亮，有时候就是鱼眼睛。有时候我也在提醒自己小心一点，因为系主任做久了就变成鱼眼睛了，因为开会开多了，讲话不知不觉就会变成鱼眼睛的语言。有些朋友到某一个年龄读到这一段会很伤心，我相信曹雪芹讲的不是年龄，因为他在写这本书的时候，也是鱼眼睛的年龄，可是他依然发亮，所以他要给生命里真正美好的东西留下一个记录。

生命的宝珠与鱼眼睛

她说："这话虽是混话，倒也有些不差。"你在社会上看的时候，好像真的是这个样子，"别人不知道，只说我妈和姨妈，他老姊妹两个，如今越老了越把钱看的真了"。把钱看得很重也不是什么大罪过，只是春燕觉得怎么能吝啬到这种程度。"先是老姐儿两个在家抱怨没个差使，没个进益"，好多人总是不断买乐透，就是要寻求发财的机会，"幸亏有这园子，挑进来，可巧把我分到怡红院。家里省了一个人费用不算外，每月还有四五百钱的余剩，也还说不够"。意思是我们的情况比以前好多了，在她看来应该知足了，为什么越多反而越不满足？

这是个很有趣的问题。其实富有就是一种满足感，并不是客观物质。我们应该思考一下，是不是能够享受生命的满足，而有时候你会发现跟越多的人分享，满足感就越强烈，它不是物质上的多少，而是精神上的富裕。台湾从七十年代到现在，物质上增加了好几倍，可是大家的满足感反而降低了，因为少掉了很多那个年代我们去河里嬉戏，或者在自家园子里收割空心菜的快乐。所以春燕这一句话其实值得深思。“后来老姊妹二人都派到梨香院去照看他们，藕官认了我姨妈，芳官认了我妈，这几年着实宽裕了。如今挪进来也算撒开手了，还只无厌。你说好笑不好笑？”春燕的话其实是作者一个很重要的点醒，这并不是年龄的问题，而是生命处境的问题，一个生命的处境如果不能发现利益以外的快乐的话，是永远不会有满足感的。

“我姨妈刚和藕官吵了，接着我妈为洗头就和芳官吵。芳官连要洗头也不给他洗。昨日得了月钱，推不去了，买了东西先叫我洗。”这里特别动人是用春燕在讲亲生母亲，照理讲春燕应该很高兴，觉得妈妈很疼我，要我先洗了头，可春燕却觉得很不好意思。人在某个年龄段是没有这种血缘上的你亲我亲的，会觉得所有生命是一样的。如果我妈妈在我中学的时候做这样的事，我大概要自杀了。相反，如果有同学到家里，妈妈会很大方地招待他们吃饭。我妈妈那时候看到有个同学每次吃四碗饭，她就很兴奋地说，你看你每次都只吃一碗，他吃四碗，因为她觉得这个孩子好健康。这里面有一种生命的快乐，这个母亲以为她是在疼春燕，其实春燕最难过的是碰到了这样的一个妈妈。

“我想了一想：我自已有月钱，就没了钱，要洗时，不管袭人、晴雯、麝月，那一个跟前和他们说一声，也都容易，何必借这个光儿？”她的意思是说她妈妈不懂事，所以才这样斤斤计较。当然我们也可以为春燕的妈妈稍微讲几句话，因为过去太穷了，穷到没有安全感，一旦拥有了财富，她就抓住不放，既不懂得享受也不会欣赏，这是最值得悲悯的。“好没意思。所以我不洗。他又叫我妹妹小鸠儿洗了，才叫芳官，果然就吵起来。”我后来想想，小时候真的见过这种情形，有些一直生活在困苦里的人最后是没有办法豁达的。“接着又要给宝玉吹汤，你说笑死了人？我见他一进来，我就告诉那些规矩。他只不信，只要强做知道，足的讨个没趣儿。”春燕觉得好丢脸，妈妈总是自寻其辱。“幸亏园里的人多，没人分记的清楚谁是谁的亲故。若有人记得，只我们一家人吵，什么意思呢？”春燕的这句话很好玩，意思是如果大家都知道这是我妈妈的话，我真的要自杀了。

我觉得把这段选在教科书里非常重要，应该让爸爸、妈妈跟孩子一起读，父母都疼孩子，可是不见得都知道怎么疼。有的时候你觉得是疼，对孩子来讲可能是很大的恐惧或者侮辱。我长大了以后跟父亲讲过，中学的时候每逢下雨天我就很紧张，因为我知道爸爸会送雨伞来，小学的时候会跑出去抱着爸爸好开心。可是等到初三的时候，就觉得很丢脸，因为那个时候觉得自己长大了，班上的男孩子都没有爸爸来送雨伞，只有自己的爸爸来，这种心情很难解释，觉得同学会笑话我，这么大了爸爸还把你当小孩。我相信两代之间的对话就是这种，爸爸也很委屈，心想我还上着班呢，特地请了假给你送伞。这些话都是彼此要听到的。这是非常奇特的一个心结，春燕把它给讲出来了。春燕如果是一个学生，那时候一定会躲在桌子底下。

生命看不见美的辛苦

春燕又对莺儿说：“你这会子又跑来弄这一带地上的东西，都是我姨妈管着，他一得了这地方，比得了永远基业还利害。”“永远基业”是指这些东西简直就像她的江山一样，因为她一辈子都没有管过什么东西，这一下不得了，这些花、柳条、草都是她的，你只要沾到一点点，她就要骂人了。“每日起早睡晚，自己辛苦了还不算，每日逼着我们照看，深恐有人糟蹋。”有没有觉得这个姨妈也没有错，她们得到了一块土地，对于土地上的花花草草十分珍惜，绝对也可以理解，只是她们有一点过了，全部变成了功利。在她们眼里每一朵花都是钱，这就是一种痛苦了，她疼惜的不是花草，而是钱。“我又怕误了我的差使。如今我们进来，老姨妈两个照看得谨谨慎慎，一根草儿也不许人动。你还掐这些花儿，又折他的嫩树，他们即刻就来，仔细他们抱怨。”春燕对她姨妈跟妈妈太了解了，说你小心一点，等一下她们就要来骂你了。

可是莺儿很有理由，她说：“别人乱折乱掐使不得，独我使得。自从分了地基之后，各房里皆有分例，吃的不用算，单管花草玩意儿。谁管什么，每日谁就把各房里姑娘、丫环戴的，必要送些折枝的去，另外还有插瓶的。惟有我们姑娘说了：‘一概不用送，等要什么再和你们要。’”这是宝钗的个性，她不喜欢戴花花草草，也不喜欢在家里插花，所以“究竟总没要过一次。我今儿便掐些，他们也不好意思说的”。

“一语未了，他那姨娘果然拄了拐走来。”注意这个画面的感觉，四个少女中间来了一个老师，老师和教官是我们青春时期最害怕的人，并不是说他们多坏，而是说对生命的解读不同，他们一出现，那个画面就变了。春天里添了一个另外的角色，就像童话常常讲的那个巫婆。“莺儿、春燕等忙让坐。那婆子见采了许多嫩柳，又见藕官等采了多少鲜花，心内便不受用，看着莺儿，偏又不好说什么。”有没有发现刚才莺儿编的花篮，所有的人都在赞美，可这个老太太是看不见的，生命的悲哀就在这里，美只有在悠闲而没有目的的时候才看得到，春燕的姨妈和妈妈已经辛苦到看不着美了。当人间的美丽都变成钱的时候，是非常悲惨的事情。

因为莺儿是宝钗房里的丫头，她不好意思说她，只能骂春燕道："我叫你来照看照看，你就贪住玩了。拿我做隐身符儿，你乐。"意思是你假借我的名义在这里玩乐。春燕无故被骂，觉得很委屈，她说："你老又使我，又怕，这会子反说我。难道把我劈八瓣子不成？"莺儿就笑着说："姨妈，你别信小燕的话。都是他摘下来的，烦我给他编，我撵他，他不去。"因为刚才春燕说姨妈来了会骂人，所以莺儿就故意说这都是她摘的。春燕也笑着对莺儿说："你可少玩儿，你只顾玩儿，老人家就认了真了。"

"那婆子本是愚顽之辈，兼之年脉昏愦"，年纪大了以后，头脑不清楚，"惟利是命，一概情面不管"，除了钱什么都不认。摘她的这些嫩柳和花，她已经"心疼肝断，无计可施，听莺儿如此说，便倚老卖老，拿着柱杖来向春燕身上击了几下"，此时，刚才那个"春困已醒，搴帷下榻"、"挽翠披金"的春天美忽然一下全消失了，作者心痛的是，那么美的生命为什么会被糟蹋成这个样子。"骂道：'小蹄子，我说着你，你还和我强嘴儿呢！你妈恨的牙痒，要撕你的肉吃呢！你还来和我梆子似的。'"这个语言真的有点可怕，可是有时候生活得很辛苦的人，语言会变得非常刻薄。所以春燕的母亲或者姨妈，其实是值得同情的人。

一个社会如果不往正常的方向发展，就会刺激出这种东西，甚至有的时候会鼓励这种粗暴，把它变成阶级斗争。比如你们能在这里游山玩水，欣赏美景，为什么我要这么辛苦？这个时候就变成报复了。一旦这种情绪出来，社会的整个文明就会下降，所有好的东西都要被打坏，因为只是你们在享受美，他们从不曾享受过。所以我觉得美要分享，也就是说美应该是社会的一个共有资源，那如何去启发他们内在感动的力量，恐怕是最重要的。欧洲那些比较文明、成熟的国家，非常在意文化资源的过度集中带来的负面影响，比如法国从七十年代就一直在讨论，所有的戏剧表演、文学美术馆都在巴黎，法国这么大，那些乡下的人该怎么办？因为乡下人很可能就是春燕的妈妈跟姨妈的讲话方式，所以这几年法国一直坚持把很多文化资源移到各个地方去，只有人的心里没有了城乡的差距，才能共享美感，把平和心态找出来。所以我读到这一段其实感触蛮深的。

青春被侮辱糟蹋的状况

“打的春燕又羞、又愧、又急，因哭道：‘莺儿姐姐玩话，你老就认真打我。我妈为什么恨我？我又没烧胡了洗脸水，有什么不是！’”莺儿本来是开玩笑的话，忽然看到婆子认真动了气，就赶快上去拉住说：“我才是玩话，你老人家打他，我岂不愧？”那个老婆子说：“姑娘，你别管我们的事，难道为姑娘这里，不许我们管孩子不成？”这句话是产生代沟的重要原因，通常长辈打孩子都说，我的孩子我难道不能管？可是在成熟的公民社会里面，孩子不能说是谁的，你只有养大他的义务跟责任，不能把他当成私产。“莺儿听见这般蠢话，便赌气红了脸，撒了手冷笑道：‘你老人家要管，那一刻管不得，偏我说了一句玩话就管他了。我看你老管去！’”说着就坐下来，还是编她的柳条篮子。

偏偏春燕的妈妈又出来找她，这个春天不止姨妈来污染，亲妈妈也来污染了，五十九回让我们看到一个青春被糟蹋的状况。妈妈带来了更大的侮辱，因为妈妈觉得她有更大的权力，对青春的侮辱最严重的恰恰是亲人。可我们知道没有谁有权侮辱青春，因为这是一个生命现象。“偏又有春燕的娘出来找他，喊道：‘你不来舀水，在那里做什么呢？’这婆子便接声儿道：‘你来瞧瞧，你的女儿连我也不服了！在那里排揎我呢。’那婆子一面走过来说：‘姨妈！你又怎么了？我们丫头眼里没娘罢了，连姨妈也没了不成？’”一看就是鱼眼睛的话对不对，人如果有自信不会说这种酸话。莺儿看春燕的妈来了，就想跟她解释一下，说姨妈错怪春燕了。可是姨妈根本不容人说话。

“便将石上的花篮与他娘瞧道：‘你瞧瞧，你女儿这么大孩子玩的。他先领着人糟蹋我，我怎么说人？’”在任何年龄都应该欣赏的美，她却认为小孩子玩玩也就算了，可是春燕这么大了，还在玩这些花花草草。“他娘也正为芳官之气未平，又恨春燕不遂他的心，便上来打耳刮子，骂道：‘小娼妇，你能上来了几年？’”姨妈还是拿拐杖敲一敲，现在是啪地一巴掌；刚才是小蹄子，现在是小娼妇。亲情一旦变成权力，那侮辱就是加倍的。现在回想起来，小时候碰到很多这种情况，因为整个社会都没有教育大家，每个青春的生命都是一个独立的个体，你生养他，但无权侮辱他。恐怕一直到今天，《红楼梦》的这些部分在我们的社会中还有启发意义，因为我们还面临很多类似的问题。

“你也跟着那轻薄浪小妇学”，注意“轻薄浪小妇”，不知道为什么这个文化里女性侮辱女性的字眼都是和性有关，这是值得反省跟检讨的。妈妈骂自己的女儿都用“娼妇”和“浪”的字眼。“怎么就管不得你了？干的我管不得，你是我肚里掉出来的，难道也不敢管你不成！既是这样，你们这起蹄子到的去的地方我到不去，你就该死在那里伺侯，又跑出来浪汉子么？”我们也要谅解她心里的那个苦，这个苦意味着一个社会里如果没有合理的理性，代跟代之间就会有这么严重的侮辱。一面“又抓起柳条子来，直送到他脸上，问道：‘这叫作什么？这编的是你娘的屄！’”好惨，那么美的一个花篮子，现在被她说成“你娘的屄”，我觉得作者这里面有一个更大的悲悯，这个悲悯不止是同情春燕，更大的同情是对春燕的妈妈，把所有的美看成是最肮脏的东西才是生命里的最大悲哀。

疼惜青春的语言

有没有发现这句话刚好骂的就是莺儿，因为这个篮子是莺儿编的，莺儿忙说：“那是我们编的，你老别指桑骂槐。”什么叫编你娘的屄，屄怎么编也不晓得。我觉得很好笑，她怎么会把这么值得赞美的东西用这样的语言去糟蹋。“那婆子深妒袭人、晴雯一干人，凡房中大些的丫头都比他们有些权势，凡见了这一干人，心中又畏又让，未免又气又恨，亦且迁怒于众，复又看了藕官，又是他令姊的冤家，四处凑成一股怒气。”我觉得作者在这里有很大的同情，人一旦有冤屈，有一天一定会报复，如果你真的关心那个美，就不能只看到美，还要帮那些糟蹋美的人把冤屈化解掉，不然这个社会根本不可能让美维持长久。这个婆子四股冤屈之气结到一起，是一定要爆发的。作者如果一路写这些婆子有多坏也就罢了，可是他要写的是她们心中是有恨的，为什么有些地方她没有资格去？为什么有些人对她这么颐指气使？

“那春燕啼哭着往怡红院去了。他娘又恐问他为何哭，怕他又说出打他，自己又要受晴雯等之气，不免着急起来，又忙喊道：‘你回来！我告诉你再去。’春燕那里肯回来？急的他娘跑了去又拉他。他回头看见，便也往前飞跑。他娘只顾赶他，不防脚下被苔滑倒，引的莺儿三个人反都笑了。”这里作者用幽默的、滑稽的方法把春燕妈妈变成了一个丑角，注意这个丑角不是侮辱，只是让你看到生命的可悲、可叹。莺儿生气了，就把花篮都丢到河中，回房去了。“这里把个婆子心疼的只念佛，又骂：‘促狭小蹄子！糟蹋了花儿，雷也是要打的。’自己且掐花儿往各房送去不提。”

“却说春燕一直跑入院中，顶头遇见袭人往黛玉处去问安。春燕便一把抱住袭人说：‘姑娘救我！我娘又打我呢。’袭人见他娘来了，不免生气，便说道：‘三日两头儿打了干的打亲的，还是卖弄你女儿多，还是认真不知王法？’”我后来想，以前很多妈妈生好多小孩，是不是就为了打他们？“这婆子虽来了几日，见袭人不言不语是好性子，便说道：‘姑娘，你不知道，别管我们闲事！都是你们纵的，这会还管什么？’说着，便又赶着打。袭人气的转身进来，见麝月正在海棠下晾手巾，听得如此喊闹，便说：‘姐姐别管，看他怎样。’一面使眼色与春燕，春燕会意，便直奔了宝玉去。”她要害这个老婆子了，使眼色让春燕躲到宝玉的背后，因为宝玉是护花使者，疼惜所有的青春、所有的美。“众人都笑说：‘这可是没有的事都闹出来了。’麝月向婆子道：‘你再略煞一煞气儿，难道这些人的脸面，和你讨一个情还讨不下来不成？’”

“那婆子见他女儿奔到宝玉身边去，又见宝玉拉了春燕的手说：‘你别怕，有我呢！’”这六个字真了不起，在初中的时候真希望有个人能在发生大事的时候说，你别怕，有我呢！那里面有一种对青春的爱，作者在这里做了一个有趣的对比，是不是鱼眼睛真的出了问题，到最后连至亲的女儿都不懂得疼惜。“春燕又一行哭，又一行将方才莺儿等事都说出来。

宝玉越发急起来，说：‘你只在这里闹也罢了，怎么连亲戚也都得罪了？’”莺儿是宝钗那边的，传出去真是笑话。“麝月又向婆子及众人道：‘怨不得这嫂子说我们管不着他们的事，我们虽无知，错管了，如今请出一个管得着的人来管一管，嫂子就心服口服，也知道规矩了。’便回头命小丫头子：‘去把平儿给我们叫来！平儿不得闲，就把林大娘叫来。’”大家听到这个话就害怕，因为平儿是王熙凤手下的人，厉害得不得了。

绛芸轩里召将飞符

那小丫头子应了就走。大家知道这下严重了，“众媳妇上来笑说：‘嫂子，快求姑娘们叫回那孩子罢。平姑娘来了，可就不好了。’”这个老婆子因为进来没几天，不知道平儿是谁，说：“凭是那个平姑娘来了，也评个理，没有个娘管女儿，大家管着娘的。”注意，这个逻辑是私领域而不是公领域的逻辑，前面赵姨娘去办公室把探春骂了一顿，就是把私领域的事弄到公领域去。假如我们的孩子有一天做了总统，你不能到总统府去骂他，说我在管孩子。大家就说：“你当那个平姑娘？是二奶奶屋里的平姑娘。他有情呢，说你两句。他一翻脸，嫂子就吃不了的兜着走！”

“说话之间，只见那小丫头子回来说：‘平姑娘正有事，问我做什么，我告诉了他，他说：“既这样，且撵他出去，告诉与林大娘在角门外打他四十板子就是了。”’”平儿连来都不来，执法是有规矩的，没有什么情面好讲，打四十板子，立刻解聘。那个婆子听了，才知道厉害，她当然舍不得出去，一出去所有的钱都没有了，“便又泪流满面，央告袭人等说：‘好容易我进来了，况且我是寡妇，家里没人，正好一心无挂的在里头伏侍，姑娘们也便宜，我家里也省些交过。我这一去，又要去自己生火过活，将来不免又没了过活。'”这个话讲得很实在，在这里吃的是公家的，回到家里她就要靠自己过活。作者其实很慈悲，让我们看到这些卑微的人的辛苦。

“袭人见他如此，早又心软了，便说：‘你既要在这里，又不守规矩，又不听话，又乱打人，那里弄你这个不晓事的来，天天斗口，也叫人笑话，失了体面。'”“失了体面”是说，你今天得罪了莺儿，我们还要跟宝钗道歉去，你乱了公领域的规矩了。“晴雯笑道：‘理他呢，打发去了是正经。谁和他去对嘴对舌的。'”有没有发现《红楼梦》里每句话都跟性格有关，晴雯性子烈，袭人心比较软。“那婆子又央众人道：‘我虽错了，姑娘吩咐，我以后改过。姑娘们那不是行好积德？’又央告春燕道：‘原是我为打你起的，究竟没打成你，如今我反受了罪？你也替我说说。'”真是很好玩，在封建的社会，亲人是可以随便打骂的，亲人还是说情的借口，可见亲情也是一种功利关系。“宝玉见如此可怜，只得留下，吩咐他不可再闹。那婆子一一谢过了下去。”

“只见平儿走来，问系何事？袭人等忙说：‘已完了，不必再提。'”平儿问刚才这个事情到底怎么了，袭人觉得多一事不如少一事，不愿意再提。“平儿笑道：‘“得饶人处且饶人”，得省的且省些事也罢了。能去了几日，只听各处大小人儿都作起反来了，一处不了又一处，叫我不知管那一处的是。’袭人笑道：‘我只说我们这里反了，原来还有几处。’平儿笑道：‘这算什么。正和珍大奶奶等算呢，这三四日的工夫，一共大小出来了八九件了。你这里是极小的，算不起数儿来，还有大的可气可笑之事。’不知袭人问他果系何事，且听下回分解。”

第六十回

茉莉粉替去蔷薇硝
玫瑰露引来茯苓霜

好小说的穿针引线

第六十回的回目里出现了四样东西：茉莉粉、蔷薇硝、玫瑰露和茯苓霜，作者用四种不同的保养品来串联小说的回目。等一下给大家讲完以后，大家肯定会蛮惊讶，好的小说作者特别善于穿针引线，这么大的家族，人事复杂到理不出头绪，可是作者就用小小的蔷薇硝跟茉莉粉把事件串在一起，把复杂的人际关系组织起来，构成这么有趣的故事。

其实这四种东西都是空的，只是起穿针跟引线的作用，那些唱戏的小孩跟赵姨娘的关系，贾环跟彩云的关系，芳官和柳五儿的关系……全部借着这个蔷薇硝、茉莉粉、玫瑰露和茯苓霜串在了一起。从文学技巧来讲，第六十回是高峰中的高峰。我想《红楼梦》的写作高峰恐怕就是第五十九回、六十回前后，一直到第六十四回、六十九回的尤二姐、尤三姐的故事，之后就觉得有一些下坡。

高阳认为一百二十回都是曹雪芹写的，只是后面的四十回没有好好改过，前面的是在十年里一直修改的，所以他认为靠近第七十回到第八十回就感觉不是那么仔细了。我并不完全接受高阳的观点，我还是认为第八十一回到第一百二十回不是曹雪芹写的，因为一个好的写作者，即使是没有经过删改修剪，本质也应该是好的，因为他的语言品位不会变。可是第八十一回到第一百二十回，作品中的那种贵气不见了。也许很可能第七十回之后多多少少就有些部分不是曹雪芹的原作，因为到第七十五回左右，你就能感觉到结构、文字都有点不同了，可能是后面续写的人也要做些连接的工作，这种连接就会出问题。所以第六十回前后大概是这本书最精彩的地方。

第五十九回的结尾，因为春燕的妈妈惹了事情，大家压不住她，就说叫平儿来，那平儿没有来。后来平儿来了，就说这几天贾母、王夫人不在，不知道出了多少事情，也没有办法管那么多了，睁一眼闭一眼吧。“话说袭人因问平儿，何事这等忙乱？平儿笑道：‘都是世人想不到的，说来也好笑，等几日告诉你，如今没有头绪呢，且也不得闲呢。’一语未了，只见李纨的丫环来了，说：‘平姐姐可在这里？奶奶等你，你怎么不去了？’”李纨现在不是在代理总经理吗？她有事情找平儿。“平儿忙转身出来，口内笑说：‘来了！来了！’袭人等笑道：‘他奶奶病了，他又成了个香饽饽了，都抢不到手。’”“香饽饽”就是变成抢手货了，因为王熙凤不在，李纨又有一点无能，大大小小的事情都要平儿来做最后的裁夺。“平儿去了不提。”

“这里宝玉便叫春燕：‘你跟了你妈去，到宝姑娘房里给莺儿几句好话听听，也不可白得罪了他。’”大家记不记得春燕的妈妈骂了莺儿，宝玉觉得不可以得罪了亲戚。那春燕答应了，就跟她妈妈出去，宝玉还不放心，“又隔窗说道：‘不可当着宝姑娘说，仔细反叫莺儿受教导。’”因为宝钗听到，第一个要骂的就是莺儿。我们小时候也有一个规矩，在外面跟人家吵架、打架，妈妈知道，一定先打你，她不管你对错，因为是你没有把事情处理好。可见这个小男孩的细心。

“娘儿两个应了出来，一面走着，一面说闲话儿，春燕因向他娘道：‘我素日劝你老人家再不信，何苦闹出没趣来才罢。’”这段闲话非常好玩，春燕就跟妈妈说，我跟你讲过这里有很多的规矩，你不听，每天闹来闹去，又是给人家用剩的洗头水，又打人、骂人的，还好今天宝玉保护了你，不然你就被打四十板子赶出去了。“他娘笑道：‘小蹄子，你走罢，俗语说：“不经一事，不长一智。”我如今知道了。你又该质问着我。’”母亲跟女儿可以这样讲话的时候，就比较像朋友了，在第五十九回她骂女儿的时候，完全是小娼妇、浪汉子之类的语言。可是现在却说你不要再讲了，我都不好意思了。妈妈会有这样的反省，两代人之间的关系才是健康的。

春燕就跟她妈妈说：“若妈安分守己，在这屋里长久了，自有许多的好处。我且告诉你一句话：宝玉常说，这屋里人，无论家里外头的，一应我们这些人，他都要回太太全放出去，与本人父母自便呢。”前面提到过，家里头的就是世世代代做奴才的，最后丫头配给家里的小厮，生下来的孩子也是奴才；外头的是像袭人那样直接买进来的。宝玉觉得每一个人都是生命，这些人服侍他一场，将来一定要让她们恢复自由，不能认为有了卖身契以后，就把别人世世代代当奴才，所以宝玉在某些地方很像一个革命者，他不接受自己所处时代的这种世俗的人际关系，觉得应该对人有起码的尊重。我一直觉得《红楼梦》是一部非常革命的书，它的很多观念今天读起来都非常现代。春燕问她妈妈说：“你只说这一件可好不好？”意思是这个事情多了不起，他们家花了钱买了我们做奴才，可是却要给我们自由。她妈妈高兴得不得了，赶快问：“这话果真？”“春燕道：

‘谁可扯这谎作做什么？’婆子听了，便念佛不绝。”

点头会意使眼色的默契

“当时来至蘅芜苑中，正值宝钗、黛玉、薛姨妈等吃饭。莺儿自去泡茶”，刚好有个单独的机会，“春燕便和他妈一径到莺儿前，赔笑说‘方才言语冒撞了，姑娘莫嗔莫怪，特来陪罪’等语”。莺儿当然也很客气，可见人间根本没有什么解不开的怨恨，《红楼梦》总是让你感觉所有的怨怒跟嗔怪其实都是误解。过去的这些用人，当然不能像主人一样坐在那边做客，所以娘儿俩就说有事告辞了。

“忽见蕊官赶出叫：‘妈妈，姐姐，略站一站。’一面走上来”，蕊官知道春燕来了，春燕是宝玉房里的丫头，芳官也在宝玉房里，就“递了一个纸包与他们，说是蔷薇硝，带与芳官去擦脸”。这是蘅芜苑跟怡红院之间的私相授受。有时候你看到小朋友之间，或者是青少年之间互赠礼物，千万不要随便讥笑，因为他们自有他们的意义。我以前觉得那个大头贴简直无聊到极点，可是孩子们还总是在那边玩来玩去的，是因为其中有他们的很多情谊和记忆。这个蔷薇硝本身不见得值什么钱，可它是一个情分。

“春燕笑道：‘你们也太小器了，还怕那里没有这个与他，巴巴的你又弄一包给他去。’”意思是说芳官在我们的院子里当差，我们那里什么化妆品没有，还要你巴巴的送一包蔷薇硝给她。注意下面的话，蕊官说：“他是他的，我送是我的。姐姐，千万带回去罢。”这才是真正的意义所在，它是一份心意，戏班子里的小孩尤其喜欢这样，因为中国的戏剧里一直在讲这个东西，几乎每个戏剧里面都有一个东西传来传去，一块玉佩或者一把扇子、一条手帕，人和人之间的情感要借这个物来串联。“春燕只得接了。娘儿两个回来，正值贾环、贾琮二人来问候宝玉，也才进来。”作者真是会写，就是刚好把蔷薇硝带回来的时候，这两个人来探病，被他们看到了。穿针引线其实很不容易，有时候写着写着就忘了，可作者用蔷薇硝串出贾环、贾琮来问候。“春燕便向他娘说：‘只我进去罢，你老不用去。’他娘听了，自此便百依百随的，不敢倔强了。”有没有发现春燕在教她妈妈规矩，我前面提到的美的资源的分享指的就是这个，没有人是不能教化的。有了这个规矩以后，她就知道该怎么去扮演自己的角色了。

“春燕进来，宝玉知道回复，便先点头。春燕会意，便不再说一语。”宝玉知道春燕是要回报事情结果的，为什么两个人要一个点头，一个会意？因为贾环在场，不方便说话，否则传出去又是是非。这个点头会意用得非常巧妙，两个人之间有默契的时候，是不需要说话的。春燕“略站了一站，便转身出去，使眼色与芳官”，为她带了一包蔷薇硝，你看点头、会意、使眼色，这些人之间有很多语言之外的表情，尤其芳官这种唱过戏的，马上就懂了。“芳官出来，春燕方悄悄的说与蕊官之事，并与他硝。”

“宝玉并无与琮、环可谈之语”，这一句话一听就觉得很好玩，想想看自己从小到大有那么多的同学，或者同事，未必每个人都可以谈话。有的人你很努力想谈话到最后就是谈不成的也有，可见人还是分不同类别的，宝玉就觉得跟贾琮、贾环无话可讲，看到芳官出去又进来，手上多了一包东西，“因笑问芳官手里是什么，芳官便忙递与宝玉瞧，又说是擦春癣的蔷薇硝。宝玉笑道：‘难为他想得到。’”任何人对人的关心，宝玉都会赞美。这些小孩子这么小，就懂得跟别人分享美好的东西。

我想这也许是一个社会伦理很有趣的部分，因为有一种教育是从小告诉人这是你的，那个是别人的，最后变得大家不能共享任何东西。记得在法国的保加利亚籍的作家克里德瓦在跟我学习汉语的时候，告诉我他到中国来吓了一跳，为什么那么多人可以一起吃一盘菜。我说，这有什么奇怪？他说，这么多人吃一盘菜，怎么知道吃哪一部分，要吃多少？我才发现他是从文化学的层面在关心这个问题，在西方如果不分清楚，是不知道自己该吃哪一部分的。我后来想真是这样，小时候我们一家八口，一盘菜每个人都知道该吃多少，很奇怪，每一次都吃光，每个人还都不觉得缺。这就是“不患寡而患不均”的哲学，我们在生活里真的做到了。现在有些孩子一上来就把菜吃光，等大人吃的时候就没有菜了。这是一个教养，小时候爸爸、妈妈在忙，你先吃的话一定知道该怎么留菜，不懂的话，姐姐、哥哥也会教你的，我相信这是一个伦理。有的社会鼓励把一切用法律分清楚，可是在中国社会是用道德来分的，当然有时候会有危险，可它也真的变成人际关系的一部分。

现在年轻人的私有观念是比较强的，而我在读大学以前，一直跟哥哥、弟弟住同一个房间的上下铺。你会知道那个空间怎么共用，从小就有跟别人分用一个空间、时间、物件的习惯，可是现在这种东西越来越少了。戏班子里的小孩从小就没有私密空间，也没有私人物件，所以分享的可能性就比较大。我们当兵的时候也是这样，常常就是买了一堆凤梨回来，大家拿刺刀切完然后一起吃，从来不太讲你的我的。当然，这里面并没有绝对的好或不好，也不存在道德高低的评判，只是一种习惯。《红楼梦》

里很提倡人在物质或精神上能与别人的分享，宝玉说的“难得他想得到”就是这个意思。

茉莉粉替去蔷薇硝

“贾环听了，便伸着头瞧了一瞧，又闻得一股清香，便弯腰向靴筒内掏出一张纸来托着，笑说：‘好哥哥，给我一半儿。’”我们刚刚讲完美好的东西要跟别人分享，可是这个时候你会发现要跟贾环分享并不是那么容易做到，所谓的分享是说，我们有共同的对那个东西的珍惜跟爱，可是大家会觉得贾环不是这样的人。注意一下这个动作，从靴桶内掏出一张纸，以前的男孩子穿靴子，靴筒里有个口袋，大概可以放点草稿纸什么的。仔细想想，蔷薇硝是擦脸的，他从靴筒里掏出一张纸来，然后包回去给彩云，是不是怪怪的。我觉得作者是很细心地在写，如果他的品位不到，你就会觉得这个东西给他也糟蹋了。

“宝玉只得要与他”，就跟芳官说：“你给他一半儿吧。”注意，“只得”是不得已。宝玉也知道不应该这样，因为那是别人的私密情谊，就像明明知道是人家的结婚戒指，还说你要不要给我，就有一点强人所难，可见贾环有多不懂事。“芳官心中因是蕊官相赠，不肯与别人，连忙拦住，笑说：‘别动这个，我另拿出些来。’宝玉会意，忙笑包上，说道：‘快取来。’”注意“会意”，大概点头、会意、使眼色，是这些人之间的密码。

“芳官接了这个，自去收好，便从奁中去寻自己常使的。”妆奁就是古代女孩子装化妆品的盒子，大部分是漆器做的，现在日本很多的化妆盒还是漆器的。有没有发现芳官舍不得用蕊官送的，因为那里面有一份情谊，可是她愿意把自己用的给贾环。“启奁看时，盒内已空，心内疑惑：‘早间还剩了些，如何没了？’因问人，都说不知。”这也确实有点悬疑，你会发现六十回里什么东西都不见了，因为主人不在家，各种问题都在发生，大家都有一点不守规矩了。

“麝月便说道：‘这会子且忙着问这个，不过是这里的人，一时短了，使了。你不管拿些什么给他们，那里看得出来？快打发他去了，咱们好吃饭。’”我觉得这句话你可以从很多方面去思考，一方面麝月她们不太看得起贾环；另一方面这个孩子也真的是不争气，所以这句话明显有轻视的意思。“芳官听说，便将些茉莉粉包了一包拿来。”贾环看了，高兴得不得了，就伸手来接。注意下面的动作：“芳官便忙向炕上一掷。”她不想跟贾环有直接的授受关系，读到这里我觉得其实蛮难过的，可见有些人的卑微，这个世界所有的人都是要负很大的责任的。他长得不可爱，不讨喜，平常行为有点差，就会越来越被侮辱。他觉得人家要给好东西了，很高兴，芳官又漂亮，如果能伸手接到，就会多些自信，可是芳官偏偏丢在炕上，这就是侮辱了。我相信《红楼梦》所讲的因果非常复杂，到最后你会有一个悲悯，觉得即使是贾环也不应该如此对待。芳官不懂这些，学戏的小孩子盛气凌人，她们在舞台上都是唱主角的，大概觉得贾环只配演配角，根本不懂将来会有什么后果在等她。“贾环只得向炕上拾了，揣在怀内。”如果真是少爷，哪有人敢对他这样，东西丢在那里你还去拣。所以我们说“君不君，臣不臣”，两方面都有责任。

好，贾政不在家，王夫人也不在家，贾环连日装病逃学，这是我们小时候都做过的事情，其实宝玉也没上课，也拄个拐杖走来走去。大概爸爸妈妈不在家，小孩子都是一样的。贾环拿到了蔷薇硝，兴兴头头来找彩云。

生命巨大绝望的报复

我有时候蛮想用一个短篇小说来写写彩云，彩云是王夫人房里的丫头，只有她对贾环很好。全家从上到下几乎没有一个人愿理贾环，这个男孩子的确不懂事，想想看其实同事中也有这种人，谁都不喜欢他。有的时候我头一天读了佛经以后，觉得这样不太好，第二天特别准备一包话梅要跟他好，结果还是碰了一鼻子灰，因为可怜之人必有可恨之处。他的个性就是怪怪的，你对他好，他反而怀疑你，贾环其实就是这样的角色。可是彩云却一直对他很好，似乎在用这种好来使他在人间不再那么孤僻。大家有没有发现林黛玉也孤僻，只是层次不同而已，她也总觉得所有的人对她不好，其实她是用高傲在维持这种孤僻，跟贾环没多大差别，只是贾环更粗俗罢了。

“正值彩云和赵姨娘闲谈，贾环嘻嘻笑向彩云道：‘我也得了一包好的，送你擦脸。你常说，蔷薇硝擦癣，比外头的银硝强。’”贾府用的护肤品跟外边的不一样，外面的大概没有蔷薇花粉，彩云可能常说蔷薇硝比较好，所以贾环就很高兴。每一次读到这一段，我都好希望贾环拿到的是真正的蔷薇硝，那样的话，这个家里的人都会因此多一些自信。可是不知道老天为什么要整他们，芳官也不是故意要给他假的，结果阴错阳差，竟然不是真的蔷薇硝。

他说：“‘你且看看，可是这个？’彩云打开一看，‘嗤’的一声笑了，说道：‘你和谁要来的？’贾环便将方才之事说了，彩云笑道：‘这是他们哄你这乡老呢。这不是硝，这是茉莉粉。'”有时候我们说某人在哪里买了一个 LV 的包包，大家说不是，是上海假货市场的。作者在这里表达的是人心灵中的“结”，心里一旦有了结，任何事件都会被夸大。“贾环看了一看，果见比先的带些红色，闻闻也是喷香，因笑道：'这也是好的，硝粉一样，留着擦罢，自是比外头买的高，便好。'彩云只得收了。”贾环身上有很健康的部分，在心理学中常讲，人的面前常常有两条路，乐观健康的人永远往那条好的路上走，不健康的则永远是另外一条，这一次贾环的选择还蛮好的。

“赵姨娘便说：'他有好的给你！谁叫你要去了，怎怨他们要你！'”这个妈妈开始跟儿子讲自己的卑微情结了，很多状况在赵姨娘的生命里都转换成了绝望，绝望是一种毒药，会使人产生绝对的报复。希腊神话里最绝望的女人就是美狄亚，她爱上了一个叫伊阿宋的男人，本来爸爸反对，可是她却一心一意地爱着他，并千方百计帮助他得到了金羊毛。伊阿宋因此成了英雄，爱上了另一个年轻的公主，这个时候美狄亚已经跟伊阿宋生了两个孩子，当然痛苦不堪，可是她竟然很冷静。听说丈夫要结婚了，她连夜做了漂亮的婚纱送给公主做礼物，伊阿宋好高兴，结果婚纱里全是毒药，新娘一穿就暴毙，更惨的是，她把两个她跟伊阿宋生的孩子带到郊外去一一杀死。看到赵姨娘我就想到美狄亚，她内心有种巨大的绝望，在人间没有人给她一点点尊重和温暖的时候，她是要报复的。

赵姨娘报仇的语言

赵姨娘说：“依我，拿了去照脸摔给他，趁着撞尸的撞尸去了，挺床的挺床，吵一出子，大家别心净，也算是报仇。”注意，她的语言极端恶毒，心里的痛苦、怨恨全都变成了对人世间的诅咒。“莫不成两个月之后，还找出这个碴儿来问你不成？便问你，你也有话说。宝玉是哥哥，不敢冲撞他罢了。难道他屋里的猫儿狗儿，也不敢去问问他不成！”她知道贾母跟王夫人再回来是两个月之后，要趁贾母和王夫人不在，好好闹一闹。贾环听了，便低了头，因为贾环每次都被妈妈撺弄出去吵架，最后回来又被打一顿。“彩云忙说：‘这又何苦生事，不管怎样，忍耐些罢了。’”在有情结的人心中，没有恶意也会被解释成有恶意。所以有时候并不是对方对错的问题，而是如果能知道他的情结在哪里，可以用柔软的方式来寻找化解的可能。

“赵姨娘道：‘你快休管，横竖与你无干。乘着抓住了理，骂他那些浪淫妇们一顿也是好的。’”我讲过好几次了，过去社会骂一个女人动不动就是“淫妇”，全都要牵涉到性道德，这个问题可以做一个博士论文。“又指贾环道：‘呸！你这下流没刚性的，也只好受这毛崽子的气！平白我说你一句儿，或无心错拿了一件东西给你，你倒会扭头暴筋、瞪着眼蹾摔！这会子被那起毛崽子耍弄就罢了。你明儿还想这些家里人怕你呢？你没有这本事，我也替你羞。’”

这个也讲得很好，后来看到这一句，我就想小时候跟妈妈在一起常常是这个样子，小孩子发脾气最喜欢跟妈妈发，因为他觉得我怎么耍赖，你都会担待我的。赵姨娘这个时候已经有一点像美狄亚了，把对外的仇恨转向自己最亲的人，因为她的怨气对外受到了阻碍。

“贾环听了，不免又愧又气。”其实我们真的很同情贾环，这一天他本来很高兴，第一，爸爸不在家，第二，不用上课，第三，他又要到蔷薇硝，觉得可以讨好他的女朋友，没想到一路下来被他妈妈骂成这样子。“又不敢去，只摔手说道：‘你这么会说，你又不敢去。指使了我去闹他们，倘或往学里告我去，我捱了打，你敢自不疼呢？你遭遭调唆我去，闹出事来，我捱了打骂，你一般也低了头。’”就是你到最后也没有什么刚性，你最后也不敢跟她们吵。“这会子又调唆我和毛丫头们去闹，你不怕三姐姐，你敢去，我就服你。”有没有觉得这一句话也很痛苦，三姐姐是谁？是探春，他知道赵姨娘最怕探春了，这又是一个刺激，有时候语言的分寸真的很重要，一旦知道一个人的脾气，只要多讲两句激将的话，他就窜起来了。果然，“只这一句话，便戳了他娘的肺，便喊说：‘我肚子里爬出来的，我再怕起来！这屋里越发有些话头了。’一面拿了纸包子，便飞跑往园中去了”。“飞跑”两个字用得极好，赵姨娘就是个没有头脑的人，她的身体是不听脑子指唤的。

“彩云死劝不住，只得躲入别房。贾环便也躲出仪门，自去玩耍。”

芳官泼哭泼闹起来

“赵姨娘直进园子，正是一头火”，一定要火上浇油才会烧得更旺。“顶头正遇见藕官的干娘夏婆子走来”。藕官烧纸钱，被夏婆子看见要去告，结果被宝玉拦住。这个人也一肚子火，两股火烧在一起了。“见赵姨娘气恨恨的走来，因问：‘姨奶奶那去？’赵姨娘又说：‘你瞧瞧，这屋里连三日、两日进来唱戏的小粉头们，都三般两样的掂人分两放小菜碟儿了。’”“掂人分两”就是看人下菜碟，重要的人，就对你好一点，不重要的人，就对你差一点。“若是别一个，我还不恼，若叫这些小娼妇捉弄了，还成了什么！”古代社会对唱戏的有很多的偏见，所以她觉得再卑贱，也不能让一个戏子欺负。夏婆子听了，正中下怀。因为自己要报复不敢，现在正好借赵姨娘去报复，很多时候怨气就是这样慢慢地聚在一起的。

夏婆子就问赵姨娘是什么事，赵姨娘就把芳官用茉莉粉当成蔷薇硝来侮辱贾环的事讲了一遍。我们知道芳官本来没有这个意思，可是当你有情结的时候，怎么解释都解释不清楚。“夏婆子道：‘我的奶奶，你今儿才知道，这算什么事？连昨儿这个地方他们私自烧纸钱，宝玉还拦到头里。’”夏婆子开始讲她的委屈了，“人家还没拿进个什么来，就说使不得，不干不净的东西忌讳，你老想一想，这屋里除了太太，谁还大似你？你老自己撑不起来，谁还怕你老人家？”底下就开始挑拨了，“如今我想，乘着这几个小粉头儿都不是正头货，得罪了他们也有限的，快把这两件事抓着理扎个筏子，我在旁帮着作个证据，你老把威风抖抖，也好争别的理。便是奶奶、姑娘们，也不好为那起小粉头子说你老不是”。意思说你是一个姨娘，那她们总不会去保护这些唱戏的。在她们心里把唱戏的看成是社会最底层的人，被侮辱的人总是想要加倍地侮辱别人。

“赵姨娘听了这话，益发有理，便说：‘烧纸的事不知道，你却细细的告诉我。’夏婆子便将前事一一的说了。”然后又说：“你只管说去。倘或闹起来，还有我们帮着你呢。”大家有没有感觉到赵姨娘是一个很蠢的人，根本就没什么大脑，这种有勇无谋的人真的蛮可怜的，经夏婆子一挑唆，赵姨娘“越发得了意，仗着胆，便一径到了怡红院中”。可等一下真闹起来，夏婆子就不见了。

刚好宝玉到蘅芜苑去了。“芳官正与袭人等吃饭，见赵姨娘来了，忙都起身笑让道：‘姨奶奶吃饭，有什么事这等忙？’”其实她们是很有规矩的，赵姨娘来了，大家都站起来，说你吃过饭没有？要不要一起吃？

芳官、蕊官、藕官围殴赵姨娘

“赵姨娘也不答话”，如果懂得怎样做主人，这时完全可以坐下来说，芳官怎么怎么样，然后让袭人去骂她。可是她傻就傻在这里，“走上来便将粉照芳官脸上撒来，指芳官骂道：‘小淫妇！你是我银子钱买来学戏的，不过娼妇粉头之流！’”赵姨娘本身是个丫头，一直感觉很卑微，现在找到了一个比她更卑微的，说你们唱戏的是娼妓，是比我还要低等的。“我家里下三等奴才也比你高贵些”，注意这个语言，记不记得赵姨娘的哥哥赵国基的事，其实他们就是下三等的奴才，她是想把自己的自信找回来，可是用了最惨的方法。“你都会看人下菜碟儿！宝玉要给东西，你拦在头里，莫不是要了你的了？拿这个哄他，你也只当他不认得呢！好不好，他们是手足，都是一样的主子，那里有你小看人的！”

舞台上的芳官是小姐，大家闺秀，哪里受得了别人骂她什么娼妓、粉头？“一行哭，一行便说：‘没了硝，我才把这个给他。若说没了，又恐不信，难道这不是好的？’”

她说：“我便学戏，也没往外头唱去。我一个女孩儿家，我知道什么是粉头、面头的！”这句话很厉害，芳官当然不会不懂，因为唱戏的女孩子不会不知道这些词汇，你讲什么粉头、面头，我根本听不懂，你是不是做过这些事，不然怎么会知道粉头、面头的？“姨奶奶犯不着来骂我，我又不是姨奶奶家买的。‘梅香拜把子——都是奴才’呢！”

最后这句话是最厉害的话，梅香的结拜姐妹，两个人都是奴才。意思是你自己也好不到哪去，你就是个下三等的奴才。芳官学过戏，伶牙俐齿到惊人的地步。“袭人忙拉他说道：‘休胡说！’赵姨娘气的上来便打了两个耳刮子。”已经开始动手了，“袭人等忙上来拉劝，说：‘姨奶奶，别和小孩子一般见识，等我们说他。’芳官挨了两下打，那里肯依，便撞头打滚，泼哭泼闹起来”。有没有发现学戏很有用，实际上不见得多么痛，可是她一定要闹给大家看。“口内便道：‘你打得起我么？你照照那模样儿再动手！我叫你打了去，我还活着！’便撞在他怀里叫他打。”我相信赵姨娘没怎么打她，她倒把赵姨娘的肚子撞了好几下。

“众人一面劝，一面拉他。晴雯悄拉袭人说：‘别管，他们闹去，看怎么开交！如今乱为王了，什么你也来打，我也来打，都这样起来还了得呢！’外面跟赵姨娘来的一干人听见如此，心中各各称愿，都念佛说：‘也有今日！’又有那一干怀怨的老婆子，见打了芳官，也都称愿。”

底下作者描述了一个很不容易描述的场景，尤其对《红楼梦》这样一部描写贵族优雅生活的小说。蕊官、藕官两个唱戏的小孩，一左一右夹住赵姨娘，豆官跟葵官一前一后顶住赵姨娘。这个画面非常有趣，看到这一段，我就常跟朋友开玩笑说，千万不要跟戏班子的孩子们打架，他们都是练过功的，舞台上的武术身段并不完全是花架子，是有真功夫的。本来“当下藕官、蕊官等正在一处作耍，湘云的大花面葵官，宝琴的豆官，两个人闻了此信，慌忙找着蕊、藕二人说：‘芳官被人欺负，咱们也没趣，须得大家破着脸大闹一场，方争过气来。’”这很像戏班子的小孩，她们讲究江湖义气，过去很多戏班子是靠流浪走江湖卖艺的，在那种生态里必须彼此关心、照顾和保护。所以戏班子里的小孩之间的情感非常深，因为从小就在一起睡通铺。她们听说芳官被欺负了，四个人立刻就赶到，然后就打了一个武场的戏。

书上说：“四人终是小孩子心性，只顾他们情分上义愤，便不顾别的，一齐跑入怡红院中。豆官先便一头撞去，几乎将赵姨娘撞了一跤；那三个也便拥上，放声大哭。”本来芳官的放声大哭就有一部分是在演戏，她们是要练习哭的，那是基本功的一种，在很多的戏里要从很低声的哭到很高声的哭，是有一定音乐节奏的。戏剧系的学生吊嗓子就有哭的声音跟笑的声音，所以千万不要被他们骗，他们的哭跟笑都是可以设计的。看到芳官在哭，这三个小孩子也马上大哭起来，她们太有这个训练了，同时“手撕头撞，把个赵姨娘裹住。晴雯等一面笑，一面假意去拉，劝他们众人”。“假意”这两个字用得太好了，晴雯心里蛮高兴她们打成这个样子。真正着急的是袭人，因为她是怡红院的首席大丫头，闹出事情来，责任最大的就是她。

“急的袭人拉起这个，又跑了那个，口内只说：‘你们要死！有委屈只好说，这没理如何使得！’赵姨娘反没了主意，只好乱骂。蕊官、藕官两个一边一个，抱住左右手；葵官、豆官前后头顶住。四人只说：‘你只打死我们四个就罢！’”有没有发现其实这四个人明明是在整赵姨娘，可是嘴巴里却说：你把我们打死！所以这就是演戏的人厉害的地方，明明是她们占了上风，看上去却像赵姨娘在欺负她们。芳官最好玩，干脆直挺挺地躺在地上，哭死过去了。注意一下，传统戏剧里有个最难练的功叫“挺僵尸”，以前的歌仔戏也有，在死之前，膝盖不能弯，就那样直直地“啪”地倒下去，芳官此时就用了这一招。

探春给赵姨娘台阶下

“正没开交，谁知晴雯早遣春燕回了探春。”这场武打戏就要结束了，因为探春到了。“当下尤氏、李纨、探春三人带着平儿与众媳妇走来，将四人喝住。问起原故，赵姨娘便气的瞪着眼粗了筋，一五一十说个不清。”“瞪着眼粗了筋”，很典型的赵姨娘，其实赵姨娘不是什么坏人，就是有一点笨，常常被捉弄了自己还不知道，现在连话也讲不清楚。“尤、李两个不答言，只喝禁他四人。”为什么李纨和尤氏都不说话？因为赵姨娘是探春的妈妈，她们说什么都不方便，否则两个人肯定会骂的。

“探春叹气说道：‘这有什么大事，姨娘也太肯动气了！我正有句话要请姨娘去商议，怪道丫头们说不知在那里，原来在这里生气呢，姨娘快同我来。’”有没有发现探春很聪明，在自己母亲闹事这个最难堪的时候，她必须把情绪和场景马上转换，又给赵姨娘留一个脸面，让她觉得脸上有光，总经理找你商量事情。“尤氏、李氏都笑说：‘姨娘请到厅上来，咱们商量。’”赵姨娘也就趁此机会下了台阶，所以有时候处理问题不见得要去讲理，你只要让她能下台阶就行，否则她只好一直闹下去。

“赵姨娘无法，只得同他三人出来，口内犹说长说短。探春便说：‘那些小丫头子们原是些玩意儿。喜欢，和他们说说笑笑；不喜欢，便可以不理他。便他不好了，也如同猫儿狗儿抓了一下子，可恕就恕，不恕时，也只该叫了管家媳妇们去说他去责罚。’”探春非常知道该怎么样做主人，她说如果你家里养了猫或者狗，它们抓了你一下，你难道还要跟它们去吵架吗？你就别跟它们一般见识了，这种事情就是要掌握一个分寸，可是赵姨娘总是把握不住这个分寸。

我们在大学里都会碰到这种事情，记得以前在学校里，有一次校务会议就讨论这种事。说昨天晚上有一家的狗一直叫一直叫，邻居大概刚好失眠，就打电话去跟那家说，能不能要你的狗不要叫。那个人说对不起，过一会儿邻居又打电话说：它还在叫，我明天早上还有课。狗的主人被他的电话也吵得很惨，最后就说："狗就是要叫啊，你跟它一般见识干吗？"第二天两人就因为这事吵到校务会议，我听到后就觉得人性实在是太有趣了，不见得光是在民间，在很高的学术单位都有这种事情。

探春现在就跟妈妈说："何苦自己不尊重，大吆小喝也失了体统。你瞧周姨娘，怎不见人欺他，他也不寻人去。我劝姨娘且回房去煞煞性儿。"其实探春并没有事情要找赵姨娘，只是想让这些小孩子觉得赵姨娘应该是被尊重的。"别听那些人调唆，没的惹人笑话，自己呆，白给人作粗活。"探春并不觉得妈妈很坏，只是觉得她太傻，老是被人家利用去闹事情，这个时候说要帮忙的夏婆子已经不见了。探春很清楚这一切，她说："心里有二十分的气，也忍耐这几天，等太太回来自然料理。"一席话说得赵姨娘闭口无言，只得回房去了。赵姨娘每天都在发生同样的事情，到最后又闹不彻底，不是那种真正会为自己争取权利的人。

"这里探春和尤氏、李纨说：'这么大年纪，行出来的事总不叫人敬服。这是什么意思，也值得吵一吵，并不留体统，耳朵又软，心里又没计算。这又是那起没脸面的奴才们调停的，作弄出来个呆人替他们出气。'"探春认为一定是有人在背后唆使的，因此"越想越气，因命人查是谁调唆的。媳妇们只得答应着出来，相视而笑，都说是'大海里那里寻针去？'只得将赵姨娘的人，并园中人唤来盘诘，都说不知道。众人也无法，只得回探春：'一时难查，慢慢的访查；凡有口舌不妥的，一总来回了责罚。'"

小蝉告诉夏婆子被告密一事

“探春气渐渐的平服方罢。”可巧派去她房里的艾官，“悄悄的回探春说：‘都是夏妈素日和我们不对，每每的造言生事。前儿赖藕官烧钱，幸亏是宝玉叫他烧的，宝玉自己应了，他才没话说。今儿我与姑娘送手帕去，看见他和姨奶奶在一处说了半天，嘁嘁喳喳的，见了我才走开了。’”大观园里面是没有什么秘密的，口舌是非传起来非常快，可最厉害的还是探春，她听到有人报告，没有马上说把夏婆子抓来打一顿，赶出去。因为她知道艾官她们和所有婆子之间的利害关系，因为这几个唱戏小孩也够顽皮、淘气的，探春“便只答应，也不肯据此为实”。真正了不起的主管就是关键时刻沉得住气，不能让手下养成总在她面前随便打小报告的习惯。

“谁知夏婆子孙女儿蝉姐儿便是探春处当役的，时常与房中丫环们买东西、呼唤人，众女孩儿皆待他好。”“当役”不是做丫头，是扫院子的，丫头们待她还蛮好的。“这日饭后，探春正在厅上理事，翠墨在家看屋子，因命蝉姐儿出去叫小幺儿买糕去。蝉姐儿便笑说：‘我才扫了一个大院子，腰腿生疼的，你叫个别的去罢。’翠墨笑说：‘我又叫谁去？你趁早儿去，我告诉你句好话，到后门顺路告诉你老娘防着些儿。’说着，便又将艾官告他老娘的话告诉他。”大观园真是一点秘密都没有，因为用人太多了。所以我常跟朋友说，你真的要小心一点，不要在“索菲亚”面前乱讲话，因为她们礼拜天聚在一起，全台北的菲佣都会知道你们家的事。有时候企业家们开会，所有的司机就在一起聊天，结果所有企业的私事那些司机们全知道。翠墨就跟小蝉说，你赶快去通知你老娘，她已经被密报了。

如果探春处理了这事，就会没完没了，所以主管在这种时候，一定要有一个分寸的拿捏，要考虑如何顾全大局、息事宁人，尽量不要让它越来越复杂。

“蝉姐听了，忙接了钱道：‘这个小蹄子也要捉弄人，等我告诉去。’说着，便起身出来。至后门边，只见厨房内此刻手闲之时，都坐在阶砌上说闲话。”正是厨房不忙的时候，大家都坐在走廊的台阶上说闲话。“那时他老娘亦在内。蝉姐便命一个婆子出去买糕。他且一行骂，一行说，将方才之话告诉与夏婆子。夏婆子听了，又气又怕”，心想这下糟了，主人肯定不会饶了她的，况且得罪的是现在正在掌权的探春，便“欲去找艾官问他，又要往探春前诉冤”。这个时候小蝉就比较聪明，赶紧拦住她说：“你老人家去怎么说呢？这话怎么知道的，可又叨登不好了。说给你老防着就是了，那里忙到这一时儿？”“叨登”就是东西乱翻，反而会弄坏。正说着，芳官来了。

芳官与小蝉的冲突

两个对头碰上了，因为芳官是“官字派”，小蝉是婆子一派，大观园里已经出现了族群问题。婆子一派不喜欢唱戏一派，唱戏的这一派不喜欢婆子一派。

“正说着，忽见芳官走来，扒着院门。”我觉得这个“扒”字用得很好，真的很像唱戏，唱戏的讲究身段，出来以后，手跟脚该怎么摆，都是固定的。“笑向厨房中柳家媳妇说道：‘柳嫂子，宝二爷说了：晚饭的素菜要一碗凉的、酸酸的东西，只别搁上香油弄腻了。’”每次看到这里，我就在想到底是什么东西，也许好的主厨都是这样，不用跟他说你要什么，只说一下那个感觉就可以了。可见大观园的主厨还真不容易做，因为你说要吃羊排、牛排、鱼翅都容易，可是她讲的只是一种感觉。柳家的就说：“知道了。”可见宝玉大概常常这样交代自己想吃的东西。

那柳家的就说：“今儿怎么遣你来告诉我这么一句话。你不嫌脏，进来逛逛儿不是？”通常厨房是不允许外人随便进来的，这个主厨却说，你进来玩一玩，等一下你就知道，其实柳家的接近芳官，也有她的意图。

“芳官才进来，忽有一个婆子手里托着一碟糕来。”注意这里的穿针引线，记不记得小蝉刚才叫一个婆子出去买糕，然后她就跟夏婆子交代事情。现在这个婆子回来了，针跟线作者都没有遗漏。“芳官便戏道：‘谁买的热糕？我先尝一块。’”其实这是小事，如果是自己喜欢的人，会说你尝你尝。可蝉姐儿却赶快一手抢过来说：“这是人家买的，你们还稀罕这个。”意思是宝玉房里什么没有，你们那么受宠，干吗抢我们的东西吃，原本是小事，这个时候就变成派系了；本来是可以很亲近谈话的人，忽然被派系隔离了。

芳官碰了一鼻子灰，“柳家的见了，忙笑道：‘芳姑娘，你喜吃这个？我这里有才买下的，给你姐姐吃的，不曾吃，还放在那里，干干净净没动呢。’说着，便拿了一碟出来，递与芳官，又说：‘你等我替你顿口好茶来。’一面进去，现通开火顿茶”。这个时候芳官就有点摆杜丽娘的小姐派头了，她把那个糕在小蝉脸上晃一晃说：“谁稀罕吃你那糕，这个不是糕不成？”有没有发现人跟人很奇怪，磁场对了，什么事情都没有那么严重；磁场不对，任何事情都会引起冲突。两个小孩子就借着这个糕开始斗嘴。

“不过说着玩罢了，你给我磕上头，我也不吃。”说着，便把手内的糕一块一块的掰了，掷着打雀儿玩，意思是说你那么喜欢吃糕，我根本不吃，唱戏的人就是厉害，戏台上有很多整人的方法，她们懂得语言是什么，也知道口角争风是什么。然后口里面说：“柳嫂子，你别心疼，我回来买二斤给你。”小蝉毕竟没有学过戏，斗不过她。“气的怔怔的，瞅着冷笑道：‘雷公老爷也有眼睛，怎不打这作孽的！’”意思是说你在暴殄天物，把这么好的东西拿去喂麻雀，接着她就开始骂柳家的了：“他还气我呢。我可拿什么比你们，又有人进贡，又有人作干奴才，溜溜你们，好上好儿，帮衬着说句话儿。”说她们是有事情求你，所以对你这么好。

旁边有很多人，“大家都说：‘姑娘们，罢哟！天天见了就咕唧。’有几个伶透的，见了他们对了口，怕又生事，拿起脚来各自走开了”。这是最聪明的，因为大观园里已经有派系了，你在旁边多说一句，或者随便一个眼神，别人就会觉得你是哪一派的，所以最好还是走开，只要在旁边“非蓝即绿”。“当下蝉姐也不敢十分说，一面咕唧着去了。”

有没有发现这里结了一个怨，《红楼梦》一直在讲所有的爱、恨最后都有因果。人世间小小的是非也就是因果，如今小蝉被得罪了，有一天她就要报复，隔了好多回以后你会看到，这些“官们”全部被赶出去，出家做了尼姑。她们在大观园里根本待不下去，她们不懂得自己的口角争风、光鲜亮丽，都让别的人觉得委屈，有一天这些人是要报复的。《红楼梦》多读读，就能看到里面的大因果。一时的得意或者委屈，有一天都会变成另外的果。所谓果报不是我们世俗讲的什么“善有善报，恶有恶报”，而是说所有的因都会有一个果。所以小蝉怀着一肚子怨气走了，她什么时候报复，现在还看不到。

芳官拿玫瑰露给柳家的五儿

“这里柳家的见人散了，忙出来和芳官说：‘前儿那话说了不曾？’”现在大家知道柳家的确实有事在求芳官，不然的话也不见得对芳官这么好，给她糕吃，又开火帮她顿茶。“芳官道：‘说了。等一二日再提这事。偏那赵不死的又和我闹了一场。前儿那玫瑰露，姐姐吃了不曾，他到底可好些？’”这说明芳官之前已经拿了一些玫瑰露来，只是没有用瓶子。大概芳官当时说，先喝喝看，如果好的话，我帮你再要。“柳家的道：‘可不都吃了。他爱的什么似的，又不好问你再要的。’芳官道：‘不值什么，等我再要些来，给他就是了。’”有没有发现芳官不怎么懂事，她有点被宝玉宠得不知天高地厚了。其实玫瑰露是非常贵的东西，宝玉这个人大剌剌的随手就给别人，芳官竟然连瓶子一起送给别人。

“原来这柳家的有个女儿，今年才十六岁，虽是厨役之女，生的人物与平、袭、紫、鸳皆类同。因他排行第五，便叫作五儿。因素有弱疾，故没得差。近因柳家的见宝玉房中的差轻人多，且又闻得宝玉将来都要放他们，故如今要送他到那里去应名儿。正无头路，可巧这柳家的是梨香院的差役，他最小意殷勤，伏侍得芳官一干人比别的干娘还好。”柳家的原来是梨香院的主厨，跟唱戏的那些女孩子处得比她们的干娘还好，常常多做一点什么小菜给她们吃，所以芳官她们就跟柳家的比较亲。“芳官等亦待他们极好，如今便和芳官说了，央芳官去与宝玉说。虽是依允，只是近日病着，又见事多，尚未说得。”

“前言少述，且说当下芳官回至怡红院，回复了宝玉。且说宝玉前在正厅见赵姨娘厮吵，心中自是不悦，说又不是，不说又不是。”意思是按说他是正房的少爷，可以指责赵姨娘，可是他很心疼探春，觉得赵姨娘是给探春添堵。所以他就有点为难，“只得等他吵完了，打听着探春劝了他去后，方从蘅芜苑回来，劝了芳官一阵，方大家安妥。今见他回来，又说还要些玫瑰露送柳五儿去”。有没有感觉芳官跟其他丫头不一样，芳官因为过去没有做过丫头，多少有点骄纵。宝玉无所谓，大概也觉得她刚受了委屈，“忙说：‘有的，我又不大吃，你都给他去罢。’说着，命袭人取了出来，见瓶中亦不多，遂连瓶与了他”。

“芳官便自携了瓶与他去。正值柳家的带进他女儿来散闷，在那边墙角外一带地方儿逛了一会，便回厨房内，正吃茶歇脚儿。芳官拿了一个五寸来高小玻璃瓶来，迎面照看，里面小半瓶胭脂一般的汁子，还当是宝玉吃的西洋葡萄酒。”这些东西都很有趣地透露出《红楼梦》那个时代的贵族生活，这个主厨一看以为是宝玉平常吃的西洋葡萄酒，表明宝玉的饮食也是非常洋派的。“母女两个忙说：‘快拿旋子烫滚水，你且坐下。’芳官笑道：‘就剩了这些，连瓶子都给你们罢。’五儿听了，方知是玫瑰露，忙接了，谢了又谢。芳官又问他：‘好些？’五儿道：‘精神好些，进来逛逛。只后边一带，也没什么意思，不过是些大石头、大树和房子后墙，正经好景致也没见。’”外面的人对大观园都很好奇，不知它到底漂亮成什么样子，因为五儿不是当差的人，所以不敢乱跑，真正的好景致没有看到，有点遗憾。“芳官道：‘你为什么不往前去？’”芳官真的不懂规矩，贾家的规矩非常严，五儿基本上只能在厨房活动，往前偷偷多跑一点就已经违法了。

柳五儿与钱槐的因果

“柳家的道：‘我没叫他往前去。姑娘们也不认得他，倘有不对眼的人看见了，又是一番口舌。明儿托你携带他有了房头；怕没有人带着逛呢，只怕逛腻了的日子还有呢。’”“有了房头”是说如果她真的有机会到宝玉房里做丫头，再到哪儿去玩都没有关系。这个柳家的很聪明，她说你赶快帮她把差事找好，一旦在“总统府”谋到职位，还怕没时间在“总统府”玩吗？只怕会逛腻呢！芳官听了就笑着说：“怕什么，有我呢。”这完全是芳官的口气，就是被骄纵惯了。“柳家的忙道：‘哎哟哟，我的姑娘，我们的头皮薄，比不得你们。’说着，又倒了茶来。芳官那里吃这茶，只漱了一口便走了。”注意这里等级的差别，芳官现在在宝玉房里受到娇宠，厨房的茶她是不会喝的，人家巴巴的煮了滚水帮她泡的茶，她只拿来漱一漱口就走了。“柳家的说：‘我这里占着手，五丫头送送。’”她说自己占着手，但我觉得这个柳家的很聪明，她是要找个机会让五儿跟芳官多接近一点。

“五儿便送出来，因见无人，又拉着芳官说道：‘我的话到底说了没有？’芳官笑道：‘难道还哄你不成？你听见屋里正经还少两个人的窝儿，并无补上。一个是红玉的，琏二奶奶要了去还没给人来；一个是坠儿的，也还没补。如今要你一个不算过分。’”大家记不记得有个叫红玉的，因为口角伶俐，被王熙凤要了去做丫头；还有一个就是坠儿，因为偷那个虾须镯被轰出去了。所有的人都在盯着这两个缺，跟今天的企业差不多，宝玉房里相当于电子新贵，大家都想到那里去工作。“皆因平儿每每的和袭人说，凡有动人动钱的事，得挨的且挨一日更好。如今三姑娘正要拿人扎筏子呢，连他屋里的事都驳了两三件，如今正要寻我们屋里的事没寻着，何苦来往网里碰去。倘或说些话驳了，那时老了，倒难回转。”就像我们现在去办什么签证，如果驳回一次，接下来就很难再办了。芳官也有点鬼灵精，就说咱们不去碰这个钉子，“不如等冷一冷，老太太、太太心闲了，凭是天大的事先和老的一说，没有不成的”。

“五儿道：‘虽如此说，我却性急等不得了。趁如今挑上来的，一则给我妈妈争口气，也不枉养我一场；二则我添了月钱，家里从容些；三则我的心开一开，只怕这病就好了。便是请大夫吃药，也省了家里的钱。’”五儿讲了三个好处，希望芳官赶快去帮她说说。“芳官道：‘我都知道了，只放心。’二人别过，芳官自去不提。”

“单表五儿回来，与他娘深谢芳官之情。他娘因说：‘再不承望得了这些东西，虽然是个金贵物儿，却是吃多了又最动热。竟把这个倒些送个人去，也是大情。’”妈妈心里面惦记着哥哥的孩子，就说我们分一点给别人。“五儿问：‘送谁？’他娘道：‘送你舅舅的儿子，昨日热病，也想这些东西吃。如今我倒了半盏与他去。’五儿听了，半日没言语，随他妈倒了半盏子去，将剩的连瓶儿放在家伙厨内。五儿冷笑道：‘依我说，竟别给他也罢了。倘有人盘问起来，倒又是一场事了。’他娘道：‘那里怕起这些个来，还了得了！我们辛辛苦苦的，里头赚些东西，也是应当的。难道作贼偷的不成？’”意思是这是宝玉赏的，又不是我们偷的。“说着，不听，一径去了。”

“直至外边他哥哥家中，他内侄正躺着，一见了这个，他哥嫂、侄男无不喜欢。现从井上取了凉水，和吃了一碗，心中一畅，头目清凉。”不知道玫瑰露是不是这么管用，大概特别珍贵的东西有时候是个心理作用。

我们小时候，台湾的苹果好贵，生重病的时候，家里买个苹果来，还没有吃就感觉头目清凉了。大家可能都看过黄春明写的《苹果的滋味》，是一个很辛酸的故事。一个美军在宜兰开车撞了一个人，到医院看他的时候，带了一篮子苹果，村子里的人都好羡慕，恨不得自己也被撞。这些穷人家的孩子，只是看到玫瑰露，恐怕就已经好了大半了。“剩的半盏，用纸盖着，放在桌上。”

“可巧又有家中几个小厮同他外甥素日相好的，走来问候他的病。内中有一小伙名唤钱槐者，乃系赵姨娘之内侄。”这个钱槐是赵姨娘的内侄，所有的人都拉在一起了，这个钱槐一直喜欢五儿。“他父母现在库上管帐，他本身又随贾环上学。因他有些钱势，尚未娶亲，素日看上了柳家的五儿标致，一心和父母说了，欲娶他为妻。也曾央托中保媒人再四求告。柳家父母却也情愿，怎奈五儿执意不从。虽未明言，却行止中已带出，他父母未敢应允。”

五儿虽是一个主厨家里的小孩，地位很低，性情却很高傲，很多人认为五儿其实是另外一个层次上的黛玉。加上五儿“近日又想往园中去，越发将此事丢开，只等三五年后放出时，自向外边择婿了。钱家见他如此，也就罢了。怎奈钱槐不得五儿，心中又气又愧，发狠定要弄取成配，方了此愿”。我们讲过因果就是这样，在人世间有时候爱是因，恨是果，有时候恨是因，爱是果，你根本搞不清楚，五儿可能觉得我拒绝他没什么事，可是别人对你的爱有一天可能会变成一个果，这就是佛经里面讲的因果还有“业”，你的存在本身就是一个“业”，钱槐得不到五儿会怎么样，这里已经埋下了一个伏笔。

小幺儿带出茯苓霜失窃事件

钱槐这一天也来探望柳家的侄子，没想到这个柳家的太太也在这里。“柳家的忽见一群人来了，内中有钱槐，便推说不得闲，起身便走了。”柳家的看到一群人来了，其中有钱槐，就有点不好意思。就像现在相过亲但没有成功，有一天忽然在百货公司碰到，就想赶快避开一样。“他哥嫂忙说：‘姑妈怎么不吃茶就走？倒难为姑妈记挂。’柳家的因笑道：‘只怕里面传饭，再闲了出来瞧侄子罢。’他嫂子因向抽屉内取了一个纸包出来。”又一个赃物出来了！“拿在手内送了柳家的出来，至墙角边，递与柳家的，又笑道：‘这是你哥哥昨日在门上该班儿，谁知这五天一班子冷淡，一个外财没发。只有昨儿粤东的官儿来拜，送了上头两小篓子茯苓霜。余外给了门上人一篓作门礼，你哥哥分了这些。’”“外财”就是给看门人的赏钱，有些想要求职、当官的人上门的时候，看门的人引见的话就可以有赏钱。

她说：“这地方千年松柏最多，所以单取了这茯苓的精液和了药，不知怎么弄出这怪俊的白霜儿来。说第一用人乳和着，每日早起吃一钟，最补人的；第二用牛奶子；万不得，滚白水也好。我们想着，正宜外甥女儿吃。原要上半日打发小丫头子送了家去的，他说锁着门，连外甥女儿也进去了。本来我要瞧瞧他去，给他带了去的，又想着主子们不在家，各处严紧，我又没什么差使，有要没紧跑些什么。况且这两日风声，闻得里头家反宅乱的，倘或沾带了倒值多了。姑妈来的正好，亲自带去罢。”意思说贾母跟王夫人不在，家反宅乱的，我们进去怕瓜田李下的招嫌疑。后来玫瑰露跟茯苓霜两个东西竟然都变成赃物。

“柳氏道了生受，作别回来。刚到角门前，只见一个小幺儿笑道：‘你老人家那里去了？里头三次、两趟叫人传呢，我们的三四个人都找你老去了，还没来。你老人家却从那里来了？这条路又不是家去的路，我倒疑心起来。’”这个守门的就和她开上玩笑了，说你怎么跑出去了，现在要吃饭了，传了好几次你都不来，也不知道是真的假的。后来这个小幺儿就说，你平常倒是切一点牛肉或者炒两个鸡蛋给我吃啊，不然我就不给你开门，其实是在开玩笑。“那柳家的笑骂道：‘好猴儿崽子！……’要知端的，下回分解。”

第六十回结尾到第六十一回的开头，就是这个角门的小幺儿跟这个柳家的在那边逗来逗去的，我们看着都很紧张，因为我们知道她身上有茯苓霜，最后果然事情爆发了。